网络文学名家名作导读丛书

无罪与《剑王朝》

第四辑

许苗苗 著

肖惊鸿 主编

作家出版社

网络文学名家名作导读丛书

主　　编：肖惊鸿

第四辑编委：庄　庸　许苗苗　房　伟　周志强

　　　　　　西　篱　林庭锋　侯庆辰　杨　晨

　　　　　　杨　沾　瞿笑叶

序

20 世纪 90 年代以来，文学与这个伟大的时代一道，经历了巨大的发展变化，其中一个标志性的现象，就是网络文学的兴起。以通俗大众文学之魂，托互联网与媒介新革命之体，网络文学如同一个婴儿，转眼已成为青年。网络作家们朝气勃发，具有汪洋恣肆的创造力，架构了种种可能的和不可能的世界。科技与商业裹挟着巨大变革中释放的青春、激情和梦想奔腾向前。时至今日，作者是有的，作者群体大到过千万人；作品是有的，作品总量已逾两千万部；读者就更多了，读者群体数以亿计。

网络文学是新生事物，也是一片充满活力的文化热土，是中国特色社会主义文学生机勃勃的组成部分。习近平总书记高度重视包括网络文学在内的网络文艺的发展，勉励广大网络作家加强精品创作，以充沛的正能量满足人民群众特别是青年一代对美好精神文化生活的新期待。

所以，这套《网络文学名家名作导读丛书》生逢其时，它将有助于探索网络文学艺术规律，凸显网络文学的艺术价值和社会价值，推动网络文学的主流化、精品化；同时，它也是精确的导航，通过这套丛书，我们将能够比较清晰地认识网络文学的重要作家和重要作品，比较准确地把握网络文学的发展历程和发展前景。

这套书的入选作者是目前公认的网络文学名家，入选作品是经过一段时间检验的代表作，而导读部分由目前活跃的网络文学评论家群体担纲。预计这套丛书的体量将达到 10 辑至 20 辑、全套 50 册至 100 册。无疑，这是一项浩大的工程，但也是值得耐心地、持续地做下去的工作。网络文学必须证明自己不是即时的快消品，它需要沉淀、甄别、整理，需要积累经验，逐步形成自身的传统谱系，需要展开自身的经典化过程。这套丛书就是向着经典化做出的努力。

这套丛书的主编肖惊鸿长期从事网络文学相关的研究和组织工作，她的眼光和能力值得信赖。尽管网络文学的理论建设近年来已经取得重大进展，但是，将理论落实为面对作品的、具体的分析和判断，实际上仍然是艰巨的课题，也是网络文学理论评论工作的薄弱环节。希望肖惊鸿和其他评论家们深入学习贯彻习近平新时代中国特色社会主义思想，以习近平总书记关于文艺工作和网络文艺的重要论述为指导，自觉运用历史的、人民的、艺术的、美学的观点评判和鉴赏作品，向现在的读者，也向未来的读者交出一份令人信服的答卷。

李敬泽

2019 年 3 月 7 日

于北京

目录

导读

第一章

侧写无罪

与无罪相识，要从多年前一个温暖的春天开始……

一、网络文学：历尽千帆，依旧少年

2014 年暮春，江南名城无锡迎来一大群时尚又好看的"少年"。他们衣着光鲜、谈吐不俗，虽然年纪大都很轻，却并不像初出校园的毕业生那样生涩和羞怯；也不像一般名企职员，将比拼绩效的进取心写在脸上。他们大多皮肤白皙，一看就很少经受阳光风雨；他们笑意盈盈，眼里却又透露出掩不住的倦怠和疏懒。这群人举手投足之间，自带一份他人难敌的风流洒脱，一看就与众不同。不过，如果你仔细观察，会发现他们之间的共同点——无论高大强壮的小哥哥还是小鸟依人的小姐姐，全都配备着轻便又精良的电脑——难道这是一群 IT 精英或者网络黑客？有可能！虽然他们中间有好几位分明只是初次相见，却迫不及待地依靠网络 ID 彼此相认，聊得热火朝天。仔细听他们对话，什么码字啦、催更啦、卡文啦、开新书啦……行话、网语和二次元的切口源源不断，只有整天泡在网上的潮人才能明白。怎么样，猜出这都是什么人了吗？让我再给你一些提示：虽然不懂二进制，但他们以人类语言将虚拟世界里的数据转化为充满情感的小天地；虽然整天敲键盘，但他们指尖流出的一颦一笑却与现实世界息息相关。他们工作时整天坐在家里，但绝对不是古怪的"御宅族"——没错，这群人就是曾经在毁誉参半的猜测中顶住压力上网码字的网络写手；也是后来被红红火火的创意产业捧在手心的宠儿，最当红的网络作家。

如果我们将各类网络文化形态拟人画像，网络文学永远会是少年的模样——对于中国当代文学来说，新兴的以新鲜感、变动性和飞扬跳脱的想象力为特色的网络文学，就像一个意气风发的少年，不受束缚、冲劲十足；在诸多读者中，也总是青少年最乐于关注这些轻松、幽默、画面感强且注重娱乐性的作品；最重要的是，网络作者们，无论年龄如何，却都不油腻不陈腐，即便眼神中偶尔流露出过尽千帆的的沉静和超脱，但他们无论模样还是举手投足、一颦一笑，都依然率真，带着挥之不去的少年气。

2014年5月，江苏作协和北京作协在无锡联合举办第一届"中国网络文学南北论坛"。5月的江南桃红柳绿、草长莺飞，明媚的春光因一群神仙般的人物更加绚烂。这次论坛到场的网络文学作家代表有唐家三少、跳舞、辰东、唐欣恬、携爱再漂流、萧潜、方想、无罪、更俗、骁骑校、天下归元、萧瑟郎、寂月皎皎、刘小备、蝴蝶蓝、殷寻等。怎么样？看到这些名字，此刻的你，是不是也对这神仙聚会心向往之？

那次，我作为网络文学研究者，随北京作协的队伍南下江苏。从北京到江苏几个小时的火车上，我颇结识了几位网文圈的女神。第一个就是当时因《裸婚》而被打上炫酷金融女白领标签，实际上慧黠如宁芙的唐欣恬，另外还有眼睛大大宛如二次元少女的殷寻、端方大度的北京格格携爱再漂流、侠女范儿的雁九等；晚饭后又与一众江南女神茶室小饮，将气度爽朗的天下归元、时尚俏皮的刘小备、古典情怀的怀玉以及穿越俏丫鬟般的霁月皎皎几位女神的微信纳入囊中。与女神们的谈话主要集中在当时网络作家面对的社会压力，特别是网络创作者所面对的社会偏见上。虽然如今看来，网络写作算是一项不错的工作：不用风吹雨打挤车通勤，更新后收获诸多死心塌地粉丝的赞美和膜拜，而且最重要的是收入颇丰，仿佛进入网文圈就能创造当代神话。不信你看，每年网络富豪排行榜上，一个个ID年纪轻、颜值高、产出多、读者众，收入数字后面的"0"简直数都数不清，妥妥的人生赢家。但实际上，今天网络文学获得的声名和瞩目远非一帆风顺，它背后，是网络作者多年寂寞辛劳，夜夜码字更新的成果。

到 2014 年时，这一形势略有好转：网络文学以类型化通俗小说为主流，依托在线付费、粉丝打赏的网文营收模式已基本成型；网络作家也因收入超量级而开始被"胡润富豪榜"列入"网络作家富豪榜"。已经 15 岁的中国网络文学可谓兜兜转转、历尽千帆。所幸，无论概念如何，人们在互联网上创作和表达的欲望没有停息。在网络文学名下，有一群人坚持写作，他们就是曾经的网络写手，如今的网络作家、粉丝心目中的大神。他们见证过谷底的艰辛，也经历着蓬勃的荣光，虽然身在红尘，尚未修炼到真正神仙般的超脱淡定、宠辱不惊，但幸好，他们身上满是活力和新鲜感的少年气并没有丢失。他们始终在为梦想坚持，始终闪耀着一种"余心之所善兮，虽九死其犹未悔"的浪漫精神。

二、无罪：一枚安静的神仙

既然都是浪漫的少年，情绪表达难免激烈随性。由于早期网络文学与传统文学界尚缺乏沟通渠道，双方都不熟悉对方的表达方式，对话间也难免会有一些因观点和站位区别产生的碰撞。特别是网络作者，由于较少组织机构的束缚，他们不惮于在获得表达机会的时候，完完全全将内心的压力和欲求释放出来。女作者还好，一群姑娘凑在一起叽叽喳喳发发牢骚，公开发言矜持委婉；男大神们却无法平静也不甘沉默。在那次"网络文学南北论坛"第二天上午的分论坛上，每个人的个性充分显现：辰东深沉倔强、蝴蝶蓝坦白直率、更俗意气风发、萧瑟郎幽默逗趣……唐家三少可称发言典范"三好生"，将冠冕堂皇的场面话与切身相关的问题意识结合得恰到好处；而江苏籍大神跳舞则恰好相反，一针见血、锋芒毕露、咄咄逼人。所以，虽然对谈气氛整体可算"友好亲切"，但个别时候却难免"热情激烈"，甚至颇有观点碰撞。特别是在网络作者与传统作家对话环节，难免有人控制不住情绪现场发威，直接发射意见的"火花"，话语铿锵间火药味逐渐浓烈，将会场上不温不火的气氛一下子从暮春拉到盛夏——天哪，个别大神简直好像雷神附体！

一番疾风暴雨，众人心神荡漾，场面略有些尴尬。在座都思忖着下一个发言人又将如何继续，最好是能打个哈哈就此敷衍过去，否则若又一度唇枪舌剑针锋相对，局面可能越发难以平息。这时，一个带着些南方口音、斯斯文文又颇平静的声音缓缓响起，循着声音望过去，是一张白白净净、戴着黑框眼镜的娃娃脸。这个男生声音不大，具体说了几句什么如今也记不清楚。但在当时的情况下，他一开口，却宛如吹来一缕清凉的微风，神奇地将场上有些燥热的尴尬气氛安抚下来。这是哪一位？他老老实实坐在对面江苏男神团众人之中，衣着朴素、神态安宁，看面相估计也就大二大三在读的样子，貌似一枚安静的神仙。

我知道，如今的网络作者们，都实践着半个多世纪前张爱玲那"出名要趁早"的名言。在张爱玲时代，这种态度是虚荣是浮夸，而在互联网时代，这种态度却可以做另一番解读：是少年人不愿在长辈设计的小小世界里循规蹈矩，不惮于独自在新媒体上迎接同龄人挑战的宣言。尤其是在网络写作中，成名谈何容易。不仅仅是不设行业壁垒自由进入的低门槛竞争环境，也不仅仅是日日码文、实时回帖的体力和精力双重付出，还需要在面对争议和恶意评论时处变不惊从容应对的勇气。因此，网络作家们虽然大都看起来面容稚嫩，内心的强大却不容小觑。就像对面这个男生，虽然纯净的眼神里还流露出掩饰不住的学生气，但谈吐间态度的笃定、对问题把握的精准以及兼顾大局的气度，又能看得出思虑的周密和处事的老成。

江南多出少年才子，有许多人在校读书期间就赢得鼎盛声名，我猜想，这位一定是哪个网站力推的新人！演完这一整番内心戏，我低头看他面前的名签，准备好发现一位网文界少年新人……？？什么，那上面赫然写着"无罪"！OMG，不会吧，是不是位置坐错了？即便已经对网络作者的颜值和年龄做好心理建设，但这个小正太一般的男生，这个浅浅笑容宛如风暴后云朵边折射的微光一般让人感到温暖的男生，他可能是任何人，却无论如何都不应当是无罪呀！

为什么呢？因为虽然我并未与网络作者深交，对各位男神尤其陌生，但作为研究者，对无罪这个名字却十分熟悉，甚至在我心中，早已在"无罪"这个简单的 ID 之上，暗暗地画了好几笔侧写。

侧写 1：老实巴交的上班族

想象中无罪侧写的第一笔，来自网络百科中的背景资料。考虑到如今时过境迁，这里引用的部分内容带有穿越性质。

无罪，本名王辉，1979 年 9 月 12 日生人（处女座嘿嘿），出生地：江苏无锡，血型：A。根据热心网友在 360 百科、百度百科整理的网络线报，无罪儿时的梦想就像大多数无所事事的安静少年幻想的一样，是成为一名背着包包流浪的流浪者。他喜欢秋季，喜欢旅游和看电影，还喜欢吃冰激凌、水果之类甜甜毫无刺激性的食品，典型的南方口味。

无罪毕业于中南大学应用物理及热能工程系，"我一毕业就参加工作了，从 2001 年到 2009 年 7 月，正好 8 年"。他是工科热能工程与动力机械专业出身，最初的工作是设计锅炉，整天埋头画图纸。两年后，无罪进入一个"极度依赖于 DCS 系统的大量自动化运转的"台资企业，从基层一步步爬升，"做设计、做筹建技术、做代班长，最终奋斗到了管理层"。老老实实地坐了 8 年办公室，每天的工作就像最枯燥的中年人画像一样：不迟到不早退，适当表现出对工作的珍惜和热爱以及时刻不忘为人力资源部同仁奉上尊敬的微笑，每日事无巨细地撰写工作日志，还需要时不时参加公司为提升员工士气定期举办的成功营。他说："幸运的是，公司提供了网络和大量可以用于写作的时间，虽然这写作的时间应该是用于每日的工作日志……"每天早会过后，无罪会花几分钟构思一整天的工作日志。当时，大部分像他这样的中层管理人员，每日工作实在乏善可陈，今天和昨天一样，明天和今天一样，所以每日例行日志也很难有什么区别。但是无罪所在单位的人力资源部同事却特别挑剔，如果员工上交的日志稍稍流露出重复倦怠，他们可能"就会找你促膝长谈，表面温文尔雅，但实则一份言语辛辣的报告已经递交到企业高层的手中"。所以，无罪后来说："我一直认为，后来我能适应高强度的网络连载，也正是因为有着每日能将枯燥无味的工作日志写出花来的本事。"①

　　由于对这一段经历的了解，我心目中为无罪画的像，第一笔就是大叔模样：坐了 8 年办公室，循规蹈矩的企业中层——必须是身材略微发福，满脸精明世故。更何况，他出生于 1979 年，尽管是 20 世纪 70 年代最后一年，也得划入"70 后"行列，这在青春飞扬的网文界可是比大多数大神都要老啊！如果说信息技术的快速更迭使每 5 年就成为一代人的间隔，那么 1979 年的无罪只能算是和猫腻、血红等一辈人，与 1981 年的唐家三少、1982 年的辰东、1984 年的梦入神机都隔出一个时代，更不用提 80 年代末期的土豆、西红柿等人……当然啦，作为一个出色的作者，高产可以看作高龄的附加物。

侧写 2：油嘴滑舌的小流氓

　　对于无罪侧写的第二笔……同样来自网络百科，不过重点在于部分穿越的创作历程。

　　无罪阅读网络小说时间很长，还在大学时，他就已经在网上看书，"从《第一次亲密接触》到慕容雪村的《成都，今夜请将我遗忘》，然后追看勿用和方士的作品，一头扎进了网络小说中不能自拔"②。虽然爱看，但自己写又是另一码事，无罪从小作文很好，却从没想过自己要走上创作的道路，直到 2004 年的一天，他挖空心思写完花样多变内容无聊的工作日志后，闲极无聊恰好在网页上点开一本叫作《星皇争霸》的网络小说，后来却一发不可收拾，嫌读别人的网文不够过瘾，开始跃跃欲试尝试自己在网上写故事。自此台资电厂少了一名声音软软的副厂长，而网文圈里却多了一个"小流氓"。

　　无罪网络写作的第一次尝试是武侠题材《无神不灭》，在当时的清新中文网还被加入 VIP，可惜因为经验不足，写作一半之后无法继续。2005 年，在弃掉若干不成熟的尝试后，《SC 之彼岸花》开始在起点中文网连载。作为新人的无罪，只是享受写文记录的畅快，完全没

---

① 本段引文见无罪《剑王朝创作谈：我找到了某种平衡》，《文艺报》2019 年
　　4 月 29 日，部分资料见 360 百科及百度百科。

② 360 百科"无罪"词条。

有考虑过签约收益之类的事情。更新到 30 多万字，他忽然收到网站编辑有关签约上架的信息，并在收藏到 6000 时顺利上架，后来，这本书最高订阅量超过 3700。要知道，当时网络写作还是一个充满争议的领域，作者多半随心所欲，天马行空；网文读者也远没有如今多，所以这一成绩非常突出。对于写作工作日志之余闲极无聊才更文的无罪来说，在网文而且是游戏类网文中成名完全出乎意料。21 世纪初，电竞活动本身相当少见，也没有所谓"电子竞技类网文"，无罪只是因为自己喜欢玩星际，才选择这个题材。但无心插柳却枝繁叶茂，他以新鲜的题材和幽默的文风获得了诸多读者的喜爱和追捧。2006 年，无罪再接再厉，在之前创作的基础上一鼓作气写出《流氓高手》。这部书一亮相就成为起点中文网新书月票榜第一，竞技类订阅第一。它不仅是无罪最具特色的作品之一，也为网文界留下一类特色鲜明的角色——明明本质单纯一开口却油嘴滑舌，明明性情善良却总爱用猥琐掩饰内心羞涩的"小流氓"角色。这本书以 2153 万阅读、415 万推荐、37 万收藏的成绩，连续三年占据起点中文网电子竞技小说点击榜、订阅榜、推荐榜第一，在当时带动了一个流派，被喜欢它的网友戏称为"猥琐流"①。一夜之间，致敬和仿作者无数，遍地都是以"流氓"开头的小说，神似韦小宝又与当代大学生离得更近的方少云形象席卷了整个网络小说界。

既然是"流氓始祖"，我心中为无罪画的像，第二笔自然就是这样：有点贫嘴、不修边幅，满屋扔着臭袜子，"每个和他熟悉不熟悉的人，都会忍不住说'你这个流氓'。久而久之，就连自己都忘记了自己是个纯真少男的事实，而认为自己真的是个不折不扣的流氓了"②。

侧写 3：坚持不懈的钢铁侠

关注无罪的读者一定知道，虽然在《SC 之彼岸花》和《流氓高手》时期，无罪一鸣惊人，轻而易举地获得了成功，但那之后尝试其他题材的过程却艰难而曲折。2007 年开始，无罪连续创作《神仙职员》《国

---

① 参看百度百科"流氓高手"词条及 360 百科"无罪"词条。
② 这是无罪在《流氓高手》中对主角方少云的形容。

产零零发》以及《扬眉》等，订阅量在一般人看来还算不错；《神仙职员》起点新书月票榜第一，但后续却失去了强劲动力，同年《国产零零发》起点新书月票榜第四，2008年《扬眉》起点新书月票榜第四……差强人意的成绩对于此前已经封神的无罪来说，无疑是难以接受的。更何况，这几部还都是精心策划的自我突破之作。虽然用书友的话来说，《国产零零发》"是一本很搞笑很轻松的小说，讲的是一个外号叫地狱倒霉鬼的家伙被选中当特工然后把穿越者抓回来的故事"；《扬眉》则从《流氓高手》里一个主要角色柳逐浪写起，"也是一本即便没有玩过任何游戏的人，也能看得懂、看得津津有味的小说"，但是，也有评论认为这部书"第一卷采用古龙式写法，情节文字比较精炼，但有些书友可能觉得太过沉闷，不过不要紧，第二卷开始后不久就是淫荡流写法，而且转得比较巧妙，完全是无罪式的猥琐，所以喜欢《流氓高手》风格的甚至可以直接从第二卷看起"①。整整掠过一卷！看似轻描淡写的评价，对于辛苦码字的作者来说，无异于最大的讽刺。无罪坦言，最难熬的时候就是写《扬眉》的那一段，"那时候人气可以说是到达低谷了，而我必须要把人气重新拉回来，否则我将失去立足之本"。为维持人气，无罪一天更新四五章，用自己的勤奋硬是将《扬眉》保持在推荐榜和更新榜显眼的位置。为荣誉、为人气，为读者读起来爽，他一天更新万字！要知道，当时无罪还没有从单位辞职，真是拼尽全力苦苦维系。果然，2008年无罪的创作生涯迎来又一高峰：《流氓高手2》重回起点新书月票榜第一，其在竞技类中的订阅至今无人超过。其实，这部书是无奈的选择，无罪从没想过"一本写电子竞技这种生僻题材的书能够达到12万的收藏，400万的推荐，2000万的点击……要知道在2008年，星际争霸这款游戏已经很少有人在玩了"。但是回首那一段艰辛，无罪从未抱怨，他说："转风格或许失败，但是对于收集经验和增强实力，绝对是有好处的。"②

---

① 参看百度百科"流氓高手"词条引文，此评论被多个《扬眉》相关页面引用，已无法查实原出处。

② 本段引文除书评外，均来自纵横中文网《专访无罪：跌宕起伏的码字人生》及百度、360词条。

前期的辉煌将无罪圈定在"电竞写手"和"猥琐流"的小圈子里，可是无罪并不是一个安于现状的作者。2009年转站"纵横文学网"之后，他酝酿三个多月推出玄幻题材新作《罗浮》。当时，正是玄幻仙侠类网络小说最红也最热的时候，玄幻类虽然人气高、读者众，但竞争更是极其激烈，各路玄幻大神各显神通，《盘龙》《斗罗大陆》《斗破苍穹》之类在各类榜单厮杀得如火如荼。《罗浮》作为无罪转站后首部作品虽然获得"纵横"力推，并拥有一定独家资源，但表现也只是尚可。他后来这样说："然而是真的不好。读者不太满意，我自己写得也不高兴，甚至可以用痛苦来形容。原来从没有写过的仙侠类型的小说竟然如此难写。然后我跌入害怕过气的恐惧，迅速地回归商业，写了当时纵横最高电子订阅作品《通天之路》。"《通天之路》取得一月高定破万的成绩，可以看出，作为一名成熟的写作者，无罪对于读者的口味已经摸得十分清楚，他甚至总结出"连载小说的黄金三章法则"，即"第一章被所有人看不起，第二章获得奇遇，突飞猛进，第三章就地还击，打那些之前看不起主角的人的脸"。人气回来了，但无罪"依旧不高兴"，因为他追求的始终不只是经济回报，而是写作的快感和类型的突破。就这样，无罪"渴望回到最初野蛮生长的年代，不管读者死活，只要自己写得高兴就好"，但又不得不面临商业化的胁迫，《罗浮》和《通天之路》可以算作他在二者间找寻平衡点的试探和过渡，在这个过程里无罪"一直在反思，我觉得快速连载、满足读者喜好和另辟蹊径的精巧之间，一定可以寻找出某种平衡点……于是有了《仙魔变》，一个现在看来都有些太过魔幻的名字，一个老套的穿越开头，但是在文字上，我尽可能地做到精简，做到充分呈现画面感，在情节上，我尽可能做到前后呼应，层层埋伏"[①]。后来的事情不用说了，喜欢无罪的人都看到，从2012年《仙魔变》开始，无罪再度有如神助，作品以3002万阅读、758万推荐、13万收藏的成绩打破纵横中文网玄幻小说推荐、收藏纪录，成为首部获得月票"三连冠"的作品。

我们每个人从小都被教导"no pains no gains"——不劳无获，

---

① 本段引文见无罪《剑王朝创作谈：我找到了某种平衡》，《文艺报》2019年4月29日。

满意的成果源自精心耕作。然而为什么如此简单的道理却未必人人都能做到呢？大概就是因为付出的过程有一般人无法忍受的煎熬。无罪的转型、蛰伏、挫折和再度崛起，是偶然也是必然。还记得吗，他的座右铭是"努力就有希望"，只有钢铁侠一般坚定的意志和越挫越勇的信心，才能最终用好的成绩回报努力。所以，我心中无罪画像的第三笔宛如铅笔素描，有着钢铁意志和坚毅的线条——他应该是一个伤痕累累却百折不挠的冷酷男子。

侧写 4：直面挑战的维权斗士

如果仅仅谈论日常工作、写作生涯等，大多数早期网络文学作者的经历都差不多，这样的作者未必会引起多么特殊的关注。为什么2014 年之前，我就已经在心中为无罪画像了呢？那是因为无罪身上还有一个特殊的标签——"网络文学维权第一人"①。2010 年，正是网络小说在商业化道路上方兴未艾之时，中国最大文学网站"起点中文网"却被卷入一场被网民称为"中国网络文学第一案"的官司，被诉不正当竞争。而起诉者，正是不久前转入"纵横中文网"的无罪。事发当年 7 月 12 日，无罪以起点中文网使用不正当竞争手段侵害自身合法权益为由将其告上法庭。因事件涉及近年最受瞩目的网络作家和中国最大文学网站，此事引起社会极大关注。2009 年底，无罪在纵横的新书《罗浮》上线，而起点却在 2010 年 4 月 15 日推出一部署名为"黄鹤九曲"的《罗浮》。这部"山寨版《罗浮》"最开始只是一篇一万多字讨论网络文学作者如何成名的文章，却被置入推荐阅读区，还购买百度推广链接中的关键词"罗浮"进行推广，导致许多无罪书粉受到误导，不仅分流了无罪作品的流量，也会影响原作声誉。要知道，互联网原本是一个崇尚无功利分享的领域，尤其是早期网络作者写作，都并非以获利为目的，所以对于网络作品的转帖和改写之类并没有太明确的限制。无罪本人也说："当时的那些作者，包括我在内，几乎没有人纯粹为了金钱去写作，因为和现在当红的作者相比，当时所有

① 何秋养：《中国最大文学网站"起点中文网"被诉不正当竞争》，《信息时报》2010 年 7 月 13 日。

人都不够出名，不够流量，享受不到流量带来的惊人红利。"① 然而，随着网络文化的繁荣，越来越多的人希望阅读高质量的作品，也就有不少人像无罪这样辞去本职工作全心写作，一方面要为读者献上更精彩的作品，一方面也必须依靠写作赚钱养家。这样，网文越是商业化、专业化，对网络知识产权明晰和保护的要求也就越迫切。网文中的侵权是一个许多作者都曾面对，却大都深感无奈的问题。无罪诉起点一案，不仅关乎一部作品和一个作家，也不仅仅是个人作品知识产权问题，还折射着整个网络文学行业中的商业竞争和数字信息时代的网络霸权和规范问题。如果说早期网络文学行业是一座茂密的丛林，那么其发展过程中参与者难免会遵循丛林法则弱肉强食。因此，这一案件对于我国网文行业后续的健康竞争，对于广大网络作者联手自我保护等方面，都具有代表性意义。

勇担网文维权第一人称号的无罪可谓勇气可嘉，明确的维权意识也使得他的作品后续进行 IP 转化的时候相对明晰。当仁不让的机遇、敢为天下先的勇气，为无罪的画像添上第四笔，一个响当当的斗士。

严肃认真阳光正直的少年

……如果从来没有见过无罪，只是看他的书、读他的专访、搜他的新闻，是不是会留下这样的印象：一个外表冷峻的中年男子，不说话时坚强隐忍，一开口又变成段子滔滔不绝的腹黑大叔？可面前的无罪完全不是这样呀，短短的头发、白皙的皮肤、暖暖的笑意，举手投足谦和有礼，开口讲话也颇有分寸，一副脾气很好的乖学生样子。与其他飞扬跳脱的大神们相比，无罪的少年感完全是校园式的，用他自己的话说，是一个"严肃认真阳光正直的少年"！尤其在大神云集的聚会上，丝毫看不出一丝一毫自他而始的"猥琐流"风格——他是一枚安静的神仙。

当天论坛结束，我急急忙忙跑到对面再次确认这枚安静的神仙就是无罪"本罪"，然后愉快地加上微信，自此开始关注他的创作。我欣

---

① 无罪：《剑王朝创作谈：我找到了某种平衡》，《文艺报》2019 年 4 月 29 日。

喜地发现，无罪并不是一个被以往成绩束缚的作者，他的不断创新和自我突破，既代表着创作者对自己的高标准要求，也是一种对读者负责任、对行业进行推动的态度。他的创作很快就走出了兜兜转转的蛰伏期，自 2014 年以后，无论在创作还是 IP 转化、商业价值实现方面，他都颇有斩获。当年开始连载的《剑王朝》，上线后很快就成为书迷心目中"最为期待的仙侠小说"，并在连载结束后的 2018 年获得新闻出版署"优秀网络文学原创作品"推介；《平天策》曾在 2017 年登上中国作家协会"网络小说排行榜"。在个人价值提升方面，无罪不仅是百度文学"玄幻武侠"类作品总点击、总推荐纪录保持者，起点中文网"电子竞技"类作品总收藏、总订阅纪录创造者，还加入中国作协并获选为江苏省网络作协副主席；他分别在 2017 和 2018 年两次在橙瓜网"网文之王"评选中位列百强大神，荣登橙瓜《网文圈》杂志第 25 期封面人物；并在 2018 年初公布的第 12 届网络作家富豪榜中，以 6000 万的收入取得榜单第三位的好成绩。

一系列耀眼的成功凸显出无罪的价值，但这种价值却不仅仅在于商业的成功。以与经济收入最为直接相关的富豪榜排名来说，它一方面说明网络作者多年来积累的作品终于在粉丝爱戴的推动之下变现；另一方面，对作者来说，是作品改编的成效，网络文学终于突破在线文字，通过更多媒介表达形式获得更多公众的认可。因此，登上富豪榜对网络作家的意义不仅限于金钱，更重要的是其改编作品与原作的契合甚至相得益彰，互为助力。无罪作品改编的高潮集中在 2017 年。当年，无罪不仅迎来《剑王朝》完本、动漫上线、真人剧拍摄启动和手游亮相，还在第三季度迎来《仙侠世界 2》公测。要知道，这项作品早在 2013 年就签约巨人公司，耗时 4 年研发制作，前后投资高达 3 亿，公司与无罪本人都倾注了极大的心血。面对这样集中的成绩，无罪有着清醒的认识。作为一名拥有多年管理经验的成熟写作者，他发表了自己的观点，认为"无论是改编游戏，还是改编影视，精品 IP 的源头都应该是原创文学"。由于以前网文只作为一个原材料提供者，为游戏或者影视提供小说框架或者故事情节，导致 IP 改编有很多不尽如人意的地方，既背离了作者原意、辜负了广大书粉的期待，也很难在市场获得佳绩。因此，站在网文作者的角度上，无罪称"我们希望不仅仅是做故事情节提供方，我们应作为游戏策划，包括整个世界观的架构，用一种完全融合的方式参与到精品 IP 的开发中"。在"凤凰网"的专访中，当面对"您的作品受到无数影游投资方青睐，有什么秘诀吗？"这样的问题时，无罪称："网络小说在经过了这么多年的发展之后类同化很严重。原来只要有内容推出来用户都很愿意看，但是原创内容和新兴的不一样，我们发展十来年了，一般套路的小说大家已看腻了，现在你只有打出独特标签人家才看。所以创作必须是打着个人烙印的东西。这类小说除了在你这里，在别人那里不会看到。我现在写的每本书都要让人看出这就是无罪的作品。我们不只是书的价值，而是人的 IP 价值，我们写的东西必定是一个品牌，要打造这样的精品概念。"① 这些经过深思熟虑并颇有见地的言论，说明无罪不仅是一个单纯的写作者，也具备行业引领者的素质和自觉。他对于网络文学整体的发展有着自己独到的见地，认为好的网络作家，其价值不仅仅体现在某一部作品的知名或者某一类文章类型的碰巧领先方面，更重要的在于个人的品牌意识。这种品牌既是市场吸引力的证明，也是个人风格和内容质量的保障。当一名作家的名字成为有说服力和吸引力的品牌，个人荣誉会与创作结合起来，唯其如此才能激发作家一以贯之、源源不断的创造力。在满足读者的同时不媚俗，在突破自我的同时不孤立，将每一部新的出品内容都打造成品牌化的精品。

---

① 本段数据及以下有关 IP 改编访谈引文来自《无罪：紧抓精品 IP 的深度改编》，《凤凰文学》2017 年 10 月 24 日。

第二章

《剑王朝》：故事里的事和故事外的事

2017 年 6 月 8 日，《剑王朝》在历时 3 年的连载之后终于画上圆满的句号。自 2014 年开始上线连载，《剑王朝》就表现不俗。刚刚更新不到 2 万字，即迎来书迷 10 万点击，冲上纵横中文网全站含金量最高的月票榜榜首，并且同时登上周用户点击榜第一宝座。作为纵横"双榜"冠军，《剑王朝》获得书迷热烈追捧，被誉为"2014 年下半年最为期待的仙侠小说"，其后又得到网站 2015 年重点作品扶持项目，成为无罪迄今以来表现最好、最受欢迎的作品。在连载的 3 年期间，无罪保持着稳定的更新频率和极高的文字质量，以环环相扣的结构、简练冷静又不失幽默的语言风格精雕细作，最终勾勒出一幅充满传奇色彩和历史厚重感的仙侠画卷。《剑王朝》完本共计 232 万字，总点击超 8500 万，荣膺无数赞誉，在各类评奖、市场效益、读者反映和 IP 转化等方面都取得上佳的成绩。2018 年，《剑王朝》更是入选高规格的政府评选，即新闻出版署和中国作协联合发布的年度优秀网络文学原创作品推介，也将无罪及他的作品推向又一座高峰。

一、连载之初的微量剧透

2014 年 9 月 1 日，江南流火的夏日刚刚准备降温，无罪新书《剑王朝》的登场却在网络上再度掀起热潮。《剑王朝》，听名字气势恢宏却相对保守，虽然既有武侠又有历史，看起来却是稳妥之选。纵横文学给它的分类标签是"武侠仙侠"，这可是网络类型文里历史悠久又竞争激烈的类型。风格多变的无罪这次会为我们讲述一个什么样的故事？又是什么样的机缘能够让一向慎重的他信心十足地浸淫于仙侠这片竞争激烈的网文红海？

顾名思义，《剑王朝》是"一个建立在剑尖上的王朝"。首发页面的推荐语是这样写的："自连灭韩、赵、魏三大王朝，大秦王朝已经迎来前所未有之盛世，强大的修行者层出不穷，人人都以身为秦人而荣。但丁宁，一个出身毫无疑问的秦国都长陵普通的市井少年，每天所想的，却是颠覆大秦王朝，杀死修行已至前所未有的第八境的秦皇帝。"[①] 单从封推介绍中看，似乎说的是秦统一六国过程中，一名少年剑客的复仇经历。是什么样的家仇国恨，让一个市井少年以强大的修行者秦王为对手？带着这样的疑问，诸多追文的网友按捺不住好奇心，纷纷进入"纵横文学网"《剑王朝》的页面。由于首发当天贴出来的两章内容实在太紧张、太精彩，埋伏下许多摄人心魄的悬念，而且完全不落窠臼，让人完全摸不着后面的路数，将胃口吊得十足，以至于广大网友在好奇心的驱使下强烈要求网站对无罪进行专访——简单说，就是看看伶俐的小编能不能打探出故事脉络，提前让大家窥得一点点端倪，进行一点书迷福利剧透。书迷们积极评论、口口相传的强大感染力，使《剑王朝》宛如投入燥热初秋的火星，迅速燃烧起来，在网友同好间急速传播，这才有了前述"刚刚更新不到 2 万字，即迎来书迷 10 万点击，冲上纵横中文网全站含金量最高的月票榜榜首，并且同时登上周用户点击榜第一宝座"的佳绩。

为满足广大书友的心愿，纵横中文网派出小编，几乎在新书发布同时对无罪进行访谈。针对"《剑王朝》究竟是个什么样的故事"这一提问，无罪本人说："一个连我都觉得异常复杂的故事……小说背景类战国，七个国家都是强大的修真帝国。故事开始时，大秦王朝已经在连年征伐之下灭了韩、赵、魏三大王朝，和楚、燕、齐四国并立，继续争雄。七大修真王朝各自有自己强大的修真手段，秦主飞剑，楚主炼器、兵家之道，燕主符箓、真火之道，齐主阴神、鬼物之

① 纵横文学《剑王朝》封推语。

道……"① 由于当时《剑王朝》小说刚刚开始连载，无罪不愿剧透太过详细，但仅仅从描述就已经能看出，这将是无罪的又一次全新突破。整个故事不仅结构复杂、想象力丰富，设定也恢宏奇诡。它依托中国历史上秦统一六国之前七雄并立的时代，虚构出一个修真者的世界。在那里，所有征战杀伐都交给修行者完成。历史上，秦统一之前的中国历史颇多神秘之处，对很多人来说，那简直相当于凌乱混沌的传说世界。由于地域、风俗各不相同，齐楚燕韩赵魏秦七国各自酝酿出独特的文化，也各有其图腾、色彩和禁忌。由于文字记载的缺失，对巫术和神明的崇拜等，每个国家、每种文化中语焉不详的地方，在后人眼中都有着挥之不去的神秘魅力。后世对于战国七雄的了解，除来自史书中的只言片语之外，大多都依靠民间传说中的附会和想象。《剑王朝》就是在这个传奇时代的基础上，新一代的故事讲述者展开的想象。

二、故事梗概与人物谱

《剑王朝》的本身并不复杂，下面对其梗概和主要人物关系进行简单介绍。

故事讲述秦国都城长陵梧桐落一个酒肆里，少年丁宁和他的小姨长孙浅雪当垆卖酒。看似平凡的二人，真实身份却藏有惊天秘密，他们都怀有深仇大恨，暗自修炼其实是为了杀死秦王元武及皇后郑袖。丁宁修炼刻苦，悟性极高，但身体却带有"纯阳之体"的先天缺陷，阳寿只有短短十数年。为此，他必须努力修炼，接连闯关，在岷山剑会中拔得头筹，才能得到续天神诀，保住自身性命。在一路修行和对决中，丁宁名声大振，并以自身的魅力和眼界结交了许多朋友，有市井地头蛇王太虚，有授业恩师老顽童薛忘虚，有憨厚诚恳的大师兄张仪，纨绔子弟谢长胜及其姐姐谢柔，"情敌"关中少年沈奕，世家女南宫采菽，等等。

丁宁的前生名叫王惊梦，原为天下第一高手，精通天下所有武学，

---

① 　见纵横中文网《剑王朝》新书发布页面，《无罪特别访谈》。

有"天下剑首"的称号。秦国皇族之后元武未登基之前，就与王惊梦相识，二人互视对方为挚友。没想到王惊梦信错了人，比起兄弟情谊，元武更看重权力，而要想顺利登上皇位就必须除掉王惊梦。由于顾忌王惊梦修为，元武私下与王惊梦爱侣郑袖联手。郑袖是一个野心极大的女人，为当上皇后，她与元武设计除掉王惊梦。但二人不知王惊梦已练就九死蚕神功，三年后转世成为丁宁，开始复仇之旅……

此时元武皇帝已通过多种手段，在鹿山会盟中征服楚燕齐等国，靠武力和谎言成为真正的天下盟主。郑袖对丁宁身份疑虑有加，将他及许多剑士派往边境，意图让这些人在旅途劳顿以及与边境小国的征战中削弱实力甚至自生自灭。丁宁一路上经过许多场征战，却在浴血战斗的历练中更加强大，不仅获取灵药治好隐疾，还得到史上最强的大刑剑，并在诸多朋友协助下渡过难关，开始胜利反击。天下剑士也都前来归顺，一路高歌，杀死郑袖身边一个个心腹，逼迫郑袖和元武之间互生猜忌，兵戎相见……

在剑王朝时代，修炼境界一共划分九个等级，一境通玄、二境炼气、三境真元、四境融元、五境神念、六境本命、七境搬山、八境启天、九境长生。元武皇帝已达到第八境启天境，再突破一步便可获得永生彻底封神。谁知，当年成就他登基的皇后郑袖，最终死于他的剑下，而死前也用同样狠毒的招术断送了他的封神之路……面对元武这个与曾经的自己一样被郑袖玩弄于股掌的人，丁宁的胜利已成定局。他依然会与之一搏？将元武如蝼蚁一般踩在脚下，还是会挥挥手一笑了之，任由其自生自灭？最终的结局，有待大家自行揭秘。

故事的主要人物有如下几位：

男主丁宁：以市井少年身份出现，与绝色美女长孙浅雪以姨甥关系在长陵梧桐落开酒肆。背负着"那个人"的恩仇，暗地里修炼剑法。为克服自身先天不足——纯阳之体遭致的短寿，进入白羊洞修炼，并闯过岷山剑会的场场考验，得到续天神诀。由于对剑法悟性极高，且心思缜密，眼光极高，既能细致入微，又能总揽全局，被疑为当年的天下剑首王惊梦传人。后证明是王惊梦修炼九死蚕功法得再生。他的第一把剑是当年巴山剑场鄢心兰的末花残剑，最终获得当世最强大的大刑剑，修为破八境后与元武对决。

第一女主长孙浅雪：昔日秦王朝最大的权贵门阀公孙氏长女，风华绝代，美艳惊人，但性格冰冷，佩剑为九幽冥王剑，修炼以冰为意象的九幽剑诀，是一位冷美人。曾暗恋王惊梦，却因相识太晚而有缘无分。全家在变法中被秦王所灭，浅雪误以为是王惊梦所为，对其由爱生恨。误会解除后与丁宁双修续命，知晓丁宁真实身份后，随其几经战阵，迎得天下一统。

秦王元武：秦国皇帝，虚伪狡诈残酷，还未称帝时，在巴山剑场与王惊梦结为兄弟，后为得到帝位并稳固，与王惊梦爱侣郑袖联手设计，杀死王惊梦，灭巴山剑场。成为大秦皇帝后，为掩盖背叛兄弟、屠杀宗门等罪恶，嫁祸于人，烧毁大量史书及各种剑经，最终在暴虐和残酷的驱使之下走上一条不归路。

皇后郑袖：来自秦国偏远地区胶东郡的绝色女子，自幼被作为控制大秦的复仇种子培养，心狠手辣、无情无义、野心极大，善于算计人心，借力打力。带着阴谋诡计从胶东郡来到长陵后，靠计谋与美艳俘获男人为己所用。她没有正常人的感情，男人都是她手中的棋子，先成为巴山剑场剑首王惊梦的爱侣，在更大的利益面前又背叛王惊梦，与元武勾结设计害死王惊梦，如愿当上秦王朝皇后。虽然位居尊位，权力达到极端，但高处不胜寒，她不相信任何人，对于秦皇元武也是利用加防范，最终断送在自己埋下的仇恨之中。

王惊梦：巴山剑场的灵魂人物，剑王朝中第一奇才，精通天下武学，修为深不可测，被世人服为"天下剑首"。待人心诚，难以识人，居然被结拜兄弟元武勾结自己的爱侣郑袖联手设计杀害。幸修得九死蚕功，转世回阳，以丁宁的身份走上了复仇之路，重获"天下剑首"之誉。王惊梦虽然开篇已死，却是贯穿全文当之无愧的灵魂。他的内心与丁宁的肉体不断融合的过程，也正是故事从简单的复仇和个人成功走向更开阔格局的过程。

三、慎之又慎的前期构思

　　无罪最初的构想是要勾勒一个与传说中的战国类似的，百家争鸣、群雄并起的时代。在那个笼罩着神秘气氛的时代里，存在着无数传奇的剑客、美人、死士、明主。通过展示古代君主雄霸一方的气度和魄力，塑造传说中美人惊鸿一瞥的神态和形象，渲染开宗立派的宗师的恢宏气势，描绘侠义者的修行和战斗，就能构造出足够引人入胜的故事。而且，那个时代本身就充满奇幻色彩，孕育着强烈的戏剧冲突：众多人间豪杰、传奇侠士，纷纷为各自的家国慷慨赴死、舍生取义，但他们豪迈任侠的做法却都无法阻止素有"残暴"之名的秦王朝一统天下。这究竟是冥冥中注定的"神授天意"，或者我们如今历史唯物主义所说的社会历史进步规律，抑或因为某一个或数个杰出人物在历史的关口创造出诸多偶然，而这些偶然又恰好凑成必然的结局？一切的未定因素都是足以生发出复杂故事的源头，也是引起情节走向变化的导火索。背负诸多读者的期待，胸怀写出好故事的信念，携带对于未知精彩的想象，无罪的构思也在不断变化。因此，最初访谈时，无罪所言不多，这一方面是不愿剧透，另一方面，也是由于无法剧透，因为网络创作的走向虽有大致脉络，却永远是根据读者反映随时调整和变化的。

　　无罪在《剑王朝》里设计了秦与齐、楚、燕四大王朝，每个王朝内部都有诸多门阀和修真洞府，也有不同势力的纠葛和制衡。各方力量交错之下，任何一国的王权都没有足够掌控局面的实力，内部权力纷争，外界彼此牵制。故事里的秦从弱小到连灭三国，日益显现出强大气象。在国力日渐强盛的境况下，每个秦人都有着强烈的自豪感，特别是他们的修行者（类似于现实中的战士），正赶上在战场杀敌、建功立业的好时候，秦国也非常尊重这些修行的武士，将他们视为"国之重器"——所谓《剑王朝》的剑，并不是器物，而是运用器物的人，人剑合一的基本态度始终贯穿全文。但《剑王朝》的主角丁宁，身为一个秦人，一个市井间普通的秦国少年，又是天赋异禀的修行者，却并不谋求功名，而是想要谋反。作为一名身家清白的普通秦国少年，丁宁与秦王没有杀父之仇，也没有亡国之恨，看似与秦王之间毫无瓜葛，甚至应该感谢明君为秦人打下的盛世。他努力修习剑术的目的，却是要杀死传说中已入"八境"、搬山劈海无所不能的强大秦王——杀死自己王朝的君主。他的秘密究竟是什么？开局设置的这个巨大悬念仿佛钓饵，吸引人们一章章追下去。故事本身的架构、情节以及后续的内容"想象一下都会觉得十分复杂和神秘"[①]。

无罪并没有为大家呈现有关《剑王朝》的详细构思过程以及清晰的脉络，但他坦承这部作品并非仓促动笔，而是已经酝酿了好几年。无罪早就中意秦统一之前的时代，心心念念要为这段历史创作一部圆梦之作。有过写作经验的人都知道，故事的大致脉络、整体意象等只是基本，真正能够触动作者开始动笔写作的，往往是第一笔。特别是对于网络作者来说，前期章节虽然是免费内容，但开篇却是一部书立足定调的基本，上线当天的订阅、点击量，月票的数量和榜单的名次等，都决定后期走势的基调。要想成为爆款文，必须一亮相就令人惊艳。所以，虽然布局构思很久，但一直没有找到合适的机会正式动笔。无罪决心，一定要在最恰当的机会，用最精妙的笔触去呈现心中的构想；要一开局就抓住读者的目光，让他们一步步深陷，逃也逃不开。

起笔前的百般顾虑、反复琢磨和种种牵绊，正是作者搜寻灵感的过程。对于这一点，无罪深有感触，"如果不能在一本书的开端就精准地抓住目标人群，那即便是成名的老作者也会被无情地抛弃，被抛弃一两本长篇小说的结果，是两到三年消失在各种榜单，然后当红作者变成过气作者，被彻底遗忘，送到版权商手中的那些心血之作，也被丢弃在角落吃灰，或许在餐桌脚不平时，会拿出来垫脚"[②]。由于经历过精心之作未被看好的窘境，所以无罪对开篇慎之又慎，绝不轻易落笔。刚上线时，编辑就听说"第一章光初稿就改了四五次"，于是询问无罪，最终闪亮登场成为首章开篇的章节究竟有过多少个版本的草稿。回答竟然是："最终的章节应该差不多有六七遍吧，主要是各种纠结，其实可能几个开头、几种切入方式都可以，但我总是觉得会有更

---

① 见纵横中文网《剑王朝》新书发布页面，《无罪特别访谈》。

② 无罪：《剑王朝创作谈：我找到了某种平衡》，《文艺报》2019年4月29日。

好的，但到底哪种好，其实是读者说了算。"①《剑王朝》这个倾注了相当多心血的开篇果然没有令人失望，而无罪的细致和耐心，则让他的写作带上了一种对文字的敬畏感。正是这种沉得下心、沉得住气的镇定，使无罪笔下的侠士具备超脱的神圣感，更接近仙侠的本质。

自古以来，写作者都在不停的积累中寻找灵感。有的写作来自对生活细致入微的观察，有的写作来自对情感敏锐耐心的体会，有的写作来源于其他作品乃至艺术形式的启发——就像许多网络作者并不讳言他们写作的灵感来自影视剧一样。无罪没有剖析自己写作灵感的来源，但是从他的写作经历和部分访谈中可以看出：写作前认真收集资料，阅读相关历史、文学作品；勇于创新和自我突破，力求塑造新的故事模式和人物形象；写作中语言的精炼和句子结构的转换，有意识避免人们有关网络小说拖沓冗长的诟病，以及部分对话和人物描写中浓浓的古龙风格等，都构成无罪创作的有机部分。而在无罪的作品中，这一切因素并非随意混搭组合，而是慎重思索、精心对比和对文字效果持之以恒地追求的结果。

不仅全面构思、多方平衡，《剑王朝》还保持质量和数量同步的稳定更新。他在创作之初就给自己订下目标，每天保底更新两章。由于整个故事情节复杂精巧，所以连载时间持续了足足两年九个月。虽然时间较长，但在连载结束后的创作谈中，回顾《剑王朝》写作历程，无罪表示"我不再追求更新的速度，也不再保证观众喜爱的情节和套路……《剑王朝》很成功。至少在我看来如此。在这一个阶段，我很满意。因为这已经是每日连载数千字，两百几十万字的篇幅前提下，各方面的平衡点都抓得不错的产物"。观察作品后期的市场反响和转化表现就可以看出，无罪对自己的能力十分了解，对读者的口味也把握得非常精准。他知道"网文肯定会朝着精品化发展，所以我一直努力竭尽全力做得更精品一点……那种自己有十分力，逼自己出十一分的感觉"②。

---

① 见纵横中文网《剑王朝》新书发布页面，《无罪特别访谈》。

② 本段引文见无罪《剑王朝创作谈：我找到了某种平衡》，《文艺报》2019 年 4 月 29 日。

四、历史资源与文学虚构

经过缜密的前期构思，《剑王朝》具备与一般作品不同的整体性。作为一部古典仙侠类作品，如果将它的背景与真实中国历史对照的话，设定应当是在公元前 475—公元前 221 年，也就是历史上所称的战国时期。这一段正是中国历史上的大变革时期，群雄并起、诸侯争锋，除了齐楚燕韩赵魏秦这大名鼎鼎的七雄之外，还有许多较小的国家偏安一隅或割据一方。这个时代里，许多传奇人物在中国历史上留下了名字，如纵横家张仪、苏秦，军事家廉颇、蔺相如，改革家商鞅，军事家乐毅，政治家李斯、吕不韦，等等。我们耳熟能详的许多成语故事如"合纵连横""完璧归赵""负荆请罪""纸上谈兵""纵横捭阖"等也来自这个时代。《剑王朝》小说里就采用了这一时期许多中国历史上真实存在的人物名称，如张仪、苏秦、扶苏、胡亥、乐毅、赵高、徐福等。当然，既然是虚构作品，小说里拥有这些名字的角色与历史上的真实人物并非完全一致。但名字之下的品性、特长和人物所具备的个性光芒，却是对历史资源的很好借用。真真假假、虚虚实实，增强了小说的张力，激发读者在阅读时联想，向历史回望和探索的兴趣。

《剑王朝》是仙侠故事，它参考历史脉络，却又不局限于历史真实，而是大胆放飞想象，在战国的模糊设定下，将许多人物重新融合归纳、精致提炼，塑造当代读者能够理解和认同的形象，并将不同时代的典故连缀起来，虚构精彩的情节。如张仪和苏秦原本并非生活在同一时代，但在故事里成为同门师兄弟，后又因志向和际遇的不同分道扬镳；秦二世时代的大奸臣"指鹿为马"的赵高，在《剑王朝》中获得奇特却说得通的反转身份等。总之，《剑王朝》的大背景虽然放在秦经过连年征战灭掉韩赵魏三国，天下形势并不友善的局面中，描绘秦国谋夺与楚、燕相争的优势，最终灭齐而统一天下的时代，但它并不是对历史的复写。故事里的大秦贵胄将计谋和剑术、修行门派与权力斗争结合起来，呈现出一个与人世间相互映照的修行者世界。这个世界既远又近，既真实又虚幻，完全是仙侠的天地。这里的远，是久远历史的沉淀，是文学虚构的陌生；这里的近，是代代相传已然化入中华文化的形象和符号，是现代作家引领读者回望特定年代时，运用当代视野、当代语言和当代媒介进行的再创造。

故事开端于历史上七国势力此消彼长，夺霸争雄的时期。韩、赵、魏遭灭国后，大批亡国之徒和贵族贵胄四散流离，更有诸多门客和高人异士四处奔忙联络，谋求刺杀秦王和恢复故国的机会。大战一触即发，箭在弦上。将这样凶险的时代关口设置为故事背景，一方面与读者已有的历史知识背景有一定重合，借用传统文化的亲和力和联想基础；另一方面又极具包容性，能够从历史的空白发挥虚构想象。因此，《剑王朝》既能够容纳不受束缚的幻想、绮丽缤纷的色彩；也可以涵盖宜古宜今的情节、各具特色的人物事件。在这种极具包容力的设定之下，作者着力塑造秦在强大之路上树立起的内部敌人造成的危机：秦和楚、燕、齐四大王朝势力难分伯仲时内外交困。秦国虽然属后起之秀，但底蕴还尚显不足。因此，对内要保持疆土、提振士气、凝聚国族力量，对外要面对跃跃欲试的强敌并防备流落在外的亡国之士的反抗。在这样情势下，秦国依然发展成为一个举世敬仰的统一王朝，其间的故事起伏精彩又引人唏嘘。用无罪本人的话说，"想象一下，会是多么地波澜壮阔，会有多少的尸骨堆积起这样的王朝，这样的时代里，会有多少不一样的豪杰、宗师"[1]。而无罪用三年时间为我们构造的，就是这个伟大王朝的秘密，以及通向它道路上的风云变幻和诡谲的波澜。

《剑王朝》小说全篇共893章，分8卷：第1卷《大逆》（第1—第84章）；第2卷《争命》（第85—第163章）；第3卷《盛会》（第164—第317章）；第4卷《斗将军》（第318—第396章）；第5卷《两地争》（第397—第497章）；第6卷《当年事》（第498—第565章）；第7卷《心伐》（第566—第660章）；第8卷《长生》（第661—第893章）。在这部小说中，作者无罪展示出开阔的知识面和异常丰富的想象力。他通过在小说中汇聚世间万物，调动各种手段，构筑起一个五光十色、琳琅满目、丰富多彩的剑侠世界。上至天文下至地理，境

---

[1]　见纵横中文网《剑王朝》新书发布页面，《无罪特别访谈》。

内海外、江河湖海、大漠草原、皇族贵胄、街巷市井、墓地荒冢、农耕渔猎、珍禽异兽、虎豹虫蛇、灵药毒蛊、僵尸人俑……大千世界无所不包。然而，这个故事又并不是芜杂凌乱的，在万花筒一般奇招异术之中，一以贯之的是人物性格的复调特征和胸怀天下的开阔格局。

五、故事之外："裸奔"的美

2017 年，《剑王朝》小说连载完毕，这一年，无罪可谓大丰收，不仅作品获得多种媒介改编，他本人也登上"网络作家富豪榜"。

自 2014 年以后，网络文学作为 IP 产出大户和互联网文化原创内容源头的地位已然基本确定。不仅成型的知名作品成为 IP 市场上的抢手货，连刚刚开始在线连载的作品也受到疯抢。更有甚者，知名网络作家处于构思阶段的设想都有后期改编方洽谈 IP 合作。市场热潮的推动使得网络写作一下子变成含金量极高的行业，但在金钱诱惑的背后，是作者控制权的日益失守。由于过早签约 IP，不同改编方出于各自媒体形态需求的考虑，在创作阶段就插手作品。如强调视觉的动漫改编要求人物形象突出、个性简单；强调黏着度和满足感的游戏改编则要求情节段落分明、关卡设置节奏感强等。在不同资方要求之下，受到金钱胁迫的作者失去了所谓原创的自由，创作中不得不畏首畏尾，以求满足各方利益。虽然网络创作本身就是一个谋求流行、迎合读者口味的过程，但文字对想象力的包容度使得作者和读者基本是一体的，作者依然拥有足够的自主权。然而有了其他更加清晰的媒介形式的需求限制，作者的自主权就不再明确。

因此，当接受作品访谈时小编问起"光看第一章就觉得这本书的画面感太强烈了，非常适合拍成电影啊，有这方面的计划不？"时，无罪的回答是："之前想得比较多……不过开这本书的时候没有刻意这样的计划，觉得如果大家真的赞同、真的满意这本书，到后来自然会拍成电影。写作的画面感倒是好像自然形成的笔力，可能是自己的风格……我觉得这是好事，可以让真正喜欢作品、看得进去的读者有身临其境的感觉，有脑补的机会。"作为成功的网络作者，无罪对于网文 IP 改编的利与弊可谓深谙于心，他虽然期待自己的作品拥有出色的市场成绩，但并不意味着愿为利益放弃写作中自我观念的坚持。对于《剑王朝》，他"想要美美地写一下……也就是说，不受任何限制地写一本可以代表自己现在水平的小说。大家也应该清楚，之前的每一本小说在开书之前，版权都已经出售得差不多了，比如说游戏、漫画改编之类的，在一开始写作构思的时候，多少就会受点限制，受限制就会有些束手束脚，总是像穿着衣服洗澡一样，不能淋漓尽致，总不是特别舒服。所以这本开书之前我没有卖任何的版权，全部捏在了手里，不管到最后成绩怎么样，但是写起来一定会很爽吧"。因此，虽然写东西很有画面感，但无罪对于当时"网络文学最关键要克服的是不先收钱卖版权"这个症结的弊端了然于胸，因此《剑王朝》上线之前并没有像当时流行的那样采取 IP 预售、定制写作的方法。当然，作为一名依靠写作谋生的人，他也大言不惭地宣告："暂时会很没钱，大家看得喜欢一定要投两个硬币支持啊。"并以打破次元壁的纯网络方式对访谈读者和书粉跨界喊话："支持……支持……好看……好看……投票……投票……（洗脑过程中……）"[①]

　　最终，上线之前未带任何改编协议"裸奔"的《剑王朝》成为无罪"写的时间最长的一本书，从上传到完结，就差不到三个月就写了三年"。无罪认为，正是这种毫无顾虑、不受拘束的写作，使得"这本书的前半部分，应该是我迄今为止发挥最好的一本书，无论从前后呼应、情节的节节推进，还是挖坑和填坑，甚至是叙事的节奏，我都很满意"[②]。果然，作者本人写得畅快，读者粉丝读得过瘾，随着对多种媒体表现形式的呼唤之声而来的，是更为贴近原著、尊重作者和书粉意愿的 IP 协议。2017 年 4 月，《剑王朝》动漫率先登录爱奇艺，第一季播放量就超过 5000 万。由于曾被书迷誉为"最为期待的仙侠小说"，作品百度贴吧粉丝超过 25 万，站内总点击达到 7295 万，百度指数高达 4.7 万，并长期霸占百度小说人气榜和武侠仙侠榜冠军，受到

① 见纵横中文网《剑王朝》新书发布页面，《无罪特别访谈》。

② 本段引文见无罪《剑王朝创作谈：我找到了某种平衡》，《文艺报》2019 年 4 月 29 日。

众多书迷热烈追捧。爱奇艺《剑王朝》动漫剧由日本 S 级制作团队亲自操刀制作，采用 2D 手绘融合 3D 特效展现了更优质、唯美的动画画面，让原著粉丝、漫迷们感受最佳"沉浸式"观剧体验。人气歌手黄子韬献唱动漫主题曲 *the road*，也最大程度加速《剑王朝》"动漫势能"的爆发[①]。2017 年 6 月的爱奇艺世界大会上，由著名导演冯小刚担任监制的《剑王朝》真人剧正式启动；7 月，上海 Chinajoy 展会中，阿里游戏携《剑王朝》手游首次亮相；同月，由长江出版社推出的纸质版《剑王朝》也下线出版……由于影视改编的延后性，《剑王朝》的热度并没有止步于 2017 年的辉煌，2018 年，它获得中国作协和新闻出版署联合推荐，登上"网络小说排行榜"，在线成绩又刷新高……2019 年 12 月初，《剑王朝》网剧在爱奇艺上线，男女主分别由颜值与流量双高的年轻演员李现和李一桐饰演，一举夺得播放量第一的好成绩。据网络观察，由于同为古装剧的网文改编大 IP，猫腻的《庆余年》也正在热播，这两部大制作剧之间展开了一场"厮杀"。可以说，"人红是非多"，网民之间口角争论，为自己心爱的作者刷分站队十分正常。无论如何，延续多年的热度正说明这一部作品真正实现了文字、图画、声像的全媒体登场，是网络文学作为在文化产业链起始端想象力和故事源泉的一次最为理想的 IP 转化。

《剑王朝》这部最初无协议被无罪牢牢握在手里的作品，终于让作者的自主权发挥了应有的效用，也从一个侧面印证了无罪有关网文发展和 IP 改编的思考。无罪曾说："无论是改编游戏，还是改编影视，精品 IP 的源头都应该是原创文学。以前我们只是纯粹小说框架的提供方，故事情节的提供方，并没有和游戏行业紧密结合，包括现在的影视行业也是一样。我们希望不仅仅是做故事情节提供方，我们应作为游戏策划，包括整个世界观的架构，用一种完全融合的方式参与到精品 IP 的开发中。"当然，这种参与对作者本人的阅历、见识和掌控能力有极高的要求，因为面临如此众多的改编团队，如何选择是一个极大的挑战。在网文界曾有不少出售 IP 失手的案例，有的作者一稿两

---

① "动漫《剑王朝》26 日上线爱奇艺率先塑造 IP 影视化布局"，中国网。

售，影响作品系列、整一的整体形象；有的作者过于粗心，一经签约便彻底失去了对作品乃至后续写作的控制权；有的作者则因改编作品太偏离原著而失去了读者的信任……总而言之，看似简单的签约改编，内里玄机重重，稍有不慎就会得不偿失。而无罪则有自己一套选择合作对象的标准："首先看这个团队有没有真正有影响力的作品，它有没有真正的成功作品，在市场上获得认可与反响的成功作品。其次，我会考核这个游戏公司和团队有没有能够深挖作品，不只是作品短期赢利模式，而是把作品深挖，做成真正的大IP，我们挑选团队的时候不是挑选它能够做成游戏而获得赢利，而是融合上下游资源，形成产业链，拥有这样的资源才会去考量。"由于小说IP改编影视游戏已经有很多的成功案例，无罪认为将来的精品IP改编必然会更上一层楼，但却不是一般所谓的"缔造新高度"，因为他还远远不满足于网文在整个创意产业链中所处的局面，"我们才刚刚起步。参照漫威公司周边的很多衍生产品就会发现，目前国内的精品IP只开发了一点点，后面有很多东西可以做。此外，研究原创文学的发展轨迹不难发现，包括手游行业，包括影视，网络电视剧、电影也是一样的，两者的受众群体是非常一致的，我们的内容去改编游戏也好，改编影视也好，本身就有一个非常高的契合度，影游联动将是未来精品IP很大的一个趋势"①。

《剑王朝》的跨媒介成就可以看作行业的又一个新动向，即网络文学改编从早期蜂拥而上囤积IP、网文作者被作为初始阶段的低端资源提供者，转化为自主把握后续改编走向的深度参与者，网文作者拥有更多主动权。对于追捧某个作者独特风格的死忠粉们来说，这也是一个向好的消息。作者意愿在多种媒介形式中的体现，可以确保广大粉丝喜爱的形象和风格在以IP为核心的创作产业链中得以延续和保留。网络经济很大程度上依赖于注意力和情感，这种以人际联系为纽带，以对作者、作品以及周边系列IP改编和衍生产品的持续关注，正需要突出并延续作者本身的独特风格。因此，以《剑王朝》为中心的一系

---

① 本段引文见《无罪：紧抓精品IP的深度改编》。

列改编转化可以说是粉丝经济、情感经济的成功案例。《剑王朝》故事精彩，而在故事之外，作者美美地写，读者美美地读文追剧，创造出了跨越屏幕的美感和佳绩。

第三章

人与物：复调、流动和超越性

在网络小说的分类中，《剑王朝》属于"武侠仙侠"类，还带有古典仙侠类标签。修仙小说是我国网络文学领域最流行且最具中国特色的一类，特别是从武侠发展而来的古典仙侠类小说，能够将网络阅读时代驳杂繁茂的知识来源与传统历史文化包容的想象空间相结合，尤其受到读者喜爱。由于网络小说类型之间的相互借鉴和融合，所谓"修仙""修真"或"仙侠"基本都属一类，"是在欧美与日式幻想文艺的刺激下，从传统武侠和神魔小说中生长出来的，对内容和结构有较强规定性的中国风格的网络幻想小说类型，讲述的多是由人修炼成仙的故事。按照故事发生的世界背景，可以分为四个子类，其中之一即以中国古代社会为背景的古典仙侠"[1]。"仙侠小说是武侠小说向修仙小说过渡的产物，是修仙小说的先声与第一个子类。早期的仙侠小说大多兼有武侠和修仙的特征，是直接从武侠小说中生长出来的……不过近来所谓的仙侠小说，即便是古典仙侠，也只是表面上的武侠、本质上的修仙。然而由于武侠概念深入人心，至今在主要文学网站的分类中，仍然使用仙侠作为统称。"[2] 由此可见，仙侠小说脱胎自武侠又超越武侠。

仙侠小说中所谓"侠"，即超出普通练功比武、强身健体的个人目的，而带有惩恶扬善、保家卫国的责任感。所谓"仙"，则不仅仅是功夫招式乃至法宝的变化莫测，也不仅仅是侠那样对于自身或者一国一

---

① 邵燕君主编《网络文学经典解读》，北京大学出版社 2016 年版，第 72 页。
② 邵燕君主编《破壁书》，生活·读书·新知三联书店 2018 年版，第 253—254 页。

家的责任感，还需具备更大的超越性和开阔的视野。《剑王朝》对人与物的刻画都带有仙侠小说这种既出世又入世，既少年心性又神仙境界的复合性。作为一部针对大众读者群体的通俗作品，它必须设置一个积极进取、努力奋斗、惩恶扬善和付出必有回报之类激励人不断上进并充满力量的升级体系；但另一方面，仙侠的超越性又使之在个人成功和满足之外，带有更抽象的、更高层次的追求，为天下苍生求出路和求解脱是这类小说必然的基调和格局。

一、重生：灵魂与躯体的复调

"重生文"是网络小说中一个受欢迎的类型，小说主人公遭遇时间失序导致身份转换，与穿越文类似，基本设定是主人公灵魂穿越到另外一个躯体内。一般而言，穿越文指灵魂进入其他人的肉体，重生文则是携带成长记忆的灵魂重回早先的自己，从而改变命运走向。当然，由于网络小说的发展，情节日益丰富，所谓穿越和重生的区分在具体作品中也并不完全清晰。在这种肉体（性别、年龄、体质以及携带的身体技能）和灵魂（包括记忆、判断力、知识等）的分离与重组之间，其实隐藏着一个悖论，即如何处置那被灵魂夺取的肉体原本的自我意识。在同一灵魂回到自身肉体的重生文中，只需接受时间错乱的事实即可，但如果是不同人之间的穿越，即面临身心错乱的问题。以往的穿越文处置办法是借助死亡：穿越灵魂遭遇车祸之类，肉身破损，而穿越对象往往是将死的肉体，自身魂魄要么飞散，要么已然离去，一魂一体恰好对应。而在《剑王朝》中，似乎并没有对这一问题过多纠结。

《剑王朝》主人公王惊梦虽然是"重生"，却并非严格意义上回归自身，而是携带记忆"穿越"进少年丁宁的身体，丁宁似乎天然为王惊梦而生。驱动王惊梦与丁宁合体形象的动力，共有三个层次，这三个层次也就是灵魂与身体逐渐融洽最终超越凡俗的过程。作为一名少年的丁宁，最基本层次的动力是对生命延续的渴望。他作为秦国少年清白的身家和前期羸弱身体所具备的迷惑性，都不是伪装的结果，而是丁宁这具少年躯体自身带有的优势。王惊梦潜伏在这具身体中，借助一些计谋获得修行资格、结交良师益友，历经几次考验和战斗得以进入岷山剑宗获得续命灵药。因此，基本生存需求是角色塑造的第一个层次，在这个层次里，丁宁少年身体主宰着灵魂。第二层次的动力则是复仇的欲望。前世杀身夺妻的仇恨由王惊梦的魂魄带来，丁宁在成长的路上背负着这一仇恨。小说开端丁宁酒铺的墙壁上有一树梅花，每一朵代表一个复仇对象，梅花盛开之时也就是性命凋谢之时。鲜红的花朵比喻生命和鲜血的意象颇具冲击力，这是魂与肉体结合的第二个层次，在这个层次里，可以说王与丁之间目的一致，旗鼓相当。第三个层次的动力则是超越个体的，以天下苍生和百姓安危为目标的，这显然已经超出故事里尚在少年时期丁宁的胸怀，可以说是王惊梦的灵魂和理念逐渐占据上风。

因此，《剑王朝》的主旋律并不单一，可以说它将王惊梦这个重生者的淡然和超越性思维，与丁宁作为少年的上进心和复仇欲望结合起来，使小说呈现出复调效果。所谓"复调"是俄罗斯理论家巴赫金在《陀思妥耶夫斯基诗学问题》中提出的观点，他认为陀思妥耶夫斯基的小说里"有众多各自独立不相融合的声音和意识，由充分具有价值的声音组成复调"，就是说作品人物并非构成作者统一安排的客观世界，而是有众多相互平等的声音连同其自己的世界统一在一个事件中。

在网络小说中，我们可以将重生文中灵魂和躯体并不合一的情况看作一种在网文中设置复调，使人物性格更加丰富立体，甚至具备对立元素、呈现矛盾效果的手段。《剑王朝》一文的脉络即十分清晰地呈现出这一点。它描写争斗却并不宣扬暴力，主张进取却在关键时刻放手退去。在丁宁和王惊梦身上，矛盾的性格最终统一为对正义与和平的追求。作品中一以贯之的，是一种有节制的武力，是一种以理性、仁爱为约束的，有耐心且受到控制的力量。

王惊梦是剑王朝中剑侠世界里的第一高手，丁宁是他重生后魂魄与躯体合一的形象，最初只是一个领悟力虽强却体质孱弱的秦国少年。这一具拥有二重性的躯体重生、修炼、设计复仇的过程，以及两种性格的发展和内心的纠结决断等，贯彻着这种复调人格，从而展示出作者所主张的以耐心化解暴虐、以仁爱对抗武力的整体思路。在小说中，丁宁和王惊梦始终是一个出世和入世思想的复合体。王惊梦功夫绝顶，丁宁一心复仇，他（们）对于战争与和平的思考很多，却又不是心底狭窄、嗜血成魔的人，而是体现出亲民、非战，祈望天下一统、和平安详的思想。下面的几个例子就清晰地体现出二人不同的性格。在分析中，我们将显性人格放在前面，括号中为隐性人格。

第1卷第45章《残剑》，讲述丁宁得到第一把佩剑"末花"的过程，这把剑正是当年王惊梦所在的巴山剑场女侠鄢心兰所佩，折断的剑尖见证着当年的惨烈过往。在这一章中，王惊梦（丁宁）回望长陵，感悟道："整座雄城也似乎平和而没有纷争，然而在这样的看似平静下，无数的钩心斗角，不见鲜血的厮杀，却是和这天地间的元气一样，是无比纷乱的线条纠缠在一起。只要进入这样的局里面，哪怕是一个最小的卒子也不可能幸免，必定会卷入无数张网里，绝对不可能游离在外。"这里折射出王惊梦作为一个死而复生的灵魂，虽然能够超乎世间纷扰，抛却个人恩怨，却依旧掩饰不住高处不胜寒的落寞。稍后第56章《心不平》中，丁宁养生调息时默想："有时候杀人报仇这种事情，似乎的确是很无聊，那些死去的人活不过来，或许还会有更多的人死去。然而王太虚说得对，如果活得都不痛快，那活着便更没有意义。他的脑海之中，又出现了长孙浅雪的影子，他想到了她所说的公平。人心里的公平，和世间所谓的公平，其实并不一样。"这段内心独白，其实可以看作王惊梦和丁宁的对话，其中既有已然失去肉体的王惊梦超越生死的思考，也体现出血气方刚的少年丁宁"要活个痛快"的决心，思维的流转呈现出两种人格复杂的纠结。在第4卷第14章《燕，上都》中，王惊梦（丁宁）："每次听到长陵的水声，无论是天空坠落的雨珠，还是街巷中淘米洗衣的水流声，他都无法心安。所以他这一步走得快了点，走得急了点。'情'之一字，便是他最大的弱点。只是经历过许多事之后，他便更加明白，'情'之一字原本比世间任何东西更为重要，而这也是他和元武、郑袖最大的区别所在。"这一段既可以看作王惊梦对于前世失败的自我反思，也是对今生作为丁宁的自己依然为情所困的坚持和认同。第7卷第43章《指教》里丁宁想："在很多年前他（王惊梦）踏入长陵时，想要成为的便是天下风云的中心，天下风云因他而起，任何大事件都围绕着他发生，或许会让他感到莫名地兴奋和虚荣感。然而，当真正经历了那么多的生死，背负着那么重的分量，想法便会自然地改变。对于造成这千山围困的夜枭，丁宁此时也没有任何的恨意，即便有些事情只是意外和出于好的出发点，但战争和变革，的确真正地造成了很多人的不幸。"这段话表明丁宁不再是那个一心要复仇的梧桐落少年，随着武功的精进和修为的增长，彼此的贴合已经不再局限于魂魄与肉身二重性的合体，而更趋向内心的认同。除以上几处之外，文中还有大量细节体现出重生前后原本性格不同的两个角色，在成长、复仇、达成任务的过程中逐渐接纳与融合，使角色的复调特性愈发凸显。

的确，作为修行者的丁宁最初走的是个体修炼的道路，由于自身背负的秘密，他无法坦白身份，因性格的二重性而显得神秘。但纵观小说全文，会发现丁宁最为突出的能力却并不在于强大的个人力量，或者说直到小说最后丁宁解决了性命问题之后，才能突破八境修为，成为堪与秦王元武匹敌的真正强者。而此前的大段篇幅中，丁宁始终处于岌岌可危的弱势，着重描写他如何运用智力、头脑和人格魅力争取盟友，最终险中取胜。整部小说并未宣扬强强相对的武力值比拼，甚至反对这种硬碰硬的对决，而是追求一种依靠群体、借力打力、以柔克刚的智慧。丁宁这个角色明辨是非，善于分清各方势力的纠葛，借助自身优势将同道中人团结在身边，具有一种领袖气质和凝聚力。他身上的这种特质，既来自其独特的身世——逝去的第一高手王惊梦的重生之体；也来自其底层生涯的历练，同时也蕴含着作者无罪对于修仙的超脱性和武侠的终极目的的思考。

二、壮大：英雄的个体与群体

围绕秦灭六国的历史，确实有很多凶险的故事。一般而言，荆轲、樊於期、高渐离等义士的形象早已为人们代代相传。被秦灭掉的国家臣子为君为亲复仇的故事也比比皆是。而《剑王朝》却换了一个角度，从秦内部修行者之间的矛盾讲起，将家国大义具体化为高手对决。这种写作方法，一方面没有更改历史趋势，顺应大势不可逆的整体基调；另一方面，最终大仇得报和恩怨化解的方式，又较为符合当代以和平和尊重生命为主调的价值观。即强大的英雄个体在天下一统、百姓平安的"大义"之下，不再计较一己私利，有强烈的现代观念，也带有神仙和重生者的超越性。这种二重性使得作品丰富充盈，也贯彻着作者本人的思索。例如书中一些人物对话看似平淡，细细品来却蕴含着不少哲理。如白羊洞洞主薛忘虚在第2卷8章"老夫聊发少年狂"中说："年少轻狂，放歌纵酒，谁知道多少轻狂事，可是，多少岁月消，多少事错了，多少人走了，却是再也难回头。没有重来一次的机会了。"第2卷19章里，薛忘虚对丁宁说："位置越高的地方越是寒冷，能够做得越高的人，自然也越冷酷。"关中少年沈奕暗恋谢柔，得知谢柔非丁宁不嫁，怀着恨意找丁宁决斗说："人这一生，唯一不能败给的就是自己。"第4卷第47章里，丁宁对净琉璃说："心若不自在，剑如何自在，这就是大自在剑的真意。可是天下的修行者从一开始修行，就自然接受无数古人前辈流传下来的思想，无形之中已经有了有些事能做、有些事不能做的固定思维，这便是从修行开始便无意识地约束住了自己。""若是不自在、随意，不如自己先在自家的心意感悟上套上了枷锁。"每个作者的创作都是自身理念的投射，《剑王朝》中借仙侠人物之口说出的看似洒脱的言语，传达的是无罪下笔之前潜心领悟的人生哲思。

在网文阅读中，读者追求代入感和爽感。前者指读者将自身置换为故事角色，与之一同经历和体验情节，达到感同身受、休戚与共的共通感，是一种基于作品的移情效应。而爽感即建筑于代入感基础上的阅读效果，主人公击败对手、赢得胜利时，将自身代入的读者也由之获得畅快淋漓的感受。由于这两种投合读者心理的阅读效应在流行网文中百试不爽，大多数网文都会围绕单一主角展开，忽略次要人物和辅助角色。但这也造成小说故事单一、主人公享尽资源和奇遇，以至于整体逻辑欠缺的"龙傲天"效应。近年来，类似问题一定程度上引起部分作者的反思，在创作中不再单单围绕主角，以避免作品离奇失衡得近乎童话。与一般以实现个人成就为目的的武侠或仙侠小说不同，《剑王朝》对角色塑造就不局限于个人，即便是主角丁宁也是具备二重性的。小说还以丁宁这个核心人物为原点，带出诸多形态各异的角色，从而使《剑王朝》里的修行者不是孤立的个体练功者，而是彼此协作扶助的群体形象。

所谓"类型小说"之名，就来自其中一些为大众所熟知并喜爱的情节定式。因此，在通俗小说中，故事设定和情节走向可以提前构想，甚至有一些雷同并不令人反感。作为一名成功且成熟的通俗小说作者，无罪认为，"对于绝大多数长篇小说而言，其实套路和文字的精巧程度并不是让人觉得烂俗的死穴，反而是人物的脸谱化和人性才是（烂俗死穴）"[1]。在他的心目中，一个故事最吸引人的地方，是其中人物的性格和命运，这也是他创作中最为在意且最投入功力的所在。大多数人读小说只是为了娱乐，关注情节的曲折、头绪的纷纭和计谋的机巧，殊不知，真正使一部作品从简单的"故事"过渡为"文学"的，并不是单纯的情节走向，而是其中生动鲜活、个性十足的人物性格。好的人物会在不知不觉之间抓住读者的心，使阅读的过程与主人公命运休戚与共。然而，故事情节可以提前构想，人物的魅力是否能够提前设计呢？在具体写作中又该如何进行？在反思自己前期作品时，无罪说："绝大多数长篇连载小说的人物多到惊人，看完之后却发现是同一张脸谱，而《仙魔变》的成功，是因为书里面的诸多人物都有着独特的人性，有着真实成长和变化。小说最后的大反派张平，原本是和主角一起读书修行的同学、挚友，为了战争的最后胜利，不惜冒奇险混入敌国宗门窃取对方重要功法，然而最终又因为情仇，因为自身力量的增长，而背弃了原先的信念，成为主角最可怕的敌人。所以在开始创作《剑王朝》之前，我花了最大力气去构思设计的，并非是主人公丁宁如何潜伏在长陵复仇的过程，而是书中这些人物的人性。"[2] 因此，尽管《剑王朝》里战阵驳杂，头绪繁多，却始终紧扣丁宁的成长与

---

[1] 本段引文见无罪《剑王朝创作谈：我找到了某种平衡》，《文艺报》2019年4月29日。

[2] 本段引文见无罪《剑王朝创作谈：我找到了某种平衡》，《文艺报》2019年4月29日。

命运。

整部作品一开篇便展开一个波诡云谲、惨烈壮阔、奇幻瑰丽的剑侠世界。一场狂风暴雨中，秦国监天司司首女剑客夜策冷在温柔不动声色之间处置了两条人命。一是本朝权贵之婿，一是敌国剑炉潜伏多年的高手。第一章就在这样凄风苦雨，暗黑和血腥中铺开，然而，这惊心动魄的绝杀却仅仅是一个序曲，直到第二章，故事的主角丁宁才露面。他的出场使整个节奏缓和下来，看似平平无奇，甚至还有几分狼狈和幽默，与前面夜策冷御剑杀人的血腥冷酷形成鲜明对比。目睹前面夺取两条人命的血腥杀戮后，这名少年一开口，却感叹"真是漂亮"——并非杀戮手段漂亮，而是称赞白衣胜雪的女杀手。为什么这个十来岁的孩子却拥有如此惊人的胆识和诙谐的口吻？丁宁，秦国都城长陵梧桐落一平凡少年，与小姨长孙浅雪开一间生意勉强能够维持的酒铺，白日卖酒、夜晚修炼。他的功力只是区区入门水平，同时又身患重疾，只剩十来年的寿命。小姨对他不冷不热，丝毫看不出怜惜和温情。前两章出场的重要人物，夜策冷与丁宁，一冷酷一淡然，一强大一弱小，在笔法一抑一扬的对比之间，将高处不胜寒的女剑客刻画得冷漠决绝，又给人留下莫名的好感；而普通少年丁宁看似平凡的外表下，却又能让人读出不平凡的见识、阅历和决心。

作为第一主角的丁宁既不是"龙傲天"那样处处开挂的幸运儿，也不是网文常见套路里那种人人瞧不起却能神反转的废柴青年。他体质不佳、修炼境界不高，却显示出异乎常人的冷静和阅历。他虽然拥有重生的灵魂，却并没有与之相配的高超体能。在这一阶段，酒铺少年之所以能够谋生并提升自身技能，来自周围人的帮助。而这些帮助也并非凭空而来，而是丁宁依靠重生灵魂老到的经验以及细致敏锐的观察力，在为其他人做事的过程中积累下来的人脉。如在与江湖下层的门派"两层楼"首领王太虚结识的过程中，丁宁依靠前世王惊梦久居朝堂、与大人物们朝夕相处的经验，提前预料到王太虚将要面临的险境、凶险症结之所在，以及化解危机、权利交易的可能性，并经过周密的思虑，协助地头蛇王太虚扳倒对手、夺取地盘。在这一过程中，丁宁获得了贩夫走卒之流当地最底层民众的诚服和协助。而王太虚及其门徒虽为市井，却恰好能够弥补丁宁也就是王惊梦作为英雄人物所缺乏或不齿的一些品质，如世故与圆滑。赢得两层楼中市井豪侠的信服，故事来到下一个重要情节，丁宁加入白羊洞，成为洞主薛忘虚的弟子。这一过程并非一帆风顺，由于洞主"破格录取"引起争议，丁宁为平息宗派争端，主动站出来要求参加入门考试。第一场是"流石盘"，考验修行者"静心入定"的能力，"先能静心，心无杂念，才有可能入定内观，才有可能感觉到自己身体内的五气"。第二场是"感知俑"，测试修行者体内五气感知天地元气相互的能力，这与静心能力不同，更强调天赋。两场入门考试中，丁宁表现上佳却又不过于超群，既让那些对他心有不满的同门暗暗叹服，也是在为读者展示丁宁角色自身的天赋、特长，思虑的缜密和处事的稳妥。

以上内容虽然曲折惊险，却在《剑王朝》开篇短短 30 章内交代完毕，这体现出该书情节紧张节奏快的风格。虽然只是序曲，丁宁的形象、性格特征、天赋缺陷以及待人处事的方式已经得到全面的勾勒。在无罪笔下，成功而有魅力的主角永远不是那种高大全的完人，他们总有一些俏皮无赖的地方。人物身上这些令人无奈又不失可爱的小缺陷，是无罪自《流氓高手》"猥琐流"男主以来就特别擅长使用的策略。作为侠之大者的王惊梦起点太高，性格又太过单纯方正，难免有些无趣。他可能令人佩服、敬畏，却不可能有"小儿无赖"的顽劣；而作为古代小民、重生大侠托生魂魄躯体的丁宁，却可以很好地以一副少年的身体将铁面无私的大侠与嬉皮笑脸的小流氓、阅历深厚的修行者与心地单纯的少年结合起来，从而具备让人着迷的多元性格。

采取游说、攻心之术，丁宁可谓御敌于无形；而他的成长过程，从个体弱小到群体的壮大，则是一个以点带面、以单个人物带出群像塑造的过程。不仅主人公清晰沉静有领导魅力，其他鲜活跳脱、个性分明的朋友也给人留下深刻印象。《剑王朝》虽是为剑术修行者立传，但从最终决胜的计谋中，依然可以看出《史记》列传中记载的英雄人物运筹帷幄、决胜千里的风采。

三、女性：一招一式总关情

写作本身是一个变化的过程，作者在创作中倾注情感与才情，使得笔下人物"活"了起来。而一旦塑造出这样的人物，作者就不再是文本的完全掌控者，而必须遵从文本自身的发展规律和人物性格规律。《剑王朝》试图描绘征战杀伐的时代，但故事依旧是由一个个具体的人物形象构成，人物在发展的过程中也逐渐显现出各自独立的性格，引领故事走向。小说毕竟是人学，抓住了人物的命运线，就抓住了作品的魂，也抓住了读者的情。在丁宁这一主要人物之外，无罪设计出一群生动鲜活、相对独立的次要角色。以一群各具特色的人物引领读者，进入那个色彩缤纷的剑的世界。因此，《剑王朝》的世界是由形形色色带着情感，也牵动读者情感的人物构造的。

在令人眼花缭乱的打斗争战中，人们被主人公的命运所牵动，也被次要人物的魅力所吸引。但是，不得不承认，无罪在塑造人物的时候，特别注重对情感的描绘。主人公王惊梦是一个为情而死，又为情重生的人。为情而死是指他前世武功高而心地软，过于善良不愿相信爱人和兄弟的背叛，最终遭陷害而死。为情重生是由于前世与长孙浅雪有情，奈何相见恨晚，发乎情止乎礼，只得将本命物九死蚕封存赠送长孙。谁知这段情却造就巧合机缘，使他获得续命重生的机会。重生后的他，成长和壮大的基本方式，则是与有情的长孙浅雪双修练剑。因此，王惊梦的情之第一个层次，是凡俗的爱情；第二个层次则是对天下苍生的怜悯之情。在第一个层次中，前世送命的缘故是作为俗世凡人对于郑袖的爱，其续命的缘故是对长孙浅雪恋情的感知，而重生后立身的根本则就依赖于前情往事的不懈努力。

这种前世今生的纠葛，使得无罪在写作过程中，显然更偏重女性。虽然作品中次要角色众多，且各有个性，但作者分明将情感的比例更多地分配给女性角色，使得这部男人之间武打豪夺的《剑王朝》，对于女性读者来说同样精彩，甚至更加动人。

全书开篇，主人公丁宁尚未露面，就有一个重要女性夜策冷惊艳亮相。这是一名白衣胜雪的女修行者，她出场时"一只雪白的官靴从其中的一顶黑雨伞下方伸出，在黑重的色彩中，显得异常夺目。官靴之后，是雪白的长裙，肆意飘洒的青丝，薄薄的唇，如雨中远山般淡淡的眉。从惊涛骇浪的河面上如闲庭信步走来的，竟是一名很有书卷气、腰肢分外动人的秀丽女子"。与之相比，丁宁就普通许多，几乎没有对具体容貌的描写，"塌了半边的香油铺子里，却是又走出了一名提着油瓶的少年，最多十三四岁的样子，然而沾满灰尘的稚嫩面容上，居然没有半分害怕的神色。他只是一脸好奇，眼神清亮地看着黑衣剑师，然后目光又越过黑衣剑师的身体，落向两道被摧毁的篱墙的后方……"

丁宁官配，第一女主长孙浅雪出场时，更是不吝笔墨：

绝大多数女子的美丽来自妆容和风韵，她们身上大多有特别美丽的部分，或者有独特的气质，甚至有些女子的五官单独分开来看并不好看，但凑在一起，却是给人分外赏心悦目的感觉。

但此刻安静地站在清冷酒铺里的这名女子，却是无一处不美。

她的五官容貌、身姿仪态，无论是单独看某一部分，还是看全部，都是极美的。

她的年纪已经不算太小，但更要命的是正好处于青涩和成熟之间，这便是两种风韵皆存，哪怕是她此刻眼中隐含怒意，神情有些过分冰冷，只是身穿最普通的素色麻衣，给人的感觉，都是太美。

那件普通的麻衣穿在她的身上，都像是世间最清丽，又最贵重的衣衫。

但凡看见这个女子的人，就都会相信，书本上记载的那种倾国倾城，满城粉黛无颜色的容颜是存在的。

她就那样清清冷冷地站在那里，穿着最普通平凡的衣物，但身体的每一部分都似乎在发着光，都能够挑动让人心猿意马的琴弦。

这一段描写中，可以看出强烈的古龙风格。而《剑王朝》女主比男主大、对于男主态度外冷内热、所练九幽冥王剑导致周身寒冷以及二人相拥双修等情节，则处处可见《神雕侠侣》杨过、小龙女与古墓派的影子。

再来看对小说中的女性反派角色皇后郑袖的描写：

> 同样的夜里，一名女子正走在一条石道上。
>
> 石道的两侧，站立着很多铜俑，这些铜俑上面，至少有数种可以轻易杀死第四境修行者的法阵。
>
> 这名女子异常美丽。
>
> 她身后的两名侍女也是绝色，然而和她相比，却似乎只是两个青涩的孩子。
>
> 因为她的美丽，不是那种秀丽，也不是那种妖媚，而是那种无比端庄、无比耀眼、令人仰望的美丽。
>
> 她的美丽之中，含着无比的威严。
>
> 她的两侧，巍峨壮观的皇宫的影子，都好像畏缩地匍匐在石道的两侧，拜伏在她的脚下。
>
> 她是大秦王朝的皇后，长陵的女主人。
>
> 即便她的容颜无可挑剔，完美到了极点，哪怕就是一根发际线，都像是天下最好的画师画出来的，然而整个长陵，却没有多少人敢认真地看她，看她的容颜。

从小被作为杀手培训，心狠手辣，不惜手刃伴侣登上皇后之位的郑袖，第一次出手虽是坐收渔利，却显示出与众不同的气度，导致天下最精彩的四名女子重伤：

> 皇后的书房里，灵泉上方的天井突然射出无数条纯净的光线。
>
> 无数的光线交错着，无数的交汇点变得更加明亮，如无数细小星辰飘浮在灵泉里的数个莲蓬上方。
>
> 皇后完美无瑕的脸庞上流淌出一丝冷意。
>
> 她的左手抬起，五指的指尖上也射出了数条纯净的光线。

无尽高空中，那柄赤红小剑正要归入既定轨迹，静悬下来。

然而就在此时，上方的寂冷空间里，却是涌出无数道彗尾般的星光，旋即化为苍白色而没有丝毫温度的火柱，扫落在这柄赤红小剑之上。

赵四此时已然落在某处山巅，她的眼神里骤然充满无尽震惊和愤怒之意，噗的一声，她的口中一口鲜血冲出，竟然一时控制不住自己的身形，跌坐在地。

无尽高空里那柄赤红小剑符纹深处的光华尽灭，通体焦黑，变成了一截真正的锈铁般，飞坠不知何处。

另一精彩的反派女性是楚国妃子，她的容貌通过他人之口描述："赵香妃也是秦人闲谈时经常会谈及的话题，这名传奇的女子出身于赵王朝没落贵族之家，据说天生媚骨，是天下第一的妖媚美人，浑身软香，肌肤嫩滑如凝乳，又精通些房中秘术，即便楚帝好色，这些年也是迷得他神魂颠倒，朝中一半大事几乎都是由她定夺，可以说是现在大楚王朝除了楚帝之外的第一号权贵。在大楚王朝，绝大多数人对赵香妃是又惧又恨，暗中所称一般都为'赵妖妃'。"然而，香妃之所以冠绝群芳凭借的却不仅仅是容貌，在剑王朝出人头地的女子，必然同样有与众不同的剑术修为。

楚帝不在这里，他便坚信自己可以杀死这里面的任何人。

所以在说出这一句话的同时，他的身体就好像在空气里突然变淡。

无数缕古怪、淡薄，似乎毫无踪迹，但又异常坚韧和强大的气息，从他的身体里透出，如润物细无声的春雨一样，沁入前方赵香妃的身体。

这些力量涌向赵香妃的心脏，赵香妃的心脏停止跳动，开始剧烈地收缩。

"你错了。"

然而赵香妃的脸色却没有丝毫的改变。

她哀怜般地看着苦雨道人轻声说了这一句。

　　然后她开始动步，一步朝着苦雨道人跨出。

　　苦雨道人的呼吸和心跳也骤然停顿。

　　这一刹那，他的识念里，赵香妃的心脏就像是变成了这世间最坚硬的物体，他沁入赵香妃体内的力量竟然无法和她的力量抗衡。

　　"轰"的一声。

　　这个空寂的行宫里响起了一声巨大的轰鸣。

　　一只白生生的拳头，带着恐怖的气浪，在苦雨道人的瞳孔里以惊人的速度扩大。

　　苦雨道人一声低喝，体内的力量尽数涌出，两柄淡青色的小剑从他的双手浮出，斩在了这只白生生的拳头上。

　　喀！

　　然而在下一瞬间，两柄淡青色小剑变成两条流星往后飞向不知何处，他的双臂骨骼尽碎，胸口骨骼也尽碎。

　　咚！

　　他的身体倒飞数十丈，重重砸在地上。

　　赵香妃轻柔地收拳。

　　她的拳头看上去很香很嫩很软，然而在前一息的时间里，却是化为了这世间最可怕的武器之一。

　　苦雨道人不断地咳血，他震惊得说不出任何的话来。

　　"现在你应该明白我为什么说你错了。"

　　赵香妃看着他，长长的睫毛微颤，微抿着嘴说道："你到现在也应该明白，为什么吾皇这些年一直最宠爱我，为什么他愿意将整个大楚王朝的将来放在我的手中。"

　　"因为……"她媚眼如丝地看着自己的拳头，曼声道，"因为我的手可以很软，但也可以很硬……因为我本身就是整个大楚除了他之外最强的人。"

　　通过以上对比可以看出，在这部作品对人物形象的描写中，丁宁或者其他男性角色都面目模糊。虽然百里素雪、薛忘虚乃至秦王元武等，都有特征鲜明的性格和惊天动地的行动，但他们的形象却都是虚幻不定的。无罪慷慨地将大段描写送给女性，这些女性角色不仅有艳丽的容颜、奇诡的招式，还有聪明的头脑和决断的意志。她们的一颦一笑让由红色鲜血和灰黑烟雨组成的剑王朝更加生动真实。也许在无罪心目中，只有这些活色生香的女性才能将武打中难免带有的压抑气氛转换为亮丽与鲜妍的亮色。在小说第6卷第44章中有一段话："剑是知己……名剑如美人。"《剑王朝》中的谋略算计、争斗杀掠、各色名剑，以及五花八门、耀人眼目的各种剑法、剑意、剑气，是否也都暗喻着美人间的心计争斗？在这部作品中，女剑客大多智慧超人、武艺高强，无论是心狠手辣的皇后郑袖、妖媚毒辣的赵香妃两位精彩的反派角色，还是诸多令人喜爱并向往的侠女，都让人印象深刻。其中有悟性极高、冰雪聪明、武艺高强又富于主见的净琉璃；有执着于爱情，立志为王惊梦报仇，最终得与心上人重生传人丁宁结为夫妻的长孙浅雪；有王惊梦当年的弟子，暗恋着他却始终克制情感，最后在关键时刻辨明是非，最终醒悟成为丁宁得力助手的夜策冷；以及阳光明媚的南宫采菽、翩若惊鸿的白山水、个性刚烈勇敢的赵妙等。在小说中，比起一般男性角色来说，这些顶级女剑客无论在武功的高妙、个性的鲜活还是容貌的动人方面，都更吸引人。她们不仅是支撑小说基本内容、影响情节走向的重要元素，更为作品增加了色彩，提升其间的情感温度，使本应该冷冰冰硬邦邦的剑侠世界变得有弹性、有温情，使读者在紧张的打斗和生死对决之外，获得层次更丰富、感触更美好的阅读体验。

四、超越：个体目标与天下格局

在《剑王朝》中，最让人眼花缭乱、沉迷其中的段落是自始至终充满悬念的打斗杀伐，其中有精彩的剑术描写、有紧张的机关筹划、有骇人的杀戮场面、有残酷的生死相搏。但小说整体格局却并非打斗格杀，而是借助主人公由弱渐强、由无助个体到强大领袖的成长过程，主张一种冷静平和的初始态度，实践一种以友善达到公平和正义的理想，贯彻始终的是无罪本人对于个体生命的自我实现，以及更高层次上世间大义的种种带有哲学意味的思考。

在文中，主人公丁宁多次表示不能以多数人的生命换取少数人的荣耀和部分人的胜利。因此，他虽然主动或被动地迎来一场又一场打斗，但在充满凶险和杀戮的复仇路上，也始终在尽力避免更多人的死亡。求生的本能和自我实现的欲望使丁宁不得不在坚持复仇和修炼的道路上前进，但内心对道义、对公平的追求又使他在关键时刻做出许多看似令人不解，实则以柔克刚、以爱化解危机的抉择。当然，丁宁这一人物性格的形成也并非一日之功，从年少气盛追求个人成就，到逐渐开始尊重生命、平息内心的仇恨，经历了转变的过程。这种转变在丁宁去边关的路上，与乌孙国战斗时最为明显：长孙浅雪问丁宁："若是（对郑袖）报仇不成功呢？反而送一个安稳的天下，前所未有的盛世皇朝给她？"丁宁说："若是最终不能成功，那如果有一个安稳的天下，也是很好，就当还了很多人的债。"（第5卷第43章《獠》）可见，他已经意识到个人的仇恨比起天下的安稳来说，是微不足道的，从一心想要复仇转变为希望通过一个仪式性的对战化解恩怨。随着丁宁战斗经历的增加，这种对人的尊重越发明显和强烈。如第8卷第158到180章，秦王元武在大势已去之时，祭出不到最后不肯揭开的底牌——多年来用所有资源堆积起来的力量，六百童男童女剑阵，用以迎战丁宁。修为已远远胜出的丁宁没有对敌人的手下大开杀戒，他不愿再为个人恩怨让双手染上更多鲜血，不愿与这些童男童女剑阵对战，而是选择相信曾经背叛过自己的徐福依然残存的人性。通过送信给养育并训练童男童女的徐福，他唤起对方心底的良知，以此化解戾气，避免一场血流成河的残杀。

故事结局处的第229章《天之变》中，在丁宁率领的巴山剑场旧部即将获得全胜时，丁宁只身犯险进入长陵，劝说仇人和背叛者的儿子、心地善良仁厚的扶苏登上天下一统的皇位，以求终结一片混战的局面。他说："愿你成为千古一帝，许多代百姓口中称赞的好帝王，而不是自己史书里一时的好帝王。"之后，为秦国的强盛和百姓生活稳定，他又"会见了一些官员，告诉了这些官员令他们如释重负的消息。然后他又亲自去了一些官员的府邸，承诺和应允了一些事情。这座城里依旧有很多人对他抱有强烈的敌意，以及不相信巴山剑场在接管这座城之后会不追究很多过往的事情。他的亲自出面并不能完全消解这样的敌意，然而没有人会不相信他亲口做出的承诺。而且最为重要的是，这座城里的绝大多数人，都知道顾全大局"。在这里，没有常见的改朝换代时抵死不从的愚忠者，所谓的"顾全大局"，就是秦国的统一，百姓的安宁。我们可以看到，这种尊重生命、以人为贵的人本主义思想，带着非常强烈的现代性。丁宁说服都城众权贵放弃抵抗，以避免更多伤害的情节，与其说是依照历史脉络为故事中秦统一设计一个圆满的开端，不如说是作者无罪本人将自身具备现代性的、众生平等的思想贯彻其中。

类似尊重每一个普通个体的现代性思维，在小说中并不是几句话的点缀，而是人物一以贯之的理念和作为。我们可以将这种思想的来源，看作丁宁前世王惊梦的心性——王惊梦虽然出场已死，却是小说的精神主线：当前世的他被问道"你想要成为什么样的人"时，他最初的回答与丁宁的少年心性一致，要成为"天下剑首"。然而过了不久，他所想的却已经变了，因为"天下剑首，有些简单……天下一统，不复征战，便比较困难"（第6卷第17章《无用》）。而在第5卷第23章《师徒言》中，通过第三者聂隐山之口将他胸中有关"天下一统，不复征战"的更具体想法表达出来："那人要做的，不只是天下一统，而是天下权力尽归朝堂，一令通而天下通……他认为若是所有修行地都尽归军队，可以完全像军队和臣民一样调度，那即便一些修行地失去自然更替的能力，但整合出来的力量，却依旧要比现在强出太多。以学堂代修行地，天下人都可以修行，满是学堂，到时候再次第择优，这便是当年那人的想法。"由此可见，王惊梦所思考的已经不再是个人豪侠的成就，而是带有一种规划天下格局的王者气度。

小说第8卷第229章《天之变》中，元武已死，强秦岿然挺立。"一个属于元武的大秦王朝已然终结，而一个更为强盛的大秦王朝已经形成。天下一统。那是多么令人心神震动的字眼，然而现在竟然是真的做到了。"最终结局处的第234章："扶苏正式登基，成为新皇……随着白启的回朝，天下已然平定。楚燕齐也已然消失，随之而来的是一个前所未有的一统王朝。再过了许久，度量衡和货币亦然一统，随着许多赦令及一些优厚的律令的下达，即便是楚燕齐这些地域的人们，也以惊人的速度接受着这样的改变。'忆什么故国，反什么秦。人人有田耕，人人有房住，有什么不好，瞎操什么心。'在下一个春暖花开的胶东郡，某个酒馆里，一个喝醉了的来自齐境商人的呓语，便代表了大多数人的心声。天下一统之后，带来的好处是显而易见的。不只是做生意更为方便，货品流通更为顺畅，原先各朝的稀缺商品，现在也变得随便可以买到了，最为关键的是，连流寇都变少了，商队穿过原先的边境，也变得稳当安全。这名从齐地而来，带了许多皮革到胶东郡，将要装载许多鱼干和药材回去的商人醉倒在春风里。"

可以说，《剑王朝》通过王惊梦—丁宁的选择与作为，以虚构的故事回答了那个"为什么以残暴著称的秦能够一统天下"的问题，通过近乎神仙的角色演绎天下为公的理想世界。小说始终强调的"天下一统"，正契合普通人对神圣仙侠胸怀苍生，追求天地和合、天下大同的幻想。正如《吕氏春秋·贵公》中所言："天下非一人之天下也，天下之天下也。阴阳之和，不长一类；甘露时雨，不私一物；万民之主，不阿一人。"梁启超先生也曾说过："先哲言政治，皆以'天下'为对象，此百家所同也，'天下'者，即人类全体之谓……而不以一部分自画。"小说人物在自我成长和复仇之路上的选择，其一以贯之的和平理念，使《剑王朝》超越一般武侠小说，作品的主题得到提升，体现出天下格局，天下气度，是中华文化优秀传统中"兼爱非攻""民贵君轻"等思想在当下的延续。而作品广受当代读者的喜爱和认同，也可看作通俗小说对传统文化的汲取借用，并以新的形象和情节重新构造传统资源。

五、景·物：仙侠故事的神与魂

除了凶险紧张的打斗，《剑王朝》中也不乏令人赏心悦目、怡情养性的景致。阅读这部作品，在娱乐之外同样可以增智扩闻，宛如踏上一段拓展阅历的旅程。读者伴随小说中的人物，一起度过紧张刻苦的修炼，一起见证剑院比武的刺激，一起经历岷山会盟、封禅逐鹿之类令人神往的名场面。在这些历险的过程中，作品中表现的情感世界也并非单向的，而是曲折离奇，展示出人性的种种可能，既有读来令人脊背发凉、两股战战的残暴凶狠、刁蛮诡异、自私狭隘、嫉妒愤恨、背叛离间；更有世间大道、人间真情、公平正义和至死不渝的挚爱忠贞。最终的结局就好像第一美女长孙浅雪的笑容一般，如春日阳光下即将绽放的花朵一般预示着冰消雪融。作品中的角色虽然是近乎神仙的武侠人物，但他们并不是一本正经的冷面君子，而是个性颇接地气、充满民间俚俗趣味也带有玄妙圆融哲理的世间豪侠。读这部小说不仅时常哑然失笑，更常常咋舌惊叹，因为其中琳琅满目的历史知识、地理格局、剑经技巧等，虽然并非闻所未闻，却以一种脑洞大开且趣味横生的方式组合串联起来，难怪得到书迷的追捧，让人欲罢不能。然而《剑王朝》的魅力不仅来自于一个个血肉丰满的人物，其间以整体环境和景致营造的基调以及对器物的描写，则使整部作品相得益彰，更添神采。在《剑王朝》对景与物的描写中，最突出的就是风雨和剑，以及将二者合一贯通全篇的意象。

（一）风雨：变幻莫测的多义性

《剑王朝》整体基调在于诡谲玄奇，变幻莫测。虽然围绕剑与王朝，它却不是一部讲述权力倾轧或者征战杀伐的作品。无罪认为，与刺杀、鲜血、争霸或王者之类男频小说中高频出现的词汇比较，他更偏向以"风雨"来概括全书的整体意象，"小说第一卷就在风雨中开始。每个人都在经历风雨，每个人都不可能避免经历风雨"[1]。的确，风雨在中国传统文化中，是一个多意、包容且可以做出多样解读的意象。在中国这样一个幅员广阔、历史悠久，具备高度多样性的文化传统中，风雨一方面是友善亲切的，甚至带有女性化特征，如春风化雨、

---

① 见纵横中文网《剑王朝》新书发布页面，《无罪特别访谈》。

杏花春雨、江南风雨，多情而柔媚，带给人美好的感受；但另一方面，也可能是冰冷残暴的，如暴君一般的凄风苦雨、狂风骤雨。它既可以抚平干涸，也可以涤荡罪恶。因此，以风雨为主题意象，说明《剑王朝》的关键并不是以暴制暴，而在于变幻和不确定性。其中既有最基本层面的剑术和招式的变化，有修炼和情感的进阶，也有国运和宗族、事态等力量对比的转变。据无罪所言，作品开篇曾经过六七次改动，不出意料，我们在第一段中就读到构筑全篇基调的风雨。

故事开篇，长陵（小说中指代长安）就笼罩在暴风雨中，营造肃杀的氛围。

> 大秦王朝元武十一年秋，一场罕见的暴雨席卷了整个长陵，如铅般沉重的乌云伴随着恐怖的雷鸣，让这座大秦王朝的都城恍如堕入魔界。
>
> 城外渭河港口，无数身穿黑色官服的官员和军士密密麻麻地凝立着，任凭狂风暴雨吹打，他们的身体就像一根根铁钉一样钉死在了地上，一动不动。

秦国监天司（类似当今的公安部门）司首夜策冷的剑名为"秋水剑"，每次运用都以水为意象，面对不同的对手，也显示出不同的风情。在处置手下鲁莽的俊美少年时的手段，看似温柔实则冷酷。

> 白裙女子转头看了看他，微微一笑，给人的感觉她似乎对这位英俊的年轻官员并无恶感，然而一滴落在她身侧的雨滴，却是骤然静止。
>
> 接着这滴雨珠开始加速，加速到恐怖的地步，在加速的过程中自然拉长成一柄薄薄的小剑。
>
> "哧"的一声轻响。
>
> 黑伞内里被血浆糊满，面容俊美的年轻官员的头颅脱离了颈项，和飘飞的黑伞一齐落地，一双眼眸死死地睁着，兀自不敢相信这是真的。

而对战实力伯仲之间的敌手赵国第七徒赵斩时，温柔里又带着惨烈。

"请！"

中年男子深吸了一口气，他眼中的世界，似乎只剩下了对面的这白裙女子。

"剑炉第七徒赵斩，领教夜司首秋水剑！"

当他这样的声音响起，白裙女子尚且沉默无语，看似没有任何的反应，但是院外的五名黑衣官员却都是一声低吟，身影倏然散布院外五个角落，手中的黑伞同时剧烈地旋转起来。

圆盾一样的黑色伞面上，随着急剧旋转，不是洒出无数滴雨滴，而是射出无数条劲气。

……

洪炉的中心，中年男子赵斩的手中不知何时已经多了一柄赤红色的小剑。

这柄剑长不过两尺有余，但剑身和剑尖上外放的熊熊真火，却是形成了长达数米的火团！

他面前被他称为夜司首的白裙女子却已经消失，唯有成千上万道细密的雨丝，如无数柄小剑朝他笼来。

在《剑王朝》里，雨水还可以从侧面辅助传达情绪，使描写具备多种角度转换的效果。

在五名手持黑伞的官员出手的瞬间，数十名佩着各式长剑的剑师也鬼魅般拥入了这条陋巷。

这些剑师的身上都有和那五名持伞官员身上相同的气息，在这样的风雨里，坠落到他们身体周围的雨珠都如有生命般畏惧地飞开，每个人的身外凭空隔离出了一个透明的气团，就像是一个独立的世界。

这样的画面，只能说明他们和那五名黑伞官员一样，是世所罕见的、拥有令人无法想象的手段的修行者。

风雨除作为自然界气候现象外，也用来指代武林局势的变幻莫测，第2卷第7章《邀约》中，以风雨比喻王者搅动天下局势的大变故：

> 他说的盛会自然是指鹿山会盟。
>
> 九年之前四大王朝约定的鹿山会盟，是各朝斗智斗勇，最深层实力的揭露。
>
> 不仅是各朝的帝王君临鹿山，各朝最为惊才绝艳的人物也会聚集鹿山。
>
> 现在的元武皇帝已至八境，又将会带来如何惊人的风雨，天下每个修行者自然都很想知道，很想亲眼所见。
>
> 即便整座鹿山都会被各朝帝王的军队和修行者封闭，但只要赶至鹿山周遭的一些山头之上，想必也可以亲见鹿山之巅的气机变化。
>
> 对于周家老祖这样的修行者而言，可以在很近的距离感知更高修行者搬运或者释放天地元气时的一些气机变化，感知到天地间的一些线路流淌，或许便是很大的契机。

作为全篇的基调，风雨的意象还有更丰富的运用，被借以比喻修行者历练中气息与天地相互感应的效果。在第3卷第37章《伊始》中有这样的描述：

> 十数万的人马、车辆，同时出现在一个地方，尤其是在无比混乱的战斗中，那会是异常可怕的事情。
>
> 更何况这里面充斥着不知道多少修行者。
>
> 天空里那些最为耀眼的闪光，不是暴风雨中的闪电，也不是天空坠落的流星雨，而是许多凝聚着天地元气的符器和一道道世上罕见的飞剑飞行的轨迹。
>
> 十数万人马形成的战场旋涡的中心地带，狂风、暴雪、火雨、

浓雾……紊乱地出现，紊乱地交替混杂在一起，就连地面都是变成了诸多不同的小世界一样，发生着不同的变化。

三境、四境的剑师随处可见，剑击时产生的恐怖爆鸣和冲击波在此时变成微不足道的存在。

因为飞剑的速度极快，所以战场最中心地带的上方天空几乎全部被剑光交织成的密网覆盖，急速的飞剑收割生命的速度自然也是惊人的，令人难以呼吸的空气里每一息的时间里都不知道哧哧地涌出多少道血花。

然而即便是这些控制着飞剑的强大修行者在这样的战斗中有时和普通的军士也没有太大的区别，天地元气被无数道识念控制着，混乱到了极点。原本好好飞行着的飞剑，在下一刹那可能毫无征兆地只是因为遭遇到急剧扰动的乱流而失去控制。

（二）剑：想象之灵，武侠之魂

《剑王朝》描绘修行者仗剑走天下的时代，而"剑"就是这个时代的精神象征。故事里不仅有剑客、剑道，更描写了各种颜色、性格、属性的奇诡多变的剑。因此，可以说，剑自然也是《剑王朝》的主角。小说里呈现出五花八门，材质形式各异的剑。它们不仅是具备震慑威力和杀人属性的利器，同时也具备多种意义。本命剑是使用者心性和命运的维系，修炼者以心血灌溉，使其与剑客息息相通，是个人精神意志的外化；宗主剑顾名思义则是一宗一派的信物和权力象征。除较为抽象的灵韵属性之外，无罪更在笔下将剑描画成具备视觉感受力和情感冲击力的神器。剑的颜色和外形以及幻化出的符箓、图腾等，是具备画面感的；而意象、气韵、攻击力、等级等抽象的属性，则在文字间以使用者的个性、服饰以及击发之后的效果来表达。因此，在对剑的描写中，虽是运用文字，同时又超越文字，借用读者对二次元媒介的熟悉来激发想象力，使得各色剑的威力更加活灵活现，如在眼前。

主角丁宁的第一把剑叫作末花，是一把剑尖折断的短剑，其曾经的主人在巴山剑场一役中殒命，但其宁死不屈、刚烈不阿的个性却凝结在剑中。丁宁功力精进后，获得本命剑大刑剑，为当世最强，也象征着其自身修为已达巅峰，才能与之相配。另外，长孙浅雪所佩九幽冥王剑冰冷凄绝，皇后郑袖的星火剑华美狠辣……种类繁多的剑与个性相异的人物相得益彰。在小说里，万物皆可化为剑气符名，如星光电闪、狂风暴雪、灵泉雾气、金属幽木、鲜花嫩草、树根修竹，甚至墓碑尸身皆可为剑客所用，各种剑气符意更令人眼花缭乱。

如在描写丁宁使用的末花残剑时，既通过幻化出的影像写出剑自身的美，也以物因人而异说明剑与人合二为一的特质：

这柄剑叫"末花"。

事实上这柄剑原本的名字叫"茉花"，因为这柄出自巴山剑场的剑在真气或者真元涌入剑身之后，剑身上的光亮，便会像无数朵皎洁的茉莉花亮起。

这原先是一柄极美和极有韵味的剑。

只是这柄剑之前的主人在使用这柄剑的时候，每一次出剑之时，都充满了毫无回旋余地的绝厉，每一剑都像是她所能刺出的最后一剑，每一剑都像是她最终的末路，每一朵剑花都像是看不到明天的花朵。

剑在不同性情的主人手中，便变成不同的剑，拥有不同的命运。

正是因为这名剑主人的性情里直就是直，横就是横，不带任何回旋余地，所以这柄剑才最终会变成这样的一柄残剑。

(第1卷第48章《一场刺杀》)

他体内的真气无比平稳地涌入手中末花残剑中许多平时不至的符文，同时涌入那些无比细小、平直向剑柄延伸的裂纹里。

他手中的墨绿色残剑的剑身上许多细小的白色花朵带着一往无回的凄美气息往前方的空气里飞出，然后消失。

然后墨绿色的剑身真正地裂了开来，散开。

墨绿色的剑身就像一朵大花散开，散成无数的剑丝，而且随着真气的游走，这些剑丝还在空气里急速地延展、变长。

(第1卷第83章《废臂》)

剑与人相关联，形制短小的末花剑是丁宁修为较浅时的武器，也可以说是近身防卫的最后一道屏障。但在作品中多次提到这把剑以前是女性所持，如今又与一名"高挑的霸道少女"具有相似之处。这位少女名叫谢柔，是关中巨富之女，也是很早就站到丁宁这一边的"路人"纨绔少年谢长胜的姐姐。由于之前并不看好丁宁，她与弟弟打赌"若是（丁宁）这样都能一月破境到炼气，那我便索性让他当你姐夫算了"（第1卷第58章《静静的破境》）。当目睹丁宁真的一月破境之后，她却并没有食言，而是将先前的倨傲转变为诚信的诺言，削发立誓，非丁宁不嫁。"谢柔只是个修行未有多少年头的少女，但是她的认真，她的眼神，却是让他莫名地想到了这柄末花剑的主人……丁宁越来越觉得谢柔和末花剑的主人有相似之处……"（第1卷第61章《不娶不嫁》）虽然二人最终未能结为伴侣，但这个敢爱敢恨的女孩却以她的剑法和剑意给人留下深刻的印象。谢柔的个性，与丁宁贴身末花剑九死未悔的品格相似，而她使用的则是应和全文基调，幻化自然风雨雷电的刚烈剑术。

皇普连的头颅高高扬起，他手中的剑化斩为挑削。

一道赤红色的剑焰和他的剑身脱离，往上斜掠飞洒而出，落向刚刚往后飘飞的谢柔的身体。

这一道剑焰看上去就像是一道火烧云，剑式名字也正是"火烧云"，剑意横亘数丈天空，即便谢柔生出了翅膀，此刻也来不及躲闪。

谢柔唯有硬接。

看着这样的画面，张仪紧张到了极点，连呼吸都彻底停顿。

他觉得皇普连实在很强，换了自己处于谢柔这种境地，或许也未必能接得住这一剑。

风雨声大作，接着便是雷鸣。

在所有人的视线里，谢柔没有管自己下落的身体，她的身体自由地坠落着，而她手中的剑，却是疯乱般一瞬间朝着前方斩出了数十剑。

疯狂激射的剑气卷动着天地元气形成了风雨，接着风雨里出现了一道道紫色的雷光。

许多旁观的选生眼中震惊的情绪更浓。

这是关中的关山风雷剑式。

这一剑很强。

尤其是气势很强。

他们根本未曾想到谢柔这样的一名少女竟然能像许多关中大豪一样施展出如此剑意。

皇普连也未曾想到。

然而他不认为自己会输。

想着先前耿刃的警示，他深深地吸了一口气，在不让自己的真元彻底狂暴起来的同时，再度输出一股真元涌入手中的七曜之中。

嗤嗤嗤嗤……

密集的刺击声响起。

风雨已和火烧云正式相逢。

轰的一声闷响。

只是一刹那，风雨雷全部溃散，原本自由坠落着的谢柔的身体高高地往上荡起，接着如断线的风筝一样以古怪的姿势倒飞出去。

场间许多人的呼吸已经彻底停顿，许多人眯着眼睛看着倒飞的谢柔的身体，想着皇普连该以何种方式结束战斗。

以上部分出自第 3 卷第 119 章《毒龙澶》中，谢柔虽为女子，使用的剑术却带有风雷之势。在这里，全篇的基调"风雨"与全篇的神魂"剑"重叠在一起。

类似写法还有多处，无罪描写的剑虽然表现形式众多，但在自然元素中，以水、火最多，而水剑又往往是最神奇的，既有春风化雨、绵绵不断的绵长，也有狂风暴雨、滔滔不绝的气势。从节选可以看出，风雨和剑在无罪笔下殊途同归。风雨不仅仅是作为背景的自然现象或者外在环境，还可以烘托气氛、制造情绪，更可以作为一种武器。而剑不仅仅是杀人利器，同样是人物品质、性格和情感的表征。

结 语

　　无罪以游戏文一举成名，在尝试转型和突破的过程中屡屡受挫，又通过不懈的努力和反思在新的领域内打下一片江山。可以说，他的写作是经过沉淀和历练的结果，凝结着敏锐的观察、强烈的情感和丰富的阅历。无论年龄还是创作经验，无罪都是当之无愧的网文作者第一梯队成员。他曾说："多积累点经验，写的书也容易有厚度，不然没生活经验和有生活经验的写手写出来的东西是一眼就看得出的。"①完全是根据亲身经历有感而发。对于一名以写作谋生、以人气为支撑的网络作者来说，维持热度不断出新作，提升曝光度吸引新读者是一方面；满足粉丝长期喜好，不让长久稳定的支持者失望也是必须的。因此，如何在守成与出新间找到平衡是一个时刻需要顾及的问题。《剑王朝》可以看作无罪精心构思、潜心积累、刻意突破的成果，也是在守成与创新、市场需求与作者主体性之间反复拿捏的产物。它并不是一部单纯的仙侠小说，而是容纳多重解读的可能，因而具备超出文本自身的意义。

　　作为一部依托于中国历史的古典仙侠作品，其中首先折射出我们当今，如何在新媒介的环境下，在严密的科学考古和谨慎的历史研究之外看待历史的问题。与之相关，也蕴含着如何在通俗文化的形式中，对历史时段进行再次表达的问题。可以说，《剑王朝》为历史真实与想象性虚幻提供了一个较为恰当的平衡点。原本就战事纷纭、历史记载

---

① 纵横中文网《专访无罪：跌宕起伏的码字人生》。

欠缺细节的战国时代，强秦的崛起和华夏的统一是时代大势，而各国豪侠之士奋起抗争的过程则为笼统抽象的大势增添了鲜活的故事性和传奇色彩。小说以虚构文本对历史故事加以演绎，是一种对传统元素的赋活，也提供了普及民俗文化知识的路径。

武侠小说、武术电影是中国大众文化颇具特色的一类，在国际文化中打出鲜明的中华传统旗帜。在《剑王朝》中，一方面能看到对传统武侠的学习和继承。如古龙式的语言风格，句子简短而含义隽永，追求言有尽而意无穷的留白式想象空间。如金庸式的人物关系，将男女情爱的忠贞不渝、挚友亲朋的生死与共描写得动情又不煽情。另一方面，它又不止步于武侠，而是将人物放在仙侠的世界中。仙侠小说在武侠的基础上，引入中国本土道家的修行设定。这类小说中武士变神仙的过程并不是单纯的个人的突破和提升，而是使故事层次更加丰富多变的手段。它使崇尚个人成就，以暴力征服为手段的武术上升到兼及天下苍生，以柔克刚，以道义和公理化解丛林法则的层面，从简单的拼勇斗狠深入中国古典哲学理念，儒家的经时济世、释家的因缘际会和道家的超然物外等，在故事里得到融会贯通。

同时，《剑王朝》也是一部受欢迎的通俗作品，从其在线读者的反应，以及多种成功的转化中即可看出。作品的成功离不开前文分析的人物形象、情节设置、背景构思等，同时，作者无罪对文字视觉性表达手段的运用也是重要因素。无罪在接受访谈时认可对其作品"画面感强"的评价，这种对文字画面感的强调，即来源于当前网络媒体接受过程中多进程阅读、多感官并用的技术支持；也离不开所谓网络文化产业链前后端一以贯之，将文字、二次元动漫、真人剧、周边产品等结合起来进行全媒体运作宣传的方式。可以说，网络文学为大众文化提供了跨媒体写作的契机，而公众自文本阶段就开始积极参与的过程，也是面向公众的通俗作品在探索大众口味中与之日益同步的转型。从这个意义上说，《剑王朝》不单单是作者无罪的作品，也是代表整个网络文学、网络通俗文化产业成就的一环，同时，更是网络时代诸多大众文化参与者，网民、读者、观众和游戏玩家共同培植酝酿的成果。

选文

第一部分

第一卷　大逆

第一章
剑炉余孽

大秦王朝元武十一年秋，一场罕见的暴雨席卷了整个长陵，如铅般沉重的乌云伴随着恐怖的雷鸣，让这座大秦王朝的都城恍如堕入魔界。

城外渭河港口，无数身穿黑色官服的官员和军士密密麻麻地凝立着，任凭狂风暴雨吹打，他们的身体就像一根根铁钉一样钉死在了地上，一动不动。

滔天浊浪中，一艘铁甲巨船突然驶来！

一道横亘天际的闪电在此刻垂落，将这艘乌沉沉的铁甲巨船照耀得一片雪白。

所有凝立港口边缘的官员和军士全部骇然变色。

这艘铁甲巨船的兽首，竟是一颗真正的鳌龙首！

比马车还要庞大的兽首即便已经被人齐颈斩下，但是它赤红色的双瞳中依旧闪烁着疯狂的杀意，滔天的威煞比起惊涛骇浪更为惊人。

不等巨船靠岸，三名官员直接飞身掠过数十米河面，如三柄重锤落在船头甲板之上。

让这三名官员心中更加震骇的是，这艘巨船上方到处都是可怖的缺口和碎物，看上去不知道经历过多少惨烈的战斗，而他们放眼所及，唯有一名身披蓑衣、老仆模样的老人幽灵般站立在船舷一角，根本看不到他们苦苦等待的那人的身影。

"韩大人，夜司首何在？"

这三名官员齐齐一礼，强忍着震骇问道。

"不必多礼，夜司首已经去了剑炉余孽的隐匿之地。"老仆模样的老人微微欠身回礼，但在说话之间，暴雨之中，看不清老人的面目，但是他的眼神分外深邃冷酷，散发出一股震慑人心的霸气。

"夜司首已经去了？"三名官员身体同时一震，忍不住同时回首往城中望去。

整个长陵已被暴雨和暮色笼罩，唯有一座座高大角楼的虚影若隐若现。

与此同时，长陵城南一条河面之上，突然出现了一顶黑雨伞。

手持着黑雨伞的人，在波涛汹涌的河面上如履平地，走向这条大河岸边的一处陋巷。

有六名持着同样黑雨伞，高矮不一，在黑伞遮掩下看不出面目的黑衣官员，静静驻足在岸边等待着这人。

在这人登岸之后，六名官员没有任何多余的动作，也没有发出任何的声音，只是沉默地分散跟在了身后。

陋巷里，有一处普通的方院，渐渐成为这些开始散发肃杀气息的黑雨伞的中心。

水声滴答，混杂着食物的咀嚼声。

一名身穿着粗布乌衣，挽着袖口的中年男子正在方院里的雨檐下吃着他的晚餐。

这名男子乌衣破旧，一头乱发用一根草绳随意扎起，一双布鞋的鞋底已近磨穿，双手指甲之间也尽是污秽，面容寻常，看上去和附近的普通挑夫没有任何的区别。

他的晚餐也十分普通和简单，只是一碗粗米饭、一碟青菜、一碟豆干，然而这名中年男子却吃得分外香甜，每一口都要细嚼数十下，才缓缓咽下肚去。

在嚼尽了最后一团米饭之后，这名中年男子伸手取了一个挂在屋檐下的木瓢，从旁边的水缸里舀了一瓢清水，一口饮尽，这才满足地打了一个饱嗝。

在他一声饱嗝响起的同时，最前的那顶黑雨伞正好在他的小院门口停下来。

一只雪白的官靴从其中的一顶黑雨伞下方伸出，在黑重的色彩中，显得异常夺目。

官靴之后，是雪白的长裙，肆意飘洒的青丝，薄薄的唇，如雨中远山般淡淡的眉。

从惊涛骇浪的河面上如闲庭信步走来的，竟是一名很有书卷气、腰肢分外动人的秀丽女子。

她从黑伞下走出，任凭秋雨淋湿她的青丝，脚步轻盈地走进中年男子的方院，然后对着中年男子盈盈一礼，柔柔地说道："夜策冷见过赵七先生。"

中年男子微微挑眉，只是这一挑眉，他的面部棱角便似乎陡然变得生动起来，他的身上也开始散发出一种难言的魅力。

"我在长陵三年，还是第一次见到夜司首。"

他没有还礼，只是微微一笑，目光却是从这名女子的身上掠过，投入远处秋雨中重重叠叠的街巷。

"长陵看久了真的很无趣，就和你们秦人的剑和为人一样，直来直去，横是横竖是竖，四平八稳，连街面墙面都不是灰就是黑，毫无美感。今日看夜司首的风姿，却是让我眼前一亮，和这长陵却似乎很不合。"

他的话风淡云清，就像平日里茶足饭饱与人闲聊时的随口感叹，然而这几句话一出口，院外所有黑伞下的人却都是面容骤寒。

"大胆！剑炉余孽赵斩！夜司首亲至，你还不束手就擒，竟然还敢说此诛心之语！"

一声冰冷的厉喝，突然从停驻远处的一柄黑伞下响起。

明显是故意要让中年男子和白裙女子看清面目，这名出声的持伞者将伞面抬起，这是一名面容分外俊美的年轻男子，唇红齿白，肤色如玉，目光闪烁如冷电。

"哦？"

一声轻咦声响起。

中年男子微皱的眉头散开，一脸释然："怪不得比起其他人气息弱了太多……原来你并非是监天司六大供奉之一，这么说来，你应该是神都监的官员了。"

这名面容俊美的黑衣年轻官员的双手原本在不可察觉地微微颤抖，

之前的动作，似乎本身就耗费了他大量的勇气，此时听到中年男子说他气息比后方几名持伞者弱了太多，他的眼中顿时燃起一些怒意，但呼吸却不由得更加急促了些。

中年男子的目光却是已然脱离了他的身体，落在了白裙女子身上，他对白裙女子微微一笑，说道："在这个年纪就已经半步跨过了第四境，他在你们王朝也应该算是少见的才俊了。"

白裙女子一笑，脸颊上露出两个浅浅的酒窝："先生说得不错。"

"他应该只是仰慕你，想要给你留下些印象而已。"中年男子意味深长地看着白裙女子，"会不会有些可惜？"

"你……什么意思？"面容俊美的年轻官员脸色骤然无比雪白，他的重重衣衫被冷汗湿透，心中骤然升起不好的预感。

白裙女子转头看了看他，微微一笑，给人的感觉她似乎对这位英俊的年轻官员并无恶感，然而一滴落在她身侧的雨滴，却骤然静止。

接着这滴雨珠开始加速，加速到恐怖的地步，在加速的过程中自然拉长成一柄薄薄的小剑。

"嗤"的一声轻响。

黑伞内里被血浆糊满，面容俊美的年轻官员的头颅脱离了颈项，和飘飞的黑伞一齐落地，一双眼眸死死地睁着，兀自不敢相信这是真的。

"好气魄！"

中年男子击掌欢呼："居然连监视你们行动的神都监的人都直接一剑杀了，夜司首果然好气魄，不过为了一言不顺心意而杀死你们自己一名不可多得的修行者，夜司首好像没有什么心胸。"

白裙女子微嘲道："女子要什么心胸，有胸就够了。"

中年男子微微一怔，他根本没有想到白裙女子会说出这样一句话来。

"有道理。"

他自嘲般笑了笑："像夜司首这样的人物，无论做什么和说什么，都的确不需要太在意旁人的看法。"

白裙女子睫毛微颤，嘴唇微启，然而就在此时，她感应到了什么，眉头微蹙，却是不再出声。

中年男子脸上的笑意就在此时收敛，他眼角的几丝微小的皱纹，都被一些奇异的荧光润平，身体发肤开始闪现玉质的光泽，一股滚滚的热气，使得天空中飘下的雨丝全部变成了白色的水汽，一股浓烈的杀伐气息，开始充斥这个小院。

"虽主修有不同，但天下修行者按实力境界都分九境，每境又分三品，你们的皇帝陛下，他现在到底到了哪一境？"一开始身份显然超然的白裙女子对他行礼的时候，他并没有回礼，而此刻，他却是认真地深深一揖，肃然问道。

"我没有什么心胸，所以不会在没有什么好处的情况下回答你这种问题。"白裙女子面色平和地看着他，用不容商榷的语气说道，"一人一个问题吧。"

中年男子微微沉吟，抬头："好。"

白裙女子根本不商议先后，直接先行开口问道："剑炉弟子修的都是亡命剑，连自己的命都不在眼中，但这潜伏的三年里，你既不刺杀我朝修行者，也不暗中结党营私，又不设法窃取我朝修行典籍，你到底想要做什么？"

中年男子看着她，轻叹了一声："你们那些修行之地的秘库武藏，就算再强，能有那人留下的东西强吗？"

他的这句反问很简短，甚至都没有提"那人"的名字，然而这两个字却像是一个禁忌，院外五名黑伞下的官员在之前一剑斩首的血腥场面下都没有丝毫的情绪波动，此刻听到这句话，他们手中的黑伞却同时微微一颤，伞面上震出无数杨花般的水花。

白裙女子顿时有些不喜，她冷笑道："都已经过去了这么多年，你们还不死心，还想看看那人有没有留下什么东西？"

中年男子没有说什么，只是饶有兴致般地看着她的眼眸深处，等待她接下来的回答。

白裙女子看着这名显得越来越有魅力的中年男子，忽然有些同情对方，柔声道："圣上五年前已到七境上品，这五年间未再出手，不知这个回答你是否满意？"

"五年前就已经到了七境上品，五年的时光用于破境，应该也足够了吧。这么说，真的可能已到了第八境？"中年男子的眉宇之间出现了一缕深深的失意和哀愁，但在下一刻，却都全部消失，全部化为锋利的剑意！

他的整个身体都开始发光，就像一柄隐匿在鞘中许多年的绝世宝剑，骤然出鞘！

小院墙上和屋脊上所有干枯的和正在生长的蒿草，全部为锋利的气息斩成数截，往外飘飞。

"请！"

中年男子深吸了一口气，他眼中的世界，似乎只剩下了对面的这位白裙女子。

"剑炉第七徒赵斩，领教夜司首秋水剑！"

当他这样的声音响起，白裙女子尚且沉默无语，看似没有任何的反应，但是院外的五名黑衣官员却都是一声低吟，身影倏然散布院外五个角落，手中的黑伞同时剧烈地旋转起来。

圆盾一样的黑色伞面上，随着急剧的旋转，不是洒出无数滴雨滴，而是射出无数条劲气。

轰！

整个小院好像纸糊的一样往外鼓胀起来，瞬间炸成无数燃烧的碎片。

一声声闷哼声在伞下连连响起，这些燃烧的碎片蕴含着惊人的力量，让这五名持伞的官员的鞋底和湿润的石板路发出了刺耳的摩擦声。

绵密的劲气组成了密不透风的墙，很少有燃烧的碎片穿刺出去，滚滚的热气和燃烧的火星被迫朝着上方的天空宣泄，从远处望，就像在天地之间陡然竖立起了一个巨大的洪炉。

洪炉的中心，中年男子赵斩的手中不知何时已经多了一柄赤红色的小剑。

这柄剑长不过两尺有余，但剑身和剑尖上外放的熊熊真火，却是形成了长达数米的火团！

他面前被他称为夜司首的白裙女子却已经消失，唯有成千上万道细密的雨丝，如无数柄小剑朝他笼来。

……

在五名手持黑伞的官员出手的瞬间，数十名佩着各式长剑的剑师也鬼魅般拥入了这条陋巷。

这些剑师的身上都有和那五名持伞官员身上相同的气息，在这样的风雨里，坠落到他们身体周围的雨珠都如有生命般畏惧地飞开，每个人的身外凭空隔离出了一个透明的气团，就像是一个独立的世界。

这样的画面，只能说明他们和那五名黑伞官员一样，是世所罕见的、拥有令人无法想象的手段的修行者。

然而此刻听着小院里不断轰鸣，看着周围的水洼里因为地面震动而不断飞溅的水珠，连内里大致的交手情形都根本感觉不出来的他们，脸色却是越来越白，手心里的冷汗也越来越多。

他们先前已经很清楚赵国剑炉到底是什么样的存在，但是今日里他们终于明白自己对于剑炉的预估还是太低。

时间其实很短，短得连附近的民众都只以为是打雷而没有反应过来到底是什么，围绕着小院的黑色伞幕上，骤然发出一声异样的裂响。

一柄黑伞支撑不住，往一侧飘飞近百米。

小院外围散落着的这些佩着无鞘铁剑的黑衣官员同时骇然变色，位于那数柄黑伞后方的四名黑衣剑师顿时齐齐地发出了一声厉叱，拔剑挡在身前。

当当当当四声重响，四柄各色长剑同时弯曲成半圆形状，这四名黑衣剑师脚底一震，都想强行撑住，但是在下一瞬，这四名黑衣剑师却是都口中喷出一口血箭，纷纷颓然如折翼的飞鸟往后崩飞出去。

从黑色伞幕的裂口中涌出的这一股气浪余势未消，穿过了一个菜园，连摧了两道篱墙，又穿过一条宽阔的街道，涌向街对面的一间香油铺。

轰的一声爆响。

香油铺门口斜靠着的数块门板先行爆裂成无数小块，接着半间铺子被硬生生地震塌，屋瓦哗啦啦砸了一地，涌起大片的尘嚣。

“哪个天杀的雨天赶车不长眼睛，还赶这么快！毁了我的铺子！”

一声刺耳的尖叫声从塌了半边的铺子里炸响，一名手持着打油勺的中年妇人悲愤欲绝地冲了出来，作势就要打人，但看清眼前景象的瞬间，这名中年妇人手里的打油勺落地，发出了一声更加刺耳的尖叫声。

"监天司办案！"

一名被震得口中喷出血箭的黑衣剑师就坠倒在这个铺子前方的青石板路上，听着这名中年妇人的尖叫，他咬牙拄着弯曲如月牙的长剑强行站起，一声厉叱，凛冽的杀意令那名中年妇人浑身一颤，叫声顿住。

也就在此时，让这名面容凄厉的黑衣剑师一愣的是，塌了半边的香油铺子里，却是又走出了一名提着油瓶的少年，最多十三四岁的样子，然而沾满灰尘的稚嫩面容上，居然没有半分害怕的神色。

他只是一脸好奇，眼神清亮地看着黑衣剑师，然后目光又越过黑衣剑师的身体，落向两道被摧毁的篱墙的后方。

在他的视线里，一名身姿曼妙的白裙女子正从黑色伞幕的缺口里走出。

"厚葬他。"

白裙女子浑身的衣裙已经湿透，她似乎疲倦到了极点，在几柄黑色油伞聚拢上来，帮她挡住上方飘落的雨丝时，她只是轻声地说了这三个字。

第二章

活得长，便走得远

几柄黑伞小心翼翼地护送着白裙女子走出了数十步，上了等候在那里的一辆马车。

从塌了半边的香油铺里出来的少年始终目不斜视地看着那名白裙女子，直到白裙女子掀开车帘坐进去，他才感叹般说了一句："真是漂亮。"

跌坐在他身侧前方不远处的黑衣剑师这也才回过神来，想到白裙女子那短短的三字所蕴含的意义，一种巨大的欣喜和震撼到麻木的感觉，首先充斥他的身体。

"漂亮？"

接下来他才开始咀嚼身后少年的话。夜司首的美丽毋庸置疑，然而像她这样的国之巨擘，这样的令人唯有仰视的修行者，只是用"漂亮"来形容她的容貌，都似乎是一种亵渎。

马蹄声起，载着大秦王朝女司首的马车瞬间穿入烟雨之中，消失不见。

绝大多数的黑衣剑师也和来时一样，快速而无声地消失在这片街巷。

在雨丝中迷离的街巷终于彻底惊醒，越来越多的人走出家门想来看看到底发生了什么，但就在几个呼吸之间，无数金铁敲击地面的声音便遮掩了雨声和雷声。

一瞬间，无数拥来的战车便形成了一条条铁墙，阻挡了他们的视线。

"你叫丁宁，是梧桐落酒铺的？怎么会跑到这里来打香油？"

一顶临时搭建的简陋雨棚下，一名头顶微秃的中年微胖官员递了一块干布给浑身都差不多淋湿了的少年，问道。

这名官员的神色看上去非常和蔼，因为赶得急，额头上甚至泛起了点油光，给人的感觉更显平庸，但周围绝大多数经过的官员和军士都刻意和他保持着一定的距离，因为稍有见地的长陵人，都知道他是莫青宫。

神都监几条经验最丰富的"恶犬"之一。

"恶犬"绝对不是什么褒奖的称呼，但却隐含着很多重意思，除了凶狠、嗅觉灵敏之外，往往还意味着背后有足够多的爪牙和足够强大的靠山。对于这种异常难缠又不能伸棍去打的"恶犬"，最好的办法唯有敬而远之。

就如此刻，他才刚刚赶到，气息未平，然而手里却是已经有了数十个案卷，其中一份就已经详尽记录着眼前这名让人有些疑虑的少年的身份。

这名叫丁宁的少年却根本没有意识到看上去很好说话的微胖中年官员的可怕，他一边用莫青宫递给他的干布随手擦拭着脸面上的泥水，一边用好奇的目光打量着布有虎头图案的森冷战车和战车上的青甲剑士剑柄上的狼纹，没有第一时间回答莫青宫的问题，反而反问道："这就是我们大秦的虎狼军吗？"

莫青宫擦了擦额头上的汗珠，回答道："正是。"

"那个小院里住的到底是谁？"揉尽了脸上的尘土和泥垢之后，更显清秀和灵气的丁宁一脸认真地说道，"居然要这么兴师动众？"

莫青宫越来越觉得丁宁有意思，对方身上平静的气息，都让他莫名地受到感染，平静了一些，他的眼睛里渐渐泛出些异彩。

"你听说过剑炉吗？"他没有生气，和颜悦色地反问道。

"赵国剑炉？"丁宁有些出神。

"正是。"莫青宫和蔼地看着他，耐心地说道，"自我大秦王朝和赵国的征伐开始，天下人才明白赵国最强的修行地不是青阳剑塔，而是那个看似普通的打铁铺子。剑炉那八名真传弟子，皆是一剑可屠城的存在，赵国已被我朝灭了十三年，但那些剑炉余孽，依旧是我大秦王朝的喉中刺，一日不拔除，一日不得安心。今日里伏诛的，就是剑炉第七徒赵斩。"

"怪不得……"丁宁从战车的缝隙中，看着那个已经荡然无存，有不少修行者正在仔细翻查每一处细微角落的小院，若有所思地说道。

莫青宫微微一笑："现在你想明白我一开始为什么要问你这些琐碎的问题了？"

丁宁认真地点了点头："像这样的敌国大寇潜伏在这里，所有附近的人员，当然要盘查清楚，尤其是我这种本来不居住在这边的，更是要问个清楚"。

莫青宫赞赏地微微颔首："那这下你可以回答我先前的问题了？"

丁宁笑了笑，说道："其实就是我们那边那家香油铺子这两天没有做生意，所以只能就近到这里来，没想到被一场暴雨耽搁在这里，更没有想到正好遇到这样的事情。"

莫青宫沉默了片刻，接着随手从身旁抓了柄伞递给丁宁："既然这样，你可以离开了"。

丁宁有些惊讶，眼睛清亮地问道："就这么简单？"

"还舍不得走不成？不要自寻麻烦！"莫青宫又好气又好笑地呵斥了一声，摆了摆手，示意少年快些离开。

"那您的伞？"

"要是我不来拿，就送与你了。"

……

看着丁宁的背影，莫青宫的神容渐冷，沉吟了片刻，他对着身后的雨棚之外低喝了一声："招秦怀书过来！"

一袭青衫便衣的枯瘦年轻人在他的喝声发出后不久走入了这间临时搭建的雨棚。

莫青宫微微抬头，看着这名走到面前的年轻人，他的手指在身前展开的案卷上轻轻地敲击着，连续敲击了十余记之后，才缓声问道："梧桐落这名叫丁宁的少年，这份备卷是你做的，你可有印象？"

枯瘦年轻人恭谨地垂头站立着，不卑不亢道："有。"

莫青宫冷冷地看了他一眼，沉声道："按这份备卷，他和他开酒铺的小姨的出身可以说是干净到了极点，但关键就在于，你当初为什么会做了这样一份备卷？"

　　枯瘦年轻人似乎早已料到他会问这样的问题，毫无迟钝地回道："这名少年的确是我们秦人无疑，往上数代的来历也十分清楚，属下之所以做这份调查案卷，是因为方侯府和他有过接触，方侯府曾特地请了方绣幕去看过他。"

　　莫青宫一怔："方侯府？"

　　枯瘦年轻人点了点头："这名少年自幼父母染病双亡之后，便由他小姨照拂，而他小姨在梧桐落有一间酒铺，虽铺子极小但很有名气。方侯府的人到这家酒铺购过酒，大约是因为觉得此子有些潜质，便特意请了方绣幕亲自来看过。"

　　莫青宫微微蹙眉，手指不自觉地在案卷上再度敲击起来。

　　"后来呢？"他沉吟了片刻，问道。

　　枯瘦年轻人认真答道："方绣幕看过之后，方侯府便再也没有和此子接触过。属下推断应是方绣幕觉得他不足以成为修行者。再者此子身份低微，出身又毫无疑点，所以属下便只是按例做了备卷封存，没有再多花力气调查下去。"

　　莫青宫眼睛里首次流露出嘉许的表情："你做得不错。"

　　枯瘦年轻人神情依旧没有什么改变，沉稳道："属下只是尽本分。"

　　莫青宫想了想，问道："梧桐落那种地方的小酒铺出的酒，能入得了方侯府的眼睛？"

　　枯瘦年轻人摇了摇头："他家的酒铺之所以出名，只是因为他小姨长得极美。"

　　莫青宫彻底愕然。

　　枯瘦年轻人依旧没有抬头，但嘴角却泛起一丝不可察觉的笑意，心想大人您要是真见了那名女子，恐怕会更加惊愕。

　　莫青宫自嘲般笑了笑，突然认真地看着枯瘦年轻人，轻声道："此次灵虚剑门开山门，我将你放在了举荐名单里。"

　　"大人！"

之前这名枯瘦年轻人始终保持着恭谨沉稳的姿态，然而莫青宫的这一句低语，却是让他如五雷轰顶般浑身剧烈地颤抖，不受控制地发出了一声惊呼。

莫青宫的神容却是没有多少改变，他拍了拍这名情绪激动的年轻人的肩膀，缓声道："在你去灵虚剑门修行之前，再帮我最后一个忙，帮我再核查一下他和他周遭人的出身来历，帮我查查清楚方绣幕对他下了什么论断。"

……

长陵的所有街巷，和赵斩所说一样，都是直来直去，横是横竖是竖，就连一座座角楼，都是均匀分布在城中各处。

此刻最靠近莫青宫这座雨棚的一座角楼上，如幕的雨帘后，摆放着一张紫藤椅，椅上坐着一名身穿普通素色布衣的老人，稀疏的白发像参须一样垂散在肩头。

老人的身后，是一名身材颀长，身穿黄色布衣的年轻人。

年轻人面容儒雅，神态安静温和，是属于那种一见之下就很容易心生好感的类型，此时他的双手垂落在紫藤椅的椅背上，显得谦虚而又亲近。

"你在想些什么？"

老人收回落向远处的目光，微微一笑，主动说道。

黄衫年轻人脚步轻移，走到老人身侧，尊敬地说道："师尊，夜司首既然能够单独诛杀赵斩，便说明她至少已经踏过七境中品的门槛，只是我不明白，此刻的长陵……除了夜司首之外，还是有人能够单独杀死赵斩，为什么陛下一定要远在海外修行的夜司首回来？"

老人微微一笑，伸出枯枝般的手指，点向角楼外雨帘前方："你看到了什么？"

黄衫年轻人努力地凝神望去，如瀑的暴雨中，却只见平直的街巷，他有些歉然地回答道："弟子驽钝，望师尊指点。"

"你看得太近，你只看到眼前这些街巷，你却看不到长陵的边界。"老人微眯着眼睛，徐徐道，"但你应该知道，这个城，是天下唯一一个没有外城墙的都城。之所以不需要护城城墙，是因为我们每一名秦人的剑，就是城墙。"

黄衫年轻人面目渐肃，沉默不语。

"陛下，或者说李相，看得就比你要远得多。"

老人慈祥地看了这名黄衫年轻人一眼，却有些嘲讽地说道："召夜司首回来，至少有两层用意。一层是长陵之中虽然不乏可以独立击杀赵斩的我朝强者，但多涌出一个，总是多一分威势。先前夜司首虽然已经有很大威名，然而大多数人怀疑她甚至还未跨入第七境。今日夜司首一剑刺杀赵斩，将会是秋里最响的惊雷，我长陵无形的城墙，就又厚了一分。另外一层用意则是，夜司首已在海外修炼数年之久，包括我等心中自然有些疑虑，怀疑夜司首是否不得陛下信任，相当于被放逐，现在夜司首突然回归除孽，这便只能说明陛下和夜司首的联系一直都十分密切，流言和疑虑不攻自破。"

"李相的确看得比我远得多。"黄衫年轻人一声轻叹。

他吐出"李相"二字的时候，神色既是钦佩，又是自愧。

李相是一个尊贵的称呼。

大秦王朝有两位丞相，一位姓严，一位姓李。

这两位丞相年龄、外貌、喜好、所长方面各自不同，但同样神秘、强大。

他们的神秘和强大，在于长陵这座城里绝大多数地方都笼罩在他们的阴影之下，在于所有人都肯定他们是强大的修行者，但却没有人见过他们出手，甚至没有几个人有资格见到他们的真正面目。

真正的强大……在于很多在这个世上已经很强、很令人畏惧的人，还只是他们忠实的属下。

太强的人，往往没有朋友。

所以在长陵，大凡提及严相或者李相，对应的情绪都往往是敬畏、恐惧、愤恨，却极少有这名黄衫年轻人眼里的真正钦佩。

"师尊的看法应该不错，陛下这段时间修炼为主，这种事情应该是李相主事……只是鹿山会盟在即，这个时候召夜司首回来，他应该还有更多的想法。"轻叹了一声之后，黄衫年轻人思索了片刻，继续说道。

老人满意地笑了起来。

在他看来，他这名关门弟子的确并不算天资特别聪慧，但他的性情却也和长陵的道路一样平直、坦荡。

对任何人都没有天生的敌意，看人都是认真学习对方长处的态度。

这样的人，在如此风起云涌的大秦王朝，便活得长，走得远。

看事物暂时不够远没有问题，只要能够走得足够远，看到的事物，总会比别人多。

……

罕见的暴雨暂时看不到停歇的意味，整座长陵的街面，积起一层薄水。

面容已经擦拭得清亮，衣衫上却还满是污迹的丁宁，正一脚深一脚浅地走向栽种着很多梧桐树的一片街巷。

第三章
只因你太美

对于一个往日雨水并不多的城池而言，未有丝毫准备的暴雨倒了芭蕉，歪了篱墙，漏了屋顶，湿了不及运送的货物，总是令人着恼。

梧桐落这片街巷，按字面上的意思就是种了很多梧桐树的破落户居住地。

在长陵，破落户是小摊小贩、走方郎中、没有自己田宅的租户帮佣乃至闲人的统称，这样等人的聚居地，环境比起普通的街巷自然更让人难以生起清雅的感觉。

除了被风雨卷下的落叶之外，街面并不平整的青石路面的水洼里，还漂浮着一些混杂着菜叶和鸡粪的泡沫。

脚面已经全部湿透，身上糊满泥灰的丁宁似乎也有些着急，但是手里的千工黄油布伞比起市面上一般的雨伞要好得多，也同样沉重得多。这对他形成了不小的负担，他时不时地要换打伞和提油瓶的手，又要防止伞被风雨吹到一边，所以脚步便怎么都快不起来。

前方的临街铺子全部隐藏在暴雨和梧桐树的晦暗阴影里，只能模糊看到有一面无字的青色酒旗在里面无助地飘动。

青色酒旗的下方是一个小酒铺，布局摆设和寻常的自酿小酒铺也没有任何的差别，当街的厅堂里摆了几张粗陋的方桌，柜台上除了酒罐之外，就是放置着花生、腌菜等下酒小菜的粗瓷缸，内里一进则是酒家用于酿酒的地方和自住的屋所。

走到酒铺的雨檐下，丁宁才终于松了一口气，收了沉重的雨伞，甩了甩已经有些发酸的双臂，在门槛上随便刮了刮鞋底和鞋帮上的污泥，便走了进去。

酒铺里空空荡荡，没有一个酒客。

倒不是平日的生意就清冷，光是看看被衣袖磨得圆润发亮的桌角椅角，就知道这些桌椅平时一日里要被人摩挲多少遍。

只是有钱有雅致的酒客在这种天气里未必有出行的心情，而那些不需要雅致的酒客，此刻却或许在突如其来的暴雨里忙着应付他们漏雨的屋面。

"你就不能在外面石阶上蹭掉鞋泥，非要蹭在门槛上？"一声明显不悦的女子喝斥从内院响起，像一阵清冷的秋风，卷过空空荡荡的桌椅。

丁宁满不在乎地一笑："反正你也不想好好做生意，就连原本十几道基本的酿酒工序，你都会随便减去几道，还怕门槛上多点泥？"

院内沉默了数秒的时间，接着有轻柔的脚步声响起，和内院相隔的布帘被人掀开。

"若早知在这种地方开酒铺都有那么多闲人来，我绝不会听你的主意。"掀开布帘的女子冷冷的声音里蕴含着浓浓的怒意，"更何况门口有没有污泥，这事关个人的感受，和生意无关。"

丁宁想了想，认真地说道："有关个人感受的部分，我可以道歉，但生意太好、闲人太多和我又有什么关系，只是因为你长得太美。况且开酒铺总比你一开始想要栖身花街柳巷打听消息要稳妥一些。你什么时候听说过生活还过得去的良家女子想主动投身花楼的？要么是天生的淫妇荡娃，但淫妇荡娃又卖艺不卖身，这样的不寻常……你当监天司和神都监的人都是傻子吗？"

女子没有再多说什么，因为她知道丁宁说的每一句话都是事实。

包括那句她长得太美。

绝大多数女子的美丽来自妆容和风韵，她们身上大多有特别美丽的部分，或者有独特的气质，甚至有些女子的五官单独分开来看并不好看，但凑在一起，却是给人分外赏心悦目的感觉。

但此刻安静地站在清冷酒铺里的这名女子，却是无一处不美。

她的五官容貌、身姿仪态，无论是单独看某一部分，还是看全部，都是极美的。

她的年纪已经不算太小，但更要命的是正好处于青涩和成熟之间，这便是两种风韵皆存，哪怕是她此刻眼中隐含怒意，神情有些过分冰冷，只是身穿最普通的素色麻衣，给人的感觉，都是太美。

那件普通的麻衣穿在她的身上，都像是世间最清丽，又最贵重的衣衫。

但凡看见这个女子的人，就都会相信，书本上记载的那种倾国倾城，满城粉黛无颜色的容颜是存在的。

她就那样清清冷冷地站在那里，穿着最普通平凡的衣物，但身体的每一部分都似乎在发着光，都能够挑动让人心猿意马的琴弦。

她的容颜很不寻常，她和丁宁的对话也很不寻常。

因为神都监的备卷上，她的姓名是叫长孙浅雪，她的身份是丁宁的小姨，然而没有任何一个小姨会和相依为命的外甥，有这样针锋相对的气氛。

酒铺里一时宁静，显得清冷。

丁宁的脸色渐肃，他开始回想起那五名围着赵斩小院的监天司供奉，想到一瞬间化为无数碎片的小院，他清亮的眼睛里，开始弥漫起很多复杂的意味。

"赵斩死了，夜策冷回来了。"他轻声地说了一句。

长时间的安静，无一处不美的女子微微蹙眉，冷漠地问道："夜策冷一个人出的手？"

丁宁猜出了女子的心思，认真道："是她一个人，只是监天司的五名供奉在场组成的阵势让赵斩的元气往天空倾泻了不少，而且夜策冷还受了伤。"

"她受了伤？"长孙浅雪眉头微蹙。

"看不出受伤轻重，但绝对是受了伤。"丁宁看着她的双眸，说道，"夜策冷出身于天一剑阁，主修离水神诀，在这样的暴雨天气里，她比平时要强得多，所以虽然她单独击杀了赵斩，但既然是受了伤，那只能说明她的修为其实和赵斩相差无几。"

长孙浅雪想了想："那就是七境下品。"

她和丁宁此时对话的语气已经十分平静，就像是平时的闲聊，然而若是先前那些神都监官员能够听到的话，绝对会震骇到难以想象的地步。

虽然今日在那条陌巷之中，一次性出现了数十名的修行者，其中数名剑师甚至被一股宣泄出来的元气震得口喷鲜血，站立不起，看上去无比凄凉，然而在平日里，那其中任何一名剑师却都可以轻易地在半炷香的时间里扫平十余条那样的街巷。

唯有拥有天赋、际遇和独特体质的人，才能踏入修行者的行列。

修行二字对于寻常人而言本身就是可望不可即的存在，能够修行到六境之上的修行者，便注定能够在后世的史书上留下浓厚一笔。

尤其像夜司首此种神仙一样的人物，出身和修炼功法，无一不是神秘到了极点，即便是监天司的供奉都未必清楚，然而对于这两人而言，竟似不算什么隐秘！

而若是那座角楼上的素色布衣老人和儒雅年轻人能够听到此时的对话，他们的心中必定会更加地震惊。

他们是这座城里眼光最好的人之一，然而他们若是能听到这样的对话，他们就会发现在修为上，这两人竟然比他们看得更加透彻！

有风吹进酒铺，吹乱了长孙浅雪的长发。

这名无一处不美的女子随意地拢了拢散乱的发丝，认真而用命令的口吻道："你去冲洗一下，然后上床等我，我来关铺门。"

就连丁宁都明显一呆，随后苦了脸："现在就……这也太早了些吧？"

长孙浅雪看了他一眼，冷漠转身："可能这场暴雨的寒气有些过重，我的真元有些不稳。"

丁宁脸上轻松的神色尽消，凝重道："这可是非常紧要的事情。"

第四章

双 修

能够感悟玄机，打开身体秘窍，这便是修行第一境通玄，正式踏入超凡脱俗的修行者的行列。

识念内观，贯通经络，五脏孕育真气，源源不断，周天运行，这便是修行第二境炼气。

到了这第二境，外可利用真气对敌，内可伐骨洗髓，已经能够获得寻常人无法想象的好处。

但凡越过第二境的修行者，除非深仇巨恨，死生之事，否则其余事情已经全然没有修行之事重要。

寻常的欢喜，又怎么能和解决修行中的问题，感觉身体的壮大和改变时的愉悦相提并论？

到了能引天地元气入体，融会成真元，这便到了修行第三境真元境。

世上没有两名资质完全一样的修行者，即便是同时出生的双胞胎，在出生时开始就会形成无数微小的差异。即便是修行途中有明师相助，明师的双目，也无法彻底穷尽弟子体内的细微之处，所以修行之途，大多需要自己感悟，如不善游泳者在黑夜里摸着石头过河，时刻凶险，一境更比一境艰难。

能说真元，便至少已是三境之上，丁宁自然知道她真正的修为到达了何等境界，也十分清楚她那冷漠平静的一句话里蕴含着什么样的凶险和紧迫，但他所做的一切还是没有丝毫的慌乱，有条不紊。

在迅速地冲洗干净身体，换了身干净衣衫之后，他又细细地切了盆豆腐，撒上切碎的葱末，淋上香油。

就着这盆小葱拌豆腐连吃了两碗没有热透的剩饭后，他才走进了后院的卧房。

其实对于他现在的身体而言，可以完全不在意少吃这一餐，然而他十分清楚，或许只是买了香油不用一点儿这样的疏忽，便有可能让监天司的官员最终发现一些隐匿的事实。

而他同样也十分清楚，按照监天司的习惯，在连续两度确认没有问题之后，监天司有关他的调查备卷都会销毁，在将来很长的一段时间内，监天司的目光，都不会落在他的身上。

这也是他今日会故意出现在莫青宫等人视线中的真正原因之一。

……

简陋的卧房里有两张床，中间隔着一道灰色布帘，这对没有多余房间的寻常人家而言，这样和自己的小姨同居一室，是极其正常的事情。

然而带上卧房的大门后，丁宁却是没有走向自己的床榻，而是轻车熟路地走到了长孙浅雪的床前，动作快速麻利地脱去了外衣，整理了一下被褥。

和过往的许多个夜晚一样，当他安静地在靠墙的里侧躺下去之时，长孙浅雪的身影穿过黑暗来到床前，和衣在他身旁躺下。

"开始吧。"

除了冰冷之外，长孙浅雪的眼里看不到其余任何的情绪，在丁宁的身旁躺下的过程中，她甚至没有看丁宁一眼。

而就在她冷冷地吐出这三个字的同时，她的身上开始散发出一股真实的寒冷气息。

在黑暗中，丁宁却始终在凝视着她。

看着她冷若冰霜的面部轮廓，他的眼底涌起无数复杂的情绪，嘴角缓缓浮现出一丝苦笑，但在接下来的一瞬间，他双眸中的情绪尽消，变得清亮无比，脸上的神情变得极为肃穆和凝重。

一股独特的气息，若有若无地从他的身上散发出来，就连空气里极其微小的尘埃都被远远吹走，他和长孙浅雪身旁数米的空间，就像是被无数清水清洗了一遍。

这种气息，和陋巷里持着黑伞的五大供奉、和那些随后赶到的修行者身上的气息十分类似，只是显得有些弱小。

但即便弱小，也足以证明他是一名修行者。

长孙浅雪似乎很快陷入了熟睡，呼吸变得缓慢而悠长。

然而她的身体变得越来越寒冷，床褥上开始缓缓地出现白霜。

她呼出的气息里，甚至也出现了湛蓝色的细小冰砂。

每一颗细小的湛蓝色冰砂落到冷硬的床褥上，便会奇异地噗的一声轻响，化为一缕比寻常的冰雪更要寒冷的湛蓝色元气。

往上升腾的湛蓝色元气表面和湿润的空气接触，瞬间又结出雪白的冰雪。

所以在她的身体周围的被褥上，就像是有无数内里是蓝色、表面是白色的冰花在生长。

在开始呼出这些湛蓝色冰砂的同时，她沉没在黑暗中的睫毛微微颤动，眉心也皱了起来。似乎在无意识的修行之中，她的身体也直觉到了痛苦。

丁宁有些担忧地闭上了眼睛。

他的身体表面也结出了一层冰霜，然而他的脸色却变得越来越红，他的身体越来越热，平时隐藏在肌肤下的一根根血管越来越鼓，然后突起，甚至隐隐可以看到血液在血管里快速地流动。

安静的卧房里，响起灶膛里热风鼓动般的声音。

没有任何的气息从他的身体里流淌出来，但他的身体却好像变成了一个有独特吸引力的容器。

咔嚓咔嚓的细微轻响声在这张床榻上不断响起，被褥上的一朵朵冰花开始碎裂，其中肉眼可见的湛蓝色元气，开始缓慢地渗入他的身体。

白色的冰霜在长孙浅雪和丁宁的身外飘舞，在这片狭小的空间内，竟然形成了一场风雪。

丁宁的胸腹在风雪里越来越亮，他的五脏都发出隐隐的红光，散发着热意，然而对于周围的风雪而言，只像是一朵随时会熄灭的微弱烛火。

修行是一个很奇妙的过程。

在丁宁的识念之中，他正站在一个空旷的空间里。

这个空间似乎幽闭，然而又十分广阔，有五彩的元气在垂落。

这便是修行者的气海。

他的脚下，是一片淡蓝色的海，洁净无比的海水深处，好像有一处晶莹剔透的空间，就像是一座玉做的宫殿。

这便是修行者所说的玉宫。

而他的头顶上方，五彩的元气中间，有一片特别明亮的空间，那便是天窍。

气海、玉宫、天窍这三大秘窍能够感悟得到，贯通一体，体内五脏之气便会源源不断流转，化为真气。

然而此刻，他气海的中心，却没有任何的真气凝结，一缕缕流动到中心的五彩元气，在融合之后便化为无比灼热的火焰。

干净透明到了极点的火焰，带着恐怖的高温，炙烤着上方的天窍，有些要烧穿整个气海的气势。

然而有无数湛蓝色的冰砂，却也在气海的中心不断坠落。每一颗坠落便是消灭一团火焰，接着正中有一缕透明的沉重真气生成，落入气海下方的玉宫之中。

时间缓慢地流逝。

气海里五彩的元气越来越淡，火焰即将熄灭，湛蓝色的冰砂却没有停止，依旧在坠落。

这对于丁宁而言，自然是一次真正的意外。

只是一个呼吸之间，他用寻常修行者根本无法想象的速度醒来，睁开双目。

数片冰屑从他的睫毛上掉落下来。

他没有看自己的身体，在黑暗里，他看到周围的风雪还在不断地飘洒，而长孙浅雪的身体表面，已经结出了一层坚硬的冰壳。

她的身体几乎没有多少热度，似乎血液都被冻结，然而体内一股气息还在自行地流转，还在不断地从她体内吹拂出湛蓝色的细小冰砂。

丁宁的眼中瞬间充满震惊的情绪，他反应过来发生了什么，他根本没有任何的犹豫，便将自己像被褥一样覆盖向长孙浅雪的身体。

身体接触的瞬间，凛冽的寒气便令他的脸色变得无比苍白，然而在接下来的一刹那，他的识念便浑然忘我地进入自己的气海。

他紧紧抱住已成冰块的长孙浅雪，无意识地越抱越紧。

他的肌肤开始发烫，发红。

喀的一响，长孙浅雪身上坚硬的冰壳破了。

无数的冰片没有径自地撒落在被褥上，而是被两人之间的某种力量震成了无数比面粉还要细碎的粉末，飘洒出去。

第五章

公　平

长孙浅雪醒了过来。

她的醒不是普通的苏醒，而是识念在气海中的清醒。

她看到自己站在气海之中。

脚下的海面、祥云一般的五彩元气都已经彻底冻结，就连从天窍中垂落的真元，都像冰冻的瀑布一样冻结着。

她开始意识到自己先前已经完全失去了对自己身体和真元的控制，已经在生死的边缘走了一圈，然而她没有感觉到庆幸，因为她十分清楚死亡的威胁没有过去。

她看到像冰冻瀑布一样的真元顶端的天窍中，有隐隐的红色光亮。

那是丁宁的元气。

虽然并不能理解丁宁是采取何等手段及时地唤醒了自己的识念，但她知道此刻只有依靠自己，才能真正地活下来。

她的情绪再次陷入绝对的平静，竭尽全力，将神念沉入彻底冰封的气海中的玉宫。

玉宫发出了一丝震动。

只是一丝震动，冰封的海面就骤然绽开无数裂纹。

冰冻瀑布也绽开无数裂口，真元开始流动。

如万物复苏，细小的水流融化了碎冰，然后变成更大的水流，汇聚成海。

五彩元气也开始流动。

所有湛蓝色的冰寒元气却被真元不停地震落，挤压至玉宫的最深处。

她脚下的海水变得无比地清澈，一种淡淡的、难以用言语形容的蓝色。

随着气海的清澄，她玉宫里的一缕异色也隐约显露出来。

那是一柄蓝黑色的剑！

她的玉宫中心，竟有一柄蓝黑色的剑，如在休养生息！

那种深沉到似乎足以将人的灵魂都吞吸进去的蓝黑色，只是看一眼，就让人觉得凶煞滔天。

……

长孙浅雪的身体不再变得冰寒，她的呼吸之中，也不再有蕴含着恐怖寒气的湛蓝色冰沙飞出。

她的眼睛睁开，终于正式醒来，从生死的边缘，重新回到人世间。

接着她看清了紧紧地抱着自己的丁宁。

她的眼神瞬时充满了惊怒和凛冽的杀意，她的手掌微微抬起，就要落在依偎在自己怀里的丁宁的头颅。

这一掌看似轻柔，然而其中却蕴含着某种玄之又玄的力量，散发着难以用言语形容的毁灭性气息。

丁宁睡得极其香甜。

他已经虚弱和疲惫到了极点，在感觉到长孙浅雪身上的真元开始流动的那一刹那，他便安心，抱着长孙浅雪直接陷入了最深层的熟睡。

他完全没有感觉到死亡的临近。

长孙浅雪脸色越来越冰寒，但是看着丁宁过分苍白的面容和安心的神色，她的手掌变得越来越迟缓。

最终她深深地吸了一口气，手掌在落到丁宁的头颅上之前，毁灭性的气息便化成无数股柔和而温暖的气流。

所有冰霜化成的湿气，全部从被褥中震出，震成更细微的粒子，离开这个床榻。

她推开丁宁的双手，站了起来，走到窗前。

窗外已然微光，暴雨已停，即将日出。

……

丁宁在鸡鸣狗吠中醒来。

卧房对着一片芋田的窗户已然打开，即便隔着一道爬满了丝瓜藤的篱院，丁宁还是可以感觉到从芋田中拂来的新鲜气息。

不远处深巷中的锅碗瓢盆声、车马行走声、呼喝声、夫妻吵闹声，不断传入他的耳廓。

暴雨过后，整个长陵似乎又马上恢复如初，而且变得更加鲜活。

长孙浅雪就站在窗前。

她根本没有回头，却是第一时间知道了丁宁的醒转，直接冷漠地出声道："你昨夜太过放肆，如果再有下次，我一定会毫不犹豫地杀了你。"

丁宁看着她美丽的背影，脸上的神色没有什么改变，低声说道："你应该明白我的修为和你相差太多，要救你，我便只有那一种方法。而且就昨夜的情形来看，九幽剑诀的厉害程度还远在我想象之上，你的修行必须更加耐心一些。"

长孙浅雪转身，平静地看着刚刚起身的他："你不觉得你说这些很可笑？"

丁宁眉头微皱："哪里可笑？"

长孙浅雪说道："如果你不觉得有些事情比生死更为重要，你何必找上我，何必暗中图谋反对你们的皇帝？"

丁宁摇了摇头，认真地说："这不一样。"

"没有什么不同。"长孙浅雪冷嘲道，"对于你而言，替师报仇都比生死更为重要；对于我而言，这种事情比我的生死也更为重要。"

听着这番话，丁宁沉默了片刻，然后认真地低声说道："我和你说过，我并不是他的弟子，还有，如果你下次还有这种意外，我依旧会选择救你。"

长孙浅雪的眉梢微微挑起，一抹真正忿怒的神色出现在她的眼角。

"不要和我说这些无用的废话，不是那个人的弟子，绝对不可能知道我修炼的是什么功法，不是那个人的弟子，更不可能修习这种自己找死的九死蚕神功，更不可能在这种年纪就拥有你这样的修为和见识。"

她的眼睛里再次弥漫出冷酷的杀机："我只想再提醒你一遍，你是那个人的弟子的这件事本身，就已经足够让我杀死你。我不杀你，只是你的存在能让我的修行更快一些。"

丁宁安静了数息的时间，他抬起头来，看着忿怒的她，认真地问道："你真的那么憎恶他？"

"这个世上有人不憎恶他吗？就连你们自己秦人都憎恶他。"长孙浅雪面无表情地说道，"不憎恶他的人差不多已经全部死光了。"

丁宁看着她那无比美丽的双眸，更加认真地说道："既然这样，你为什么要来到长陵？"

长孙浅雪看了他一眼，忿怒的神色缓缓消失，脸容再次冷而平静："你认为我在长陵是因为和他的旧情？我只是觉得不公平……我只是觉得他做了那么多事情结果落到这样的下场，我觉得不公平。只是因为我觉得不公平，所以我才想要杀死你们的皇帝。"

丁宁安静了下来，他不再辩驳什么，只是说道："我今天会去趟鱼市，去杀一个人之后再回来。"

长孙浅雪微微蹙眉："你刚刚才重新引起神都监的兴趣，你确定这是很好的时机？"

丁宁点了点头："赵斩刚死，监天司和神都监的厉害人物会有更多的事情要做。"

长孙浅雪看了他一眼，问道："你要杀的是谁？"

丁宁揉了揉脸颊，轻声道："宋神书。"

长孙浅雪仔细地想了想，她的记忆力并不算很好，但所幸整个长陵的修行者数量也并不算多，而且这个名字和大秦王朝的经史库藏有关，所以她马上从脑海中搜出了这人的名字。

她用看白痴的目光看着很认真的丁宁："一个刚刚到二境下品的修行者，居然说要杀一个三境上品的修行者？"

丁宁很顺口地轻声应道："四境之下无区别。"

"四境之下无区别？"

长孙浅雪顿时满眼含煞，她冷冷地看了一眼丁宁："你还说不是那人的弟子？也只有他才敢说这种话。但别人真这么以为，却只会送命。"

丁宁沉默了片刻，说道："我会尽量小心，但如果我在午夜时分还没有回到这里，你就想办法自己离开长陵吧。"

长孙浅雪转过头不看他，冷淡道："放心，我还不会愚蠢到留下来陪你一起死。"

她这句话说得很无情，然而丁宁看着她的侧脸，却是微微地一笑。

他比这世上大多数人都要清楚，有些人看似有情，却实则薄情，而有些人看似无情，但却有情。

第六章

时 机

暴雨骤停，绝大多数长陵人都松了一口气，平时看厌了的晴好天气也似乎变得格外可亲起来，很多商队抓紧时间处理受潮的货物，然而让人意想不到的是，只是过了正午，天空便又重新变得阴霾，接着一场雨又迅速地笼罩了整个长陵。

这场雨并不像昨夜的那般暴烈，但却十分缠绵，淅淅沥沥，眼看一时无法停止。

街巷阡陌之间烟雨空蒙，再次像笼了无数层纱一样看不清楚。

在长陵城南，有一处外表看起来像道观一般的建筑，占地数十亩。

大秦王朝封赏极重，能得敌甲首一者，就可赏爵一级，益宅院九亩，斩首满两千级，更是可以享三百家赋税。

所以长陵大多数宅院，乃至普通军士的院落在往朝来看都是大得出奇，整个长陵也随之往外一扩再扩，这处位于长陵城南的建筑，实在是不算大。

然而除了皇宫深处的少数几位大人物之外，大秦王朝所有的权贵，对这处地方都怀有深深的戒备和恐惧。

因为这里是神都监的所在。

大秦王朝查案办案主要靠监天司，监天司各地正职官员便有上千名，各官员自己门下的食客又不计其数，且各类大案不需要报备其余各司，直接上达天听，所以监天司的权力一直隐隐凌驾于其余各司。

然而神都监也是其中异类。

神都监在册官员不过百名，不过监天司十分之一的数量，平时也只负责调查、监视工作，然而调查监视的对象，却都是各类官员、修行者，以及有可能成为修行者的人物。

所以说，神都监便是皇帝陛下和那两位一人之下、万人之上的宰相专门用于监察官员和修行者的秘密机构。

再者，所有神都监的正职官员都是"战孤儿"，都是战死的将领、军士的子弟，这些人没有多少牵挂，也不会有多少被人威胁的地方，所以往往更加冷酷和无情。

所以在绝大多数官员和修行者的眼里，神都监甚至比起监天司还要可怕一些。

莫青宫此刻便在神都监的一间书房里，和往时不同，他微胖的身躯上散发着淡淡的血腥味道，冒着油光的脸上也没有任何的笑容，只有一股若隐若现的煞气。

这种气息，甚至使得周围院落里经常存在的一些秋虫都逃离得无影无踪。

让他情绪如此不佳的，是监天司，夜司首。

昨日夜司首一剑斩杀剑炉第七徒赵斩，替大秦拔去了一根喉中刺，是每个秦人都引以为傲的事情，然而现在有确切的证据表明，当时在场的神都监官员慕容城不是死在赵斩手中，而是被她所杀。

神都监官员本身在场就是起到监察其余各司官员办事过程的作用，慕容城又是极有前途的修行者，而杀死慕容城之后，无论是夜司首还是监天司其余几个供奉，他们甚至都没有处理一下慕容城遗体上的伤口。

这代表着他们根本不屑掩饰什么。

夜策冷夜司首，实在太过嚣张跋扈！

更让他愤怒的是，赵斩的身份，本来就是他们神都监察觉的，赵斩虽亡，但赵剑炉真传弟子尚余三名，背后又不知道有多少赵国余孽存在，原本按照神都监的计划，在杀死赵斩之后，将会采取闹市曝尸的手段，引出更多的赵国余孽，然而夜策冷不知采取了什么手段，竟然做主厚葬赵斩，并直接获得了陛下的默认，这无疑又让神都监的很多已经付出的努力和后续一些安排全部化为了流水。

就在此时，随着数声有节奏的叩门声，秦怀书走进了这间房间，走到了他的书桌前。

"问清楚了？"

莫青宫抬起头来，压抑了一些怒意，低声问道。

秦怀书恭谨地点了点头，直接说道："方侯府已经给出了明确的答复，那梧桐落酒铺少年虽然资质极佳，然而却是罕见的阳亢难返之身。"

莫青宫情绪不佳地皱了皱眉头："什么叫阳亢难返之身？"

"一种阳气过旺的体质。"秦怀书细细地解释道，"此种体质体内五脏之气比一般人旺盛无数倍，然而如薪火燃烧得太过猛烈，此种体质在寻常人尚且壮年时期，体内就已经五衰。"

莫青宫的脸色难看了些："简单点而言，就是虚火过旺，燃烧精血？"

"意思差不多，然而寻常的虚火过旺、燃烧精血可以设法医治，这种体质，却是连方绣幕都没有法子，或者即便有那种灵药和宝物，也不值得用在他的身上。"秦怀书点了点头，他的眼睛里也有同情和遗憾的色彩，因为他十分清楚一个出身普通的人进入那些真正的大人物的眼睛，是一件多么不容易的事情。

那名梧桐落的少年从某种意义上而言已经拥有了一步登天的潜质，然而却只是因为他的体质问题，便又注定只能在那种破落街巷中继续生存下去。

莫青宫在显赫的位置上已经坐了很多年，所以他自然没有还在艰难地往上爬的秦怀书这么感慨。

既然不可能成为修行者，便代表着那名少年不可能成为对神都监有用的人，所以他只是微微地摇了摇头，便将那名少年的备卷随手丢在了一侧专门用于焚毁案卷的火盆里。

猩红的火苗如蛇芯舔舐着火盆的边缘，莫青宫沉默了数息的时间，然而秦怀书并没有像他预料的一样马上离开，于是他再次抬头看着秦怀书。

"大人，慕容城的身份有问题。"秦怀书继续说了下去，他的声音变得更低，如果不仔细，甚至根本听不清楚。

莫青宫顿时微微眯眼，不解道："慕容城虽然平时和我们并不算熟，但他的家世我们也清楚得很，能有什么问题？"

秦怀书说道："他的出身没有什么问题，但是他前些时日刚刚和许侯府定下亲事，如果不出意外，今年冬他大约就会入赘许侯府。"

"入赘许侯府？"

莫青宫瞳孔不自觉地剧烈收缩，心中涌起一阵强烈的寒意。

在大秦王朝，获得封侯的途径唯有一种，那就是凭借军功。

享万户赋税，良田千顷方为侯。

三百户便需斩敌两千，万户需要多少军功，哪怕是不会算盘的人，心中都可以估摸出那一个恐怖的数字。

所以大秦王朝有资格称侯的，一共只有十三位。

两相双司十三侯，这十三位王侯，和监天司、神都监的两位司首，还有两位神秘而强大的丞相，便是这个强盛的王朝最顶端的存在。

一抹苦笑慢慢浮现在莫青宫的嘴角。

他再次抓起面前一份案卷丢到身旁的火盆里。

不管神都监最高的人物，坐在神都监里面那间静室里的陈司首到底清不清楚慕容城入赘许侯府这件事，不管陈司首是否有故意安排的成分，但既然这件事已经牵扯到陈司首和许侯府这个层面，他还要因为这件事而对夜策冷愤懑和不满便已经没有任何的意义。

……

雨还继续在下。

已过了正常午饭的时间，酒铺里有限几个客人已经离开，丁宁搬了一张竹椅在门口的屋檐下坐下，然后边看雨边开始吃面。

面是酸菜鱼片面，雪白的鱼片和面条杂乱地混在一起，鱼片也不太齐整，看上去没有什么卖相，但是酸菜的量不仅足，而且看起来十分入味，面汤很浓，表面上浮着一层浅而清亮的油光，让人一看就觉得味道必定很好。

丁宁不急不忙地吃完，喝光了大半的面汤，将面碗洗干净之后，对着后院的长孙浅雪打了个招呼，便换了双旧草鞋，打了柄旧伞走入了雨帘之中。

在梧桐落的巷口，一列商队和他擦身而过，数名身披蓑衣的赶车人习惯性地嘟囔，骂了几声鬼天气。

丁宁微微地一笑。

在充满鸡粪和浮便味的街巷中冒雨赶路的确不是什么愉快的事情，但这场突如其来的大雨对他而言却犹如天赐。

雨可以遮掩很多人的视线和感知，可以冲刷掉很多痕迹，可以让他好不容易等来的这个时机变得更加完美。

所以即便他的草鞋也湿漉漉的不是很舒服，但是他的心情却真的很愉悦。

他怀着愉悦的心情，走向长陵东城边缘的鱼市。

一条巨大的渭河穿过大秦王朝的疆域，流入东海，这条巨河不仅滋养着大秦王朝大部分的农田，还让大秦王朝的船舶开辟了和海外岛国通航的路线，甚至可以让一些修行者从海外得到一些罕见的珍宝。

巨大的渭河到了长陵又分散成数条支流，源头一直可以追溯到大秦王朝的边缘，巴山蛮荒之地。

长陵鱼市，就位于城东渭河最小的一条支流东清河的两岸。

这条宽不过十余米的小河，已经因为农田开垦的需要，被拦腰截断，位于城内的部分有些成为鱼塘，有些则在上面建起了市集。

所有这些市集本身只是以一些已然无法行驶的船舶为交易场所的水集，然而经年累月下来，两岸重重叠叠建起了无数棚户，这些棚户的屋顶和招牌遮天蔽日，里面高高低低地隐藏着无数通道，就连水面和泥塘之间，也都建起了许多吊脚楼，一些简陋的木道、舢板，下方的一些小船，甚至稍微大一点的木盆，都成了这里面的交通工具，这更是将这里变得如阴沟里的蛛网交错般错综复杂。

尤其在天光不甚明亮的时候，从两岸高处往市集中心低处看去，中心低处阴暗中的市集，更是如同建立在深渊里的鬼域一样，鬼火憧憧，鬼影幢幢。

这片一眼望不到头的集市，便是鱼市，除了鱼之外，不仅是寻常人，就连绝大多数修行者所能想象得到的东西，这里都有。

第七章

欠 债

即便大秦王朝从不禁止普通民众携带刀剑，甚至公开的一些比试也不禁止，但一些杀伤力巨大的军械，乃至一些修行器具、修行典籍，都是属于严禁交易流通的物品。

一名修行者所能想象得到的东西，其中很大部分自然更是不能用来交易。

然而这些东西在鱼市里如荷叶下的鱼一样隐着，而鱼市又只不过是自发形成的市集，这里面的很多生意，自然并不合法。

只是这样的市集就在长陵的边缘，那么多大人物的脚下，为何能够这么多年一直长久地存在下来？

就如此刻，一名外乡人打扮浓眉年轻人心中就有这样的疑惑。

他持着一柄边缘已经有些破损的黄油纸伞，身上穿着的是长陵人很少会穿的黑纱短袍，没有穿鞋，直接赤着双足。

他手里的破旧黄油纸伞很大，但为了完全遮挡住他身前一人的身体，他的小半身体还是露在了外面，被雨水完全淋湿。

他身前的这人是一名很矮的年轻男子，书生打扮，瓜子脸，面容清秀到了极点，尤其肌肤如白玉一般，看不到任何的瑕疵。

看着前方鱼市无数重重叠叠的棚户上，从高到低不断如珍珠跳跃般抛洒的雨珠，浓眉年轻人皱着眉头，忍不住沉声问身前比他矮了半个头的年轻人："公子，如此的市集为何一直存在？"

书生打扮的年轻人冷冷地一笑："只有出自那两名丞相的授意，这样的市集才能够一直留在这里。"

浓眉年轻人依旧有些不解，疑惑地看着他。

"不合法的交易，往往能够带来更高的利润，更高的利润，则能让更多不要命的人源源不断地带来更多的东西。"

书生打扮的年轻人冷冷地接着说道："这些年海外很多奇珍异宝能够到达长陵，甚至很多海外的蛮国和修行者与长陵建立联系，依靠的不仅仅是渭河的航道，还有这个鱼市的关系。而对于高坐庙堂之上的那些人而言，他们也能够从中获取到之前不可能获得的东西，所以他们便采取了睁一只眼闭一只眼的态度，容许这里存在下去。当然所有在这里做生意的人自然也清楚那些人需要什么样的秩序，所以这里比起各国其他大型的市集，反而更为公平和安全。"

"所以你一定要明白一点，任何的勾当，一定要给人带来更大的利益，才会令人有兴趣和你交易。而且绝大多数的亡命之徒都不会与虎谋皮，他们不会和那些远远高于自己，随时可以一口吞掉自己的对象交易。"书生打扮的年轻人转头看了沉默不语的浓眉年轻人一眼，平静地说道，"因为有这样基本的规则存在，所以我才有信心来这里谈一谈。"

……

鱼市里的道路崎岖起伏，很泥泞很不好走，数十米的落差，便层层叠叠隔出十余条高低不同的通道，对于不经常来的人而言，更是如同迷宫。

然而对于鱼市大多数根本不欢迎闲逛者的生意人而言，他们不介意道路变得更复杂、更难走一些。

所以虽然雨天很黑，无数雨棚交替遮掩的商铺间道路更黑，但却只有少数一些商家挑起了灯笼。

偶尔的微弱灯笼光芒像是异类，在风中摇晃不安。

鱼市里穿行的人依旧很多，丁宁收起了伞，像拐杖一样挂着，轻车熟路地到了鱼市的低矮深处。

因为暴雨的关系，鱼市底部平时许多只是干涸泥塘的区域已经被水淹没，水位距离大多数吊脚楼底部只有半米，但即便如此，吊脚楼的底部还是漂着许多小船，还有木盆在浑浊的泥水里漂来漂去。

沿着一条用舢板架起来的摇晃木道，丁宁走进了一座很小的吊脚楼。

这是一家很小的印泥店，兼卖些水墨纸笔。

店主人是已过六旬的孤寡老妇人，因为平时没有多少开销，再加上鱼市里大多数交易都需要契印或者手印，所以作为唯一一家印泥店，印泥的销路还算不错，生活倒也过得下去。

因为平时也没有什么事情，所以这名头发花白的老妇人在看到丁宁之前，正端着一个粗陋的瓷杯在喝茶。看到不远处阴影里走来的少年，她布满皱纹的脸颊上忽然泛起温暖的笑容。她转身从门口旁的一个壁柜里拿出了一碟干果等着。

"怎么下这么大雨还过来？"

看着走到面前的丁宁只是湿了双草鞋，这名老妇人彻底放了心，又取了双干净的旧草鞋示意丁宁换上。

丁宁微微一笑，也不拒绝，直接坐在吊角楼边缘洗了洗脚，就换上了干净的旧草鞋，然后左右打量着这间吊角楼的屋顶和墙面。

屋顶和墙面都有些渗水，但看上去不严重。

于是丁宁也放了心，在老妇人旁边的板凳上坐了下来，说道："本来见昨天那么大雨，担心你的屋子有问题，就想过来看看的，只是临时有点事，所以才拖到现在过来。"

老妇人笑出了声，自从看到丁宁的身影，她就变得很开心。

"能有什么问题？"她忍不住笑着说，"你每隔一阵就把我这间屋子敲补一下，比那些船工补船还用心，我看雨再大一点，再下个几天，这里所有的屋子都漏了，我这儿都还不会漏。"

看着她的笑容，丁宁的心情也更加好，他随手抓了几颗干果，一边嚼着，一边问道："最近需要买什么东西吗，我等会儿帮你买回来？"

"柴米油盐还都满着，所以你只管歇着就好。"老妇人摇了摇头，看着丁宁略显苍白的面容，她又忍不住摇了摇头，爱怜般问道，"中饭吃过了吗？"

"吃过了，酸菜鱼面。"丁宁笑了笑。

老妇人有些不快，用不容置疑的口吻说道："那晚饭留在我这儿吃。"

"好。"丁宁点头表示同意,"我要吃油煎饼。"

"我给你做红烧鱼和腊鸡腿。"老妇人责怪般地看了他一眼,眼睛里却涌起更多的意味,"油煎饼有那么好吃吗?当年你年纪还小,正好走到这里,我给你做一个油饼也是正常不过的事情,结果你到现在还记着那一个油饼的事情。若是做生意,只是一个油饼,结果却帮人做了这么多年的事情,这亏本便亏得大了。"

"哪里有亏本。"丁宁笑着说道,"只是做些顺手的事情,大多只是陪你说说话,听听故事,免费的饭菜倒是吃了不少。"

老妇人摇了摇头,眼里涌起复杂的情绪:"陪着说说话、聊聊天,这对于一个没有子侄的孤独老人而言,是最大的恩赐。长陵以前战死的人多,像我这样年纪的人也多,只是却很少有人有我这样的福气。"

丁宁一时没有说什么,垂下头像个松鼠一样啃着干果。

在数年前的一个冬天,他经过这里,和蔼的老妇人好心地递给他一块热乎乎的油煎饼,然后他就经常来这里看看老妇人,做些力所能及的事情。

但是他心里十分清楚,这哪里是一个油煎饼的事情。

这是因为他欠她的。

他欠很多人的,他只希望自己能够慢慢还清,或者说可以补偿。

……

照例和老妇人聊了一阵,听她说了一些鱼市最近的新鲜事之后,丁宁便告辞暂时离开,和平时闲逛一样,转向鱼市更低洼更深处。

这个时候宋神书应该进入鱼市了。

宋神书是经史库的一名司库小官,也是丁宁的熟人。

然而和开印泥店的这名老妇人不同的是,丁宁不欠宋神书的,而他却是欠丁宁的。

在过往的数年的默默关注里,丁宁知晓了宋神书的一些习惯,也知道他的修行遭遇到了什么困难。

所以他肯定,宋神书今日一定会来拿火龟胆,一定会出现在他的面前。

第八章

黑暗里，有蚕声

　　一辆寻常的马车停靠在鱼市的一处入口处，戴着一个斗笠、穿着长陵最普通的粗布麻衣的宋神书下车走进鱼市，不急不缓地走向鱼市最深处。

　　大秦王朝的经史库虽然藏了不少修行典籍，然而谁都知道大秦最重要的一些典籍都在皇宫深处的洞藏里，所以经史库的官员，平时在长陵的地位也并不显赫，基本上也没有多少积累战功获得封赏和升迁的可能。

　　尤其是像宋神书此种年过四旬，鬓角都已经斑白的经史库官员，根本不会吸引多少人的关注。

　　但宋神书依旧极其地谨慎。

　　因为他对过往十余年的生活很满意，甚至哪怕没有现在的官位，只是能够成为一名修行者本身，就已经让他很满足。

　　尤其最近数年对自己修行的功法有了新的领悟，找出了可以让自己更快破境的辅助手段之后，他的行事就变得更加谨慎。

　　无数事实证明，成为修行者的早晚并不重要，重要的是破境的时间。

　　只要他能够在今年顺利地突破第三境，踏入第四境，那他面前的天地，就会骤然广阔，存在无限可能。

　　在一路默然地走到鱼市最底部之后，他依旧没有除下头上戴着的斗笠，弓着身体沿着一条木道，从数间吊脚楼的下方穿过，来到一个码头。

有一条乌篷小船，停靠在这个码头上。

没有任何的言语，宋神书掀开乌篷上的帘子，一步跨入了船舱，等到身后的帘子垂落，他才轻嘘了一口气，摘下了头上的斗笠，开始闭目养神。

除了两鬓有些花白之外，他保养得极好，面色红润，眼角没有一丝的皱纹。

乌篷小船开始移动，船身轻微地摇晃，摇晃得很有节奏，让斜靠着休息的宋神书觉得很舒服。

然而不多时，他的心中却是自然地浮起阴寒的感觉。

这条小船的行进路线，似乎和平时略有不同，而且周围喧哗的声音，也越来越少，唯有水声依旧，这便说明这条小船在朝着市集最僻静水面行进。

他霍然睁开眼睛，从帘子的缝隙里往外看去……看着船头那个身穿着蓑衣撑船的小厮的背影，他兀自不敢肯定，寒声道："是因为水位的关系吗，今天和平日里走的路线好像不同？"

"的确和平日里的路线不同，只是不是因为暴雨水位上涨的关系。"

船头上身穿蓑衣的丁宁停了下来，他转过身，看着乌篷里的宋神书说道。

他的声音很平静，带着淡淡的嘲讽和快意。

宋神书的脑袋一瞬间就有些隐隐作痛。

他可以肯定自己从来没有见过这名面目清秀的少年，但是这名少年的面容和语气却是让他觉得十分怪异，就像是相隔了许久，终于在他乡和故人见面一样的神气。

这种怪异的感觉，让他没有第一时间去想这名少年到底要做什么，而是迫切地想要知道对方的来历。

"你是谁？你认识我？"他尽量保持平静，轻声问道。

丁宁很认真地点了点头："宋神书，十四年前兵马司的车夫。"

宋神书的面色渐渐苍白，这是他最不愿想起和提及的旧事，更让他心神震颤的是，这些旧事只有他平时最为亲近的人才有可能知道。

"你到底是谁？你想要做什么？"他强行压下心中越来越浓的恐

惧，问道。

丁宁感慨地看着他，轻声说道："我是你的一个债主，问你收些旧债。"

听到这些言语，再加上近日里的一些传言，宋神书的手脚更加冰冷，他张了张嘴还想再问些什么，毕竟对面的少年这个年纪不可能和自己有什么旧仇，背后肯定有别人的指使。

然而他只是张了张嘴，还没有来得及发出任何的声音，他面前的少年便已经动了。

丁宁看似瘦弱的身体里，突然涌出一股沛然的力量，船头猛然下坠，船尾往上翘了起来，瞬间悬空。

他的身体灵巧地从蓑衣下钻出，瞬间欺入狭窄的舱内，因为速度太快，那一件如金蝉脱壳般的蓑衣还空空地悬在空中，没有掉落。

宋神书的呼吸骤顿，他的右手食指和中指并拢，其余三指微屈，一股红色真元从食指和中指尖涌出，在丁宁的手掌接触到他的身体之前，这股真元便以极其温柔的态势，从丁宁的肋部冲入。

在丁宁刚刚动作的一刹那，他还有别的选择。

他可以弃船拼命地逃，同时可以弄出很大的动静，毕竟地下黑市也有地下黑市的秩序，长陵城里所有的大势力，都不会容许有人在这里肆无忌惮地破坏秩序。

然而在这一刹那，他断定丁宁只是刚刚到第二境的修行者。

修行者每一个大境之间，都有着天然的不可逾越的差距。

第三境的真元本身就是真气凝聚了天地元气的产物，这体现在力量上，便是数以倍计的本质差别，更何况他已经不是刚入第三境的修行者，他的真元已经修到如琼浆奔流，可以离体的地步，这种三境上品的境界，更是可以让真元在对敌时拥有诸多神妙。

所以他下意识地认为，丁宁只是吸引他注意力的幌子，必然有更厉害的修行者隐匿着，伺机发动最致命的一击。

所以即便在看似温柔、实则暴烈地送入一股真元至丁宁体内的过程里，他的绝大部分注意力也不在丁宁的身上，而在周围的阴暗里，甚至泥泞和浑浊的水面之下。

然而让他怎么都想不到的是，被他那一股真元送入体内，丁宁只是发出了一声轻声闷哼，身体的动作竟然根本就没有任何的停顿。

他的左手几乎是和宋神书一样的动作，食指和中指并指为剑，狠狠刺在了宋神书胸腹间的章门穴上。

宋神书不能理解丁宁怎么能够承受得住自己的真元，他也不能理解丁宁的这一刺有什么意义。

然而就在下一瞬间，他的整个身体骤然一僵。

啪的一声轻响，船头的蓑衣在此时落下，翘起的船尾也同时落下，拍起一圈水花。

他体内的气海之中，也是啪的一声轻响，原本有序的流淌不息的真元，骤然崩散成无数的细流，像无数细小的毒蛇一样，分散游入他体内的无数穴位，并从他的血肉、肌肤中开始渗出。

无数细小如蚯蚓的红色真元在他的身体表面扭曲不停，将幽暗的船舱映得通红，好像里面点了数盏红灯笼。

宋神书的大脑一片空白，身体里涌起莫大的恐惧。

他知道有些修行功法本身存在一些缺陷，然而他这门"赤阳神诀"到底有什么缺陷，就连他这个修行者本身都不知道。

然而对方却只是用这样简单的一记手剑，就直接让他的真元陷入不可控的暴走，让他甚至连身体都开始无法控制，这怎么可能！

"你怎么会知道我这门功法的缺陷？你到底是什么人？"

在凝滞了数息的时间过后，他终于强行发出了声音，嘶嘶的呼吸声，就像一条濒死的毒蛇在喘息。

"赤阳神诀严格来说，是一门绝佳的修行功法。只要有一些火毒之物可以入药为辅，修行的速度就能大大加快，所以一般修行者从第一境到第三境上品至少要花去二十余年时光，但你只是用了一半的时间就已达到。"丁宁轻微地喘着气，在宋神书的对面坐下，他认真地看着宋神书，双手不停地触碰着宋神书身上的真元。

"只是这门出自大魏王朝赤阳洞的修行之法，本身有着极大的缺陷，只要让体内肾水之气过度激发，便会导致真元彻底散乱，所以昔日我朝修行者和大魏王朝赤阳洞的修行者交战时，便发现他们身上数个关窍都覆盖有独特的防护器具。后来赤阳洞亡，这门功法被纳入我朝经史库之后，便被发现缺陷，一直封存不动，没想到你却恰好挑了这门功法来修行。"

丁宁不断地轻声说着，同时他的双手指肚和宋神书身上真元接触的部位也不断发出奇怪的响声，这种响声，就像是有无数的蚕在吞食着桑叶。

"九死蚕神功！"

宋神书终于像发现了这世上比他此刻的处境还要更可怕的事情，喉咙内里的血肉都像是要撕裂般，惊骇欲绝地发出了嘶哑至极的声音："你是他的传人！"

第九章

乞 命

天下间修行的流派数不胜数，而且每名修行者的先天体质又不相同，所以在过往的数百年时间里，不知道产生了多少开山立派的宗师级人物，开创了多少种功法，开创了多少种强大的借用天地元气的手段。

大秦王朝的岷山剑宗、灵虚剑门，将御剑的手段研究到了极致，而虎视眈眈的楚王朝、大燕王朝、大齐王朝的诸多宗门，却是在炼器、符箓、阴气之道上令别朝的修行者根本无法企及。

即便是已然灭亡的韩、赵、魏三大王朝，除了数以百计的修行密宗之外，韩王朝的南阳丹宗、赵王朝的剑炉、魏王朝的云水宫，在修行功法和修行手段上，更是世间少数几个宗门才能企及。

然而在所有的修行功法里，九死蚕神功无疑是最强大、最神秘的一种。

没有人知道这门功法的来历，只是隐隐推测，这是数百年前建立大幽王朝的那名天下无敌的幽帝所修的功法。

甚至有推测，身为当年最强修行者的幽帝之所以在五十余岁之时便驾崩归天，就是因为修行这门功法出了意外。

之所以有这样的推测，是因为在幽帝之后，历代都有最为惊才绝艳的人物得到过这门功法，然而所有那些人，包括那个在大秦王朝所有人口中都几乎是个禁忌的人，都没有敢修行这门功法。

没有人修行，世间便根本没有人知道这门功法到底有什么强大和神妙之处。

只是后世的修行者，从幽王朝遗留下来的一些竹简的记载中知道，这门功法的修行过程中，要杀很多人……而且在触碰到其余修行者的真元时，会发出如万蚕啃噬般的声音。

然而当时的修行者却又可以肯定，这种功法又不能像大齐王朝的数种魔功一样，直接吞噬别人的真元提升自己的一些修为。

那触碰对方的真元，发出这种万蚕啃噬的声音，到底有什么用处，到底意味着什么？

光是这种不可解的推测，便更让人觉得神秘和恐惧。

然而让此刻的宋神书万分恐惧的，不是因为这门功法本身，而是因为这门功法最终是在那个人的手中消亡。

那个人曾经有很多的门客。

而宋神书，在很多年前，只是帮那个人的门客驱车的最卑微的车夫之一。

现在，原本应该随着那个人的死去而彻底消失的九死蚕神功，却无比真切地出现在了他的面前，挟带着无数封存在他心中、他刻意不去想的画面，一下子如山般压在了他的身上。

他的身体更加无法动作，浑身都剧烈地抽搐开来。

他开始意识到，前些时日在长陵中流传的事情，竟然是真的。

……

丁宁看着宋神书，他的动作没有丝毫的停顿，指尖如同在抚平宋神书衣衫上的褶皱一样，细心地扫过宋神书身体表面的每一条赤红色真元。

伴随着无数春蚕食桑般的细微声音，一条条赤红色的真元在他的指尖下消失。

"卖友求荣的滋味到底怎么样？"在做着这些的同时，他认真地、好像真的想得到解答一般，轻声地问宋神书。

听到这一句，宋神书终于确信自己的推断，他的恐惧终于回归到自身的处境："不要杀我！"他浑身汗如雨下，震动着已经僵硬的喉部肌肉，发出嘶哑难听的声音。

"欠债就要还！"

丁宁用看可怜虫的目光看着他："你告诉我，除了这条命，你还有什么能用来还债？"

宋神书的眼睛都快被自己的汗水糊住，他用力地睁着眼睛，急促道："如果……如果我告诉你一些比我的命更为重要的秘密，你能让我活下去吗？"

丁宁的眉头微微蹙了起来，他沉吟了数息的时间，说道："可以。"

宋神书的眼睛里油然生出希望的光焰，只是一时有些犹豫。

丁宁冷笑起来："你应该知道他的剑叫什么名字。"

宋神书的眼睛亮了起来。

"当年李观澜被杀，出卖他的人是慕梓，现在他改名梁联。"

他控制着越来越僵硬的咽喉，摩擦着发出难听的声音，说出他认为最重要的第一个秘密。

丁宁的眼神不可察觉地一黯。

那些熟悉的名字，对于他而言，是很多很多的债。

"梁联？虎狼北军大将军？军功已满，接下来最有希望封侯的那位？"

他的眉头深深地皱起，自言自语般说道。

"就是他。"宋神书求生的欲望越来越浓烈，虽然发声更加困难，但声音反而更响了一些。

"只有这些？你应该明白，只要你说的这些是真的，不用你说，我将来也会查得出来。"丁宁抬起头，冷漠地看着他。

宋神书艰难地吞咽着，心脏剧烈地跳动起来。

他知道接下来出口的这个秘密必定能让对方满意，然而他也十分清楚，若是让人知道这个秘密是由他的口中说出，那他将来的结果肯定会比现在还要凄惨。

"林煮酒还没有死。"他用乞求的目光，看着丁宁，嘶声说道。

丁宁的身体一震，他的面容第一次失去了平静，惊声道："你说什么？"

"他就被关在水牢最深处的那间牢房里。"宋神书感觉自己的心脏都要从喉咙里跳出来，"严相想要从他的身上获取到一些修行的秘密，所以一直没有杀死他……外界的人都以为他死了，就连李相和夜司首他们都根本不知道这个秘密。"

丁宁的脸色恢复了平静，他沉默了片刻，认真问道："那你怎么知道这个秘密？"

宋神书不敢看他的眼睛："因为从他的嘴里挖不出任何有用的东西，所以严相想过一些方法……他曾让人施计假劫狱，劫狱的人里面，有一些便是林煮酒以前认识的人。"

"你也是林煮酒认识的人里面的一个，只是他不知道你们已经都是严相的人。"丁宁的面容一味地平静，"后来呢？"

宋神书艰难地说道："不知哪个地方出了错漏，林煮酒根本就未上当。"

"他的心思本身比严相还要缜密，那些小手段怎么可能骗得过他？"丁宁微垂下头，轻声道，"他现在一定过得很不舒服。"

宋神书不知道该怎么接话，他没有出声。

丁宁没有看他，却是又轻声道："没有了？"

宋神书的心脏再次剧烈地跳动起来。

他听出对方还不满意。

"我……"于是他颤抖着，说出了自己所知道的最后一个极为重要的秘密，"传说中的孤山剑藏应该存在，而且大多数线索，可能在云水宫白山水的手中。"

"孤山剑藏？"

丁宁的呼吸微微一顿，这又是一个他根本没有想到的消息。

传说中，孤山剑宗是一个很神秘、很强大的宗门，不知道起源于何时，也不知道在何时消亡，但一直有传闻，这个宗门留有一个密藏，里面有许多的至宝。

除了一些失传的修行功法之外，让所有修行者更为心动的，是一些已经绝迹的灵药和炼器材料。

随着越来越多和孤山剑宗有关的东西被发现，现在天下的修行者已经可以肯定孤山剑宗和密藏的确存在，但是这个"孤山剑藏"到底在哪里，却一直没有确切线索。

"你怎么知道？"丁宁目光闪烁了一下，抬起头看着宋神书再次问道。

"神都监曾经有人带着数片玉简残片到经史库来鉴定，那残片上的文字很奇特，我们彻查了一遍古典后，发现便是孤山剑宗的特有文字。"宋神书呼吸急促地说道，"而且我暗中查过，神都监的人和云水宫的余孽发生过战斗。他们确定有更多的这种玉简残片在云水宫的余孽手中。"

丁宁一时没有说话。

哪怕云水宫的修行者现在和赵剑炉的修行者一样隐匿得极深，但只要舍得花时间，总是可以寻找出一些线索。

"还有吗？"

十数个呼吸之后，他看着宋神书，再次问道。

宋神书无助地看着他，大脑渐渐空白。

他实在是想不出什么有足够分量的秘密。

"很好。"

丁宁看着他的脸色，似乎很满意地点点头，俯下身体，凑到他的耳边："既然这样，你可以去死了。"

宋神书的眼睛不可置信地瞪大到了极点。

一股劲气在此时轻而易举地刺入了他的心脉，切断了对于一个人的生命最为重要的数根血脉。

"你……"

他怎么都不能相信自己的生命就将结束，一只僵硬的手也不知道哪里来的力气，抓住丁宁的衣角。

"很奇怪为什么我会不守信杀你，对吗？"

丁宁看着他渐渐放大的双瞳，轻声道："他是天下最一诺千金的人物，所以你觉得他门下弟子也一定会守信。

"只可惜他都已经死了，他门下的那一套，现在还能用吗？"

丁宁平静地掰开宋神书的手指，接着说道。

宋神书听清楚了这一句，他感到被欺骗的愤怒，但是在下一瞬间，他只听到了自己喉咙里发出古怪的声音。

那是他最后的气息。

他带着无尽的悔恨气绝身亡。

第十章

风雨如晦人如鬼

鱼市里有无数见不得光的生意，也有无数见不得光的人，无数嘈杂的声音。

就在半炷香之前，丁宁撑着的乌篷小船摇曳着驶离阴暗码头，在无数支撑着鱼市的木桩之间行进的时候，先前那名在鱼市外满心疑问的外乡浓眉年轻人和他口中所说的公子一起走进了靠河边的一间当铺。

没有典当任何的东西，在一名手持着黑竹杖的佝偻老者的引领下，这两名外乡人通过这间当铺的后院门，穿过一条狭窄的弄堂，又进入了一扇大门。

阴暗潮湿的狭窄弄堂里十分安静，然而进入这扇大门，却完全是另一番天地。

一个并不算大的厅堂，里面摆了十余张方桌，每张方桌周围却密密地至少挤了十几人，四处角落都燃着沉香，然而因为人多嘈杂，却是显得乌烟瘴气。

看清这间屋内景象的瞬间，浓眉年轻人的瞳孔不自觉地微微一缩。

并非是因为周围那些人眼中隐含的敌意和身上那种修行者独有的气息，而是因为此刻正在屋子中间台面上摆着的一件东西。

那是一截成人拇指大小，颜色蜡黄的玉石。

在寻常人看来，这或许就是一段成色不好的普通黄玉，然而几乎所有的修行者都会知道，这是昔日大韩王朝南阳丹宗的黄芽丹。

黄芽丹药性温润，大益真气，是先天不足的真气境修行者朝着真元境迈进的途中最佳的辅助灵丹之一。

南阳丹宗全盛时，一年所能炼制的黄芽丹也不过数百颗，此时南阳丹宗不复存在，黄芽丹自然更加稀少。

这种丹药，在大秦王朝也属于不准交易的禁品，然而充斥这间屋子的嘈杂声音，都是连连的喊价声。

所以这里，自然就是一个非法的拍卖场所。

浓眉年轻人原本就知道鱼市里有着很多外面难以想象的场景，有着许多对于修行者而言十分重要的东西的交易，然而一进门就看到黄芽丹这种级别的东西，他还是和刚刚进城的乡下孩童一样，有着莫名的震撼感，他在心中忍不住想道：长陵鱼市果然名不虚传。

他身前书生打扮的清秀年轻人也停下了脚步，凝视着场间的情景，领路的黑竹杖佝偻老人也不催促，只是默不作声地等着。

此刻对于这一颗黄芽丹的争夺已经到了有些疯狂的地步，早些年价值两千两白银一颗的黄芽丹，此刻已经喊到千两黄金，而且还有数方在争夺。

又喊了数声，争夺的双方最终只剩下一名身穿灰衫的年轻剑师和一名脸蒙黑纱的中年男子。

年轻剑师的面孔已经涨得通红，额头上一滴滴汗珠不停地滑落，而那名脸蒙黑纱的中年男子却端坐不动，极其地沉着冷静，每一次喊价只是按照最低规则，在那名年轻剑师的出价基础上再加百两纹银。

转瞬已过一千三百两黄金。

年轻剑师的面容由红转白，这枚黄芽丹对他极其重要，若是没有这颗黄芽丹，恐怕以他体内的病根，此生都没有机会从第二境突破到第三境。

所以他转过头，几乎是用请求，甚至是哀求的目光看了那名脸蒙黑纱的中年男子一眼。

中年男子看到了他的目光，然而只是冰冷而不屑地发出了一声轻笑。

年轻剑师的情绪终于失控，他霍然站起，厉声道："两千两黄金！"

满室俱静。

所有人的目光都聚集在了他的身上。

即便这名年轻剑师是某个财力惊人的氏族子弟，但对于任何氏族而言，两千两黄金用于购买一颗黄芽丹还是太过奢侈了一些。

若是没有那名脸蒙黑纱的中年修行者的抬杠，恐怕这颗黄芽丹在千两黄金左右便可入手。

听到年轻剑师喊出两千两黄金的价格，脸蒙黑纱的中年修行者明显一滞，然而他依旧沉稳地坐着，只是声音微寒道："兄台好气魄，某家不如，只是兄台真的拿得出两千两黄金吗？"

年轻剑师骤然如坠冰窟，通红的面容变得无比雪白。

一片哗然。

只是看他的神色，这个房间里所有的人便知道他根本不是那种巨富氏族的子弟，刚刚喊出两千两黄金的价格，只是因为一时的情绪失控，心态失衡。

嘲笑过后便是冰冷。

虾有虾路，蟹有蟹路，任何地方都有规则，鱼市的暗道就更为严苛。

之前一直凝立在放置黄芽丹的那张桌子前主持拍卖的黄衫师爷模样的瘦削男子摇了摇头，用同情的目光看着这名年轻剑师，轻叹道："你应该明白这里的规矩。"

年轻剑师的衣衫都被汗水湿透。

他的右手落在了斜挂在腰间的长剑剑柄上。

然后他深吸了一口气，神色却是坚定了起来，缓缓地伸出自己的左手。

原本这个屋内所有人的目光已经聚集在他腰间的这柄长剑上，此刻看到他这样的动作，屋内绝大多数人眼中嘲弄的神色开始消失，脸上出现了一丝尊重的神色。

这名年轻剑师的剑看上去很轻，剑柄就是一种罕见的青金色，这绝对不是凡品，价值也应该至少在两千两黄金之上。

按照鱼市里这种黑市的规矩，既然他已经喊出了价，那他至少可以用这柄剑来抵，换取那颗黄芽丹，但他此刻的动作，却明显不肯舍弃这柄佩剑，而是要用削指的方法，来给出一个交代。

剑失可以再寻，指断却不能再生。

但剑对于主修剑的修行者而言，却是一种象征，一种精神。

拥有这种精神的修行者，往往会在修行的道路上走得更远。

所以这名年轻剑师此刻的选择，让周围所有人心中的轻视和嘲笑尽去，化为尊重。

"够了。"

眼看这名年轻剑师已然发力，即将按这里的规矩，一剑斩去自己的两根手指，但就在此时，一声清叱响起。

"这颗黄芽丹我给他。"

这声音简单而平静，没有任何炫耀、博取人好感的情绪在里面。

年轻剑师愕然地转过头去。

出声的便是那名书生打扮的清秀年轻人。

在他简单而平静地说出这句话的同时，他身后的浓眉年轻人微微挑眉，直接从身后的包袱中取出了一颗黑色的珍珠，放了黄芽丹的一侧。

这颗黑色珍珠足有鸽蛋般大小，散发着淡淡的幽光，任何明眼人一看，都知道这绝对不止两千两黄金。

年轻剑师确信自己从未见过这两人，想着那名清秀年轻人只要出声慢上一步，自己的两根手指此刻便已落在地上。

他首先感到幸运和惊喜，接着却是羞愧而无地自容，一时说不出话来。

书生打扮的清秀年轻人却也不说什么，只是看了驻足在他身旁的引路老人一眼，开始动步。

佝偻的老人也不多话，接着带路，走向这屋内的一扇侧门。

年轻剑师开始有些回过神来，他的双手不可遏制地震颤起来，因为激动，苍白的脸上也再次浮满异样的红晕："在下中江……"

他显然是要报出自己的姓名，然而他只是吐出了四个字，就被那名书生打扮的清秀年轻人打断。

"我不需要你报答什么，所以也不用告诉我你的名号。"

清秀年轻人没有回头，平静地，甚至似乎不近人情般地简单说道。

然后他跟着那位老人进入那扇偏门，消失在所有人愕然的视线之中。

年轻剑师凝立了数秒钟，汗珠再次从他的额头滚滚而落。

不知为什么，他突然明白了清秀年轻人的意思。

这对于清秀年轻人而言，只是随手便可以解决的事情，然而对于他的人生而言，他却再也遇不到这样的人，再也没有再来一次的机会。

他绝对不能再犯那样只是情绪失控而导致的可怕错误。

得到教训，悟道，比授丹的恩惠更大。

所以这名来自关中中江的年轻剑师接过主持拍卖者递过来的黄芽丹之后，便对着清秀年轻人身影消失的侧门深深地行了一礼，做了个奉剑的手势。

看到他这样的举动，这间房间里的诸多修行者神容更肃。

……

侧门内里，又是一条幽深的胡同。

胡同上方的屋檐和雨棚并不完整，有雨线淋洒下来。

两边的许多间房屋里，有很多人影如鬼般晃动，声音杂乱，不知在做些什么勾当。

风雨如晦人如鬼。

在这样的画面里，就算是随手赐掉一颗黄芽丹的清秀年轻人，平静而坚定的眼睛里也多了一分幽思。

然而他马上就醒悟了过来，脸上浮现出一丝怒意。

一股炙热的气息以他的身体为中心扩散开来，风雨不能近，阴晦气息皆散。

引路的老人手里拄着一根黑竹杖。

左侧前方不远处，靠着胡同的墙边，也种着几株黑竹。

就在这一刹那，几株黑竹如活蛇般扭动起来，迅速地化为黑气消失。

景物骤然一变，很多鬼影般晃动的人影消失，而那几株黑竹消失的地方，却出现了一扇虚掩的木门。

木门的里面，是一个幽暗的房间。

"想不到商家大小姐，修行的竟然是阴神鬼物之道。"

清秀年轻人冷冷一笑，漠然说道。

第十一章
人 杰

幽暗的房间里，隐约坐着一名红衫女子。

她的面前摆着一张琴，旁边有一个香炉。

她的身旁两侧，也有几株墨玉般的黑竹。

"只不过是个亡家的弱女子，知晓了些保命的手段，倒是让赵四先生见笑了。"

香炉中黑烟袅袅，这名红衫女子的身影在空气里显得晃动，就如鬼影般阴森，然而她的声音却是出奇地清澈、温婉，而且说不出地有礼，让人听了便觉得舒服，让整间幽暗的屋子都似乎暖了起来。

清秀年轻人微皱的眉头松开，面上的一丝愤怒也缓缓消散。

"同是沦落人，商大小姐又何必自谦。"

他对着屋中的女子行了一礼，然后风波不惊地走入幽暗的房间，在红衫女子的对面坐下。

在红衫女子的琴前，还有一道薄薄的黑色纱帘，他便和红衫女子隔帘相望。

一直跟在他身后的浓眉年轻人在门外对红衫女子也是行了一礼，但不进门，只是转身站在门口。

"赵四先生先前差人传来口信，说有事和我相商，不知到底所为何事？"

红衫女子在帘后还了一礼，这才不急不缓地问道。

她的声音细细的，语速和语气却是无一不让人觉得舒服。

清秀年轻人看着帘后的这名红衫女子，这名实际上控制了大部分鱼市非法生意的枭雄，微微地点了点头："我师弟赵斩被夜策冷所杀，这件事商大小姐想必已然知晓。"

红衫女子细声细气地说道："赵七先生是天下可数的人杰，一朝身亡，实在令人叹息。"

清秀年轻人双眉渐渐挑起。

就如赵斩看到夜策冷步入院门的那刻，他的身上也开始散发出一种难言的气魄和魅力，一种难言的锋芒。

"我师弟之死，过不了几天就会天下皆知。"他依旧沉稳道，"只是我师弟为何会在长陵潜伏，又为何会死在长陵，这其中缘由，却没有几个人会知道。"

红衫女子说道："弱女子驽钝，不明赵四先生的意思。"

清秀年轻人看着纱帘后的红衫女子，接着说道："你们秦王朝的修行者，一直追我们剑炉的人追得最紧，我们剑炉的人，不说在长陵，只要在你们秦王朝的任何一座大城久居，便必然会被察觉。我师弟明知此点，不惧生死，在长陵隐居三年，不是为了要单独刺杀某个人，而是为了要寻找那个人遗留下来的东西。"

红衫女子沉默不语，但身体却开始微微地震颤，她身侧的数株黑竹也似乎痛苦般抖动起来。

即便她已然是长陵地下最有权势的人之一，是所有进入鱼市的人都必须尊敬和畏惧的存在，然而想到那个人的名字，她依旧会觉得痛苦。

很多时候，不愿提及那个人的名字，只是因为无助和痛苦，因为不愿意想起那么多痛苦的事情。

就如她面前的这名赵剑炉最强大的存在。

赵剑炉的人不会有畏惧，然而剑炉因那人被灭，现在却依旧想要靠那人遗留下来的东西来对抗秦王朝的修行者，这本身就是一种巨大的痛苦。

清秀年轻人平静而清冷地接着说道："我师弟自然不怕死，然而若是没有一丝蛛丝马迹，我自然不会允许他随意将一条命丢在长陵，而且他的命，比起天下绝大多数人的命都要值钱。"

纱帘微微地抖动，隔了数息的时间，红衫女子细语道："真的和传闻的一样，那人的弟子出现了？"

清秀年轻人看着纱帘后的这条红衫身影，缓声道："你知道那人的仇人很多，但旧部也不少，在他死之后，他的旧部大多下场凄惨，留下来的老弱妇孺也并不多。或许也是机缘巧合，我剑炉的人发现了一名被杀死的贼人。那名贼人应该是当时未死，逃到野外才流血过多而死，而那名贼人身上全是浮浅伤，一圈圈的剑伤，连接不断。"

红衫女子再次一震："磨石剑诀？"

清秀年轻人冷漠道："我后来亲自查验过，是磨石剑无误。磨石剑诀是那人自创的剑法，专门对付护体真元太过强横的修行者而用，从剑痕看，施剑者当时只是第一境修为，而那名贼人已是第二境上品，应该是修为上存在如此差距，所以才用磨石剑诀应付。而后我们仔细追查过这名贼人先前的踪迹，便发现这名贼人可能是想要劫掠附近的某处村庄，而那处村庄里，正有几名妇孺是那人的旧部家眷。"

红衫女子沉默了数息的时间："我相信赵四先生的判断，但对于我而言，身死仇消，那人是否留下真传弟子，和我并没有什么关系。"

"但我们可以过得更好。"清秀年轻人冷笑道，"即便许多人畏惧我们，然而我们自己都清楚，自己不过是不可见光的孤魂野鬼。"

"没有人会拒绝力量，也没有人拒绝过得更好。"清秀年轻人顿了顿，又看了帘后的红衫女子一眼，冷冷地补充道。

"看来赵四先生是想让我帮忙，看能不能从那人的旧部家眷身上找寻出一些线索。"红衫女子又沉默了数息的时间，诚恳道，"我敬重先生，可我毕竟是秦人。"

清秀年轻人摇头，自嘲道："现在秦人和赵人又有什么关系？我朝都已经灭了那么多年，难道当年我朝灭亡时，赵留王喊的那一套还有用吗？左右不过是私人的恩怨，天下大势已然如此，难道我还会愚蠢到觉得以剑炉的几柄残剑，还能重建我朝不成？"

红衫女子想了想。

她知道传说中剑炉里第四个入门，被人称为赵四先生的那人，是被公认为所有剑炉真传弟子里境界最高的。

现在她知道，这个境界，不只是修为的境界。

所以她便想认真地谈谈，看清楚这个人。

她身侧的数株黑竹微微摇摆，好像有风吹过，她身前的黑色纱帘也摆动开来，往一侧收拢。

清秀年轻人感觉到了黑色纱帘上那一股微弱的天地元气，不由得目光一凛，由衷道："原来商大小姐还精通法阵布置之道。"

"又让先生见笑了。"

红衫女子的声音听起来更让人觉得舒服，她看清了清秀年轻人的面容，看到传说中的赵四先生比自己料想的还要年轻许多，她的心中也不免有些吃惊。

清秀年轻人也看清了她的面容。

他也觉得吃惊。

她的五官算不得特别好看，肤色有些病态地白，但是她的神情分外地安静祥和，她的眼瞳很有特点，特别地黑且明亮，她身上的红裙很长，完全拖在地上，遮住了她的双足。

而且她的眼睛里，似乎根本不存在任何仇恨，她的神情，就像庙里的一些佛像一样，悲悯地看着众生。

两个人互相打量着，幽暗的房间里一时沉寂下来。

"愿听先生详解。"红衫女子没有丝毫作态，首先出声，打破了宁静。

"有两件事。"清秀年轻人神色渐肃，他端正坐姿，深吸了一口气，缓缓地说道，"第一件事，我既已将我师弟陨落在长陵的真正秘密告知商大小姐，只希望商大小姐如果真的发现那人的弟子，便一定设法告知我剑炉的人。因为先前和大小姐对话，便知道大小姐生性豁达，甚至对那人都有些敬重，对那人的弟子也没有什么恨意。"

红衫女子点了点头："此点我可以应允先生。"

清秀年轻人颔首为谢，接着说道："第二件事，想请商大小姐帮忙留意大魏的那些人的行踪。在下得到消息，他们可能得到孤山剑藏的线索。"

"云水宫的修行者也出现在了长陵？孤山剑藏？"红衫女子有些不敢相信。

清秀年轻人深深躬身，肃容道："若是能得到那人或是孤山剑藏的一些东西，剑炉愿与商大小姐共享。今后剑炉几柄残剑，也必定力保商大小姐周全。"

红衫女子自然知道这名清秀年轻人这句话的分量。

她不再说什么，也只是深深还礼。

第十二章
酸甜的果实，唇间的血

丁宁看着宋神书死不瞑目的双目，轻声地说道："欠债还钱，这是天经地义的事情，没有什么可以不满的。"

因为知道自己还有足够的时间，所以他没有急着离开这条乌篷船，开始细细地搜索宋神书衣衫的每一个口袋。

在袖内的暗袋里，他搜出了数件东西。

一份全是密密麻麻的字迹的笔记，还有一个钱囊、一个丹瓶和两块铜符。

丁宁打开笔记，看着上面全部都是宋神书对于赤阳神诀修炼的心得和后续修行的一些推测，他忍不住摇了摇头，随手塞入了自己的衣袖中。

钱囊很轻，但是打开之后，丁宁却看到内里是数枚散发着美丽光泽的大秦云母刀币。这种钱币是用海外深海里一种珍稀的云母贝的贝壳制成，是大秦王朝独有的钱币，一枚便价值五百金。

丁宁也没有过多考虑，毫不在意地收起。

然而在打开赤铜色的粗瓷丹瓶的瞬间，他却是明显有些意外。

丹瓶的底部，孤零零地躺着一颗惨白色的小药丸，就像是一颗死鱼眼。

"是准备破境的时候用的吗，想不到你都已经准备了这一颗凝元丹，谢谢你的真元，谢谢你的这颗凝元丹。"

丁宁情真意切地对着死不瞑目的宋神书说了这一句，他又认真地想了想，确定自己不需要那两块经史库的通行令符，便再次并指为剑，在船舱的底部刺了刺。

木板上出现了一个洞，浑浊的泥水迅速地从破洞涌入，进入船舱。

丁宁弓着身子退出乌篷，双足轻轻一点，落在一侧不远处一半淹没，一半还在水面上的木道。

这是他观察了数年时间才选定的路线，所以此刻没有任何人察觉，一名大秦的修行者的遗体，就在他的身后的阴影里，随着一条乌篷船缓缓地沉入水底。

在连续穿过数个河岸码头之后，周围才有人声响动，渐渐变得热闹起来。

丁宁就和平时闲逛一样，走入沿河人来人往的晦暗小巷，但是他的呼吸变得有些急促，一抹胭脂般的红，渐渐出现在他紧抿的唇间。

感受着唇齿之间浓烈的血腥气，丁宁的面色依旧平静到了极点，他取出了一个铜钱，从游走到身前的小贩手上买了一串糖葫芦。

他微垂着头，细细咀嚼着酸甜的果实，红色冰糖的碎屑和他唇齿之间的鲜血混在一起，便再也看不出来。

想到随着那条乌篷小船在孤寂地沉入泥水中的宋神书，想到静静地躺在自己袖袋里的那个粗瓷丹瓶，这几年所花的力气没有白费，而且得到了一些超值的回报，他便有些高兴。

然而想到更多的事情，想到有些人比宋神书还要凄凉的下场，他的鼻子便不由得发酸。

他现在很想马上回到那个老妇人的吊脚楼，吃一张热乎乎的油饼，但是他知道自己还有事情要做。

......

阴影里的乌篷船已经完全消失在水面，唯有一连串的气泡，带着一些被搅动的淤泥不断地浮上水面。

一只木盆漂浮到这些泡泡的上方。

木盆里面盘坐着一名四十余岁的披发男子，渔夫打扮，在看到这些不寻常的气泡之后，这名男子的面容一冷，他眯着眼睛左右看了下，确定周围没有其他人的存在之后，他单手划水，让木盆漂到一根废弃的木桩旁，然后他轻易地将这根钉在河底淤泥里的木桩拔了起来。

木桩很沉重，即便大半依旧被他拖在水里，他身下的木盆也有些无法承载这多余的分量，上沿几乎和水面齐平。

他却毫不在意，撑着这根木桩回到那些气泡的上方，然后用力将木桩往下捶了捶。

听到底部传来的异音，他确定出了问题，松开了握着木桩的手，在下一瞬间，木盆便以惊人的速度飞射出去，在错综复杂的阴暗水面上拖出一条惊人的水浪。

……

丁宁吃完了所有的糖葫芦，咽下了最后一丝血腥味。

他一直在不停地走，不经过重复的地方，然而如果有人手里有一张完整的鱼市的地图，就会发现他在径直穿过一片区域之后，在接下来的半炷香时间里，其实一直在一处地方的附近绕圈。

那里是一处码头。

"砰"的一声轻响。

有木盆和码头边缘的腐朽木桩的轻微擦碰声。

丁宁听到了身侧隔着一条街巷的这处水面上传来的声音，他不动声色地加快了脚步，穿过一个叮叮当当打铁的铺子，他就看到了从那处隐秘码头走上来的披发男子。

他默默地跟上了披发男子。

这是他一石二鸟的计划。

谁都知道这黑暗里的地下王国必定有一个强有力的掌控者，但这么多年来，这名掌控者到底是谁，背后又站着什么样的大人物，却极少有人知道。

宋神书几乎每个月都会来一次这里，即便能够瞒过外面人的耳目，这里面的人肯定会知道他的真正身份。

一名王朝的官员，一名修行者在这里被刺杀，必定会引起一次不小的震动。

发现宋神书没有按时取火龟胆的交易者，会很快发现宋神书出了意外，也会明白这种意外很有可能会引起诸多的清查，引起一场灾难。

所以他必定会用最快的速度，去告诉这里的掌控者。

......

渔夫打扮的披发男子心情极其凝重，他低着头匆匆赶路，完全没有想到背后有人远远地跟着，而且丁宁似乎有种奇特的能力，他的身影始终不会出现在让这名披发男子会心生警惕的角度。

披发男子匆匆地走进了一间当铺。

丁宁甚至都没有接近那家当铺。

在这数年的时光里，除了一些宅内的密道他无法知晓之外，鱼市里的各个角落他都已经烂熟于心。

他知道这家当铺的后方有数重院落，有三个可以进出的出口。

所以他只是往上坡走去，走向一处可以看到这片区域的其中两个出口的路口。

突然之间，他的眉头不可察觉地蹙起。

三条身影出现在他眼角的余光里。

三条身影走出的那条道路分外泥泞，甚至可以听到鞋底走在泥浆里发出的那种独特的吧嗒声。

那条泥泞的道路，正是延伸向当铺那片区域的其中一个出口。

丁宁此刻所处的地方周围人群并不少，所以他只是很寻常地转身，不经意般一眼扫过。

只是一眼，他的眼瞳就不可察觉地微微收缩。

那是一名手持黑竹杖的佝偻老人，一名个子很矮的清秀年轻人，一名外乡人打扮的浓眉年轻人。

手持黑竹杖的佝偻老人走在最前，就在那条道口便转身，走了回去。

而那名清秀年轻人和浓眉年轻人却是继续往前，就从丁宁下方一条巷道里走过，他们的身影，在雨棚的缝隙里若隐若现。

丁宁没有再去看那名老人或者这两名年轻人，他深深地吸了一口气，嘴角浮出了一丝苦笑。

无论是那名老得连腰都挺不直，似乎随时都会倒下老死的老人，还是这两名年轻人，身上都没有任何修行者的气息。

即便是五境之上的修行者，和他们擦肩而过，恐怕都根本察觉不出来他们是修行者。

然而丁宁却可以肯定这三人全部都是强大的修行者。

因为他认识这名手持黑竹杖的佝偻老人。

至于另外两人他从未见过，也无法确定到底是哪个宗门的修行者，然而他感觉得出佝偻老人对这两人的尊敬。

那名佝偻老人，只会对强大的修行者有这种尊敬。

能够控制体内五气到他都无法明显感觉出修行者的气息，这两名年轻人的修为境界，一定异常地恐怖。

就在这时，让丁宁微微一怔的是，他又感觉到了一股霸道而燥烈的气息。

顺着这股气息，他看到了一柄黄油纸伞。

似乎是连零星的水珠都不想淋到身上，那名手持着黄油纸伞的瘦高男子在这里面都撑开着这把伞。

伞面遮住了他的面目，只可以看到他的每一根指节都很粗大，都分外有力。

这显然是一名修行者。

而丁宁则比绝大多数修行者的见识更加高明一些，所以通过那种霸道而燥烈的气息，他很轻易地判断出了这人的师门来历。

看着这人的行进路线，丁宁知道今日长陵的野外肯定会多出一具修行者的尸体。

第十三章
一剑斩蛟龙

伞面下手指关节粗大的瘦高男子并不知道丁宁此刻的想法，他不急不缓地跟着那两名外乡人，平静而冷漠。

鱼市外依旧雨帘如幕，一个个池塘的水已即将漫出，岸边的青草随着水浪飘飘荡荡。

浓眉年轻人和清秀年轻人往城外行走，渐渐那些挺立在风雨之中的巨大角楼，也在他们的身后消失在烟雨中。

城外驿道边有数座木亭，其中有一座正巧叫作秋雨亭。

这是一个缠满了枯藤的破旧小亭。

看着这个破旧的小亭和烟雨里匆匆的行人，清秀年轻人的眼睛里也涌起了一阵雨雾。

这种小亭本来就是为了替行人遮风避雨所建，然而秋风秋雨秋煞人，在这种难以行路的天气里，行人反而更加匆匆地赶路，一个避雨的人都没有。

人生亦是如此，行的路和一开始的所想，往往事与愿违。

他身后帮他打伞的浓眉年轻人并没有这样的感怀，自从走出鱼市之后，他的眉头一直有些锁着，明亮的眼睛里的杀机也越来越浓。

看着身前的清秀年轻人停下来看这座小亭，他便压低了声音，问道："就在这里？"

清秀年轻人负着双手，点了点头："就在这里。"

浓眉年轻人开始有些兴奋："让我出手？"

清秀年轻人看了他一眼，面容平静如水："对方实力不俗，这里又是长陵，我们不能在这里多耗费时间，所以你出手很合适。"

浓眉年轻人越加兴奋，没有持伞的左手在自己的衣服上擦了擦，似乎手心已经出汗。

清秀年轻人心情似乎好了些，微微一笑，步入小亭，安静地等着。

浓眉年轻人想了想，没有跟着走进小亭，只是打着伞站在亭子外。

不远处，他们来时的路上，一柄黄油纸伞正像荷塘里的枯黄荷叶，已然慢慢透出来。

看到浓眉年轻人和清秀年轻人停在前方小亭，黄油纸伞下的瘦高男子也微微蹙眉，但他依旧对自己有着强烈的自信，所以他前进的步伐没有丝毫的停顿。

他一直走到浓眉年轻人的对面十余米处，才停了下来。

浓眉年轻人眉头挑起，心中更加兴奋，然而以往无数厮杀和教训，让他已经养成了在没有听到身后的确切命令之前，绝不出手的习惯。

"你不是秦人。"他没有出声，亭内负手而立的清秀年轻人此时却是冷漠地说了一句。

黄油纸伞下的瘦高男子不置可否，淡淡道："看情形，你们两个也不是秦人。"

清秀年轻人平静地说道："不是秦人，如果杀的也不是秦人，那就和大秦王朝的律例无关，也没有什么人会下力气去追查了，你倒是打的好主意，看你有恃无恐的样子，恐怕也不是第一次做这样的生意了。"

难道是钓鱼？

黄油纸伞下方的瘦高男子皱起了眉头，他狐疑地转头看着周围的道路，确定雨幕中没有隐匿的大秦战车，他便更不理解地看着平静到了极点的清秀年轻人，问道："寻常的外乡人在鱼市做生意都要通过中间人，不敢露富，你们不守规矩，现在又明知道我是专门做什么生意的，还停在这里等我，你们也是做这种生意的？"

"这种剪径劫道的生意我并没有什么兴趣。"清秀年轻人摇了摇头，"只是有人打上我们的主意，我们便会打回去，这便是我们做事的规矩。倒是你，察觉有些不对还敢跟上来，倒是勇气可嘉，算得上是亡命之徒。"

黄油纸伞下的瘦高男子笑了起来，说道："我本是潭里一蛟龙，不是鱼市里的小鱼小虾，自然和一般人不同。既然花了力气跟了上来，好歹要看个清楚。"

他的笑声很真诚，说的话也很狂妄，然而就在下一瞬间，话音未落，他毫不犹豫地转身，手中的黄油纸伞朝着前方的浓眉年轻人飞出，而他的身体，则像匹狂奔的骏马，往后方的雨幕中逃去。

"倒是有几分脑子，懂得以退为进。"

清秀年轻人看着瞬间撞碎无数雨珠，身裹在白雾之中，以无比暴烈的姿态往后狂逃的这名瘦高男子，感叹地摇了摇头："只是既然来了，要退要进就不是你想了算了。"

说完这两句，他才又对着浓眉年轻人轻声地说道："动手。"

在他"动手"两字轻轻柔柔地响起之时，飞旋的黄油纸伞的边缘已经距离浓眉年轻人的双目不到一尺。

纸伞边缘切割空气和雨珠发出的咝咝声音，让人可以清晰地感觉到其中蕴含的力量，然而浓眉年轻人却只是一动不动，兴奋地看着这柄雨伞和往后奔逃的瘦高男子。

空气里骤然响起一道凄厉的啸鸣，一柄红得发黑的轻薄小剑骤然从浓眉年轻人的衣袖中飞出，如闪电破空般往前飞出。

只是在往前飞行的途中切过黄油纸伞的伞柄，在下一瞬间，黄油纸伞便一声嗡鸣，彻底地崩解，被恐怖的力量直接震裂成一蓬丝絮，往外散开。

瘦高男子的瞳孔剧烈地收缩，浑身的肌肤紧张得一片针刺般地痛楚。

他本身不是普通的修行者，的确是一条过江龙，所以才敢做这样的事情，但是在和清秀年轻人的谈话之间，他便感觉到处处受制，尤其是此刻的以退为进，都直接被对方看穿。

他虽然心生不安而退，但那柄黄油纸伞依旧是他的试探，只要对方的实力不像他想象的那么恐怖，那他就会不退反进。

然而此刻，这名浓眉年轻人的实力，却是比他想象的还要恐怖！

"嗤"的一声裂响！

速度已经恐怖到了极致的飞剑，竟然还在更加猛烈地加速，竟然伴随着一道爆开的白色气团，直接出现在他的视线之中！

瘦高男子一声凄厉的嘶吼，他身周的空气里瞬间出现十余条拇指粗细的火线，包裹着他的水汽顷刻便被蒸发干净。

那柄消失在他视线之中的小剑已然出现在他的身后，极高速飞行的飞剑朝着他的后背连刺三记。

轰！轰！轰！三声爆震。

十余条纵横交错挡在飞剑前方的绵密火线全部被斩碎，强大的力量，使得瘦高男子的身体不受控制地往前飞出。

浓眉年轻人紧抿着嘴唇，一步往前跨出。

只是一步，正好到了飞回的瘦高男子的身前。

他手中的破旧大伞往上空飞起，一柄黑色的大剑，却是从伞柄里抽出。

瘦高修行者的面色惨白，他知道此时已经到了生死关头，在死亡气息的压榨下，他终于爆发出了极致的实力，体内的所有真元，尽情地从他身前的无数窍位中喷涌出来。

无数朵细小的真火出现在他的身前，隐隐结成一条红色蛟龙的样子，扑向浓眉年轻人。

他说得不错，他不是浅塘里的小鱼小虾，他是一条蛟龙。

无数真火结成的蛟龙，比真正的蛟龙还要恐怖，上方飘散下来的雨珠，直接被烧得炸响。

浓眉年轻人身上潮湿的衣服被瞬间炙干，他连眉头都没有皱一下，只是简单地挥动从伞柄中抽出的黑色大剑，往前挥出。

咚的一声巨响。

黑色大剑携带着无数恐怖的天地元气，直接敲碎了真火结成的蛟龙，然后敲在瘦高修行者的身上。

这根本就不像是剑，而像是一柄打铁的巨锤！

一柄连铁山都可以一击敲碎的巨锤！

"一……"

瘦高男子只是发出了一个急促的音阶，便被恐怖的力量拍碎了体内所有的经络、所有的骨骼，男子如一条没有分量的麻袋一样，往后飘飞。

在那一剑临身的时候，他的潜意识里，也知道自己只能发出一个急促的音阶。

他满心凄惶。

那个"一"字，代表了很多含义。

……

赵剑炉七大弟子之中，首徒叫赵直。

传说中他有两柄剑，一柄"赤煞"，一柄"破山"。

然而在各个王朝的修行者口中，却都习惯称呼他为"赵一"。

因为和其余所有用两柄剑的剑师不同，他的两柄剑，一柄飞剑，一柄近身剑，不是一攻一防，而都是用于攻。

他只修了一种剑势，不管是什么样的对手，他只会一剑飞出，一剑敲出。

然而极少有人能接得住他一剑。

在这长陵，遇到的竟然正好是赵剑炉的修行者，而且是七大真传弟子里的人物，瘦高男子在凄然地坠落在地时，觉得自己死得不冤。

甚至一波波的震撼和惊叹，更是压过了一开始的凄惶和死亡来临时的恐惧。

原来赵一先生竟然这么年轻，原来那就是赵四先生。

身体里骨骼已经完全碎裂的他，竟然还不知哪里来的力气，微微往上抬了抬头，想要再看亭子里的那名清秀年轻人一眼。

原来那就是赵四先生啊。

传说中的赵四先生，竟然是这么年轻清秀的一个人啊。

天下所有的修行者都知道，赵四先生虽然是剑炉那名大宗师收的第四名弟子，然而他的境界在所有的真传弟子里最高，所有剑炉弟子都听他的号令。

只取一剑的赵一先生，也是对他无比尊敬，就像仆从一样，一直跟在他的身边，唯命是从。

这名瘦高修行者最终隐约看到了亭子里清秀年轻人的影子。

他有些茫然、有些惊喜和满足地死去。

第十四章
踏浪歌，夜画墙

浓眉年轻人也很满意，眼睛里充满了满足，对手很强，这种交手对他也是一种难得的历练。

"是燕王朝的人，真火宫的修行者。"

他接过上方飘落下来的伞，将黑色的大剑再次插入伞柄里，然后再次将大半伞面遮住走出来的清秀年轻人上方的天空，同时期待确认般，看着这名传说中的赵四先生说道。

怪不得他的伞很大，只有伞面很大，才能显得伞柄不是粗大得过分。

清秀年轻人，也就是剑炉现在的主事人赵四先生，一步不停地从瘦高修行者的尸身旁走过，沿着小道，朝着远处渭河的方位走去。

"应该是燕东浮，看过他出手我就知道差不多是他了。刚刚的魍火真诀已经像点样子了，应该得到了真火宫曹阳明的一些真传。"赵四先生看了他一眼，说道，"长陵现在真是一块肥肉，什么人都想要分一块。"

浓眉年轻人赵直回头看了一眼，身后的长陵在风雨里已经只剩下了一个边缘的轮廓，连那些巨大的角楼都已经看不清楚，但是他总是担心那重重的雨幕里，突然会冲出无数的战车，突然会跑出几个厉害至极的修行者来砍他一剑。

"这像是肥肉吗？一点都不像肥肉啊。"于是只看到凶险的他忍不住喃喃地嘀咕，他还是觉得以前那条小小的街巷、小小的打铁铺子好。如果有选择的话，他觉得自己可以一生不用进这个平平直直而又布满无数危险的大城。

赵四先生却是没有管他的嘀咕，轻声地接着说道："楚、燕、齐，哪一个对长陵不是虎视眈眈。不过在长平的时候，我就已经看清楚了，这些人没有什么两样，都想要从对方的嘴里抢肉吃，抢不均匀，就要打起来了。像我们现在这样比较弱的，要是真和他们去合作，那就只有被一口吃掉。"

浓眉年轻人突然转头奇怪地看着他："你好像有点不对，才见了商家大小姐一次，怎么说话都像她一样绵绵软软、轻声细气的了。"

"是吗？"

赵四先生微微一怔，回想起来，似乎自己的语速的确比平时慢了一些，说起这些的时候，也没有了平时的火气。

"大约是从她的身上学到了一些东西。"

微微顿了顿之后，他有些感叹地认真说道："你现在大约明白师父为什么以前都不让你留在剑炉，让你跟着我多行路多看的原因了。"

赵直也认真地摇了摇头："我比较笨，你学得会，我看了也不一定学得会。"

"修行如黑夜里摸石过河，活得越长走得越远，感悟和见识更为重要。"赵四先生的性情似乎真的平和了一些，不带丝毫火气地反问道，"你说刚刚的燕东浮，好不容易修到第五境，为什么会死在这里？"

赵直想都没想就说道："因为遇到我们啊，而且我们从没有留手的习惯。"

"是因为没有眼光和见识。"赵四先生嘲讽地一笑，说道，"他没有见识，跟上了我们，他便死了。各个王朝、各个宗门，除了真正到了侵城灭朝的时候，平时根本没有多少交流，我们和秦王朝的修行者在这一点上就比燕、楚、齐这三朝的修行者要强出许多，毕竟那么多年争斗，连国都灭了三个，什么样的手段都见过一点。"

赵直若有所思地点了点头。

"你大概也想不明白师尊为什么只传你一招。"赵四先生看了他一眼，接着说道。

赵直摇了摇头。

赵四先生抬头看向前方，深吸了一口气，说道："师尊是真正会因材施教的宗师，他知道你笨，让你只修这一招，修行里面想不清的关隘便会更少一些。让你跟着我，是因为你只会那一招，应对的手段总是太过单调，你多见些人，多见些不同的手段，你记在心里，今后遇到类似的，也好对付一些。"

听到说自己笨，赵直没有生气，他的眼睛却是充满了浓浓的感怀和思念。

前方一条大河，浊浪滔天，惊涛拍岸，卷起千堆雪。

已到渭河边。

"走吧！"

赵直先行跳上了系在岸边长草上的一条竹筏，虽然对着在此时回望长陵的赵四先生喊了这么一声，但他却是也没有马上动手划筏，而是取出了两个酒壶，一口先行饮尽了其中一个酒壶的烈酒，再将另一壶倒入滔滔江水。

"赵斩师弟，我敬你！"

直到此时，他的眼中才有热泪流下。

梆梆梆……

竹筏在惊涛骇浪中顺流而下。

赵直没有再撑伞，一边手撑着竹竿，一手在竹竿上敲打着，放声而歌。

歌声粗犷，是小地方的俚语，听不清楚含义，但是敲击的节拍，却是重而坚定，如同打铁。

……

夜色渐深，梧桐落青色酒旗下的大门被人推开，露出一缕昏暗的火光。

丁宁收起了伞，随手带上门，然后又用木销插好。

长孙浅雪坐在一张桌后，没有什么表情地看着他，桌子上点着一盏油灯，照着一碗已经冰冷的鳝丝炒面，旁边还放着一个碟子，上面铺着两个荷包蛋。

丁宁的脸上有一丝不正常的红晕，在关上门之后，他的呼吸也沉重了数分，但是看着点着灯等着自己的长孙浅雪，他的嘴角不自觉地往上微微翘起，露出一抹微笑。

他没有多说什么，只是坐在了长孙浅雪的对面，拉过那一碗已经冷掉的炒面，将两个荷包蛋扣在上面，然后开始一声不响地闷头大吃。

"真的这么好吃吗？"

看到丁宁坐下时有些微隆的肚子，长孙浅雪的目光又冷了些："明明已经吃过了，还要吃这么多，所有修行者都十分注意入口的东西，喝水恨不得喝花露，吃饭恨不得只吃蕴含天地灵气的草木果实，你受伤后都这么生冷不忌，暴饮暴食，真的没有问题吗？"

"白费力气，八境之上便会自然洗体……"

丁宁嚼着半个荷包蛋，含含糊糊，有些得意地说道："而且天下间谁能吃到你做的荷包蛋和面。"

长孙浅雪冷冷地看了他一眼："面和荷包蛋都是我从别的铺子买的。"

"……"丁宁顿时苦了脸，说不出话来。

长孙浅雪的神色却是认真了起来，看着他："到了第八境，自然就会洗体，前面修身调理、注意饮食，真的是白费力气……这也是那个人说的？"

丁宁赌气一口扫光了剩余的面条，鼓着腮帮子点头："第八境启天，要想不是用凝练储存的方式，直接大量调用天地元气，那修行者本身就是一个打开天地的钥匙，本身也必须是纯净无比才可以。"

长孙浅雪有些震惊，蹙紧了眉头："可是所有典籍不都是记载，唯有洁净饮食，才有可能让身体洁净，到达第八境启天和第九境长生吗？"

丁宁看了她一眼，认真地摇了摇头："极少有人能够达到第八境，所以大多数典籍都只是推测，那些真的能够达到的存在，最多将一些体悟言传身教给自己的弟子，又怎么会花费力气去让人相信那些典籍里所说的是错误的。"

"或者说对于所有的宗门而言，巴不得别的宗门的修行者多走弯路，多犯错误。"丁宁揉了揉肚子，又补了一句。

长孙浅雪思索着这些话的含义，一时沉默不语。

丁宁站了起来，和往常准备修行之前一样，走入后院，先用热水冲洗干净身体，换了干净的衣衫。

然而今夜他却没有直接回到睡房，而是点了一盏油灯，走进了旁边一间酿酒房。

微弱的火光照亮了靠窗的一面墙壁。

这面墙壁上有很多花朵一样的图案，看上去就像是有人闲着无聊，没事就拿笔画一朵花上去。似乎画了很多年，很多花朵爬满了整个墙面。

然而丁宁知道这不是一面普通的画墙。

他用一根木炭涂掉了其中一朵花朵，然后又认真地，画上了两朵花朵。

因为要记住的人和事情太多，他生怕自己疏漏掉其中一个，所以才有了这样的一面墙。

然而沉默地看着这一面墙，尤其看着新画上去的那两朵花朵，他知道自己现在什么都不能做，唯有等。

第十五章
我等的人还不来

秋风秋雨凉入心扉，吹熄了油灯的丁宁脱去了外衣，盘坐在自己的床榻上，拿出了宋神书的意外礼物——那个赤铜色的粗瓷丹瓶，倒出了那颗死鱼眼一样的惨白色小丹丸。

"这是第三境修行者朝着第四境迈进的时候，才会用的凝元丹，你不要告诉我你现在就想炼化这颗丹药。"

在他看着这颗丹药的时候，他对面黑暗里，隔着布帘的长孙浅雪清冷的声音却是又再度响起。

因为事关修行的问题，所以丁宁很认真地回答："别人或许不可以，但我的功法和别人的不一样，还是勉强可以。"

长孙浅雪不再说话，她知道今夜对于丁宁而言比较重要，所以她只是静静地合上眼睛躺着，并没有修行。

丁宁也不再说什么，吞下手中死鱼眼一样的惨白色丹丸，捏碎了粗瓷丹瓶，然后闭上了眼睛。

一股辛辣的药力，从喉咙开始，迅速朝着他的全身扩散。

那颗不起眼的死鱼眼一样的惨白色丹丸，在他的身体里迅速消失，然而恐怖的药力，却似乎在他的体内变成了一条无比庞大的惨白色大鱼。

比他的身体还要庞大许多倍的惨白色大鱼，开始在他的体内肆意地游走。

他的一条条经脉，迅速地被撑裂了，体内的血肉也根本无法承受住这么强大的药气，开始崩裂、干枯。

换了其余任何的修行者，在下一瞬间必定是爆体而亡，化为无数的血肉残片。

然而就在此时，黑暗里响起了蚕声。

蚕声越来越密集，但不是那种啃食桑叶般的声音，而是无数沙沙的，好像吐丝一样的声音。

丁宁的身上开始闪耀微弱的光亮。

好像有无数看不见的蚕爬到了他的身体表面，开始吐丝。

无数肉眼可见的细丝在他的身外形成。

这每一根细丝，都好像是三境之上的修行者的真元，如凝液抽成，又蕴含着强大的力量。

只是令人难以想象的是，这每一根细丝的色彩，又十分地驳杂，看上去好像是很多种不同颜色的真元拼接在一起。

色彩斑杂的丝在丁宁的身外穿梭，渐渐结成了一个巨大的茧子。

内里的丁宁悄无声息，似乎连体温都已经消失。

黎明时分，无声无息的巨茧里才又响起一声低微的蚕鸣，奇异的茧丝突然寸寸断裂，重新消散为天地间看不见的元气。

丁宁睁开眼睛，醒了过来。

一股连最强的修行者都无法感知的死寂气息，从他的体内逸出，在空气里流散开来。

无数土壤深处，感知比人强大无数倍的虫豸，却感应到了这种气息，它们好像生怕厄运降临在自己的身上一样，纷纷拼命地逃亡，远离这座小院。

丁宁缓缓地坐了起来，感受着身体里真气强劲地流动，似乎有无数的雨露在不断地渗入自己的骨骼，他便知道的确和自己想象的一样，宋神书的那份意外大礼让他直接从第二境下品提升到了第二境中品，真气强度有了数倍的提升。

"一颗可以让三境上品的修行者破境几率大增的丹药，只是治疗了你的一些伤势，让你从二境下品到二境中品，你不觉得浪费吗？"

长孙浅雪已经起身，此时正坐在床侧的妆台上梳头，她没有看丁宁，只是用一贯的清冷语气说道。

她细细梳理的样子美得惊人，淡淡的晨光在此时透入窗棂，丁宁一时看得有些痴了。

长孙浅雪眉头微挑，面色微寒。

丁宁轻咳了一声，说道："浪费一点没有关系，修行的真要，在于能到不要等。还有我知道很多东西，然而关键在于能不能得到、能不能用得到而已。"

"能到不要等……这句话说得有些道理。"

长孙浅雪继续梳头，认真地说道。

听到她少有的夸奖，丁宁觉得接下来她可能会更加客气一些，然而让他无奈的是，长孙浅雪的声音却是再次清冷："不要再在床上腻着，去开铺门。"

……

虽然有整整一面墙的事情和人要记着，然而在长陵这种地方，连五境之上的修行者，在一夜间都有可能倒毙几个，所以对于丁宁而言，现在所能做的事情便只有且修行且等。

该开的铺门还是要开的。

淅淅沥沥的秋雨连下了五六天之后终于放晴，神都监始终没有什么有头有脸的人物走进酒铺，丁宁便知道大约有关自己的那一份备卷已经被丢入火盆烧了，最危险的一段时间应该已经过去，在将来很长的一段时间里，鼻子比猎狗还要灵敏的那一群神都监官员再也不会浪费力气在自己的身上。

一阵秋雨一阵寒。

天气虽然连续数日放晴，但是寒气却是越来越浓，清晨起来，黑色的屋面上也终于挂起了白色的寒霜。

只是路面干了，车马渐多，酒铺的生意却是越发好了起来。

还是清晨，吃早面时分，换了一件新薄袄子的丁宁捧着平日里吃面专用的粗瓷大碗，一边喝着剩余的面汤，一边看着不远处一个水塘。

水塘里漂着一些发黄的梧桐叶。

丁宁便痴痴地想着水牢里的水也一定变得很冷。

可是要怎么样才有可能进入水牢里最深处的那间牢房呢？

千丝万缕，如树上黄叶不断飘落，但却还是一点头绪和成型的法子都没有。

正在此时，巷子的一头，施施然走来一个黄衫师爷。

这师爷四十余岁年纪，留着短须，面目清癯，长方形脸，笑容可亲，虽然夹着一册账本，身穿的也是时兴的窄袖飞鱼纹黄锦棉袍，但给人的感觉倒是颇有些仙骨道风。

这名黄衫师爷看着脚底，避开污秽，一直走到了丁宁的面前，冲着盯着他上下打量的丁宁微微一笑，作揖行礼道："这位小老板可是姓丁？"

丁宁放下空空的面碗，回了一礼，好奇地问道："我是姓丁，先生是？"

"我姓徐，单名一个年字。"

黄衫师爷笑了笑，伸手点了点丁宁身后的酒铺，和气地说道："今日里我是来收租的。"

丁宁微微一怔："收租？"

"就是一月一交的平安租子。"黄衫师爷浅笑着解释道。

丁宁皱了皱眉头，狐疑道："你们是不是记错了，这月已经交过了啊。"

黄衫师爷笑道："倒不是记错，只是以前这里是两层楼收的租子，从今日开始归我们锦林唐收了。"

丁宁惊讶地瞪大了眼睛，他再次仔细地打量着黄衫师爷。

黄衫师爷也依旧一副耐心平静的样子，微笑着让丁宁打量。

丁宁想了想，问道："若是你说的是真的，怎么不去别的铺子，一走进我们这儿，便直接奔着我这里来了？"

黄衫师爷又是一笑："谁不知道梧桐落里就属小老板你们这家酒铺生意最好，现在也就是早，再晚半个时辰，这里面客人就差不多该坐满了吧。先到小老板您家的铺子，这是我们的规矩，也是正好起个头。"

"道理好像不错。"丁宁揉了揉脸，也微微一笑，说道，"不过我想先生还是过个三五天再来收租子吧！"

黄衫师爷好奇地看着他："为何？"

丁宁认真说道："做生意的钱财，能拖几天便拖几天，而且保不准先生是个江湖骗子，欺我年幼胡诌骗我，过个几天先生没有被打断腿，还能再来，便说明先生不是骗子，而且租子也的确不用交给两层楼的老纪他们，是应该交给你们了。"

黄衫师爷哈哈地笑了起来。

虽然被丁宁推辞，但是他却是很开心，笑得非常真诚。

看着一本正经且眼神清澈的丁宁，他忍不住伸手拍了拍丁宁的肩膀："小老板说得有理，我便再过几天来收租子，只是我门下倒是正缺一个弟子，不如你跟了我？"

丁宁一挑眉："有什么好处？"

"即便成不了修行者，也至少可以有一技之长，比你在这里打扫铺子卖卖酒要有趣得多。"黄衫师爷正色道。

提及"修行"二字，这便是大秦最高一等的事情，然而丁宁却是很干脆地端起了面碗，转身走回铺子，丢下一句"我去洗碗"。

黄衫师爷微微一怔，旋即想明白，对方是觉得连收租子都要等数天之后，看看清楚门道再说，现在说些别的更高一等的事情，都是废话。

他便觉得这名少年更加有趣，见识更是不凡，眼睛里的异彩更浓。

……

"连两层楼的生意都被抢，这是又出了什么事情……这锦林唐到底又是什么路数，连一名收租子的师爷居然都是过了第二境的修行者。真是该来的人却不来，不该来的人和事却是乱来。"

只是这名黄衫师爷不知道的是，走入酒铺的丁宁，却是异常地恼火。

第十六章
多事之秋

看着随手将粗瓷碗丢进水盆的丁宁，正在将新酿出的酒分装入一个个小坛的长孙浅雪皱了皱眉头，不悦地说道："连这种市井江湖的事情，难道也让你烦心？"

丁宁自然知道以长孙浅雪的感知，前面自己和那人的谈话必定听得清清楚楚，他也皱起了眉头，说道："这不是普通的市井江湖的事情，两层楼明面上只是占了我们城南一小块地方的租子生意，但我听说长陵大多数暗窑花楼、赌坊，他们都占了数成，而且已经做了十来年，根基已经很稳。锦林唐我之前倒是没有怎么留意过，好像表面上只是做些马帮和搬运生意，突然之间跳出来要抢两层楼的地盘，这背后就不知道出了什么事情。"

"那又如何？"

长孙浅雪冷冷地看了他一眼，漠然说道："不管是两层楼还是什么锦林唐，还不是庙堂里那些大人物养的狗，左右不过是朝里的有些门阀分赃不均，重新分一下而已。"

"在别的地方可能如此，但各王朝的都城都没有这么简单。"

丁宁明白她心中所想的是什么，他轻轻地摇了摇头，耐心地解释道："各王朝都城规模比起其余的大城相差太多，就以长陵为例，早在前朝人口就已达数百万，尤其在灭韩、赵、魏，卷了大量的妇孺至长陵为奴，此后又不限迁入，直至今日，长居人口便恐怕涨了一倍不止，更何况还有往来旅人、各国商队。这只是十几年间的事情……前朝的那些门阀的势力在这短短十几年还不至于土崩瓦解，现在即便是那些侯府，娶妻纳妾嫁女也依旧是要挑选那些门阀联姻，借助一些力量。长陵实在太过复杂，盘根交错，没有任何一个人的手能够插得太深，就算是严相和李相也是一样。否则的话，按照那两人的能力和想法，长陵现在哪里会有那么多的江湖宗门，最多只剩下数支替他们卖命而已。

"时间太短，朝野里面要管的事情又太多，又要珍惜自己的党羽，长陵的市井江湖里藏着不知多少蛟龙，要和别朝打仗这些蛟龙倒是可以出力，但真想要大刀阔斧地让这些蛟龙拜服，没准却是自己折了几条臂膀，连朝中的位置都保不住。"

顿了顿之后，丁宁接着说道："另外各朝的都城也相差不大。虽然立朝已久，但是皇帝儿子生得太多，分封的贵族田地也不收回，门阀和王侯的势力甚至可以动摇皇宫里面的决定。哪个皇子能够继任，哪个女子能做皇后，都要看那个女子的娘家在那段时候是否占了绝对上风。"

长孙浅雪听明白了丁宁的意思，而且这些话让她联想到了有关自己的往事，她的面上便慢慢笼上了一层冰霜。

而此时丁宁却没有注意到她的表情，他想到了鱼市里那名拄着黑竹杖的佝偻老人，想到很多年前为了让那些门阀贵族做出让步，为了让大秦王朝和其余各朝变得有所不同而付出的代价，他的心情便有些沉重，不自觉地垂下了头。

"和你说的一样，市井江湖门派如果只是某个人养的狗，那死伤就会小一点，但长陵的市井江湖门派大多只是给一些大人物好处，互相利用的关系，最怕就是现在哪个大人物有野心，暗地里设法推动，想要重整一些地方的格局。这便会比较血淋淋，不知道要死多少人。"

"我不怕杀人，但是怕多出来的麻烦。太乱要理清一些头绪，便要多花很多力气，而且我们现在连修行者的身份都不能展露，我连第三境都不到，被卷进去，便不知道会带来什么样的后果。"丁宁垂着头这么说着的时候，心里担心着的，却是鱼市那名佝偻老人和他背后的人，会不会也卷入这场风波里。

长孙浅雪的双眸很冷，她终究对丁宁所说的没有兴趣，因为对于她而言，丁宁的计划被打乱、他的修为还太低，甚至他的图谋能不能达成，那都是他的事情。

她在长陵只有一件事，就是赶超过所有走在她前面的修行者。

她要考虑的只有她的剑、她的修为，她甚至可以每天都不出这个酒铺，她最简单。

她以前也一样地简单。

……

那个黄衫师爷徐年所说的一点没错，虽然对于做酒极不上心，但长孙浅雪和丁宁的这家酒铺的确是梧桐落一带生意最好的铺子。

接近晌午时分，酒铺里面的桌子便已几乎坐满，大多数倒都是自带了吃食和饭菜过来配酒的食客。

丁宁有气无力地趴在柜台上打着瞌睡，耳朵却是灵敏地捕捉着空气里的一言一语。

一辆轻便马车驶入梧桐落，在青色酒旗下停住，马车上的乘客敏捷地跳了下来，走入酒铺大门。

这是一名身穿茄花色蟒缎衣的青年，清爽发亮的黑发用两根青色的系带盘在头顶。

这在长陵，只有外来的异乡人才会这么做。

长陵的秦人一般只是简单地披发，或是将披发扎在脑后，即便是那些贵人，也只习惯用玉环箍住散发，或者用玉簪盘发。

这名异乡人拣了张还有空位的桌子坐下，对着下巴颏儿放在柜台上的丁宁摆手喊了一声："小二，来酒。"

所有铺子里的酒客看了他一眼，不怀好意地一笑。

丁宁抬起了头，懒洋洋地喝了一声："要酒自取，本店规矩。"

架子这么大？

架子这么大，生意都这么好，这个小酒铺的酒当真那么好？

这名身穿茄花色蟒缎衣的青年愣了愣，终于反应过来为何周围的酒客看着自己的眼神像看着一个棒槌。

他有些愠怒地站了起来，走到丁宁的面前。

"二十个铜钱一壶。盐水花生五个铜钱一碟。"不等他开口，丁宁点了点柜台上摆着的一个个酒壶和一碟碟花生，示意他自取。

这名青年眉头微蹙，也不好说些什么，丢出二十个铜钱，只是拿了一壶酒。

返回自己桌上，这名青年喝酒的样子却是有些豪气，不像普通的酒客取小盅慢饮，而是直接打开壶盖，朝着口中灌了一口。

然而在下一瞬间，这名青年的脸色变得难看至极，喉咙好像被谁骤然捏住一样，"噗"的一声，已经到了喉间的一口酒，直接从他口中喷了出来。

"如此酸涩，倒像是掺了馊了的淘米水，这还能算是酒么！"

他朝着周围酒客的盅里看了一眼，又朝着自己壶里看了一眼，气得手指都颤抖了起来，忍不住大声地叫了出来："竟然酒糟都不滤尽，这样的东西还配叫酒！竟然还有这么大的名声？"

看着他悲愤的样子，周围所有的酒客面面相觑，知道此人必定是真的爱酒，然而同时他们的脸上却都是浮出嘲讽的笑意。

难道你赶到这个酒铺来，还真的是为了品酒的啊？

傻不傻啊？

……

在这名异乡人的愤怒大叫声中，丁宁的神色却始终平静，他认真地点了点头，回答道："本店的酒都是如此味道。"

"啪"的一声碎响。

愤怒的青年将酒壶摔碎在地，他显然真是气极，再次叫道："这能算是酒么！"

"不算是酒算什么？"

"我们秦人的酒便是如此，喝得的便喝得，喝不得的，便是你自己的问题。"

"你是楚人，难道还想在长陵撒野不成？"

长陵人对异乡人并无好感，而且这名异乡人明显是楚音，甚至应该不是大秦王朝的人。随着数声重重的拍桌声，酒铺里的人站起了大半。

"楚人又如何？"

这名青年看着四周的身影，愤怒的脸上反而浮现出了一丝嘲讽而骄傲的神情："你们的阳山郡还不照样划给了我朝？"

此言一出，酒铺里没有任何的声息，所有的酒客，眼睛却是都被烧红。

这已经不是争气斗嘴的事情。

在元武三年，连灭赵、韩、魏三朝的大秦王朝曾和楚王朝有过一次大战，在那次大战里，秦军被歼二十万，损失战车无数，遭遇大败，以至于不得不割地求和。

迄今为止，被割的阳山郡还无法收回。

大楚王朝只是按照当时的盟约，送了一名不受喜爱的王子作为质子留在长陵。

一子易六百里地，而且还是不受楚王喜爱的儿子换了六百里沃土和数十万秦人，这件事，是所有秦人的耻辱。

眼看酒气被烧成了杀气，将会有鲜血洒落在微凉的地上，就在此时，酒铺的内里突然传出一声冷冰冰的声音："行军打仗，那是军人和修行者的事情，你们不好好地喝酒，想要和人理论这些东西，那便出去，不要在我这里闹事。"

随着这声冰冷的声音，通往后院的布帘掀开，冷若冰霜的长孙浅雪一副逐客的面容。

所有酒客眼睛里的火气和杀气再度消解成了燥意和热意。

最先站起的那数人首先讪讪笑着坐下。

一脸嘲讽的青年也骤然石化。

他怎么都没有想到，在这样的酒肆里会见到如此风华绝代的丽人。

看着长孙浅雪美丽得惊心动魄的眉眼，他呼吸都有些不规律的同时，终于明白为什么有这么多酒客会时不时地来这家酒铺饮酒。

酒要暖人心。

能暖人心的酒，才是好酒。

这家酒铺的酒虽然酸涩难以入口，然而只要看上她一眼，恐怕不只暖的是心，这些普通的市井汉子，不知道会浑身燥热多久。

"这才是一人堪比一郡的美貌……"

一时之间，这名异乡青年也看得有些痴了，心中火热，直想问这名女子的姓名。

“喂，打碎的酒壶是要赔的。”

然而也就在此时，在柜台上抬起头来的丁宁却是冲着他懒洋洋地叫道：“还有走时，顺便将地上的碎片清扫一下，免得扎人脚。”

第十七章
那一道云纹

秦人性子直，脾气躁烈，一言不合弄得动刀动剑是经常能够见到的事情。

然而两朝之事，市井之间的争强又能争得出什么？

这样的纷争，等到火气散了，过了也就过了，谁也不会认真。

一切如旧。

丁宁每日里所做的事情和以往一样，空闲的时候在长陵城中各处转一转，夜深之后修行，清晨开铺。

天气倒是越来越凉，丁宁知道长陵的秋一般过得很快，清晨门板上霜花都越来越浓的时候，就可以扳着手指头算第一场雪什么时候到了。

依旧只是刚过了早面时分，丁宁刚刚吃完一碗肥肠面，洗干净了他那个专用的粗瓷大碗，一侧的巷子口，却是谈笑风生地走进了一群衣衫鲜亮的学生。

看到那些学生衣衫上的图纹，丁宁的眼睛里现出了平时没有的光亮。

他抬起了头，看着已经落光了叶子的梧桐树上方的天空，万分感慨地在心中轻叹了一声："终于来了吗？"

……

剑是大秦王朝修行者的主要武器。

大秦王朝的疆域，便是在连年的征战中，历代的修行者用剑硬生生砍出来的。

赵剑炉消失之后，大秦王朝的岷山剑宗和灵虚剑门，便是天下公认的最强的修剑宗门。

这两大剑宗传道授徒极为严苛，无论是收徒还是弟子出山，每年都只有在固定的几个日子开山门。

若是不能修到一定境界的弟子，便终身只能留在山门里修行，以免出了山门之后反而被人随意一剑斩了，堕了两大剑宗的威名。

除去这两大宗门，仅在长陵，还有上百处出名的剑院，有岷山剑宗和灵虚剑门这样的存在可以学习和借鉴，这些修行之地平日里对门下弟子的管理自然也十分严格。

绝大多数修行之地，只有达到三境之上的修为，才有在外自由行走的资格，那些距离三境尚远的学生，便只有在少数的放院日才被允许在外面游玩。

眼下这批如出笼鸟一般的学生，身上的衣衫纹饰有数种，身佩的长剑也各有不同，显然分属数个剑院，只是平日里关系不错，所以才结伴同行。

这些学生里面，其中数名学生身上的素色缎袍袖口上全是云纹，丁宁的目光，便时不时地落在那些云纹上。

……

能够进入各处剑院的，自然都是长陵的青年才俊，最终能够留下来的，便都已经铁定成为修行者，而能在放院日如此兴高采烈地游玩放松的，自然又都是院里的佼佼者。那些修行速度不佳的学生，即便是在放院日里，都是一刻不敢放松，拼命修行，想要跻身前列。

这一批学生里，走在最前的一名身材高大、面目方正，看上去有些龙形虎步气势的少年，便是南城徐府的五公子徐鹤山。

南城徐府在前朝便是关中大户，后来又出了数位大将，获封千户，算得上是底蕴深厚，且不像很多氏族门阀到了元武年间便因新政而衰弱。

这一代徐府的子弟也十分争气，除了一名九公子自幼多病，没有修行的潜质之外，其余子弟全部进入了各个修行之地。

这徐鹤山便是在青松剑院修行，在同年的同院学生中，已然少有敌手。

除了他之外，这一批学生里还有一名身穿素色缎袍的少年和一名身穿紫色缎袍的少女身世也是不凡。

那名身穿素色缎袍的少年看来只有十三四岁的样子，身材中等，面容虽然稚嫩但是充满骄傲，而且他身上的缎袍袖口上边正好有云纹。这名少年名为谢长生，谢家本身便是终南巨贾，其母又是出身魏王朝中山门阀，在秦、魏征战开始之前，其母便从中山娘家劝了不少人到了长陵，和魏王朝断绝了往来，谢家后来能在长陵占有一席之地，就是因为那一个异常具有远见的举动。

至于身穿紫色缎袍的少女南宫采莜，则是长陵新贵，其父是镇守离石郡的大将，而离石郡则原先是赵王朝的一个重城。一般而言，能够在这种地方镇守的大将，都是最得皇帝陛下信任的重臣。

虽然同为关系不错的青年才俊，但毕竟身份家世有差，谈起话来，其余人或多或少便有些拘谨和过分礼让，甚至因为担心挤撞这三人，而刻意地和三人保持了一定的距离，所以这三人的身侧明显比其余人周围空了许多。

这三人却是没有察觉，走在最前的徐鹤山微笑着，十分健谈，看到就在前方的酒旗，他微侧身体，对着身旁数名青年才俊笑道："应该就是那家了，据说酿酒全无章法，糟糕至极，但因为女老板绝色倾城，所以生意极佳，今日倒是要看看传言是否属实。"

他身旁谢长生年纪虽幼，闻言却是露齿一笑，说道："若真是如此，不如请求你父亲，先帮你定了这门亲事，收了为妾，以免被人抢了先。"

周围青年才俊纷纷哄笑，身穿紫色缎袍的少女南宫采莜却似嫌恶般皱了皱眉头，看着徐鹤山和谢长生冷哼道："怕只怕真的如此，到头来反而是徐兄的父亲多了个妾侍。"

徐鹤山顿时面露尴尬之色，他父亲好色也是众所周知，已收了九房妾侍。

因为难得有放松日，这些青年才俊情绪都是极佳，在一片哄笑声中，走在最前的徐鹤山终于跨入了梧桐落这家无名酒铺。

丁宁平静地看着跨过门槛的徐鹤山。

情绪极佳的徐鹤山看了一眼周围的环境，又看着不主动上来招呼的丁宁，心想这酒肆的环境果然和传说中的一致，他便和煦一笑，看着丁宁问道："这位小老板，店里只有你一人吗？"

丁宁看着这些长陵青年才俊，很直接地说道："你们到底是来喝酒的，还是想要见我小姨的？"

看着丁宁如此反应，这些长陵青年才俊都是一怔，旋即反应过来对方肯定是平日里这样的事情见得多了，这些人心中的期望便瞬间又高了数分。

面嫩的谢长生在此时却最是老到，微微一笑："要喝酒又如何，要见你小姨又如何？"

丁宁不冷不淡道："要喝酒就按规矩过来付钱拿酒找位子坐，要见我小姨，就除非这外面的酒已然全部卖光。"

"倒是有些意思。"

一群人都笑出了声来。

"怪不得生意这么好，只希望不要让我们失望。"谢长生摇头一笑，随手从衣内取出了一枚钱币，丢在桌上。

钱币落桌声轻微，然而即便是谢长生身后那些青年才俊，心中也都是微微一震。

这是一枚云母刀币。

"若是不让我失望，这枚云母刀币赏与你又何妨。"更让那些青年才俊自觉和谢长生之间有着难言差距的是，随手丢出这一枚云母刀币的谢长生，风淡云轻地接着说道。

南宫采菽眉头顿时深深皱起，即便谢家的确是关中可数的巨富，但谢长生如此做派，却是依旧让她不悦。

哪怕立时能够震住这名市井少年，但谢长生也不想想，周围大多数人一年的资费也未必有一枚云母刀币。

得道多助，失道寡助，有时候往往就是这样不经意的举动，便能让人心生间隙，无法亲近。

然而就在此时，一声平静的声音响起："要酒自取。"

南宫采菽顿时怔住。

她惊愕地看着丁宁，就像是要从丁宁平静的脸上看出一朵花来。

众人也是一片愕然。

这也是谢长生没有想到的回答，他抬起头，不悦地看着丁宁，道："只买不饮可以吗？做生意最重要的是懂得灵活变通，再送几坛出来不行吗？"

丁宁马上就转头冲着后院喊了一声："小姨。"

反应如此迅捷，谢长生倒是不由得一怔。

徐鹤山等人相视一笑，都觉得丁宁有趣，就在此时，那连通后院的一面布帘被微风卷动，抱着一个酒坛的长孙浅雪走出。

所有的青年才俊，无论是徐鹤山还是谢长生，甚至是南宫采菽，只是在第一眼看到长孙浅雪的时候，心中便咯噔一记，如同第一次看到剑院里的尊长展露境界时的震撼。

他们全部呆呆地愣住，心中全然不敢相信，在梧桐落这种地方，竟然有如此倾国倾城的女子。

谢长生双唇微启，轻易可以一掷千金的他在此时却是全然说不出话来。

长孙浅雪这个时候看他的眼神很冷，让他的双手都似乎有些冰冷，可是他此刻脑海里所想的却是，这样仙丽的女子，若是展颜一笑的时候，会是何等的颜色。

"砰"的一声轻响，长孙浅雪将抱着的酒坛放在了丁宁身前的台上。

徐鹤山的心脏也为之猛地一跳，这才回过神来。

这一切都如丁宁的想象，然而就在此时，他的脸色却是微变。

马蹄声起，巷子的一头，有一辆马车，不急不缓地驶来。

第十八章
第四境

这是一辆很华贵的马车。

拖着这辆马车的两匹高头骏马浑身的毛发是奇异的银白色，而且洗刷得异常干净，看上去甚至就像是抹了一层蜡一样地发亮。

马车的车厢用上等紫檀木制成，而且每一处地方都雕刻了花纹，浮雕透雕重叠，又镶嵌以金玉，华贵到了极点。

就是连驾车的车夫都是一名腰佩长剑的银衫剑师。

这名剑师身材颀长，剑眉星目，看上去十分静雅贵气，一头乌发垂散在身后，只是两侧略微拢起一些，用一根青布带扎在中间，其余的发丝依旧披散，但在风中也不会散乱到两侧脸颊之前，这等发饰，别有一番潇洒不羁的姿态。

他看上去不过二十余岁年纪，但一举一动却是非常沉静平稳，马车到了酒铺面前，便在靠墙一侧的梧桐树下停住，确定不会影响到别人的通行，这名银衫剑师才不急不缓地步入酒铺。

丁宁看着走进来的这名静雅贵气的银衫剑师，眉头微挑。

只是一眼看到这名银衫剑师白玉剑柄上雕刻着的鹤形符箓，他便已经知道了这名不速之客的来历。

他清晰地意识到，这名不速之客和前不久到来的那名楚人有关。

巷子很短，所以这名银衫剑师的一举一动虽然都很平静温雅，但在他走进这家酒铺，出现在丁宁的视线里时，好不容易回过神来的徐鹤山才刚刚深吸了一口气，嘴唇微动，准备出声。

只是长孙浅雪的目光，在此时也落到这名剑师的身上。

所有人的视线，便也不由自主地落在这名剑师身上。

徐鹤山刚要开口，却是被这名剑师的到来打断，他滞了滞，心中自然不快。

银衫剑师一眼看清铺子里居然这么多学生，倒是也微微一愣，目光再触及长孙浅雪，他的眼中明显也出现了一丝震撼的神色。

但在接下来的一瞬，他却是没有任何的失态，对着长孙浅雪微微欠身行礼，出声说道："在下骊陵君座下陈墨离，见过长孙浅雪姑娘。"

徐鹤山面容骤变。

南宫采菽眉头挑起，细眉如两柄小剑。

谢长生轻轻冷哼。

他们身侧的诸生反应也各不相同，但眼睛里却都是或多或少的自然燃起的浓浓杀机。

因为这有关大秦王朝之耻。

骊陵君便是那名一个人换了秦国六百里沃土的楚王朝质子。

这些长陵各院的青年才俊，将来必定是名动一方的修行者，他们身上承担的东西，自然和那些市井之间的破落户不同，所以不需要任何言语挑唆，他们的心中便油然升起敌意。

然而和那些寻常的市井蛮夫不同，他们每个人都十分清楚骊陵君不是寻常的人物。

除了帝王之子的身份，骊陵君的经历甚至可以用"凄凉"二字来形容。

他的母亲本是宫中一名乐女，受了楚帝宠幸，诞下骊陵君，然而在数年后便因为言语冲撞了楚帝而被赐死。

为了眼不见为净，楚帝随便封了一块谁都看不上的封地打发了骊陵君，让他远离自己的视线，据说那还是朝中有人劝谏的结果，否则以楚帝的心性，说不定一道密令让骊陵君直接去追随亡母也有可能。

然而即便骊陵君所获的封地距离大楚王朝的王城极远，远到足以被人遗忘的地步，在大楚王朝需要一名作为人质的王子去换取大秦王朝的城池时，楚帝却又马上想起了他来！

谁都很清楚各国质子的下场大多都很凄凉。

对于那些掌握着无数军队和修行者生死的帝王而言，征战起时，他们决计不会在意一个自己最不喜欢的儿子的生死。

只是作为一名远道而来，没有多少家底的楚人，在长陵这十年不到的时间里，骊陵君却已然成为了一名举足轻重的大人物。

他门下食客已然过千，其中修行者数百。

没有人知道他是怎么能够从一个弃子的位置慢慢爬起来，爬到今日在长陵的地位，然而所有人心中都可以肯定，他的身上，必然有许多常人根本难以企及之处。

对于自己尚且没有成为这样的存在的诸院学生而言，对这样的人物，自然也心存敬畏。

随着骊陵君座下这名修行者陈墨离的出声，谢长生等人的目光，再次聚集在长孙浅雪的身上。

然而让所有人意想不到的是，长孙浅雪什么都没有说。

她就真的像是从画儿里走出来的仙子一样，只是微微地蹙了蹙眉头，然后转身走回后院。

这样的反应，让陈墨离都不禁怔住。

长孙浅雪的举动让谢长生也是一愣，但接着看到陈墨离有些尴尬的面容，这名出身于关中望族的骄傲少年却是心里越来越痛快。

他突然笑了起来，笑得眼睛都眯了起来，而他眼睛里的嘲讽神色，却是越来越浓。

"以为搬出骊陵君便可以唬人，可惜骊陵君不是长陵的哪个侯爷，否则长孙浅雪姑娘或许会理。"

丁宁静静地看着谢长生，感觉到这名有着很多缺点的骄傲少年的勇气，他心中对谢长生的评价，顿时高了一些。

陈墨离的手不自觉地落在了剑柄上。

燕雀不知鸿鹄之志，两者本身不是一个世界的存在，超脱和涵养，有时候只是来源于内心的不在意，在陈墨离的心中，这些学生至少在现在和他根本不是一个阶层的存在，所以他俊美的容颜上毫无表情，甚至连一丝的愤怒都没有。

相对于长陵的无数氏族而言，无论兴衰，骊陵君都毕竟只是个外来者，哪怕这些学生的话说得再难听一些，他也依旧不会在意。

只是今日确定长孙浅雪便是骊陵君志在必得的人，此事前所未有地重大，他便需要有一个安静的对话环境，他便需要做些什么。

"才多少年纪，不好好学剑，却尽做些无谓之事。"

他面上的神情依旧没有任何的改变，甚至连看都没有看谢长生一眼，只是摇了摇头，轻声地说了这一句。

谢长生的年纪很小。

他和丁宁差不多高，也同样地有些瘦弱，就连身上的缎袍都显得有些宽松，寻常微笑的时候，只能用可爱来形容。

然而他已然是修行者。

听到陈墨离的这句话，周围所有平时熟悉谢长生性情的人都是呼吸一顿。

空气里寒气顿生。

谢长生的小脸上似乎结出了冰霜，他沉默了数息的时间，然后微仰起头，看着陈墨离，摇了摇头，说道："我希望你的剑让我觉得你有说这句话的资格。"

陈墨离微微一笑。

他没有说什么。

然而有一股莫名的气息，突然从他的身上往外析出。

酒铺里突然刮起了风。

所有学生的呼吸全部停顿。

陈墨离依旧没动，但是他身外涌起的天地元气，却是越来越强烈。

嗤嗤嗤……

最终，他的身体周围像是多了无数个细小的风洞，无数看不见的天地元气往外吹拂，即便在修行者的眼里看来这种析出速度已经十分温柔，然而强劲的力量，还是使得他周围的桌椅都自然地往外移动起来。

谢长生的眼神更冷，面容却不自觉地开始有些苍白。

他和身边所有学生身上的缎袍，在风中猎猎作响。

这是第四境。

唯有到达第四境的修行者，才可以融元存气，在平时的修行之中，在自己的真元中融合一部分的天地元气，并将自己的身体变成一个可以储存一些天地元气的容器。

南宫采菽的睫毛不断地震颤着，她的心里很愤怒，但同时也很无奈。

然而就在这时，陈墨离身上的气息却是又开始减弱。

他体内就像是有一些堤岸建立起来，发出异样的声音。

"我比你们年长，用境界压你们，想必你们不可能服气。"

陈墨离平静地看着长陵的这些学生，淡然道："你们之中最厉害的是谁……我可以将自己的修为压制到和他同样的境界。只要他能胜得了我，我便道歉离开。但若是我胜了，便请你们马上离开。"

第十九章
真　意

天地元气停止了喷涌，风息了，桌椅也停止了移动。

陈墨离也和一开始进入这间酒铺时一样，身上感觉不到有任何可怕的气息。

然而他平静的话语，却是像大风一样继续刮过这些学生的身体。

丁宁眉头微蹙，就将开口。

"出去吧，以免等下打乱了东西，还要费力气收拾。"但他还没有来得及说什么，陈墨离却是又淡淡地说了这一句，直接平静地转身，走出酒铺。

徐鹤山的脸色也变得越来越难看，但在陈墨离转身的同时，他却没有第一时间跟上，而是转过头看着谢长生和南宫采菽，压低了声音说道："压低境界，便与修为无关。"

在场的学生都很聪慧，他们全部明白徐鹤山这句话的意思。

在抛开修为的情况下，决定胜负的关键往往就在于对敌的经验和战斗的技巧。

"我明白。"谢长生看着陈墨离的背影，冷然道，"说什么也关乎面子，自然要让我们里面最会战斗的人出战。"

他这一句话出口，所有这些学生的目光，全部停在了南宫采菽的身上。

他们这些人里面，抛开修为的因素，最会战斗的，反而是这个看上去最为娇柔的少女。

南宫采菽自己似乎也很清楚这点。

她面容渐肃，没有说任何的话语，只是第一个动步，走在了最前。

陈墨离在街巷中站定，他低头望向地面，看到靴畔的石缝里生着数株野草。

他便想到自己追随的骊陵君，在这秦都也像是石缝中顽强求生的野草。

只是过了今天，这种情况会获得转机吗？

他的神容也渐肃。

他转身看着走到自己对面的南宫采菽，颔首为礼，说道："请！"

南宫采菽眼睛微眯，也颔首为礼："请！"

声音犹在这处巷间回荡，周围梧桐树上的麻雀却是突然惊飞而起，无数黄叶从南宫采菽的身周飞旋而出。

狂风乍起，南宫采菽以纯正的直线，带出一条条残影，朝着陈墨离的中线切去。

一柄鱼纹铁剑自她的右手斩出，也以异常平直的姿态，朝着陈墨离的头颅斩下。

剑才刚出，旧力便消，新力又生。

一股股真气不断地在剑身上爆发，消失，爆发。

清冷的空气里，不断蓬起一阵阵的气浪。

只是异常平直的一剑，然而给人的感觉却是无数剑。

这便是她父亲，镇守离石郡的大将南宫破城的连城剑诀。

在有记载的很多次和赵王朝征战的故事里，南宫破城有着很多次一剑斩飞数辆重甲战车的经历。

这是通过真气的控制，不断连续发力的极其刚猛的剑势。

陈墨离的眼睛里也有异光，他也根本没有想到，这样娇柔的一个少女，一出手竟然是如此地刚猛，甚至可以说威武！

只是面对这样刚猛的一剑，他的反应也只是眼睛里闪过异光而已。

他一步都没有退，空气里好像响起了一声鹤鸣。

他的剑出鞘。

他的剑柄是洁白色的白玉，内里的剑身，竟然也是晶莹的白色，薄而微微透明，有浅浅的羽纹，看上去很精美，也很脆弱。

然而这柄剑，却是异常简单粗暴地横了过来，往上撩起，朝着从上往下劈来的鱼纹铁剑砸了过去。

砰的一声巨响。

一圈气浪在两人的身体周围炸开，就连陈墨离脚下石缝里那几株柔软的野草都被强劲而锋利的剑气斩断。

谢长生等人的眼睛不自觉地眯起。

谁也没有想到，陈墨离手中那柄看似脆弱的白剑竟然也能迸发出这样的力量，而且是在这么小的空间里，就能爆发出这样强的力量。

最为关键的是，他手中的白剑此刻连任何的伤痕都没有，只是在不断地震颤。

然而南宫采菽手中的宽厚的鱼纹铁剑，却是已经微弯。

数缕血丝，正从她的虎口流淌到鱼纹铁剑的剑柄上。

梧桐落周遭的小巷里已经走出不少零零散散的看客，他们未必看得出这种战斗的精巧，让他们震惊的是，南宫采菽这样小小的身体里，竟然可以迸发出这样的力量。

一声让人耳膜发炸的愤怒尖嘶便在此时从南宫采菽的唇间喷薄而出。

她脚下的靴底都发出了近乎炸裂的声音，然而她却是一步不退。

她咬着牙，强忍着痛楚，左手刺向陈墨离的小腹。

就在这一瞬，她的左手里已经多了一柄青色小剑。

这柄青色小剑的表面有很多因为铸造而天然形成的藤纹，而在她往上刺出的同时，这柄剑上流散出来的真气，也使得空气里好像有许多株青色的细藤在生长，让人无法轻易看清剑尖到底指向何处。

这便是青藤剑院的青藤真气和青藤剑诀。

丁宁的脸色也凝重起来。

怪不得就连骄傲如谢长生都会把位置让出来让南宫采菽来战斗，青藤剑院的青藤真气和青藤剑诀难的便是配合，南宫采菽在第二境的时候，就已经让两者发挥出这样的威力，的确已经是罕见的奇才。

剑意迎腹而至，刚刚极刚猛的一剑之下，又藏着这样阴柔的一剑，就连陈墨离都是脸色剧变。

他有种解开自己真元的冲动。

然而他还是强行地控制住了自己的冲动，在这电光石火的一刹那，他的左手也动了。

他的左手没有剑，然而有一柄剑鞘，一柄华贵的绿鲨鱼皮剑鞘。

这柄剑鞘突然化成了一蓬春水，将无数往上生长的青藤兜住。

所有的人只听到铮的一声轻响。

那是一柄剑归鞘的声音。

所有青藤般的剑气全部消失，南宫采菽的脸色变得雪白。

她身后所有的学生全部倒吸了一口冷气。

她的剑，归于陈墨离的鞘中。

在无数的青藤之中，在那么急促的时间里，陈墨离竟然准确地把握住了她的真实剑影，极其精准地用剑鞘套住了她的剑。

而在接下来的一瞬间，陈墨离的动作还没有停止。

陈墨离持着剑鞘的一端，继续挥剑。

春水继续挥洒。

南宫采菽终于无法支撑得住，她的身体先是像一块石头一样被撬起，后脚跟离地，在下一瞬间，她持剑的左手被震得五指松开，她握着的那柄青色小剑脱离了她的手掌，像被笼子擒住的雀鸟，依旧困于陈墨离手中的绿色剑鞘之中。

谢长生垂下了头，他心里很冰冷，很愤怒，但是他知道这个时候说什么都是废话。

徐鹤山等众多学生脸色也是一片惨白。

从陈墨离开始展露境界，他们就知道这个大楚王朝的剑客很强，然而他们没有想到竟然会这么强，就连被青藤剑院的诸多教师认为数十年间青藤学院的学生中最懂得战斗的南宫采菽，竟然也败得如此干脆，甚至连青藤袖剑都被人用一柄剑鞘夺了过去。

噗……噗……

两声轻响，南宫采菽双脚落地，两股烟尘从她的双脚下逸出。

她毕竟是个年纪很小的少女，想到平日里剑院那些老师的教诲，又看到自己视若性命的青藤袖剑被对方所夺，她羞愤到了极点，甚至想哭。

陈墨离看了她一眼。

他收剑。

青藤袖剑从他的剑鞘中飞出，直直地落在南宫采菽的身前，与此同时，他右手白玉般的长剑稳稳地归鞘。

这等姿态，说不出地潇洒静雅。

"能在这种修为，就将青藤真气和青藤剑诀修炼到这种程度，的确可以自傲，将来或许可以胜我。"

他认真地看着南宫采菽，不带任何矫揉造作的诚恳，赞赏道。

南宫采菽没有看他。

她看着身前石缝中兀自轻微颤动的青藤袖剑，感觉到了青藤袖剑的无助和无力，她的鼻子有些微微地发酸，感觉到对不起它。

她深吸了一口气，揉了揉自己的鼻子。

然后她拔起了这柄青色的小剑，面色再次变得极其地肃穆。

一条淡淡的青光扫过，就如空气里长出了一片藤叶。

她的右手手心，出现了一条浅浅的血痕，沁出数滴鲜血。

"请陈先生一定好好地活着，我一定会击败你。"

她举着流血的右手，同时将青色小剑平端放在胸口，认真地说道。

这是秦人的剑誓。

在她看来，输就是输，赢就是赢，输赢的过程是否有值得骄傲和光彩的地方，一点都不重要。

关键在于，只要还有命，那输的就要赢回。

陈墨离沉默了数息的时间。

不是因为害怕，而是因为尊敬和担忧。

秦人有虎狼之心，就连长陵这样的少女，今日表现出来的一切，也足够让任何楚人警惕。

只是今日里需要做的事情，绝对不能让这名少女和她身后的学生拖住脚步。

所以他的神容再度变得平静而冷。

"今日这种比试，实则也是不公平的，因为我毕竟比你们有更多的战斗经历。"

他的目光扫过南宫采菽白生生的手掌，扫过谢长生和徐鹤山等所有人的面目，然后接着缓缓说道："我今年才二十七。"

　　这个时候突然郑重其事地提及自己的年龄，对于寻常人而言可能难以理解。

　　但这些学生都是修行者。

　　往往在正式开始修行之前，他们就已经看过了无数有关修行的典籍，听过了许多的教导。

　　所以他们都很清楚陈墨离这句话里包含的真正意义。

第二十章

拒 绝

要让一个寻常人能够完全入静忘我，念力就像一个旁观者一样，又能进入自己身体的深处，感觉出自己的五脏内气，这种成为修行者的第一步，已经是极难。

成为修行者之后，越往上，便是越加艰难。

很多剑院能够进入内院，获得名师指导和一些剑院的资源的基本条件只是能够成为第一境的修行者，而能够出山，获得在外行走的资格，只是要求达到第三境的修为。

第三境真元境，听起来简单。

然而只是这一个境界，便不知道卡死了多少修行者的出山之路。

各个修行之地，多的是那种白发苍苍、做些杂事的真气境老者。

第二境到第三境，最大的桎梏便是感悟天地元气，并能够从周身的天地元气里，感悟出能够适合自身，和自身的真元融合的天地元气。

感觉自身的细微之处，感悟体内的五脏内气，这已经可以让绝大多数人无法成为修行者，而去触摸更大更空，和自身本来没有多少联系的天地元气，这便是很多修行者终其一生也做不到的事情。

真气的力量足够，但始终无法感悟到天地间的元气，感觉不到自己可以利用的那种鲜活的力量，便始终死在这一个关隘上。

明知高山就在前方，但却偏偏看不见山，这就是很多修行者的悲哀。

到了山前，终于感觉到、看到这座山，再终于翻越这座山的过程，这就是所谓的每个修为大境的破境。

每个人破境的时间都有所不同，有些人破境的时间只需数年，有些人破境的时间却是一生。

陈墨离的真正年龄是二十七岁，但他的修为已经到了第四境。

南宫采菽和谢长生等所有人，都非常清楚这种破境速度，已然极快。

甚至可以说，按照他们目前的修行状况，按照他们各自剑院的一些纪录……他们在二十七岁之前，都很难突破到第四境。

在相同的年龄时，你们都不可能达到我的境界。

这才是陈墨离这句话中包含的真正意义。

谢长生缓缓抬头。

他看着陈墨离莹润的面目，眼色变得越来越寒。

绝大多数修行者都看起来很年轻。

因为到了真元境之后，身体的改变，能够让人的寿元大大地增加，很多功法，都能让身体机能和容颜不老，时光的洗涤如同停顿。

赵直、赵四先生的年轻，让那名燕真火宫的修行者都感到意外和茫然。这种年轻，也只是相对的。

因为早在十三年前，赵一和赵四先生，就已经名动天下。

他们的真实年纪，远比看起来的年纪要大得多。

但现在的陈墨离，却是真正的年轻。

"走！"

抬起头的谢长生什么话都没有多说，只是冷冷地吐出一个字，招呼所有人一起离开。

不如就是不如，这一役，他输得心服口服。

他输得起。

所有的人都没有说话，很干脆地和他一起离开。

丁宁的眉头深深地皱了起来。

虽然这些学院学生的表现在他看来已经是极好，然而这样的发展，却是已经打乱了他的计划。

……

陈墨离看着这些学生的背影，心情更加沉重。

以秦人的性格和风气，昔日的败绩，那六百里沃土，不可能不想着赢回来。

大楚王朝虽然强盛了很多年，但那些天赋优秀的贵族子弟相比这些长陵少年，却偏偏多了几分娇气，少了几分虎狼之心。

他深吸了一口气，让自己的面容和心情恢复平静，然后转身看着丁宁。

即便是这个普通的市井少年，都让他觉得不凡。

秋风吹拂，吹动丁宁的发丝。

不等陈墨离开口，丁宁已经出声，说道："我小姨不理你，不是不懂礼数，而是她的许多事情，包括这间酒铺的生意，都是由我做主。所以有什么事，你和我谈便是。"

陈墨离想了想，说道："也好，我来这里，是因为我家公子想求见长孙姑娘。"

陈墨离是骊陵君座下的门客。

他口中的公子，自然是指大名鼎鼎、富有传奇色彩的骊陵君，让长陵所有修行者都要另眼相看的大人物。

然而听到他这样的话语，丁宁却是异常直截了当地说道："既然是你家公子想要求见我小姨，为什么是你来，不是他来？"

陈墨离一愣。

他没有想到丁宁会这么说。

因为骊陵君自然和一名酒肆女子不是同等级别，以骊陵君的身份要见一名酒肆女子，还需要自己亲自求见吗？

可是现在自己如何回答丁宁？当然不能直接说出这种无理但很基本的道理。

谈话一时似乎陷入僵局。

便在此时，一阵轻轻的掌声，却是在停在一侧道边的华贵马车中响起。

"长陵的年轻人，真是令人敬畏。"

一个和陈墨离相比更加温雅，听起来更加令人觉得如春风拂面的声音从马车中响起。

世间有一种人天生便具有难言的魔力，哪怕他身穿着最普通的衣衫，哪怕他的面容长得极其平凡，哪怕他是身处千军万马或者身处喧嚣市集之中，但只要他出现，却总会第一时间吸引所有人的目光，然后让人觉得他身上在绽放光彩。

　　从马车里走出的年轻人便是如此。

　　他只穿着普通的青色缎袍，身上没有任何的配饰，也没有身佩长剑，他的面容也十分普通，长发只是如同普通秦人一样，用一根布带随意地扎在身后，然而只是这样温雅的一句话，缓步在梧桐树的稀疏阴影下的他便好像在散发着神奇的辉光。

　　他宛如神子。

　　远处的看客，哪怕只是最普通的、根本不知晓他身份的贩夫走卒，都看出了他的不凡，觉得他生来就是吸引人目光的大人物。

　　陈墨离恭敬地退到了一侧，眼睛里闪耀着真正尊敬，甚至崇拜的神色。

　　能让他如此的，自然只有他口中的公子，传说中的骊陵君。

　　看起来也只有二十余岁年纪的骊陵君缓步走到了丁宁的面前，保持了一个令人最舒服的距离。

　　甚至因为自己的身材和丁宁相比太过高大，他还有意识地没有彻底将自己的身体挺直。

　　然后他温雅地微笑着，认真地对着丁宁欠身一礼，然后说道："先生的话说得很对，我的确不应该到了这里还停驻马车之上，理应自己出来求见长孙姑娘。这是我太过自恃自己的身份。"

　　此时不远处的一些看客也已经猜测出了他的身份，听到他说出这样的话，那些看客的心中都是一震，都是佩服，心想骊陵君果然和传说中的一样，非普通人。

　　这一番话，不仅有礼，而且不加掩饰，一听便让人觉得骊陵君此人光明磊落，堂堂正正。

　　丁宁神情平静，揖手为礼，说道："既然如此，公子可说来意。"

　　骊陵君看着神容平静的丁宁，眼睛里也泛出些异彩，他也不犹豫，诚恳而谦虚地说道："在下特意来此，是想求娶长孙姑娘入府。"

此言一出，四下哗然。

巷子里所有能够听清这句话的看客，全部震惊到了极点，甚至以为自己听错。

虽然是楚王朝的质子，但骊陵君毕竟是一名真正的王子。

而且在长陵这么多年，他已经充分地证明了自己的能力，成为真正的一方之雄。

在很多有远见的人的眼里，骊陵君甚至和长陵的那些王侯没有任何的区别。

真正见过长孙浅雪容貌的人，虽然都知道长孙浅雪倾国倾城，然而她毕竟只是一个身份低微、没有任何背景的酒家女。

像骊陵君这种人物，即便是纳妾，恐怕纳的都应该是大氏族的千金、将军家里的小姐，像他这样的人物，竟然在这种公开的场合，认真地说要求娶一名酒家女？

震惊之余，所有看客的目光全部聚集在了丁宁的身上。

所有人都认为丁宁一定会受宠若惊，一定不会拒绝。

虽然之前无数媒婆也踏破了这家酒铺的门槛，但是所有人都觉得那是因为那些托媒婆的人家世不够，丁宁和长孙浅雪或许觉得会有更好的选择。

然而此刻……应该不会有比骊陵君身份更高的人来求亲。

这是一个千载难逢，燕雀飞上枝头做凤凰的机会。

很多看客的心中甚至开始觉得酸楚。

或许今日之后，便很难再喝到那酸涩的酒，再也难以见到那惊世的容颜。

然而让他们根本未曾想到的是，丁宁微微一笑，然后认真地回绝："多谢公子美意，但我不可能会答应。"

第二十一章
大 计

骊陵君正在等着他的回答，听到丁宁如此回答，他也不由得一怔。

难道是梧桐落这样的地方太过低微，这名酒肆少年连自己到底是何样等人都不知道？

他眉头微蹙，正寻思着要怎么开口。

然而丁宁却是已经看穿了他心中所想，平静说道："不用想着和我介绍你到底是什么身份，我知道只要你一句话，便轻易可以用黄金将我这间酒铺填满，也只要你一句话，至少有上百名修行者可以马上割下自己的头颅为你去死。"

"那为什么……既然拒绝得这么干脆，那总该有个原因。"

骊陵君没有任何生气的表情，他只是用有些好奇的目光看着丁宁，温和道："我以为你至少会和长孙姑娘商量一下，听取一些她的意见。"

丁宁摇了摇头，说道："我说过我不可能会答应，便不需要听她的意见，至于说原因……你真的希望我在这里将原因说出来？"

骊陵君的神容没有改变，他平静而温和地说道："但说无妨。"

附近街巷里的看客也都凝神静气，想要听听丁宁到底说出什么理由。

丁宁没有犹豫，认真地说道："您的父亲，大楚王朝的帝王，在位已然三十二年。在这三十二年里，为我们外人所知的，可以算是他的嫔妃的女子，他一共纳了六十五位，平均一年两位还多一位。和这些嫔妃，他一共生了十七位王子、二十三位公主。所以您的父亲，这些年可真是挺繁忙的。"

周围的看客听到丁宁这么说，第一时间的想法都是"你也敢说"，虽然整个天下都知道楚帝武烈王贪恋美色，平时大家谈论得也挺津津有味，恨不得以身代之，然而现在当着人家的儿子直接这么说，似乎总有些说不过去。

骊陵君的眉头也微微挑起，声音微沉道："君子不拘小节，人无完人，即便父王有许多做得不到的地方，仍不妨碍他成为伟大的君王。"

他这句话在周围的人听来很有道理。

虽然楚帝好色天下皆知，然而他同样是一名强大的修行者、强有力的统治者，他在位的这三十二年间，大楚王朝南征北战，都没有吃过什么大亏，现在大楚王朝如日中天，出名的修行者数量比大秦王朝多得多，甚至连大楚王朝日常所用的东西都比别朝要精美，连一些衣衫和摆设，都是各朝模仿的对象。

只是丁宁根本不和他争辩什么。

他只是看着骊陵君，平静地接着说了下去："听说您的父亲，所宠幸的每一名嫔妃，无一不是人间绝丽，且各有特色，有些精通音律，有些长袖善舞，有些则分外解人意，甚至还有特别擅做美食的。只是在这么多名嫔妃里面，他最宠爱的，还是昔日来自于赵王朝的赵香妃。"

听到"赵香妃"这三字，骊陵君的眼眸深处微冷，但他的面容依旧平静温雅。

他只是保持着优雅的沉默。

"他到底要说什么？"

周围街巷里的看客却更是好奇。

赵香妃也是秦人闲谈时经常会谈及的话题，这名传奇的女子出身于赵王朝没落贵族之家，据说天生媚骨，是天下第一的妖媚美人，浑身软香，肌肤嫩滑如凝乳，又精通些房中秘术，即便楚帝好色，这些年也是迷得他神魂颠倒，朝中一半大事几乎都是由她定夺，可以说是现在大楚王朝除了楚帝之外的第一号权贵。

在大楚王朝，绝大多数人对赵香妃是又惧又恨，暗中所称一般都为"赵妖妃"。

也就是在长陵，普通的市井少年敢直接谈论她的名讳，若是在楚，一般的市井少年敢大大方方地谈论她的事情，恐怕第二天就已经沉在了某条河里。

"您的父王虽然膝下子女成群，只是和他最宠爱的这名嫔妃之间，却是一直无子。不知是您的父亲对现在所有的王子不甚满意，还是想要等着她的儿子出现，所以你们大楚王朝一直到现在还都没有册封太子。"丁宁也没有丝毫畏惧的样子，只是平静地接着说了下去。

"骊陵君您在长陵这些年的名声很好，想必你们大楚的人不是眼瞎的话，不会看不到您的才能。

"若是您现在回到他的面前，他应该不会像之前一样讨厌您。

"而您要是出现在他的视线中时，还带着一名让他都感到惊艳的女子的话，结果又会有很大的不同。

"以您父王以往的性情来看，他或许根本不会在意那名女子和你有什么关系，而夺了你的爱妃，他或许倒是对你会有些内疚。

"赵香妃膝下无子，若是您父王定了别人为太子，将来终有失势时，任何人在她的位置，恐怕都不想那一日到来。

"她无子，而您现在又无母，您又是正宗的王子，所以您和她是绝配。

"若是她肯为您说话，再加上您在您父王的眼里又不是那么讨厌，那一切都有可能改变。

"您很有可能成为大楚王朝的太子，最终成为和您父王一样伟大的帝王。而不知道哪位他不想见到的王子，就会到我们长陵，来取代您的位置。"

秋风依旧，然而整条街巷的每个角楼都似乎突然变得很冷。

绝大多数看客都是没有多少见识的破落户，只是丁宁的讲述极有条理，极其地清晰，就连他们都彻底听清楚了。

只是这种大事，真的能这样放在街道上公然说出来吗？

丁宁……这胆子也太大了一点儿。

也似乎太不顾及骊陵君的感受了一些。

但在感觉心惊之后，这些看客却是又不由得骄傲和得意了起来。

骊陵君再怎么出色，再怎么厉害，也只是楚人。

秦人为什么要管楚人的感受。

丁宁的这种表现，才是真正秦人的表现。

……

骊陵君的脸上依旧没有任何生气或者震惊的成分，只是他的眉头却是深深地皱了起来。

他缓缓地抬起头来，看着丁宁，认真地说道："如果一切按你所言，如果我真的有可能成为大楚王朝的君王，那你是否更应该考虑一下我的请求？"

"成为您父亲的嫔妃之一？"

听闻这样的话语，丁宁的面容却是开始笼上了一层寒霜。

骊陵君和陈墨离的到来，本来就打乱了他的计划，他本来就不是很高兴，只是一贯以来的耐心，让他知道平静地去改变和重新设计，远比无谓的生气要重要。

现在，他是真正地心生不快。

"在你看来那还是难得的际遇？我们该谢谢你的提携和赏赐，今后终于有锦衣玉食的可能？难道我们就真的如你想象的那么卑贱？"

他冷冷地看着骊陵君，缓慢而清晰地说道："我们现在在长陵待得好好的，难道你觉得我会让我的小姨跟着你，为了一个这样的可能，去做这样的事情？"

骊陵君的面容依旧平静，但是他的眸底却燃烧了起来，他平和地说道："以一人谋一国，这不只是难得的际遇，而且你不在意、不感兴趣，但别人却或许会感到这是有意义的事情，总比在这里做酒，最终嫁与商人妇好。"

"你这是在侮辱我小姨。"

丁宁笑了起来，他看着骊陵君，无比认真地说道："你看我都已经这样……我小姨比我更要高冷，我看不上的东西，她当然更不可能看得上。"

他说的完全是事实。

长孙浅雪，的确是比大多数人想象的都要高傲孤冷。

骊陵君的整个眼瞳都似乎要燃烧了起来，但是他却依旧没有失态。

"既然如此，实在是打扰了。"

他微微躬身，认真施礼，然后温雅地转身，朝着自己的马车走去。

"有些机会转瞬即逝，一生都不可能复来，但不抓住，终老之时，却恐怕会叹息自己的这一生不够精彩。"

骊陵君有君子风范，但陈墨离却最终意难平，他紧握着自己的剑柄，手指关节因为用力而发白，他转身离开的时候，像是自言自语般，轻声叹息了这一句。

"我这一生，会不够精彩么？

"我倒是希望能够平凡一些，不要太过精彩。"

听到他这些像是说给自己听的话，丁宁难言地苦笑，在心中轻声说道。

……

当车帘垂下，将外面的天地隔绝在外之时，骊陵君的面容变得黯淡而冷漠。

他可以肯定，丁宁绝对是个真正的天才。

仅凭着坊间的一些传闻，这名酒铺的年幼少年，竟然拥有如此清晰而恐怖的判断，竟然对于遥远的大楚王朝的大势，都看得甚至比他还要清楚。

然而天才不能为他所用，便分外令人憎恶。

而且不能为他所用的天才，便很有可能是将来的敌人。

马车已然开始移动。

车轮从石板路上碾过，车厢微微地颠簸。

他闭上了眼睛，冷漠的面容变得更加冷厉。

刚刚的谈话，点醒了他很多事情，也让他再次清晰地意识到，这件事有多么迫切。

因为丁宁并不知道而他知道，他的父亲，强大而贪恋美色的大楚皇朝的皇帝，身体已经在开始变差。

山河路远，归家的路如此艰难和漫长。

然而再远的路，也熄灭不了他心中的火焰。

第二十二章

两层楼，王太虚

华贵的马车驶出梧桐落。

一片稀稀拉拉的掌声和叫好声响起。

不管平日里多么觉得骊陵君不凡，今日里看到这位传说中的大人物甚至忍不住地兴奋和惊喜，但对方毕竟是楚人。

能让楚人不高兴，他们便高兴。

而能让这样的楚人都不高兴，那这酒铺的少年，真的是和传言中一样非常特别。

叫好归叫好，佩服归佩服，这种天气晴好的上午，除了少数闲人之外，一般手头上都会有要忙的事情，再加上在这里看戏已经耽搁了不少时间，所以大多数看客都很高兴地离开，准备待会儿忙事情的时候，和周围的人吹嘘一下这里发生的事情。

一名在最开始南宫采菽等人和陈墨离交手时便赶来的看客，在这个时候却是快步走进了酒铺。

这是一名看上去有些病态的三十余岁男子。

他身穿着一件在这种天气里显得有些略厚的灰色棉袍，面目比长陵的绝大多数人都要英俊，只是穿了已经显得过厚的棉袍还似乎有些怕冷，身形有些瑟缩。

他的眼角也已经有了皱纹，而且他的眉头中间也有皱纹，这使得他就算不在想事情，也像是始终在想着什么烦心事。

这样的人，平日里需要思考，需要担心的事情一定特别多。

走进已经空旷的酒铺之后，他就像是走入了自己的家门一样，也没有第一时间管正在将挤在一堆的桌椅归位的丁宁，而是自顾自地在柜台上拍下些酒钱，然后在距丁宁不远处坐下，缓缓地饮酒。

"你又是什么人？你们这些大人物，平日里难道没有别的地方可去，围着这个小地方转是什么意思？"丁宁用力地将一张椅子重重地蹾在这名男子的对面，情绪不佳地说道。

哪怕是看戏，出场的大人物太多，也让人觉得难以记住，不免有些烦躁，更不用说此刻丁宁正在想着事情。

这名三十余岁的男子倒是没有觉得丁宁的态度恶劣，他反而觉得很有意思地笑了笑，道："我叫王太虚，我进来之后还没有和你说过半句话，我也可以确定你没有见过我，你怎么可以肯定我也是什么大人物？"

"王太虚？看你的身体，倒是真虚。"

丁宁在这名三十余岁，还算是英俊的男子的对面坐下，看着对方显得有些微弱的吐息，又看着对方说话时露出的牙齿都缺了一颗，他便微讽地说了一句。

接着他反手点了点铺外。

"问我怎么知道你是大人物……你当我是瞎子么？那几个壮汉把想走到这个铺子里的几个人都拦住了，你一个人霸了这里，而且被拦的那些人似乎还不敢有什么怨言，你说我为什么知道？"

"这便是细致入微。"王太虚丝毫不介意丁宁的嘲讽语气，反而欣赏地笑了起来。他看上去的确很虚，不仅是缺了一颗牙齿，而且连其余的牙齿都似乎有些松动。

他看着丁宁，笑着说道："小处能细致入微，大处能纵览全局，能观人所不能观，遮眼的迷雾对于你而言根本就不存在，这便是天生的鬼才。"

丁宁看了他一眼："人不做做鬼干吗？"

王太虚又笑了笑，却是说道："前不久这条巷子里来了个收租的黄衫师爷问你收租子，但是你没有给。"

丁宁眉头微皱："说了几天后再来却没有来……你到底是两层楼的，还是锦林唐的人？"

王太虚微笑道："我是两层楼的人，其实更确切地说，两层楼的事情，现在都归我管。"

丁宁怀疑地看着他："两层楼的主人，这么虚？"

王太虚收敛了笑容，正色道："可能是最近处理的事情太多，所以伤了身体。"

"如果你真的是两层楼现在的主人，应该不会凑巧出现在这里。"丁宁也认真地看着他说道，"不过那和我没什么关系，和我有关的只是你们和锦林唐现在到底谈得怎么样了，我们的租子到底应该交给谁？"

"我现在还活着，便说明现在这里的租子还是应该交给我们。"王太虚轻咳了数声，有些自傲地说道，"至于今日我在这里，倒只是因为骊陵君过来了。"

大约是怕自己说得不够清楚，王太虚又看着丁宁接着说道："你也明白，我们两层楼有面子上的生意，有里子的生意，面子上的生意油水很少，但事关面子，如果面子上的生意都被人抢了去，就说明里子的生意也保不住，这里毕竟是我们的地盘，我们面子上的生意。之前和锦林唐争得有些辛苦，骊陵君这样的大龙却又突然出现在这里，我们当然不知道他出现在这里代表的是什么意思，自然要过来看看清楚，若是他略微显露一些和锦林唐有关的言行，那我就要考虑一下我明天是否有可能躺在哪条河里了。"

"这么怕他？"丁宁微讽道。

"我和你不一样。"想到丁宁刚刚对骊陵君说的那一番话，王太虚又忍不住微笑了起来，"你哪怕让他丢了面子，碍于身份他也不会对你怎么样，毕竟要是对付一个你这样的市井少年，说起来也不君子，你大概很清楚这点，所以你才会这样对他。但我们不一样，要真是和他有了冲突，那就是比较血淋淋的事情。而且他门下的修行者的实力你刚刚也看到了，像陈墨离那样的修行者，可不止一个。不过我也不是怕他，你应该明白有防备和没有防备的结果，会完全不同。"

丁宁面无表情地说道："我想你想错了，我敢那样对他，还有一点是我是交了租子钱，交了保护费的。"

"说得好。"王太虚忍不住拍掌大笑起来，"若是因为你老实说了几句话就遭遇不好的事情，那我们这生意做得就确实不厚道了。"

丁宁看了他一眼："可是你现在这么虚，你们两层楼真的还能像你说的有这样的能力吗？"

王太虚严肃了起来，认真地看着他的眼睛："有没有能力，关键就在于我们能不能解决掉锦林唐。如果被锦林唐一直缠着，没办法好好做生意，我们自然就会越来越弱。"

"那我祝你们好运。"丁宁说道。

"运气这种东西，只会降临在做好充足准备的人身上。"王太虚轻咳了两声，用一块丝巾擦了擦嘴，道，"我刚刚看过了热闹，现在特地坐在这里，就是为了想要得到你的帮助。"

丁宁眉头微蹙："我又能帮你什么忙？"

"帮我拨开迷雾。"王太虚缓缓地说道，"我们两层楼能拼能打的人不少，可是想事情能想得清晰透彻的人却不多。你年纪虽小，但是我在长陵待了这么久，却没有见过几个像你这样事无巨细都看得这么清楚、理得这么清楚的人。

"你应该明白，能在很多纷乱的头绪中，迅速地把整个大局理清楚，这样的能力有多重要。我缺一个这样的军师，或者说缺一个这样的弟子，或者伙伴。"王太虚认真而诚恳地接着说道。

"哪怕你觉得我有可以帮你的可能，可是这对于我而言也不是一个麻雀飞上枝头变凤凰的机会。其实你现在的处境和骊陵君的处境也差不多，接下来如果能够站稳脚跟，再把锦林唐一口吃掉，那你在长陵的地位就会更上一步。可关键在于，这里面同样充满了无数风险，两层楼现在还是风雨里布满很多窟窿的大船。"丁宁也认真地看着他，"你想让我帮你，我能有什么好处？"

王太虚反问道："你想要什么好处？"

"想要什么好处都可以？"丁宁突然有些恼火地伸出手，点了点之前那些剑院的学生离开的方向，"包括能让我进入他们的那些剑院？"

王太虚笑了起来，他温和地看着丁宁："你想成为修行者？其实要想成为修行者，不一定需要进入那些剑院。"

丁宁冷笑道："可是只有那些剑院，才有参加岷山剑宗入试的资格。"

王太虚彻底地怔住。

他足足怔了五六息的时间，这才终于回过神来，有些不可置信地看着丁宁："你居然想要进入岷山剑宗？"

第二十三章
续天神诀

任何人听到丁宁这句话都会震惊，都会觉得不可思议，甚至都会忍不住拿手里的酒瓶打丁宁的脸。

因为进岷山剑宗……这哪里是市井少年所能想的事情？

岷山剑宗和灵虚剑门每年只不过收徒数十名，但整个长陵有多少适合年龄的年轻人？

而且岷山剑宗和灵虚剑门不只是面对长陵收徒，而是面对整个大秦王朝，甚至更远一些的属国、友好邻邦。

那是多大的疆域？有多少个巍巍大城？

哪怕是在某个大城独一无二的绝顶天才，到了岷山剑宗面前，都恐怕会发现自己很普通。

能够直接进入岷山剑宗和灵虚剑门的，都是可以用怪物来形容的人。

比如说有人天生能感觉到天地元气的存在，这便意味着他在前三境的修行不存在任何的阻碍，而且在第四境突破到第五境都会比一般人快出不知道多少倍。

有的人天生经络就比一般人宽，体内的窍位天生就能储存更多的真元和天地元气，这便意味着他今后的境界越高，就越是比同阶的修行者拥有更多可以挥霍的力量。

甚至有些人在生下来之后不久，就已经自然成为了修行者，体内的五脏之气已经自然凝成真元。

面对这样的怪物，绝大多数天才简直都可以用废物来形容。

所以即便是王朝内里的一些权势滔天的氏族门阀，其宗族内的精英子弟都不会一直在这两大剑宗的山门前浪费时间，而会采取第二条路——先行进入一些其他合适的修行之地，获得一些际遇之后，再设法在和两个剑宗有关的会试里面脱颖而出，获得进入两大剑宗一些密地和藏经之地观摩学习的资格。

除此之外，各司还有极少的举荐名额，唯有在各司任职，且表现异常优异，累积功绩到了一定程度的，才有进入两大剑宗学习一段时间的资格。

但这两条路，同样极其难走。

所以在回过神来之后，王太虚又忍不住轻咳着，补充了一句："你真的不是开玩笑？"

"我开什么玩笑？"

丁宁看了他一眼，说道："我还知道刚刚来的那批学生里面，就有的剑院有参加会试的资格。"

看到丁宁如此肯定的眼神，王太虚终于确定丁宁不是在开玩笑，他的眉头深深地皱了起来，眉心之中出现了一个川字。

"看来你真的认真想过这件事。"

他深吸了一口气，皱着眉头沉吟道："从一些特殊的会试中脱颖而出，的确可以避免被那些怪物遮掩住光彩，可是你有没有想过，直接进入岷山剑宗和灵虚剑门，靠的是先天，而要从特殊的会试里面胜出，靠的不仅是先天，还有后天。"

"那更不公平。"

王太虚又咳嗽了起来，但他还是很认真和细致地说道："很多权贵、氏族，打的就是这个主意，先天哪怕比那些怪物差一些，但堆积大量的资源上去，先天再加上后天的大量资源，他们的子弟，在会试里面就会高人一等。所以在那些会试里，最终胜出的，往往就是那些先天比怪物略差一些，但接下来的修行中，背后都有无数资源堆叠的存在。"

看着他这么虚还这么认真的样子，丁宁脸上嘲讽的表情却也是彻底地消失了，他平静地说道："既然你说我是能够轻易理出头绪的鬼才，你说的这些我自然也都清楚。现在的问题在于，你有没有能力先让我进入那些有资格参加会试的宗门。"

王太虚的眉头皱得更深，皱纹好像刀刻一样。

他剧烈地咳嗽了起来，好像要将肺都咳出来。

"只要我们两层楼没有那么快地倒下，让你进入其中一个宗门应该没有太大问题。"在咳嗽略微平复了一些之后，他喘息着说道，"关键在于，做任何生意都要讲究付出和回报，我的想法是，你为什么一定想要进入岷山剑宗？有些高山，你走进之后往往会发现没有你想象中的那么美，与其花费大量代价去让你参加那种机会渺茫的会试，在我看来，还不如直接将那些代价花费在你的身上，这样你或许还能获得更高的成就。"

"我承认你也是怪物。"

微微一顿之后，王太虚接着说道："怪物的想法和看东西的目光，的确会和我们正常人不太一样，只是岷山剑宗和灵虚剑门所要的怪物，不只是在想法和眼光方面，它们同时还要求身体修行天赋本身。"

丁宁平静地看着王太虚，轻声说道："你很坦诚，所以我也可以告诉你，我的身体有很大问题。"

"很大问题？"王太虚的眉头跳了跳，"什么问题？"

"一种天生的毛病，在数年之前，就已经有修行者给我下了论断，这几年间，也有不少人看过我。"丁宁缓缓地说道，"我的五脏之气活动过旺，早衰之症，我要是成为修行者，修习绝大多数宗门的功法，都会导致我的五脏之气活动更旺，然后我就会在很年轻的时候死去，所以我有必须进入岷山剑宗的理由。"

王太虚的脸上再次出现震惊的表情。

他不知道丁宁更多的秘密，所以他自觉有些明白丁宁为什么在绝大多数时候都拥有如此平静的眼神。

一个时时觉得自己生命会很快终结，又连生死都不那么畏惧的人，在很多时候，自然会比一般人更为平静。

或者这就是所谓的天才必遭天妒，总会有些巨大的灾祸伴随其一生？

"所以，岷山剑宗是有可以让你活得更久一些的修行功诀？"王太虚深吸了一口气，看着丁宁，缓缓地问道。

"岷山剑宗和灵虚剑门虽然神秘而至高，但所幸我们的书籍里，有很多关于它们的记载。岷山剑宗有一门续天神诀，应该能解决一些我的问题。"丁宁点头说道。

"我也猜是这门真诀。"王太虚沉吟道，"这的确是岷山剑宗的不传之秘，只有真正能够进入岷山剑宗密地修行的弟子，才有可能学到这门真诀。"

丁宁点了点头，一时没有马上说话。

王太虚的神情却更为严肃和凝重："如果你的体质和你所说的没有任何差别，那我如果真的帮你进入了有资格参加会试的剑院，那你必定马上会开始修炼……"

"是的，那就是开弓没有回头箭，不成功的话，说不定一截残烛很快就会烧光。"丁宁笑了起来，他打断了王太虚的话，笑着说道，"不过这样总是要比等死，或者说成为骊陵君的棋子，等待他打下天下之后收获他的一份感激要有趣得多。"

"命要握在自己手里，搏一搏，总有些机会，不搏，一点机会都没有。我赞成你这种说法。"王太虚想了想，笑了起来，"我想你可以帮我，我也可以帮你。"

丁宁也笑了笑："说说你的想法。"

"我们和青藤剑院有些关系，而且青藤剑院最近有些变动，我们想个办法让你进入青藤剑院，应该没有太大的问题。"王太虚似乎在刚刚就已经想过这个问题，此刻他不假思索地平静说道。

丁宁却皱了皱眉头："太虚先生，你不要欺负我年纪小就诓我，我可是记得青藤剑院根本没有参加岷山剑会的资格。"

王太虚摇了摇头："应该说以前没有，今年开始有了。"

丁宁愣了一愣。

王太虚很喜欢看到他这副失算的样子，他微微地一笑："青藤剑院已经扩院，白羊洞已经归了青藤剑院，按照人数和规模，不需要陛下特例宣旨，已经自然获得了参加岷山剑会的资格。"

"白羊洞归了青藤剑院？"

丁宁陷入了沉思。

白羊洞位于白羊峡，距离青藤剑院的确不远，然而白羊洞的历史甚至比起青藤剑院还要悠久一些，近年来也出过一些不错的修行者，而且最为关键的是白羊洞里有一口灵泉，富含利于修行的灵气，对于修行的速度有很不错的提升，这样的宗门，在正常情况下是不可能归于一个差不多的宗门管辖的。

"这就是我所说的变动。"

王太虚看出了丁宁的想法，轻声说道："白羊洞有人触怒了皇后，所以才有此变，至于青藤剑院，在对白羊洞的归附和使用问题上，也有分歧，所以这对于我们而言，便是机会。"

"皇后？"

丁宁又是怔了怔。

这个称呼，在他的记忆里似乎非常地遥远。

第二十四章

拨 雾

"你在想些什么？"看着丁宁似乎有些出神的样子，王太虚平静地问道，"是对我说的话有些怀疑？"

"没有什么。"丁宁摇了摇头，想了想，问道，"鱼市里的生意和你们两层楼或是锦林唐有关系吗？"

王太虚微微一怔，他不明白丁宁为什么突然会提及鱼市的事情，但他还是认真地回答道："没有，那是真正的上层生意，我们这种下层人物，做不了那种大江大河的生意。"

丁宁鄙夷地看了一眼王太虚，说道："传说中占了大部分赌场和花楼生意的人，还是下层人物？"

王太虚摇了摇头："哪里有那么夸张，最多占了几成生意，而且我们所说的上层和下层只是和生意对象有关，我们做生意的对象都是普通的市井人物和江湖人物，而鱼市的生意牵扯的却是大宗大派、庙堂人物、大逆大寇，那种级别的人物，我们纠缠了一个都危险，也只有真正大智大勇、大能耐的人，才能做那种大江大河，随时都有一条过江龙蹚过的生意。这跟选择和底蕴有关，跟手里有没有钱财、有没有几个厉害的修行者都没有关系。"

"龙有龙路，蛇有蛇路。蛟龙天生就和蛟龙为伍，蛇就算一朝化成蛟龙，先前也没有那么多积累，也不混在蛟龙的潭子里，这就是所谓的底蕴，所以在长陵一般的贵族子弟和普通的市井子弟也都玩不到一块去。"丁宁沉吟道，"听你的意思，能有资格做那种生意的，也至少是那种够级别出身的人物才对。"

王太虚耐心地说道："能和大宗大派、庙堂人物搭上线的，自然不是普通的人物，鱼市里的生意，我们长陵其余所有的帮派都不敢插手，也不敢多去打听。鱼市的规矩是'商大小姐'定的，我只知道那是一名女子，只知道必定不凡，具体是什么出身，怎么会走到这一步，却是一概不知。"

"锦林唐和鱼市没有关系那就好。"丁宁平静地说道。

"看来你的确有可能帮得了我。"王太虚会错了意，他认为丁宁是将鱼市这种有可能相关的因素都已经考虑在内，他的眼睛里燃起一些异样的光焰，沉声道，"锦林唐的主要生意其实是一些马帮和行镖生意，除此之外，还有一些漕运生意和军方有关，按理无论是论财力还是论根基，他们都不可能和我们两层楼相比，而且或许你不明白……江湖上的生意，虽然没有什么律法规定，但也有许多约定俗成的规矩。他们这次的行事，有很多都是没有顾着规矩。我们在长陵这么多年，和别的帮派相处得也还算融洽，所以查来查去，思前想后，我们便想着只有两个可能。"

丁宁眉头微挑，示意王太虚可以继续说下去。

"其中有一个可能是突然来了条过江龙，锦林唐里突然多了个极厉害的修行者。这种例子也不是没有，以前城北的风水码头之争，就是因为飞鱼堂的人多了几个乡下老乡，而那几个乡下老乡里正好有个姓风的，便是极强的修行者，只是在小地方还未来得及出名而已。结果最终和飞鱼堂相争的杏林圃被杀寒了胆。"

王太虚轻咳了数声，等到呼吸又彻底调匀之后，才道："既然有这样的例子在先，我便想了个法子，故意给了一个可以让他们刺杀我的机会。"

"所以你便虚成了这样。"丁宁微微一笑，说道，"这的确是个好方法……江湖帮派的战斗和修行者之间的战斗不一样，要想杀死一些单独的厉害修行者，有很多种方法。比如说弩机箭阵，比如说毒药陷阱，比如是老弱妇孺的刺杀。现在你只是虚，却还能活着，那么这种试探，你从中得到了什么答案？"

"除了一些我们已经有所准备的修行者之外，并没有出现我所担心的那种过江龙似的人物。"王太虚的眉头再次深深地皱了起来,"所以我们觉得只剩下另外一种可能,恐怕是庙堂里有什么人物,看中了我们这块的生意。"

"这很有可能,毕竟听你所说,锦林唐的生意本身和漕运有关联。"丁宁眉头微蹙,"这样的话,却不是糟糕到极点,可以争一争。"

"我想听听你的见解。"王太虚毫不意外,他平静地看着丁宁,说道。

"整个长陵,不需要考虑皇帝陛下想法的人,只有李相和严相。但是他们应该没有空来抢这样一块肉,而且按照那些有关他们两个的故事……他们要做,要么就是突然你们全部已经被满门抄斩了,要么就是他们会派个人很守规矩地慢慢做。"丁宁抬着头看着他,认真地说道,"至于其他的权贵,都要顾及这两位丞相和皇帝陛下的想法。所以朝中的修行者,说到底都是陛下的财产,动用朝中的势力和修行者来谋夺自己的好处,这一贯以来都是禁忌。尤其市井人物也是大秦王朝的子民,动用朝中的势力,属于陛下私人财产的修行者来冲杀,万一折损了一名,这些权贵便很有可能承担不起这样的罪责。所以若只是有什么朝堂里的贵人看上了这块肉,倒不是特别糟糕的事情,你们还可以争一争。他们拐七拐八动用的力量有限,做事也束手束脚。"

"我果然没有看错你。"王太虚的眼睛越来越亮,"现在你还需要知道些什么?"

丁宁问道:"我想要知道让你虚成这样的那次试探,你们让锦林唐付出了什么代价,以及现在锦林唐有什么动作,让你觉得看不明白的是什么?"

"他们一共留下了五十三具尸体,其中有六名修行者,锦、林、唐这三个人里面,只有一个唐缺没有出现,徐锦和林青蝶都被我们杀死了。"

"原来锦林唐是三个人名字凑在一起?"

"三个异姓兄弟,从北边乡下小地方一起出来打江湖的。锦林唐里面没有比他们更强的修行者,刺杀我的时候,也没有出现比他们更强的修行者。"

丁宁仔细地听着这些平时自己很难接触到,也很难了解到的底层江湖里的事情，他接着问道："被你们杀死的徐锦和林青蝶是什么修为，唐缺是什么修为？"

王太虚说道："徐锦是第四境上品，林青蝶已然到了第五境下品。至于唐缺，应该是第四境上品。"

"你能确定唐缺的修为，没有意外？"丁宁说道。

王太虚极其肯定地摇了摇头："可以肯定，他之所以不在，是因为正好不在长陵，一时赶不过来，不是像你所想的那样，他在破境或者身份远高于其余两人。"

丁宁点了点头："你们的损失怎么样？"

王太虚看了他一眼："我们没有太大的损失。"

丁宁说道："那他们接下来什么动作？"

"唐缺居然说动了雷雨堂的章胖子要来和我们谈判。"王太虚深吸了一口气，说道，"这就是我现在最想不明白的地方。因为如果换了是我，要么就是卷着其余的人一起逃出长陵，要么就是再垂死反扑一次，请求到一些我们不知道的力量。雷雨堂虽然和我们不太对牌，想从我们手里得到一点生意，然而平时极讲规矩。而且说了谈判的地点也在我们的地盘里面，对于他们来的人，我们也有严格的要求，只要不符合我们的要求，我就根本不会出现。"

丁宁沉默了数息的时间，然后说道："不说天时，至少地利人和你们全部都占了。拜托另外一位有分量的江湖大佬来讲和，看上去怎么都像是求你们高抬贵手，不要斩尽杀绝的意思。那他们对你们到场的人，有没有什么特别的要求？"

王太虚摇了摇头："没有。"

丁宁笑了起来："让你多带着人也无所谓？"

王太虚看着他："既然是在我们的地盘，谈判的地方自然是由我们布置的。"

"这就是问题所在。"丁宁认真地看着他，平静地说道，"我想我知道为什么了。"

第二十五章
夜 宴

王太虚的眼睛瞬时眯了起来。

他有些不敢相信，自己已经考虑了许久都想不清楚的问题，只是一问一答的几句对话，丁宁居然已经找出了其中症结所在？

"是什么问题？"

他认真地看着丁宁，谦虚请教道。

"既然不可能是外面的问题，便自然是你们自己的问题。"丁宁平静地说道。

王太虚的呼吸一顿，微眯的眼睛里顿时射出了寒光。

"哪怕是讨饶，求你们给条活路，总也要拿出些分量，也要担心你们不想给活路。"丁宁微微一笑，说道，"现在他们人又不能多带，地方都是你们选的，关键在于请的调停人，也不够分量。这就是最大的疑点，锦林唐的唐缺，难道不怕你们就是不给雷雨堂的章胖子面子？"

听到丁宁的这些话，王太虚的脸色越来越阴沉。

然而丁宁却似乎根本没有注意到他的脸色一样，接着说了下去："而且你先前也说过，唐缺他们背后的靠山很有可能是庙堂里的人物，对于庙堂里的那些人物而言，虽然不能弄出很大动静，不太敢动用皇帝陛下的私人财产，然而像唐缺这种修为的江湖修行者的命，在他们的眼睛里和阿猫阿狗也没有太大的区别。所以他们不会容许唐缺这样轻易地失败，一定会让他再拼命一搏。"

王太虚的面色更寒，他压低了声音，缓缓地说道："所以你的判断，是我们身边的人有问题？"

丁宁点了点头，看着他："我不知道你们在哪里设宴谈判，但这恐怕是不只让你虚，而且会要了你的命的送终宴。"

王太虚深吸了一口气，轻声道："可是我的那些兄弟，都是同乡，都是挡过刀的交情。"

"人是会变的，而且为了一时的形势所迫，或许会做一些本来并不乐意做的事情。人在江湖，身不由己，这句话的真正含义你应该比我更加清楚。"丁宁微嘲道，"而且每个人都有弱点，你也有弱点。"

王太虚脸色难看道："你看出我的弱点是什么？"

"你大概很讲信义，所以刚刚和我谈条件的时候也是一样，你理所当然地认为我是和你一样的人。或许平日你们两层楼的气氛也是这样，所以你自然觉得你周围的每个兄弟都和你一样讲信义。"丁宁平静地看着他，"你能当上现在两层楼的主人，你当然也是一个极聪明、看得极远的人物，但是这样简单的事情你却看不明白、看不清，只是因为你有这样的弱点，因为你根本不往那方面去考虑，根本不往那个可能去想。看东西之前，你先遮了自己一只眼睛，将本该看的一些人也撇了出去，你又怎么能看得清全局？"

王太虚沉默不语。

他并不是迂腐的人，否则绝对不会亲自向在绝大多数人眼里还是一个孩子的丁宁认真地来讨教。

他也开始在心里承认的确有这种可能。

那么这场大宴就真的不只是决定长陵城里江湖格局的一场盛宴，不是两层楼接下来怎么活下去、走得更远的问题，而直接就是关系他的生死的问题。

数滴冷汗不自觉地从他两鬓流淌下来。

"就在今晚。"

他没有掩饰什么，很随意地用手擦了擦冷汗，轻咳着，看着丁宁说道："唐缺约了章胖子，就在今晚红韵楼和我谈判。"

丁宁眉头微挑，没有说话。

王太虚用丝巾掩着嘴角，接着说了下去："如果不是骊陵君正巧在今日到这里，如果不是我亲自来看一看，听到你的这番话，那么过了今晚，我或许就已经死了。”

“生死一发……此时想想，人的命有时候真的太过脆弱。”

一抹肃穆的神色出现在王太虚的脸上，他深深地看着丁宁：“今日的大宴，我想你和我一起去。我会为你做些事情……然后，若是我能安然活过今晚，我和两层楼，将来不会忘了你。”

“我可以和你一起去。”丁宁毫不犹豫地说道，“但苟富贵，请相忘。”

王太虚一怔。

若是今日能够彻底解决锦林唐的事情，那么至少在很长的一段时间里，两层楼在长陵的江湖之中，便会拥有更高的地位。

这样一个帮派的感激和支持，对于任何人而言都会是宝贵的财富。

然而现在丁宁却似乎生怕将来和他们扯上更多的关系。

他想不明白，所以他忍不住问道：“为什么？”

“有些时候，所做的事情不一样，便最好不要互相欠太多。我只要我的，你只要你的，这样干净。”丁宁看着他，平静地说道，“有期望，将来便有可能互相失望。”

王太虚的眉头又深深地皱了起来。

“看来你想的天地与我们所看的不一样。既然如此，我愿你如愿以偿，进入岷山剑宗。”

他又用丝巾掩了掩嘴，十分真诚地说了这一句。

“走吧。为了今夜的大宴，我需要准备一下。”

然后，他站了起来，示意丁宁跟着他离开。

后院里，听着这些谈话的长孙浅雪眉头也一直微微地皱着，她似乎想要对丁宁说些什么，但最终她还是有些恼怒地低下了头，不管跟着王太虚离开的丁宁。

……

夕阳将落，夜缓缓袭来，如远处有天神，缓缓扯着一片黑色大旗，行过天幕。

一辆黑色的马车，从神都监的殓尸房外缓缓行出，黑色的马车和远处微暗的天幕相对，似乎在迎接着黑夜。

沿途不少神都监的官员躬身而立，眼神里充满敬畏和憎恶。

赶着黑色马车的是一名面容枯槁、如同僵尸一样的老仆，马车里，依旧一袭白裙的监天司司首夜策冷闭着眼睛，似已睡着。

非凡的人物自有非凡的气息，这辆黑色马车虽然没有任何的标记，但是沿途却是畅通无阻，一路所有的马车都是自觉或者不自觉地让开。

然而这辆马车行进在一条很宽阔的道路上时，另一辆很威严的马车，却是缓缓地、面对面地接近了这辆黑色马车，最终在黑色马车的对面停下。

这辆马车之所以用威严来形容，首先是它很大，是一辆需要四匹马拖动的马车。

其次它的装饰不像其余的马车一样，用金银或者美玉，而是完全用黑色的玄甲。

就连四匹拖车的马身上，都覆盖着鱼鳞铁甲。

四匹马很高大，而且腿肚很雄壮，步伐几乎完全一致，明显就是经过很久时间训练的战马。

看着这样如同通体铁铸的威严马车缓缓而来，赶着黑色马车的老仆依旧面无表情，只是也缓缓地勒停了马车。

两辆马车隔着一丈的距离相望。

"是九死蚕？"

一个好像金铁摩擦的声音，从铁铸般的马车车厢里响起，奇异地不扩散，如一条线般传入黑色马车的车厢里。

一袭白裙的夜策冷到此时才睁开眼睛，面无表情地说道："是。"

"很好。"

铁铸般马车内的乘客似乎冷笑了一声，然后接着道："公事谈完，接下来，就要请夜司首下车谈谈私事了。"

声音未落，马车嗡的一声震响，就连站稳不动的四匹战马的身上，无数的鳞甲都在不断震鸣。

沉重如铁的车帘掀开。

一个身形分外高大的男子，从车厢内一步跨出。

沉重的马车少了大量的负担，一时竟往上微微一跳。

这是一个很高、很胖的男子。

他的身型，大约相当于三个高壮的男子挤在了一起。

他身体的每一个部分，胳膊上、腿上、脸上、脖子、肚子上，都是高高堆起的肥肉。

也的确只有这样大的车厢，才坐得下他这么胖的男子。

只是寻常这么胖的男子，一定会连走都快走不动，然而他不同，他身上的每一块肥肉给人的感觉，却是都蕴含着可怕的力量。

所以哪怕他满身肥肉，眼睛都被肥肉挤得快要看不出来，但他给人的感觉却是分外地威严，分外地可怕，就像一座威严的巨山。

几乎所有长陵的人都认识他。

他就是许兵，大秦王朝一个最普通的小兵出身，横山剑院有史以来最强的传人，最终封侯。

大秦王朝十三侯之一！

横山许侯！

夜风轻柔。

一袭白裙出现在布满灰色和黑色的长陵街道中。

一脸平静的夜策冷出了马车，站在这位如山般的王侯对面。

她的身影娇小，和许侯相比，就像一朵纤细的白花。

第二十六章
搬山境

"慕容城这个人虽然蠢了点，但毕竟年轻，而且修行潜质和破境的速度不错，我想着蠢总是可以慢慢调教的，可是还没来得及调教，就被你直接一剑斩掉了。"

横山许侯，一堆肉山一样的存在，浑身散发着无比霸烈的气息，用狮子看着绵羊的眼神看着夜策冷，冷冷地说道："毕竟已经算是我半个府里的人，被你就这样斩了，你不给我个交代，今后谁还需要给我面子。"

"接你一剑，不就是给了你面子？"夜策冷不以为然地冷冷一笑，面对对方足以把她包在里面的身材和无比霸烈的气势，她甚至还露出了两个浅浅的酒窝。

"爽快！我就喜欢你这个性。不愧是我大秦唯一的女司首！"横山许侯森冷地一笑，对着夜策冷伸了伸手，"那就来吧，还等什么！"

夜策冷冷冷一笑，根本不说什么，只是往前伸出了一只白生生的小手。

晴朗的暮色里，突然掉下一滴雨珠，掉落在许侯庞大的身躯后方的阴影里，啪嗒一声，牵扯出无数条微小而晶莹的水线。

与此同时，夜策冷的手心里，凭空多出了一颗晶莹的液滴。

横山许侯本来就似乎已经快不存在的眼睛眯得更细，他重重地冷哼道："天一生水！"

时间在这一瞬间如同凝固。

整条街的砖石都被突然从四面八方涌来的天地元气压得咯吱作响，

无数陈年的灰尘从缝隙里争先恐后地挤出，似乎感受到恐怖的气机，想要逃离出这条长街。

夜策冷脸上的笑意也完全消失。

她的每一个动作变得缓慢而极其地凝重，明显比对阵赵斩的时候还要吃力。

她伸出的手只是托着一个悬浮的晶莹液滴，然而每一个细微动作，却是沉重得犹如搬山。

"轰！"

她手心里的晶莹液滴在她的手中变成了一柄一寸来长的晶莹水剑，同时，整条街上方的天空好像突然塌陷了，无数的天地元气朝着她手里的这柄晶莹小剑汇聚。

因为速度太快，天地元气的数量又太过恐怖，所以一瞬间这些天地元气，就像是一座无形的巨山，硬生生地被她搬来，然后硬挤入她手心里的这柄晶莹水剑里。

这便是天下无数修行者仰望的修行第七境，搬山境。

第三境真元，第四境融元。

到第三境，修行者便可吸纳一些天地元气入体，和自己的真气炼成真元。到了第四境，便是真元和更多天地元气相融的同时，在体内开辟出一些可以存储天地元气的窍位，身体便已经不只是在修炼的时候吸纳、炼化一些天地元气，而是可以成为存储天地元气的容器。

然而只有到了第七境，才可以做到直接从周围的天地间瞬间搬运恐怖数量的天地元气，强行压缩在自己的真元里，每一滴细小的真元里，瞬间涌入恐怖的天地元气，从而在对敌之时，爆发出难以想象的力量。

在梧桐落的酒铺里，陈墨离便是到了第四境的修行者。

然而他震慑那些学院学生时身体里涌出的天地元气，和现在夜策冷一瞬间搬来的天地元气，简直是细流和江海的差距！

这一瞬间，被夜策冷搬来灌入剑身的天地元气沉重如山，然而她手心里的这柄晶莹水剑，却是依旧轻得好像没有任何的分量。

"嗤！"

这柄小剑直接从她的手心消失，射向许侯的眉心。

剑速太快。

如有江河在空中穿行，然而却看不见。

许侯如山的身体连一步都没有退，他肥胖的右手在这个时候也消失了。

因为太快。

事实上他只是往上横了横这条手臂。

只是这一横，便有一条青色的剑影，像一座巨山横在他的眉心之前。

一剑如山横，千军不得进，这便是真正的横山剑！

一股更加霸烈无双的气息出现在天地间。

一声沉闷到难以用言语来形容的巨响在他眉心之前响起。

许侯的双手已经背负在身后，身上如铁的衣衫猎猎作响，似乎动都没有动过。

他面前的夜策冷也是沉默如水，一步不动。

她的手依旧伸着，那一柄小剑已然又重新化为晶莹的液滴，悬浮在她的手心里。

两人的身体上方，却是有恐怖的青色元气往上升腾，在高空里，形成了一座青色的大山。

大山的上方，有无数的雨露在飞，不往下，而是往更高的天空里飞去。

许侯抬头望着天空里这样的异象，嘿嘿地一笑，浑身的肥肉微微一颤，便不再多说什么，转身走上巨大的马车。

夜策冷面无表情地看着手心。

她手心里的液滴缓缓地沁入她的身体。

夜色终于降临。

黑色马车和如铁铸的马车分道驰离。

不远处的一座石桥畔，一株枫树下，却停着一辆神都监的马车。

驾马车的是一个没有舌头的哑巴，而且似乎还是个聋子，连方才那声沉闷的巨响都没有听到，全然没有反应。

神都监的马车里，坐着一名身穿深红色锦袍，短须分外杂乱，面相年轻的瘦削男子。

他的头发有些灰白，双手的指甲有些略微地发黄。

他看起来有些颓废，然而长陵所有人都知道这只是假象。

长陵所有的人都认为他分外阴狠，分外狡诈，分外残酷。

因为他就是神都监之首，陈监首。

他有些颓然地低着头，但是目光却是从车帘的缝隙里看着那条宽阔的街巷。

铁铸的马车在黑夜里穿行。

许侯的身体将宽阔的车厢都变得拥挤，他的手指在自己的肚子上缓缓地敲击着，想着方才那一剑，他不由得冷笑起来，自言自语道："真是够劲……接了我这一剑，苦头是要吃不少，不过至少可保你暂时平安。"

……

长陵的夜色里，数辆马车也正缓缓驶向红韵楼。

红韵楼是城南一处中等的花楼，平日里夜色渐浓的时候，周围的庭院和门前的小河畔都挑起了灯笼，车马如流，周围的街巷里贩卖些小吃食的、卖些鲜花的、唱些小曲的……这些做点零碎生意讨些赏钱的，都是数量不少，热闹非凡。

但今日里红韵楼包了场，方圆数里地分外幽静，静到让人有些觉得压抑。

即便是不缺银钱兴致勃勃而来被扫了兴的豪客，听到空荡荡的楼里传出的丝竹声的杀气，看到街巷里隐约可见的条条幽影，便也只觉得汗毛竖起，不敢多加停留。

丁宁和王太虚下了马车，两人像散步的闲人一样走向前方不远的红韵楼。

他们身后的五六辆马车里哗啦啦下来十余人，跟在他们的身后。

红韵楼周围的灯笼依旧挑起。

依稀可以看到至少有上百人沉默地站立在红韵楼周围的阴影里，身上或多或少都有着兵刃的反光。

王太虚微皱着眉头走着，他换了一件绯红色的锦袍，这使得他的脸色看上去会显得红润一些。

一名身穿麻布棉袍，头发雪白，肤色却十分红润，看不到有多少皱纹的清癯老者单独从第二辆马车中走下来，走到了王太虚的身侧。

王太虚的身侧一老一小，三人便这样跨过了红韵楼的门槛。

二楼东首，是一间极大的雅室。

此刻这间雅室里一应不必要的摆设已经全部清空，只是放了许多短案，已有十余人席地而坐。

当王太虚推门，半张脸在微启的门后显露之时，这个静室里一片死寂。

王太虚却是微微一笑，嘴唇微动，将声音细细地传入身体侧后方丁宁的耳中："那个最胖的，自然就是雷雨堂的章胖子。他身旁那个留着短发，看上去脸色极其难看的瘦削汉子，便是锦林唐硕果仅存的唐缺。章胖子旁边那个白面书生，就是他的义子钟修，应该是现在雷雨堂里最厉害的修行者。至于唐缺旁边那个独眼龙，则是唐蒙尘，是锦林唐现在少数能拿得出手的几个人之一。"

说完这几句话，丁宁和身旁头发雪白的麻袍老者便也已经跟着王太虚进了这间雅室，到了桌案前。

丁宁自顾自地在王太虚的身旁案前坐下，他打量着王太虚所说的这几个人。

雷雨堂的章胖子有着一个朝天鼻，让人一眼看去便看到了两个硕大的鼻孔，如此一来，即便五官其余部分再长得好看，也让人已经大倒胃口。更何况这名长陵的江湖大佬为了展示其豪爽，在这样的天气里，黑色的锦袍还敞开着胸。

只可惜他穿得似乎太暖了一点，而且他也似乎太容易出汗了一些，所以他的额头和胸口都是不时地冒着汗珠，油汪汪的。

若是此刻将他拿来和同样很胖的横山许侯相比，那所有人都会觉得横山许侯是一座威严的巨山，而他却只能让人联想起案板上的五花肉。

盘坐在他身旁的唐缺，却是和他截然不同，身体坐得笔直，身上看不到一块赘肉，只是颧骨有些高，而且这些时日明显心思太重，休息不好，所以眼圈有些发黑，再加上他此刻的脸色过于阴沉，看上去他的眼睛周围，便始终好像笼着一层黑影似的。

章胖子身旁的义子钟修，倒是风度翩翩，身穿一袭紫色轻衫，面白无须，看上去也只不过是二十七八岁的年纪。

至于唐缺身旁，王太虚所说的独眼龙唐蒙尘，丁宁却是连面目都看不清楚，因为在他走进这间雅室到此刻，唐蒙尘始终低垂着头颅，连一次都没有抬起来过。

久坐高位的江湖大佬自有不凡的气度，两层楼在长陵屹立许多年不倒，王太虚在酒铺里对丁宁说自己做的只是经不起风浪的下层生意，也只是自谦的说法和选择的问题。

再加上在之前的血淋淋的绞杀里，王太虚已经让在场的所有人彻底看清楚他是一个什么样的人，所以在他坐下之时，所有人案上的酒杯似乎都有些轻轻的颤动。

一股看不见的压力，令人的呼吸变得越来越困难。

身旁坐着一老一少的王太虚在坐下之后却是依旧没有先开口说话，只是看着对面的章胖子和唐缺微微一笑。

第二十七章
白羊角

章胖子名为章南，胖子这个形容词虽然很恰如其分，但在长陵的市井人物里面，也只有像王太虚等少数几个敢这么称呼他。

这红韵楼在他来时，就已经被两层楼的人团团围了起来，周围街巷里看得到的两层楼的人就至少有上百名，暗地里还不知道埋伏着多少箭手和可以对修行者造成威胁的人。

红韵楼的里面，其余的房里倒是有人在弹着曲子，隔着数重墙壁传入，反倒是让这间静室的气氛变得有些诡异。

眼见王太虚落座之后都不说话，章南肥脸不由得微微抽搐，不快道："王太虚，你葫芦里卖的到底是什么药，我们是客，你是主，你既然来了，不言不语是个什么意思？"

看着章南油汪汪的脸，王太虚神色没有什么改变，微笑道："我虽是地主，然而今日里是你们要和我谈，不是我想要和你们谈，所以我自然要听听你们和我要谈什么。"

章南脸色微寒，冷哼了一声，也不言语。

他身旁的唐缺却是缓缓抬头，一双充满冷厉的眸子，定定地落在王太虚的身上。

"我十五岁开始杀人，十六岁和徐锦、林青蝶一起来到长陵，不知流了多少血，才爬到今日这个位子。"唐缺缓慢而冰冷地说道，"我当然不怕死……所以我今日来见你，不是想求你放我们锦林唐一条生路，而是想要告诉你，就算你能杀死我和我身边所有的兄弟，你们两层楼的那些生意，你们也留不住。"

王太虚平静地看着这名分外冷厉阴沉的男子，无动于衷地说道："然后呢？"

章南脸上的肥肉微微一颤，有些尴尬地笑笑："王太虚，按我们江湖上的老话，是得饶人处且饶人，前些日子你们死的人太多，再争闹下去，给了上面直接插手的机会，那就都没有什么好果子吃。你是聪明人，知道什么时候该进，什么时候该退。你杀了锦林唐那么多人，也得了足够的筹码，接下来和锦林唐合作，只会赚，不会亏。"

王太虚闻言笑笑，一时又不说话。

"王太虚，你到底怎么说？"章南看着王太虚这副样子，顿时有些不耐烦起来，沉声喝道。

王太虚脸上浮起些讥讽的神色，他认真地看着这个胖子，轻叹道："章胖子，你也是个聪明人，而且你比我年长，按理你应该明白，像我们这样的小人物，有些事碰不得。"

章南脸色越发阴沉，黑脸道："王太虚你说得清楚点。"

"既然你要我说清楚点，那我就说清楚点。"王太虚看着他，眼神冷漠了下来，"你给他们来做说客，显然是他们也给你透了点底子，许了你点好处。可是你应该很容易想清楚，我们两层楼在长陵做了这么多年的生意，要想找个上面的靠山还怕找不到吗？

"可我们为什么不找？

"像我们这样的人物，和庙堂里的那些权贵难道能有资格称兄道弟不成？找了靠山，就只能做条狗。"

听着王太虚的这些话，章南脸上浮现出了一丝冷笑，他拿着一块锦帕擦了擦汗，冷冷打断道："但你也应该明白，对于那些贵人而言，我们的命和一条狗本身也没有什么区别。"

"做野狗还能随便咬人一口。"王太虚嘲弄道，"做家狗却随意杀来烹了就烹了。而且靠山也不见得稳固，你都不知道哪一天你的靠山会不会因为什么事情倒了，顺便把你压死。跟着哪一个人，别人看你就烦了。所以这些年，我们两层楼安安分分地在塘底的泥水里混着，小心翼翼地不站在任何一个贵人的门下，这不是我不想让两层楼往上爬，而是我们生来就是这样的命，这样才能让我们更好地安身立命。你一条野狗想到老虎的嘴里谋块肉吃，哪怕这次的肉再鲜美，把身家性命都填上去，值得吗？"

章南脸上的肉再次晃动了一下，寒声道："贵人也分大小的。"

"能大到哪里去？"

王太虚想到了之前丁宁和自己说的话，他侧眼过去，又看到丁宁正在十分安静地对付案上的几道菜，吃得很定心的样子，他便又忍不住一笑："现下除了深受陛下信任的严相和李相，其余人再大，还不是说倒就倒了？你难道忘记了陛下登基前两年间发生的事情？"

"既然你都这么说了，看来是决计一点都不肯让步了？"章南又掏出锦帕擦了擦汗，脸色倒是反而平静了下来。

王太虚也不看他，而是看着唐缺，说道："如果你今天来求我放过你和你的兄弟，我或许可以答应，只要你们今后永不回长陵，这便是我能做出的最大让步。"

"是吗？"

唐缺阴冷地看着王太虚，说道："如果那天我也在场，你说不定就已经死了。我们唯一的失误，是没有想到你也是已经到了第五境的修行者。"

王太虚笑了起来："世上没有那么多如果，我只知道结果是我只掉了一颗牙齿，而锦林唐的两个当家，现在却在泥土里躺着。"

唐缺没有因此而愤怒，他的脸上反而泛起一阵异样的桃红，他看着王太虚，阴冷地说道："你很有自信。"

王太虚微笑道："你需要自省。"

唐缺微微眯起了眼睛，目光扫过王太虚身旁专心吃东西的丁宁，以及自从落座之后，就一直在安静地喝茶的头发雪白的老者："只是我不明白你的自信何来，就凭故弄玄虚，带一个梧桐落的市井少年，一个桥下的算命的？"

王太虚认真地说道："已经足够。"

"是你放弃了最后的机会。"

唐缺摇了摇头，极其冷漠地说了这一句。

然后他手中的酒杯落了下来。

在他的酒杯开始掉落的同时，章南的眼睛射出实质性的寒光。

"动手！"

他发出了一声低喝。

这间静室里，在王太虚和丁宁，以及那个不言不语的雪白头发老者进入之前，一共有十一人。

除了章南和唐缺等四人之外，其余七人全部都是两层楼的人。

能够有资格陪着王太虚坐在这里的，自然都是两层楼最重要的人物，他最信任的伙伴。

在章南一声低喝响起的同时，这七人已经全部出手。

然而其中有三人，却是在对着另外四人出手。

狂风大作，伴随着无数凄厉的嘶鸣声。

章南身旁身穿紫色轻衫的钟修，像一只紫色的蝴蝶一样轻盈地飞了起来，他左手的衣袖里，梦幻般地伸出了一柄淡紫色的剑，不带任何烟火气地点向王太虚的额头。

唐缺身前的桌案四分五裂，一柄青色的大剑从他膝上跳跃而起，落于他的掌心。

一声厉叱之间，唐缺以完全直线的进击方式前行，体内的真元尽情地涌入剑身之中，整个剑身上荡漾起青色的波浪，顷刻间便像一个青色的浪头朝着王太虚的身前轰来。

他身旁始终低垂着头的独眼龙唐蒙尘，在此刻抬起了头，也抬起了双臂。

他的双臂上瞬间响起剧烈的金属振鸣声。

数十道蓝光后发而先至，笼罩住了王太虚的身影。

这一瞬间，章南没有动手，依旧只是一动不动地坐着。

和先前的计划一样，他此刻已经不必动手。

那暗中站在他们这一边的三人，足以能够让忠于王太虚的四人一时无法救援王太虚，而原本就已经受伤的王太虚，根本不可能挡得住钟修、唐缺和唐蒙尘的联手刺杀。

只要王太虚死去，他们便能很快控制这里的局面。

想到长陵城里最重要的一个竞争对手即将在眼前倒下，本该是油然地自得和满足，然而不知道为什么，这个时候的章南的身体里却反而涌起强烈的不安。

王太虚身旁的一老一少的表现，都太过异常。

此时的丁宁，居然还在平静地夹菜。

而另外的一侧，那个白发老者，依旧在端着茶壶喝茶。

在此刻满室的风雨中，这样的画面太过平静，太过诡异。

然而按照两层楼里那些王太虚最信任的人的消息，这两个人明明都是普通人。

那个少年，只是梧桐落里一个普通的市井少年。

那个白发老者，只不过就是今天王太虚在市集里认识的算命先生。按那数人所说，王太虚只是觉得这名白发老者仙风道骨，才故意带在了身边，好让他们怀疑是厉害的修行者。

所以在之前的谈话中，唐缺才说王太虚故弄玄虚。

因为就像一名赌徒，王太虚的底牌，实际上已经全部被他们看清了。

只是现在，这两人为什么会有这样的表现？

章南的身体里越来越寒冷，额头上和身上，却是不自觉地涌出无数滴汗珠。

……

王太虚坐着没有动。

他的右手却好像突然消失在了空气里。

一片灰色的剑光密布在了他的身前。

这是一片只有一尺来长的剑光。

他手里的剑也只有一尺来长，而且剑头有些钝，看上去就像是一柄灰色的扁尺。

他完全没有管刺向自己额头的淡紫色的长剑，也没有管大浪般朝着自己涌来的青色剑光，而是无比专注地斩飞了射到自己身前的每一道蓝光。

就在这时，章南的喉咙里不由自主发出了一声恐惧的呻吟。

因为他最害怕的事情出现了。

王太虚身旁的白发老者手中的茶壶落了下来。

他的手里出现了一柄白色的剑。

这柄剑剑身粗大而短，握在手里，就像是一个粗大的白羊角。

第二十八章

本命境

轰的一声爆响。

钟修无力地倒飞向墙角，淡紫色长剑软弱无力地往上飘飞，斜斜地插入上方的横梁。

他的脸上全部都是细微的血珠，发青的嘴唇微微颤抖，看着自己左臂上绽开的无数条裂口，他的眼睛里全部是茫然和绝望。

那是被完全无法抗拒的强大境界碾压后的茫然和绝望。

与此同时。

唐缺也在凄然地往后倒飞，他的青色大剑已经被一种恐怖的力量直接折弯、扭曲，就像一条拧弯的钢条一样，跌落在地。

风雨骤静。

浑身湿透的章南就像是一条被捞出水面丢在地上的肥鱼，张开了嘴快要渴死，却是绝望地发不出声音。

唐蒙尘的手依旧抬着，透过他千疮百孔的衣袖，可以清晰地看到两个湛蓝色的方形盒子。而此刻，他的眼睛紧紧地盯着那柄白羊角一样的剑的剑尖，也充满了茫然和绝望。

所有的人都僵在了当地。

有些人手中的剑在滴血，有些人的身上在滴血，然而所有的人都因为这一剑而彻底地停了下来。

只是一剑。

一剑从上往下劈下，便砸飞了蝴蝶，震碎了巨浪。

无数脚步声在楼道里响起，朝着这间静室拥来。

好像拆房一般，这间静室的门上、窗上、墙上，瞬间多了无数的窟窿。

看着窟窿外挤满的一条条森寒的身影，看着窗外对面屋檐上闪过的一层层的寒光，渴死的肥鱼一般的章南终于哭号了起来："怎么可能！你明明刚刚说过不想和任何贵人扯上关系，你的身边怎么可能会有白羊洞的大修行者，你又怎么可能请得动这样的修行者！"

……

章南的哭喊此刻代表了这间屋子里绝大多数人的心声。

白羊角一样的剑的剑尖正在融化般消失，整柄剑，正在缓缓地、奇异地融解在白发老者的手上，如同收回他的体内。

这便代表着修行者的第六境，本命境！

一境通玄，二境炼气，三境真元，四境融元，五境神念，六境本命，七境搬山，八境启天，九境长生。

修行到了第五境神念境，真元和天地元气引发的修行者本身的改变，会令修行者的念力大大增强，到了这一境界，便可用念力控制真元存附在一些独特的器具上面，比如说飞剑，比如说符箓。

念之所至，飞剑便至，符箓便至。

这自然代表着和第四境截然不同的速度和力量，多出了无数难以想象的灵活多变的对敌手段，神鬼莫测。

到了修行第六境本命境，相比第五境更为恐怖的，便是真元可分阴阳五行，修行者便可以挑选适合自己的天材地宝，修炼自己的本命物。

对于章南等人而言，虽然明知道长陵城中有许多六境之上的修行者，然而在平日里，以他们的阶层，却是从来没有见识过真正的六境之上的修行者，也根本没有见过真正的本命物出手是何等的威力。

第五境的修行者只要想见还能常见，第六境的修行者，却是想见都见不到。

这两境之间，甚至可以说是真正的权重者和普通人物之间的分水岭，是真正的蛟龙和鱼虾的分水岭。

这正是章南最为想不明白，最为绝望的地方。

能够到达第六境，修本命的修行者，不都是朝中担任重职的官员，或者是各个修行宗门里镇山长老、宗主级的人物吗？

这样的人物，甚至都是会引起朝中那两位丞相注意的，又怎么可能会为了王太虚而亲自出手！

这怎么可能！

……

没有人管他的呼喊。

一展露境界就已经彻底决定今日这里格局的白发老者也似乎根本没有听到章南的哭号。

王太虚也没有管章南的哭号。

他侧转过身体，没有丝毫得意表情地看着身后面色越来越惨白的三人。

这三人都是和他出生入死过的兄弟，然而方才，这三人却是在配合着敌人要杀死他。

在方才的暴起偷袭下，这三人已经重伤了身边的两人。

所以此刻，有一人手上的雪白长剑，还在滴血。

"为什么？"

王太虚的目光就落在这个人身上的滴血长剑上。

"李雪青，当年是我亲手从奴隶贩子的手里买下了你，连你这柄雪花剑，都是我好不容易帮你得到的，你为什么要杀我？

"告诉我为什么，告诉我真正的原因。"

见这名年轻的修行者始终不言语，王太虚平静而认真地接着说道："就算是为了满足我的好奇心，只要告诉我真正的原因，我可以保证善待你们的家眷，甚至可以告诉他们，你们是为了护我而死。"

听到王太虚这些话，手持雪白长剑的这名年轻修行者惨然一笑，说道："只是有一名其他楼里的相好姑娘，落在了他们手里，这才做出了对不起大哥的事。"

说完他对着王太虚跪倒在地。

嗤的一声轻响，他手中的长剑在跪倒时已经倒转，此刻一截剑尖从他的背后透了出来，鲜血瞬间覆盖他整个后背。

"多谢。"

一名络腮胡子的中年男子叹息了一声，先抱拳对着王太虚诚恳地说了声谢，接着说道："我欲杀你，是因为我昔日做过一些对不起帮中兄弟的事，早些年柳三兄弟媳妇被奸杀，那是我有次醉酒犯下的大错，只是这件陈年旧账不知怎么被他们翻了出来，我一时糊涂，结果又犯了更大的错。"

说完，这名络腮胡子的中年男子直接用手在心脉处一戳，便整个手掌都没进了胸膛，满脸愧疚地往后倒了下去。

还有一名年龄和王太虚差不多的白面男子，看着满地的鲜血，轻叹了一声，说道："我是觉得我做两层楼主人更好，再者对你没有信心。现在我却知道我还是小看了你。"

说完他也是朝着王太虚深深一拜，手里的一柄长剑反手刺入了自己的身体。

……

江湖自然有江湖的规矩。

知道绝无幸免的理由，唐缺和唐蒙尘互望了一眼，各自伸手切过了自己的脖子。

这是更惨烈的死法，带着身体温度的猩红鲜血在空气里咝咝地狂喷。

飞溅的血沫甚至染红了章南的半边身体。

"你可以不用死。"

然而王太虚却是看着他，说了这一句。

章南浑身的肥肉如波浪般抖动了起来，他不敢置信地看着王太虚，生怕王太虚只是故意燃起自己的一点希望，然后又无情地熄灭，让自己在临死之前更加痛苦。

"今夜死的人已经足够多，我不想我外面的兄弟们还要和你埋伏在外面的手下再来一场血战。"

王太虚似乎是有些疲惫了，他闭了闭眼睛，沉默了数息的时间，然后才接着说道："但是钟修既然刚刚对我出手，那他必须死……至于你们雷雨堂在南城的生意缺了他罩不住的话，便由我们两层楼罩，你们的生意，我们只占两成。从今以后，你也算是和我们一条绳上的蚱蜢了，希望你以后记住我今天说过的话和立场。"

听到这样的话，章南终于停止了不断的发抖，他的眼睛里也终于有了生气。

而坠倒在墙角如折翼蝴蝶般的钟修，却是发出了一声不甘的凄厉嘶鸣声，他的背部狠狠撞击在身后的墙面上，一瞬间他整个人伴随着无数碎裂的砖木往后飞射出去。

王太虚连眉头都没有皱一下。

他甚至都没有看冲出去的钟修一眼。

浓厚的夜色里，骤然响起无数凄厉的破空声，接着便是无数金铁入肉的声音，重物狠狠坠地的声音。

他对着几乎瘫软在地的章南挥了挥手，用更加低沉的语气道："现在你可以走出去了，告诉你手下所有人，你还好好地活着，带着他们离开，然后记住你接下来要做的事情。"

"我只知道是军中的某位大人物，具体是谁则全然不知。"章南一边夺门而出，一边嘶声说了这一句。

原本想要占两层楼几成生意，结果反而丢了两成生意、丢了一名厉害的修行者护卫的章胖子，这名平日里也是跺一跺脚就要让不少街巷震一震的江湖枭雄人物，在下楼的时候，却是腿软得几次差点从楼梯上滚下去。

与其说吓破他胆子的是满地的鲜血，不如说是白发老者那霸气无双的本命剑一击。

"谢杜先生大恩。"

他的身后，一举更上层楼，日后必定在长陵的市井之间占有非凡地位的王太虚对着端坐不动的白发老者深深一礼。

"你选的这人不错，若是在平时，说不定我也会让他入门。"白发老者则只是淡淡地回了这一句，看了丁宁一眼，便也站了起来，起身离开。

"我活了下来。"

王太虚目送老者离开，然后转头认真地看着丁宁，带着无限感慨轻声说道："所以从今日开始，你已经是白羊洞的学生。"

丁宁摇了摇头，自言自语般轻声说道："就这么简单？"

这简单吗？

若不是正好白羊洞触怒了皇后氏族，在近日就要被迫并入青藤剑院，若不是这杜老先生已经得了圣上的恩准，准许告老还乡。

若不是修行者也想要在自己的余生里尽可能地过得舒适一些，若不是反正都已经不用在意朝堂里的一些人的想法……这名白羊洞数一数二的人物，怎么可能会出手帮自己解决这样的问题？

这是付出了很多代价，而且非常复杂的事情。

只是王太虚并不明白丁宁心中想的是什么，而且一地的鲜血已经让他太过疲惫，所以他只是疲惫地笑笑，不再多解释什么，只是想着，有时候活着，的确是很累。

第二十九章
生死之距

两层楼的一辆马车载着丁宁驶入梧桐落，在没有字的青色酒旗下停了下来。

负责驱车的是一名灰衫剑师，虽然不明白丁宁对于今晚这一役有什么样的贡献，但想着既然这名酒肆少年能够始终跟在王太虚的身侧，这名灰衫剑师自然便对丁宁尊敬到了极点。

丁宁对这名叫周三省的灰衫剑师致过了谢，这才推开酒铺的大门，走了进去。

内里没有火光，在带上门之后，长孙浅雪的脚步声才响起。

她似乎才刚刚冲洗过，头发湿漉漉地盘在头顶，身上散发着淡淡的幽香。

在黑暗里，哪怕看不真切，她也依旧是美到了极点。

只是她的声音依旧有些太过冷漠。

"你太急了一点。"她在黑暗里看着丁宁，说道，"你明明告诉过我，在突破到第三境之前，你不会引起太多人的注意。即便你是那个人的弟子，在你连真元境都没有到之前，也太过容易被人杀死。"

虽然她有令人窒息的美丽，但是平时丁宁和她说话最为自然和放松，然而此刻，丁宁却陷入了沉默里，就如同被黑暗吞噬。

在数息的时间过后，他才问道："你到底是担心我的安危，还是担心你自己的修行？"

"你果然有问题，以往你绝对不会问这样没有意义的问题。"长孙浅雪的声音更冷了一些，"你应该明白，这两者根本没有什么区别。"

丁宁又沉默了片刻，说道："我是有些急，但我们的计划里，没有骊陵君直接出现在这里，要求娶你这样的意外……以骊陵君的能力，如果大楚王朝没有意外发生，他也不可能这么急。白羊洞是大秦王朝存在很久的修行之地，所有的修行之地，都是大秦王朝的根基。即便有什么触怒皇后的地方，如果没有什么意外，皇帝和两名丞相也绝对不会容许皇后的力量直接让这样一处修行之地并入青藤剑院，因为这样的兼并，其实和直接让一个修行流派消失没有区别，还有军方的权贵这么急地插手市井之间的争斗……孤山剑藏又即将出世，很多地方都有大变动，好像一场暴雨过后，长陵的所有人都突然变得很急。"

顿了顿之后，丁宁接着清冷地说道："我必须要尽快获得修行者的身份，今日里王太虚和我说的话你也都听到了，你应该明白，能够这样轻易地进入白羊洞，再进入青藤学院，这是我们等待很多年都未必等得到的机会，所以我不能错过。"

"我不管你有什么理由，你在鱼市杀死宋神书回来之后便心不安。"长孙浅雪毫不客气地说道，"我只知道以你这样低微的修为，这么早地接触那么多修行者和权贵，便太容易死掉。"

想到自己需要承担的事情，看着自己眼前这个比长陵绝大多数人还要高傲孤冷，同时又比绝大多数人有情义的女子，想到她的生死和自己紧密地联系在一起，丁宁眼睛里的冷意全部消失了。

他的眼睛在黑暗里闪闪发光。

"我一定会比以前更加小心一点。"他看着长孙浅雪的眼睛，无比认真地保证，"在你突破到第八境之前，我绝对会更加小心地珍惜自己的命。"

感觉到丁宁诚恳的话语里异样的意味，长孙浅雪微微蹙眉。

但她一时没有说什么，转身走回后院，在走到睡房的门口时，她才想到了什么似的，问道："你和王太虚说的，必须进入岷山剑宗得到续天神诀的事是不是真的？"

"差不多是真的吧，如果不能修行续天神诀，我会在很年轻的时候就老死。"丁宁轻声地回答，"不过也不绝对，至少除了续天神诀之外，还有几种修炼真元的功法可以让我好好地活下去。"

长孙浅雪清冷的声音再次响起："但续天神诀肯定是里面最有希望得到的一种。"

丁宁又微微沉默了片刻，然后在黑暗里点头："至少在以前，我根本没有机会得到岷山剑宗的秘传功法……岷山剑宗的这门功法，不仅可以让我好好地活下去，而且可以让我变得更强。"

"你们这一脉的修行手段，如果有续天神诀配合，将会更强？"

长孙浅雪也沉默了片刻，之后才用一种极其冷漠的声音，接着说道："我记得那个人和岷山剑宗的宗主是死敌，他连岷山剑宗的门都进不了，所以他的确拿不到岷山剑宗的功法。"

丁宁对她从来没有什么隐瞒，只是她平时不想多问而已。

所以他只是简单地回答："是的。"

长孙浅雪平静下来，问道："若是顺利，你进入了岷山剑宗，我的修行怎么办？"

丁宁也平静下来，至少他的声音也开始显得很平静："这我已经考虑过，所以我的计划里，进入岷山剑院选择的本来就是第二种方法。外院通过大试进入岷山剑院，不算是真正的岷山剑院弟子，只有有限的时间能够进入岷山剑院剑山学习的时间，不会像真正岷山弟子一样，一定要到达真元境之后才能出山门。所以不会影响你我的修行。"

长孙浅雪便不再多问，继续朝着屋内走进，同时说道："我在床上等你。"

长孙浅雪不再多问，只是说了这一句。

这是一句让人遐想、十分暧昧的话语。

然而在这间弥漫着酒气的铺子里，这句话几乎每天都会出现，这样的话语，在两人之间没有任何的暧昧。

唯有凶险和肃杀。

丁宁和以往一样，整理好床褥，在床的内侧躺下。

长孙浅雪在他的身侧平静地卧下，发丝里的所有水滴，便被她身上散发出来的一丝丝天地元气震飞出去。

又有风雪开始围绕着他和长孙浅雪飞舞。

突破了上次的关隘，长孙浅雪最近的修行已不存在什么危机。

他已经不需要通过强行触碰她身体上的窍位、强行灌入真气的办法来帮助她修行，更不需要再用自己的体温温暖她的身体。

然而今天白天到夜里，发生的事情太多，一切也比计划中的快了太多，那些原本显得很遥远的人和事，却是如此清晰地出现在他的面前。

看着黑暗里和风雪里长孙浅雪的侧影，他突然很想要拥抱她。

然而他知道，如果在此时拥抱她，她真的会毫不犹豫地杀死他。

所以他只有在风雪里凝望着她。

在他的眼光里。

他和她的身体，只有短短的一尺距离，然而却像是隔着无数重的山河，隔着生和死的距离。

……

同一时间，夜策冷行走在监天司里。

她经过一条长长的通道，走向监天司最深处的一间房间。

通道两侧都点着油灯，在她走过的时候，纷纷熄灭。

她在黑夜里行走。

然而她身上的白色裙衫，还是和赵斩所说的一样，似乎和这黑、和长陵的灰，有些格格不入。

最深处的房间里，有很多厚重的垂幔。

重重叠叠的垂幔不仅像个迷宫，可以在有敌来犯的时候，让敌人无法轻易地发现她的身影；同时，重重叠叠的垂幔，也可以遮掩住很多气息，甚至让强大的修行者的念力，都无法透入。

垂幔的中心，有一个圆形的软榻。

软榻的前方，放着一个始终保持着微沸的药鼎。

"噗"的一声轻响。

一口鲜血从夜策冷的口中毫无征兆地喷出，染红了她身上的白裙和身前的地面。

然而她脸上的神色依旧显得平静而强大。

因为她知道长陵不知道有多少人想要她死去，她必须在所有人面前显得强大。

唯有强大，她才能好好地活着。

她面无表情地往前方走去。

一股晶莹的水汽跟随着她前行。

她身上的猩红和地上的血迹变得越来越淡，最终全部消失。

她平静而自信地坐在软榻上，揭开了身前的药鼎。

滚沸的深红色药液里，煮着一颗金黄色的鳌龙丹。

她送了数勺药液入自己的口中，缓缓咽下。

她的眉头微微地皱起，似乎有些痛苦，然而在下一瞬间，她脸上的神色便再次变得平静而强大。

第三十章
皇　后

同样的夜里，一名女子正走在一条石道上。

石道的两侧，站立着很多铜俑，这些铜俑上面，至少有数种可以轻易杀死第四境修行者的法阵。

这名女子异常美丽。

她身后的两名侍女也是绝色，然而和她相比，却似乎只是两个青涩的孩子。

因为她的美丽，不是那种秀丽，也不是那种妩媚，而是那种无比端庄、无比耀眼、令人仰望的美丽。

她的美丽之中，含着无比的威严。

她的两侧，巍峨壮观的皇宫的影子，都好像畏缩地匍匐在石道的两侧，拜伏在她的脚下。

她是大秦王朝的皇后，长陵的女主人。

即便她的容颜无可挑剔，完美到了极点，哪怕就是一根发际线，都像是天下最好的画师画出来的，然而整个长陵，却没有多少人敢认真地看她，看她的容颜。

此刻，一名身穿杏黄色锦袍，在石道的尽头——她的书房前等待着她的蒙面修行者，便根本不敢抬头看她，始终无比恭谨地微躬着身体，垂着头，满心的尊敬和紧张。

虽然不敢抬头，然而这名修行者的念力却始终跟随着她的双足，知道这名大秦王朝最尊贵的女子不喜欢繁文缛节，也不喜欢任何的废话，在感觉到她的双足即将停顿下来的瞬间，这名修行者便用尽可能恭谨的声音说道："娘娘，今日里夜司首已经去神都监验过宋神书的尸身，确认的确是九死蚕神功，只是那人的修为很低，最多只有炼气境。"

皇后的脚步停了下来。

她的每一个动作都高贵端庄和完美到了极点。

包括她此刻微低头看着这名修行者的动作和神情。

她的神情没有任何的改变。

"告诉家里，能够在炼气境杀死宋神书的，不只是得到了九死蚕的修炼方法那么简单。但是同样告诉家里，不必紧张，这段时间里也不要做任何特别的事情。现在的大秦王朝已经不是十几年前的大秦王朝，没有任何一个人的力量，可以威胁到现在的大秦王朝，只要我朝自己不犯错。"她平和地说着，语气里充满着无上的威严。

"是。"这名修行者心中凛然，接着说道，"今日许侯在神都监外截住了夜司首，两人交手，平分秋色。"

皇后说道："既然如此，就不要想着能够依靠长陵的什么人对付她。不是云水宫的白山水最近已经出现了踪迹么？让家里把力气全部用在白山水的身上，只要查出了白山水，夜策冷既然已经回来，这件事到最后自然是她负责。"

这名修行者更加凛然，问道："今日里白羊洞杜青角出山，插手了一件江湖帮派的事情，家里想听听娘娘您的意见。"

"家里最近是越来越糊涂了么？"皇后说道，"既然圣上已经同意杜青角归老，白羊洞也已经因为其过失而付出了应有的代价，家里便根本不需要再考虑这方面的问题。你替我转告家里的那数位，圣上虽然一心修行求道，想着长生，然而不代表他和以前有所不同。他的旨意，便代表了最终的结果。家里虽然强大，然而却是始终站在圣上的身后才强大，永远不要想着能越过圣上去做些什么，不要去想改变已经有定论的事情。"

皇后的声音虽然依旧平和，然而这名修行者却已经听出了强烈的威胁和警告之意，他的背心不由得沁出了一滴滴的冷汗。

"还有，让家里警告一下梁联，他办的这件事情，太过简单粗暴。在长陵不比和敌国打仗，需要更温和的手段。长陵水深，永远不要以为可以轻易地碾死任何人。"

皇后开始动步，从这名修行者的身侧走过，走入书房。

这名修行者衣衫尽湿，感觉着身侧皇后的气息，今日里的皇后虽然言行举止和平日相比没有任何的变化，还是那么地完美，然而他总是觉得这名母仪天下的女主人和平时似乎有些不一样。

……

皇后在书房里的凤椅上坐下。

她的身前，是一口活泉。

泉水中不断冒出的气泡里，散发着大量肉眼可见，对于修行者体内的五气有着惊人滋养作用的乳白色灵气。

氤氲的灵气里，盛开着数朵洁白无瑕，和她一样近乎完美的莲花。

灵泉的上方，是一个天井。

在屋顶的一些晶石的折射下，好像方圆数里的星光都被折射了过来，实质性地洒落在这个灵泉里。

"木秀于林，风必摧之。太优秀的人，又走极端，便更容易遭受天妒。"皇后静静地看着身前的灵泉，轻声说道，"只知道自己想要什么，不知道别人想要的是什么，这便是最大的罪恶。我不知道你临死前是什么想法，有没有所醒悟，但既然你已经死了这么多年，难道还不能心安？"

她缓缓抬头，目光似乎透过前方垂落的星光，扩散了出去，沿着长陵平平直直的道路，往外无限地扩散。

她的表情渐渐变得不完美，变得有些过分冷酷起来，眼睛里却浮现起一种幽然的火焰。

"即便留下了什么东西，也应该好好地藏着，你才不会被完全抹灭，这样才能在这个大世里留下一点痕迹，这样后世的人，才会知道你的足迹在这个王朝里曾经存在过。

"毕竟，是因为你，我们才能灭了韩王朝，才能灭了赵、灭了大魏，才有此时的大秦王朝，才有这样的长陵。"

耀眼的美丽，异样的威严，以及和庙宇里的神佛一样冷酷而过分完美的眉眼，让此刻的她完全不像是人间的女子，而像是传说中的神灵。

然而她却用更加清冷的语气，自言自语地轻声说道："你应该明白，这个世上，没有任何的神，任何一个人都是血肉之躯，都有着七情六欲。不为自己活着的人，那才是真正地令人憎恶。"

接着，她完美无瑕的美丽面容上，却是浮现出了更为憎恶的神情，甚至散发着强烈的恨意和怨毒："而且你居然有传人……你的九死蚕竟然留了下来，你的九死蚕，你的剑意，要传的话也要传给我，你竟然传给别人，没有传给我！"

……

和往常一样，丁宁在日出时分，看着梳妆的长孙浅雪的背影起床。

然后他很快地完成了洗漱，开始帮长孙浅雪熬黍米粥。

等到火候差不多，他才用小火慢慢地煨着，端着自己专用的粗瓷碗去经常去的铺子买面。

之所以如此，是因为长孙浅雪有洁癖，不喜欢吃外面的东西，而且在长期的修行之中，她已经习惯了这种清淡而简单的饮食。

除了做酒之外，酒铺的所有杂事、饮食起居，都是丁宁在照顾长孙浅雪。

然而丁宁却做得非常细致，非常甘心，甚至像这种帮长孙浅雪细细熬粥，看着火苗的吞吐，看着长孙浅雪在他不远处走来走去的身影时，他都会感到很温暖、很快乐。

因为有些事，最好不要再想起，有些人，却一定要珍惜。

死去的那个人没有看清楚长孙浅雪，甚至没有足够的时间去看她，然而他却终于看清楚。

吃完了一大碗红汤肥肠面，丁宁一边就着碗里的余热洗碗，一边看着小口喝粥的长孙浅雪，轻声而认真地说道："马上王太虚的人就会来接我去白羊洞了……我保证只要我能够出来，我一定会回来和你一起修行，所以你一定不要心急。你应该明白，上次那样的情形非常危险。"

长孙浅雪看了他一眼，没有回话，只是依旧小口小口地喝粥。

看着她的眼色，丁宁却是忍不住笑了起来。

因为他知道她已经答应。

有马车声在清晨寂静的巷道里响起，最终在这间酒铺的门前停下。

那应该便是王太虚派来接送丁宁的马车。

但是丁宁却坐着迟迟不动，只是安静地等着。

长孙浅雪眉头微蹙，终于忍不住抬头看着他问道："既然你已决定要去，既然已经来了，你为什么还不去？"

"我等你吃完，帮你洗完了碗再走。"

丁宁深深地看着她，轻声说道："平时你都不做这些活儿的。"

第三十一章
白羊洞大师兄

站在酒铺门口等着的，正是昨日里的那名灰衫剑客。

看到走出铺门的丁宁，这名灰衫剑客没有说任何的话语，只是颔首为礼，等着丁宁上车之后，便开始沉默地赶路。

坐在车厢里的丁宁微微一笑，王太虚能够在长陵屹立不倒这么多年，绝对不是偶然，就如这个车夫的选择，就很符合丁宁的喜好。

马车沿着平直的道路，缓缓朝着城外的白羊峡驶去，那里是白羊洞的所在。

在大秦王朝的元武初年，修行之地大多距离长陵不算近，这些零散坐落于长陵之外的各个修行宗门以及一些门阀贵族的领地，就自然构成了除了大秦王朝的军队之外的一个个堡垒。

随着长陵规模的日益扩大，现在倒是大半的宗门已经直接位于长陵之内，虽然这些宗门依旧拥有特权，然而大秦皇朝对于这些宗门的掌控力却是无形之中变强，在很多历史甚至比现在的大秦王朝还要悠久的修行宗门看来，唯一的好处便是更便利地获得一些修行的资源，以及增添了一些向别的宗门学习的机会。

车过柳林河，车厢里的丁宁听到了很多惊呼声和很多哭声。

他没有打开车帘，因为他知道有那些声音，肯定是因为那条河里面漂浮着很多的尸体。

昨夜对于长陵的大多数居民而言没有什么不同，如果丁宁不是亲身经历，也肯定不会知道长陵市井江湖的势力在一夜之间有着重大的改变。

柳林河的水只用于一些农田的灌溉，所以经常是江湖人物用于抛尸的所在。

昨夜里死在红韵楼的锦林唐的人只有唐缺和唐蒙尘两个，但是丁宁很清楚，在漫长的黑夜里，会有更多锦林唐的人死去，现在他们的遗体，就应该在这条河里漂浮着。

……

长陵的地势，是由东南向西北呈阶梯状分布，城南是渭河、泾河的支流纵横交错，其中都是平原，偶尔有几个不足百米的小山头。

长陵的中部，则是地势略高的土岭地带，其中有许多区域都是更古老的河床干涸后留下的洼地。

长陵的北部，则都是高原和丘陵地带，大小共十三条山岭，最高的是石门山和灵虚山，最低矮的是北将山和拦马山。

白羊洞所在的白羊峡，就在北将山中。

沿着渐渐爬高的山路，经过了半日的颠簸，丁宁所在的这辆马车，终于进入了白羊峡。

因为整个山岭的地势都不算高，所以这条峡谷自然不会深到哪里去，然而不知道什么原因，峡谷里面却始终锁着水汽，始终有数朵白云覆盖着峡谷的大多数地方，白云飘动中，偶尔有大片的殿宇显露出来，便分外显得有灵韵仙气。

看着这个修行之地，赶车的灰衫剑客眼里终于显露出了一些羡慕的神色。

虽然白羊洞在整个大秦王朝而言，只能算得上是一个二流的修行宗门，而且即将迎来最灰暗的结局，并入就隔着一座山头的青藤剑院，然而即便如此，这样的修行之地，依旧不是他这样的人所能进的。

他开始有些担心。

为身后车厢里的那名梧桐落少年担心。

并非是担心他能否进这宗门，而是担心他在进入这个宗门之后的处境。

白羊峡口没有任何的山门牌楼，唯有一块白色的石碑。

石碑上简简单单地刻着四个字，"御赐禁地"。

前两个字代表大秦王朝对于宗门的功绩的奖赏，后两个字代表着宗门的特权。

正值晌午，本该是正常人用餐的时间，在这块代表山门入口处的石碑附近，按理白羊洞也不可能放上很多接引入宗的人员，然而当马车在距离石碑不远处的山道上停下，灰衫剑客却是不由得瞳孔微缩。

石碑后方，倾斜往下的山道上，竟然安静地站立着数十名年轻的学生。

这些身穿麻布袍，袖口上有白羊标记的学生们，包裹在一种诡异的气氛里，沉默地看着这辆停下来的马车。

"大约不是特意来欢迎我进入白羊洞的。"

一声压低了的声音在灰衫剑客的身后响起。

灰衫剑客微微一怔，眼睛的余光里，只见丁宁已经平静地下了马车，然后朝着石碑走去。

他的平静前行，却像是一颗投入池塘的石子，瞬间激起了一层涟漪。

一名看上去至少要比丁宁的年纪大上五六岁的学生面容有些为难地迎上前来，迎上丁宁。

他停下来的时候，位置站得很巧妙，就和石碑齐平。

这样一来，站在他对面的丁宁便没有能够真正地踏过山门。

他却是对着丁宁微微欠身，清声说道："再下叶名，奉洞主之命前来迎你进山门。"

丁宁微微一笑，回礼道："如此便有劳了。"

便在这时，后方的山道上那些包裹在诡异气氛里的学生中，却是传出了一声愤怒的冷笑声："什么时候，我们白羊洞是什么人都能进，什么人想进就进的了？"

叶名的眉头微跳，脸上的神情却是没有多少改变。

他原本就知道会有这样的事情发生，其实若不是命令难违，他也不会站在这里，也会是后面道上的学生中的一员。

丁宁抬头看了一眼，他看到愤怒出声的是一名年纪和他相仿的少年，头发削得很短，身材瘦削，但是站得很直，腰间有着一柄两尺来长的短剑，剑柄是一种有波浪纹的深黄色老木，上面还雕刻着细细的符文。

只是他的目光并没有在这名少年的身上停留许久。

他只是平静地看着叶名，也没有说什么话。

因为他知道这件事自然会有人解决，自己说什么根本没有意义。

叶名却是没有想到丁宁如此平静，他的眉头一蹙，只觉得手里莫名地多了一个烫手山芋，一时间，却是不知道自己该做何处理。

……

白羊峡里有白云。

其中一朵白云的下方，有一座孤零零的道观。

道观的平台上，可以清晰地看到此刻山门前发生的事情。

平台上，站着两个人。

其中一个便是昨夜一剑改变了锦林唐和两层楼的命运的白发老者，杜青角。

他的名字曾经出现在皇后的口中，他在白羊洞的身份，是白羊洞洞主的师兄。

"师兄，昨夜的事情，包括今天的这件事情，你太过冲动了。"

此刻，他身旁一位老人道士装扮，面如白玉，身上的白色锦袍上镶着黄边，佩戴着象征着白羊洞洞主身份的白玉小剑，自然便是白羊洞的洞主薛忘虚。

"你也明白，正是因为皇后对于我们有所不满，所以才导致此变，你在昨夜出手，又死了那么多人，我担心又会被她找到一些对付你的借口。"

看着身边的师兄一时不言语，薛忘虚更是忍不住担忧地叹了口气。

"正是因为是皇后，所以我昨夜才出手。"白发苍苍的杜青角听到他的叹气声，才转过头来，微微一笑，说道。

薛忘虚更愁："师兄何必置气。"

"哪里是置气。"杜青角摇了摇头，"师弟你的修为和见识都在我之上，不重虚名的心性也在我之上，但是对于皇后的了解，你不如我。"

薛忘虚一怔。

杜青角淡然道："皇后虽然行事果决狠辣，但却是比两相做事还有分寸，还要谨慎小心，既然圣上都已经下了旨意，她便不会再让我的归老有任何意外发生。她和圣上之间必须亲密无间，哪怕是一件微不足道的小事。这样她和圣上才会最为强大，我们大秦王朝才会最强。再者我虽然是一把老骨头，但好歹这些年在长陵还有些朋友。收了白羊洞不要紧，若是连我的归老都出现些意外，那大家总会有些想法。

"只是两层楼的一些好处和旧情，我不至于在昨夜替他们出头。是因为我知道锦林唐原本和皇后的家里人有些关系，所以才故意为之。她不让我痛快，我在离开长陵之时，便也不让她太过痛快。"

薛忘虚一阵无言。

这还不是置气？

"各退一步，海阔天空。我既然已经什么都不说，安心归老，她便也会退一步。"杜青角淡淡地又补了一句。

薛忘虚深吸了一口气，又长长地叹息了一声。

……

白羊洞最高的这座道观前，白羊洞资历最老的这两人的谈话很融洽，只是互相为各自的前路有些担忧，然而白羊洞山门前，却是依旧陷入僵局。

叶名的面容越来越僵硬，他终于后退了半步，不情愿地出声道："这是洞主之命……"

"我不相信这是洞主的命令。"

然而他的话语直接就被那名出头的少年打断，他稚嫩的面容上全部都是霜意："这根本就是不符合规矩的事情，没有参加入门试炼便直接让他进门，这不只是对我们的不公，而且还是对数百年来，所有在这道山门前被淘汰的人的不公。我不相信我们英明的洞主会做出这样的决定。"

叶名无言苦笑，看来一时只能耗在这里。

难道要去向洞主要证据不成？

"大师兄，大师兄来了！"

就在此时，山道上却是水声沸腾般，响起了一片喧哗。

叶名骤然松了一口气，转过身去，只见薄薄山雾里，一名身材颀长的年轻人的身影显现出来。

这是一名英俊而器宇不凡的年轻人，清秀的面容之间有着一般年轻人没有的英气，只是此刻，他的面容上也有着浓浓的忧思。

看着所有聚集在这里的学生，他不悦地轻声道："不要闹了，都回去吧。"

山道间骤然一静。

"回去什么！"

那名出头的稚嫩少年的面孔一片赤红，大声道："大师兄，难道你觉得这公平么！"

"公平？"平日里深得这些师弟师妹爱戴的大师兄张仪，此刻却是摇了摇头，柔声说道，"世上哪里有什么绝对的公平，若有真正的公平，我们白羊洞就不会被迫归入青藤剑院了。"

"大师兄！"

周围这些年轻学生完全没有想到张仪会这么说，一时许多人一声悲鸣，眼睛里甚至闪烁起泪光。

那名出头的稚嫩少年的眼睛都红了，厉声道："大师兄，别人不给公平，难道我们就不争么？如果我们自己都不在乎，白羊洞就真的完了。"

"沈白师弟，你说的我都明白。"张仪依旧柔声说道，"可是你们不能怀疑洞主的决定，你们应该知道洞主无论做什么事都有他的理由，我听说过宁折不弯，但我也听说过识时务者为俊杰。"

张仪的声音很柔和，就如同春风，带着一种让人温暖的气息。

丁宁本来只是平静地望着峡里的白云，像个完全不关自己事的纯粹看客，然而张仪的气度和话语，倒是让他有些意外。

他开始好奇地重新打量起这个白羊洞大师兄。

第三十二章
光阴不虚度

张仪的目光也很柔和，那种很容易引起人信任的柔和。

他似乎从不盯着某个人看，然而他却又好像在时时看着每个人，这样每个人都不觉得自己被忽视。

就如此刻，丁宁的目光才刚刚落在他的身上，张仪便也注意到了他，然后温和地对他轻轻额首。

区区一个白羊洞，居然也有这样的人物？

丁宁感受着对方身上的气息，开始真正地惊讶。

"我明白，我自知在任何方面都比不上大师兄，但是我也同时明白一个道理，不管我们白羊洞今日怎样，将来怎样，我们白羊洞却从来没有废物，没有让人觉着丢人的人。"名为沈白的稚嫩少年深深地吸着气，因为心情的激越，双手不住地微颤着，"既然大师兄如此说了，我们也不把怨气都撒在他的头上，只是他想要入门，至少也要让我们觉得他有进入的资格，也要通过我们入门的一些测试。"

张仪的目光再次落在丁宁的身上。

看着这个眼神宁静，始终云淡风轻的少年，他的眼底也露出一些异样的光泽来。

"入门测试没有那么重要，你们应该也知道，每次大试，即便通过，最后的决定权也在洞主的手里。现在既然洞主已然同意，那他便已经是我们白羊洞的小师弟，现在堵在这里，便是缺了礼数和同门之谊。"张仪柔声说道，"而且我可以保证，将来这位小师弟一定有很好的成就。"

"将来之事，谁能轻言？我却不管将来事，只信眼前事。"

眼见山门前一众学生在张仪的柔声细语下已经渐渐怨气平息，身后的山道上，却是又传出了一个清冷的声音。

这声音让在马车前有些忧虑地等待着的灰衫剑客都通体一寒，从清冷的话语中感到了莫大的威势。

他先前只觉得丁宁在入门之后恐怕有不小的麻烦，现在看起来，连这入山门都不像想象的那么简单。

"苏秦师兄！"

包括沈白在内的数名少年的眼睛却是一亮，看他们兴奋而尊敬的神色，似乎来人在他们心目中的地位原本就要比张仪更高。

从薄雾里走出的人同样风度翩翩，剑眉星目，哪怕丢到长陵最繁华的街道上，都能让人一眼看出他来。

"若是不亲眼所见，如何心安？

"自己不做，流传到外面，倒是以为我们白羊洞没了规矩，什么人想进就进，是藏污纳垢之所。"

同样的英俊，但这人的眼神和语气却是充满锋锐，就像一柄柄寒光闪烁的剑。

这样的气质，特别容易让年轻人迷醉。

白羊洞居然有这么多不俗的修行者？

丁宁却没有在意这些话语本身，感受着这名背负着长剑的英俊年轻人身上的气息，他的眼睛里再次显现出惊讶的光芒。

张仪脸色微变。

他有信心说服这里所有的学生，却没有办法说服苏秦。

尤其是苏秦的这句话里，本来就像袖里的匕首一样，藏着深深的机锋。

"不要试着说服我。"

然而苏秦的话语却没有停止，就如袖里的匕首，按捺不住地露出了一截，他锐利的目光落在张仪的身上："你应该明白，心不平……尤其是在我们并入青藤剑院这种时候心不平，将会生出很多事端。"

听到这样的话语，看着已经忍不住蹙眉的张仪，丁宁微微抬头，想要说话。

然而就在此时，一个冷冽而带着浓厚鄙夷的女声，却是从灰衫剑客所在的马车后方响起："怪不得白羊洞会遭此变，原来只会窝里斗。"

灰衫剑客一愣，转过身去，这才发觉马车后方的道路上，不知何时已来了数名身穿紫色缎袍的学生，其中为首的一名，则是一名身材娇小的秀丽少女。

除了张仪和苏秦之外，所有聚集在山门口的白羊洞学生脸色大变。

尤其看清对方身上衣衫的颜色和花纹，沈白顿时勃然大怒，厉喝道："放屁，你算什么东西！"

丁宁转身看着这几名身穿紫色缎袍的不速之客，尤其看着为首的那名秀丽少女，不由得暗自叹了口气。

他现在的修为相对而言还很低微，所以在马车的遮挡之下，他也根本没有注意到身后的山路上走来了这些人。

只是这些人里面，这名为首的秀丽少女他认识。

所以他现在也很清楚沈白为什么勃然大怒，眼下看来，这原本简单的入门，似乎又变得更加复杂起来。

"我不是什么东西。"

秀丽少女的脸上本来笼罩着一层霜意，此刻听到沈白的怒骂声，她的眼神变得更加冰冷，充满讥讽："我是南宫采薇，青藤剑院弟子，我的父亲是南宫破城。如果我没有看错，你应该是白羊洞年纪最小的弟子沈白，你的父亲应该是沈飞惊，他原先应该是我父亲座下的部将。"

沈白的脸色骤然变得无比苍白，整个身体都不可遏制地颤抖起来。

他知道对方是青藤剑院的弟子，然而却没有想到对方是这样的身份。

军中的等阶和出身观念，比起别地更重。

部下对于提携自己出身的将领，极其地敬重。

因为绝大多数的战斗，都是由上阶将领决定和指挥，在战斗里绝对服从命令，生命都是握在上阶将领的手中，能够在厮杀中生存下来，连续获得封赏，这便说明上阶将领英明，调度出色。获得的功勋里，自然也有上阶将领的一份功劳，自然要记着这份恩情。

南宫采薇，是他的父亲都必须尊敬的对象。

然而他却骂她是什么东西。

"若是在我们青藤剑院，我们院长同意某个人进入剑院学习，我们绝对不会堵着院门不让他进。至于你们说看不到他现在的能力，我只想告诉你们一点，只是骊陵君座下一名修行者，就让我和徐鹤山、谢长生遭受了羞辱，然而他却让骊陵君遭受了羞辱。你们可以想想白羊洞和骊陵君府有多少的差别，如果他想选择，他现在就已经成为骊陵君府的座上客。"

南宫采菽却是满含讥讽地接着说道："现在他选择白羊洞，而你们居然还嫌弃人家，端着架子堵着他？"

山门周围一片哗然。

所有白羊洞的弟子都用不可置信的目光看着丁宁。

骊陵君虽然只是一名质子，然而这么多年的迅速崛起，早已经让骊陵君府成为了超越一般修行之地的存在。

市井之间的一些故事显然并没有传到白羊洞里，他们不相信丁宁这样一名普通的市井少年能够让骊陵君感到羞辱。

在这样的一片哗然里，目光始终锐利的苏秦微微挑眉，英俊的脸上闪过一层寒光，他双唇微动，就想开口说话。

然而就在这时，一个很平静的声音响起："只是简单的入门而已，为什么要搞得这么复杂？"

山门前骤然一静。

所有人都是怔怔地看着丁宁。

大家这才想起，场间真正的主角，引起争议的对象，到现在才第一次开口发表自己的意见。

简单？

这是简单的事情？

苏秦锐利的眼光更冷，眉头也不自觉地蹙起。

但是丁宁依旧没有给他开口说话的机会，因为只是从苏秦刚刚登场的数个画面里，他就看出苏秦在白羊洞里比张仪拥有更高的威信，而且他看得出来，苏秦的口才很好。

他感谢南宫采菽帮他说话，然而他实在是不想太过浪费时间在这里耗下去。

"既然有什么测试，就让我测试好了，这样大家就都不会有什么意见了。"丁宁一脸平静，认真地看着脸色苍白的沈白，看着一脸忧容的张仪，看着一脸寒意的苏秦，说道。

"是吗？"

苏秦眉头挑得更起，他终于吐出了两个字。

张仪和南宫采菽的脸色却是一变。

但是不想浪费时间的丁宁已经斩钉截铁地点了点头："是。"

场间再次变得绝对寂静。

所有人的目光里都带着深深的不解和怀疑，都在心想这名市井少年是太过轻狂，根本不知道所有修行宗门的入门测试都是极难通过，还是真的天赋异禀，拥有绝对的信心？

"来吧。"

然而丁宁却是反而微微地一笑，说道。

苏秦的呼吸莫名地一顿，他的眼睛微眯，然后也笑了起来，露出了一些雪白的牙齿。

"好，让他试。"

第三十三章

第一步

数名白羊洞学生飞快地往峡谷里跑去。

看着那几名学生跑得欢快的样子，南宫采菽越来越恼火。

她终于忍不住走到了一脸平静的丁宁的身旁，虎着脸沉声说道："你到底知不知道白羊洞的入门测试是什么？"

丁宁摇了摇头，轻声说道："不知道。"

南宫采菽瞬间无语，手脚都气得有些发凉。

"我知道你现在很生气，帮我说了那些，结果全被我几句话破坏了，不过你放心，我应该可以通过的。"然而丁宁却是微微地一笑，轻声地对她说道。

"我真不明白你是怎么想的，这种测试和信心无关，而且你也应该明白多一事不如少一事的道理。"南宫采菽深深地吸了一口气，竭力地控制着自己的情绪说道。

"我就是想多一事不如少一事……"丁宁看了站在石碑旁的苏秦一眼，轻声道，"一件让我入门或是不让我入门的事情，却可以让人笼络人心。"

南宫采菽顿时微微地一怔。

顺着丁宁的目光，她看到了苏秦和张仪不同的神情。

一个是绝对的冰冷、公正。

而另外一个是深深的担忧。

几乎所有聚集在山道上的白羊洞的学生，就连站立的方位，都明显偏向于苏秦这一侧。

"所以即便有你为我出头，我要进山门还是会很麻烦。"丁宁转过头看着她，微笑着低声说道，"不过我不认为将来苏秦会比张仪站得更高，因为一开始他就错了。真正的位高权重者，始终是站在更高的位高权重者一边，即便如骊陵君已经经营出那样的声名，笼络足够多的人心，要想归国，依旧是决定在大楚王朝数名真正权贵的手中。"

南宫采菽蹙紧了眉头，她忍不住转头看着丁宁："我承认你这些话听起来都很有道理，我也承认你的眼光的确看得很清晰、很长远，然而所有宗门的入门测试，都是先要测试这个人是否有成为修行者的可能。至于见识和眼光，那是能够通过测试，入门之后才会被看重的潜质。"

"谢谢你的关心，不过现在你越是关心我，我在入门之后的麻烦恐怕就会更多。"丁宁诚恳地轻声说道，"虽然白羊洞归了青藤剑院，但想来这里的弟子大多数时候还是在这里修行，他们越是觉得我和你们亲近，估计就越是会讨厌我。"

南宫采菽的眉头又皱得更紧了一些，她听得出丁宁的感谢之意，也明白丁宁说的话的确是事实，可是丁宁依旧说的是入门之后的事情，难道他真的这么有把握通过根本不可能取巧的入门测试？

就在此时，白羊洞山门后的薄雾里，响起了更多的急促脚步声。

跑在最前的两名学生各自小心翼翼地托着一个松纹方木盒，而他们的后方，则跟着至少有四五十名白羊洞的学生。

这些学生之前也已经听说了今日有一名普通的市井少年免试入学的事情，心里也都有些不满，只是因为性情不像沈白等人那么激进，所以只是在谷中等着结果，并没有像沈白等人一样气势汹汹地来堵路，然而现在听说山道上的纷争已然惊动了大师兄和二师兄，而这名免试入学的市井少年居然又主动提出要过试入山，如此一来，这些学生便也按捺不住，全部出来看个究竟。

事实上，对于这些已然入门的学生而言，每年的入门大试都是一场非看不可的热闹大戏。

非看不可不是因为可能有漂亮小师妹，也不是要第一时间看到门里有没有又出现什么惊才绝艳之辈，更多的其实是自身的优越感得到极大的满足。

想着自己当日在极大的心理压力之下艰难地通过测试的场景，又看着大试时大批人落选的画面，心里的那种愉悦的确无法用言语来形容。

只是此刻，看着站立在山门之外的丁宁，所有这些白羊洞的学生都一眼感觉到了很大的不同。

丁宁非常平静，是那种绝对的平静，不是那种装出来的平静，他的眼睛里，看不出一丝的紧张。

看着他的这种平静，苏秦锐利的眼神里又涌出更多凛冽的意味。

"不要以为入门测试是小孩子过家家的游戏。"

他挥手让两个捧着木盒的师弟停在自己的身侧，然后深深地看着丁宁，缓声道："每年长陵和各地的大城赶到这里参加入试的各氏族子弟超过千名，而且这些人在各地都算是优秀，否则也不会特意赶到这里来丢人。然而所有这些人里面，通得过测试的只有数十名。所以我希望你能够认真一些，小心一些。"

南宫采菽深吸了一口气，脸色又变得有些难看了起来。

苏秦的话语听上去像是提醒，然而在这种情况下却近乎威胁，很容易让参加测试者变得紧张。

按照她平时的性格，此时肯定忍不住要说上两句，然而想到刚刚丁宁的话，她却硬生生地忍住了。

张仪脸上的忧虑也是更浓，他甚至忍不住转身往身后白羊洞的那些殿宇望去，心想这下麻烦可是越来越大了，这种时候，为什么师父师伯都没有一个人出来制止？

然而此时，丁宁却是看着苏秦微微地一笑："可以开始了吗？"

苏秦的面容没有什么改变，然而心中对丁宁的不喜欢却越来越浓烈。

他的眉梢微挑，不冷不淡道："既然这么心急，那便马上开始吧。"

嘎吱嘎吱两声轻响，已经有些年份的木盒启开。

正戏已然开场，所有人都有些紧张起来。

其中一个木盒里面，是一个扁平的方石盘。

方石盘里，是一圈圈迷宫般的螺旋槽，这些螺旋槽里，有至少数百颗灰色的细小石珠，只是因为轻微的震动，这些异常光滑的细小灰石珠，就在石盘里流水般滚动，形成了许多条川流不息的灰色细流。

另外一个木盒里，却是一块肉色的玉石，雕刻成一个小小的兵俑，兵俑的手里持着一柄剑，平直地伸向身侧，虽然这个兵俑的面目都没有雕刻出来，然而这种挺立挥剑的姿态，却是异常有大秦王朝剑师的神韵，平直而锋锐，一往无前。

"这是流石盘，因为石盘一圈圈的纹理有些像年轮，石珠的流动又像是流水，所以又叫年轮流水盘，因为石盘和石珠的材质有些特殊，所以略微的震动可以让这些石珠在里面流动不息，然而流动的速度又不是恒定的。"

当这两个木盒打开，和以往主持一些入试时一样，苏秦先伸手点了点那个石盘，冷淡而清晰地缓缓说道："成为修行者的第一道关隘，便是静心入定，先能静心，心无杂念，才有可能入定内观，才有可能感觉到自己身体内的五气。这道石盘，首先考究的便是静心。所有这些石珠里，有五颗石珠比其余石珠小些，然而这小……也只是很细小的差别，所以唯有静心者，才能将它们挑出来。这道考验，按照我们白羊洞的规矩，随你挑出五颗珠子，只要其中有三颗的确是挑对了，便可算合格。"

听到苏秦缓慢的述说，场间许多学生倒是不由得想起了自己面对这个石盘的时候，呼吸都控制不住地有些急促起来。

那五颗石珠和其余石珠的差别的确极小，哪怕同时放在摊平的白纸上都未必能很快分辨出来，在这种流动的情况下，让他们再来一次的话，或许都没有百分之百的把握一定能通过。

在以往他们看过的大试里，一大半的入试者便是直接在这一面石盘前就被淘汰了。

……

木盒展开，便是一个天然的支架。

这个石盘放在了支架上，放在了丁宁的面前。

丁宁没有理会周围所有人异样的眼光，他凝视着这面石盘，眼神里有些犹豫。

他事实上已经是第二境的修行者，而且身为第二境却能够杀死宋神书那样的修行者，他不是普通的修行者。所以此刻他犹豫的自然不是那些流淌的石珠本身，而是采取何种方式、何种结果通过白羊洞的这个入门测试。

因为今日里，是他正式出现在长陵很多人视线中的第一步。

这第一步便决定了他以后的姿态，以后他在白羊洞要采取何种方式修行。

他在长陵的街巷里已经低调隐忍了许多年。

他现在的真实修为还很低，长孙浅雪甚至为这个事情表达了强烈的不满，因为在他和长孙浅雪的计划里，他要走到现在这一步原本还要在很久以后。

只是他那一面墙上的花朵开得越来越多，还有很多宋神书一样的人，在很享受很安逸地活着，然而有些人，却在不人不鬼地苟活，有些人，每日里在阴暗的污水中泡着。

"我要更小心一些……小心不能让任何人发现九死蚕……发现长孙浅雪……小心不能死去……"

他深深地吸了一口气，在心里再次重复了一遍这样的话，然后他眼睛里所有犹豫的神情消失。

在一片不可置信的吸气声和惊呼声里，他伸出了手。

从石盘端到他面前放稳，到他伸出手，还不过数十个呼吸的时间。

他的手截断了灰色的细小水流，从中取了五颗灰色的圆滑石珠。

第三十四章
机　缘

南宫采菽满脸的震惊。

入门测试的严苛程度和宗门的底蕴及等阶有关，青藤剑院和白羊洞实则是差不多的修行之地，所以入门测试的难度也相差不多。

青藤剑院入院时的"万线引"也是和这石盘类似的测试，然而即便是她，也是足足用了半个时辰的时间，才终于通过。

只是数十息的时间，如果真的能够通过的话……便肯定破了白羊洞和青藤剑院的纪录。

白羊洞其余学生也都是和她同样的情绪，所以才会一片惊呼声。

苏秦皱眉，心中涌起难以置信的情绪，难道这名市井少年，真的是拥有惊人的天赋所以才被特招入院？

丁宁平静地看着他，他没有给这个白羊洞二师兄说什么的机会，然后平直地伸出了手，摊开了手掌。

所有人的目光聚集在了他的掌心。

紧接着，一片更加响亮的倒抽冷气声和惊呼声响起。

在这样的倒抽冷气声和惊呼声里，张仪的瞳孔也微微一缩，眉宇间的忧虑，却是瞬间变成了惊喜。

南宫采菽也彻底愣住。

苏秦的身后，原先反对最为激烈，自从知道南宫采菽的身世之后，便一直都不敢怎么抬头的沈白，此刻的脸色也是变得更加雪白，胸部剧烈地起伏着。

丁宁的手心里安静地躺着五颗石珠。

在刚刚流淌的灰色细流里，这五颗石珠和其余的石珠似乎没有任何的区别。

然而此刻所有人都看得很清楚，这五颗石珠里面，有一颗略微大了一些，而其余四颗，却是要小一些。

正是有挤在他掌心那一颗略大的石珠的衬托，所有人才能一眼看清另外的四颗略小了一些。

即便不是五颗全对，但只需取对三颗，这年轮流水盘的考验便已合格。

以往白羊洞最快的通过纪录，是半炷香的时间。

丁宁这样的表现，让所有人陷入深深震惊的同时，甚至让他们开始怀疑，丁宁只是为了让他们更加方便地看清楚，所以才故意取错了这样一颗。

苏秦的面容没有太大的改变，然而心中也被强烈的震撼深深占据。

他的目光剧烈地跳动了一下。

然后他没有第一时间发表看法，却是闪电般伸出了手，在接过丁宁手心里的五颗石珠的同时，他的手指尖和丁宁的掌心轻轻接触。

在这数分之一息的时间里，丁宁清晰地感觉到一股微弱的气息从苏秦的指尖涌入，在他体内的经络间急速地游走了一圈。

他知道苏秦是什么用意，所以他依旧只是保持着绝对的平静，如同没有任何察觉。

苏秦的心再度往下一沉，心中的寒意越加涌起几分。

他没有感觉到任何异样的气息。

没有感觉到任何异样的气息，便代表着丁宁不是已经有一定境界的修行者。

"五对其四，这一关你已然过了。"

他看了一眼手中的五颗石珠，转交给身旁那名学生，示意那名学生将石珠和年轮流水盘收起来，然后他点了点另外一个盒子里的肉色玉兵俑，缓缓地说道："这是感知俑，感知是一种天赋，有些人即便能够做到绝对的静心内观，然而他们和体内五气、天地元气却好像天生无缘，怎么都感觉不到体内五气和天地元气的存在。没有这种天赋，便怎么都不可能成为真正的修行者。

"这种玉兵俑是用独特的肉玉制成，这种玉石里蕴含的元气和我们体内的五气有些相近，然而要更容易触碰和感知一些。"

苏秦冷冷地看着丁宁，接着说道："这个玉兵俑手中的小剑是空心的，只要你能感知玉兵俑里的元气，感觉到里面的流动，你便自然可以像从花瓶里倒出水来一样，将里面的元气从小剑中倒出来。"

丁宁说道："只要能够将里面的元气倒出来，便算合格了吗？"

苏秦点了点头："正是如此。"

丁宁微微一笑，说道："只要这个合格，便可以正式入山门修行了吧？"

苏秦微微皱眉，再次点头，却不多说什么。

丁宁也不再多言，他上前半步，将玉兵俑握在了手中。

既然他在上一关便决定了通过的方式，这一关他便不需要再多考虑什么。

周围的天地安静了下来。

这对于他而言太过简单。

在他的感知里，玉兵俑内里的元气，就像是在山洞里流淌的河流。

他的手自然地做出动作，调整着这些河流流动的方向，让这些河流通过曲折的崖壁，朝着山洞的唯一出口，有亮光的地方流淌而去。

哧的一声轻响。

水流喷出崖壁，变成一股瀑布。

而他的手中，玉兵俑所持的小剑前段，彩色的元气，形成了一条好看的彩虹。

山门附近所有人的呼吸彻底地停顿了。

就连对丁宁已经有些信心的张仪都彻底愣住，他想过丁宁有可能又会很快过关，然而他怎么都没有想到会这样快。

丁宁身旁的南宫采菽也呆呆地看着丁宁平静的面容，似乎想要在他的脸上看出一朵花来。

……

"我知道这少年有些不寻常，却没有想到如此不寻常。"

就连白羊洞最高的那座道观前的两名老人，都陷入了难言的震惊里。杜青角深吸了一口气，转过头看着身旁面如白玉的薛忘虚，缓慢地说道。

薛忘虚犹豫道："会不会之前便修行过？"

"不会有问题。"杜青角摇了摇头，"我和他待过数个时辰，如果连我都没有办法感觉出他的异常，那除非他是赵四和白山水那种宗师。"

薛忘虚摇了摇头，他自然知道那是不可能的事情。

"但是他的身体有很大问题。"杜青角看了他一眼，说道。

薛忘虚一怔，下意识问道："什么问题？"

杜青角说道："是阳亢早衰之体，五气太旺。"

薛忘虚双手微微地一颤："那这……"原本他已经打好了主意，然而他现在却没有了主意。

"有什么关系吗？"杜青角却好像看穿了他这个掌门师弟的所有心中所想，带着一丝傲意说道，"就安排他和张仪、苏秦一起进洞修行好了。"

薛忘虚对自己的这位师兄也是极其地了解，甚至也已经到了一个眼神便能觉察出对方内心想法的地步，然而此时他却是有些不理解："可是……"

"他的资质值得我们白羊洞的付出，至于你是怕花在他身上的代价浪费？"杜青角冷笑着摇了摇头，"即便是真的浪费在他的身上，也总比顺了别人的意，到时候全部落入别人手里的好。至于苏秦……我知道以你的性情一直不甚喜欢他，我也不喜欢他。但他的资质的确不错，而且昔日我们的师尊便对我们说过，一个人想要成长得更快一些，身边总得有些人给你压力。苏秦便是很好的人选。"

薛忘虚沉吟了片刻，点了点头，认真地看着杜青角，眼睛里开始充满难言的感慨："师兄，这些年我的修为境界虽然一直压着你，但是你有些时候的锐气，却始终是我无法企及。"

"可是有什么用，到头来还是保不住这白羊洞。"

杜青角自嘲一笑，他眼睛里的傲意也消失了，也开始充满难言的感慨："我要走了，便辛苦你了。不过很好，你的性子比我能忍，能忍不争，便能走得更长远。白羊洞没了，留几颗种也很好。"

薛忘虚看着杜青角的眼睛，想到这些年来这位师兄和自己在白羊洞经历的风雨，想到他即将远行，一时间，他竟然无语凝噎。

"他的命不好，然而在这个时候遇到我们，也算是有缘，有什么能给的，便多给一些，总比便宜那个女人要强。"杜青角却是转头，不再看他，目光落向远处的山门。

......

山门前，一片死寂。

就连苏秦的脸色都有些微微发白。

他和张仪已经是数十年来白羊洞最为优秀的学生，然而即便是他们入门之时，也是花了足足半炷香的时间才感知清楚这玉兵俑的元气。

且这玉兵俑是白羊洞独有，外界绝不可能针对着做出什么练习。

然而丁宁在他和所有人的面前，却是宛如神迹一般，只是用了十数息的时间，便已感觉清楚了其中的元气，让玉兵俑手中的剑大放异彩。

"各位师兄师姐，可以接我进去，拜见师长了吗？"

在所有人的极度震惊里，丁宁却是平静地一笑，对着苏秦和张仪等所有人揖手为礼，轻声地说道。

张仪也笑了起来，他揖手还礼，温和而认真地说道："师弟，请。"

第三十五章
特例特办

师兄和小师弟见礼，宗门纳新，这场面很温馨。

这样的画面对于不远处的灰衫剑客却是难言地震撼。

他知道这名酒铺少年必定不普通，然而却没有想到在山门遭遇这样的刁难之下，他会用这样惊人的表现轻易解决问题。

苏秦看着这样的画面垂手沉默不语，心中不知道在想些什么。

以沈白为首，一开始堵住山门的数十名学生脸上都是被人抽了数十记耳光的表情，但后来赶来的那些本身并不激进的学生，在一开始的震撼过后，却是也有许多上前祝贺见礼。

只是所有人都没有想到，丁宁今日所带来的震惊还不到停歇的时候。

就在此时，白羊洞山门内的某处山道上，又缓缓地飘出一条身影。

这是一名盘着道髻的中年男子，面目严肃而冷峻，他的眼眉就像数条细细的直线，甚至给人一种要割破他自己脸上肌肤的感觉。

他腰侧的剑也很细长，剑鞘是青竹制成，剑鞘的宽度都不过两指左右，可以想象内里的剑身是多么纤细，但是整柄剑的长度却远远超过了一般的剑，即便是斜斜挂着，剑鞘的尾端也几乎划到了地上。

这柄剑的剑柄也比一般的剑柄要长，看上去是用海外的红色珊瑚石制成，整个剑柄一直横过了他的身前，这柄剑挂在左侧，剑柄中部正好到了右手的前方。

"道机师叔。"

看到这名肃冷的中年男子走来，所有聚集在山门附近的白羊洞弟子全部都是心中一寒，纷纷行礼。

李道机，不仅是白羊洞里修为最高的数人之一，而且平日里还掌着戒剑，弟子若是有违白羊洞的规矩，便是由他决定做何等处罚。

"还都杵在这里做什么？"

李道机的目光甚至都没有落在其余人的身上，他只是肃冷地看着张仪，不悦地说道："你难道连洞主交代你的事情都忘记了？"

张仪一怔，旋即反应了过来，歉然地对丁宁身侧的南宫采菽等数名青藤剑院的学生说道："确实是疏忽了，张仪奉命带诸位师弟师妹去白羊洞经卷洞学习。"

去经卷洞学习？

周遭所有的白羊洞学生开始明白南宫采菽等人今日的来意，心中涌起无力和屈辱的感觉。

圣上的旨意已经下达，白羊洞已归青藤剑院，青藤剑院的学生也开始有进入白羊洞经卷洞研习的机会，今日南宫采菽等人便是第一批。

李道机转过身去，似乎他出来便只是要提醒张仪这一句，然而就在他转身动步的瞬间，他又冷冷地说了一句："洞主有交代，让丁宁也一起进经卷洞挑选典籍研读。"

一片沉重的吸气声响起。

这句话再次让这山门周遭的所有白羊洞学生陷入不能理解的震惊里。

然而李道机却似乎还嫌这种震惊不够，他又随后补充了一句："不限内外。"

一瞬间，这山门口一片死寂。

除了少数几门身口相传的宗门秘术之外，白羊洞的经卷洞里收录着白羊洞所有的心法口诀，包括许多代白羊洞修行者在自己的修行道路上对于修行的理解。

即便是本门的弟子，也只有在经过半年左右的学习之后，才会第一次进入经卷洞学习。

而且经卷洞分内外。

外洞的心法和一些记录较为容易理解，而且修炼起来大多没有特别的限制，所以任何门内弟子都可以阅览研习，然而内洞的典籍比较深奥，尤其许多前辈大能对于一些功法的心得体会又不一定完全百分之百正确，需要自己进行甄别，所以唯有在某些方面达到一定要求，还必须对门内的贡献达到一定程度的弟子，才会被允许进入。

"到底为什么？"

一声满含着诸多情绪的大叫声打破了死寂。出声的是沈白，他觉得这太不公平，就算是他，也还从来没有获得过经卷洞内洞研习的资格。所以即便面对的有可能是李道机师叔的严厉责罚，他也无法忍耐得住。

然而李道机却是连头都没有回，风淡云轻地吐出了几个字："特例特办而已。"

沈白呆住。

他说不出话来。

他周围的白羊洞学生虽然因为连番的强烈震惊而都心头有些发麻，但此刻听到李道机的这几个字，却反而觉得很有道理。

因为先前丁宁的表现，让他们已然相信丁宁能够破例进入白羊洞，并非是存在什么见不得人的交易，只是因为洞主发现了丁宁的独特天赋。

那既然连入门都是破例不在大试时招入，现在再破例让他直接进入经卷洞修行，又有什么问题？

看着李道机的背影，丁宁的眼底却也是涌出异样的神情。

皇后……

他再次想起了这个因为身份相差太过巨大，而显得过分遥远的称号。

接着他又想起了那个剑如白羊角的白发老人。

能够得罪皇后，再加上眼下的这些意外……看来这个白羊洞，似乎并不像外面绝大多数人眼睛里所看的那么普通。

……

特例特办，丁宁跟随在张仪的身后跨过石碑，尘埃落定，再无人出声阻拦。

灰衫剑客眼睛里弥漫着依旧没有消散的震撼，驾着马车离开，决定一定要将这里发生的事情一字不漏地告诉王太虚。

张仪很细心，因为正好是刚过午饭的时间，他甚至令人准备了一些饭团，在刚过山门后不久便送了丁宁和南宫采薮等人的手中。

"经卷洞里严禁饮食，到了餐时自然会有人送食盒到经卷洞外，按照洞主的吩咐，青藤剑院每批进入研习的时间是以一天的时间为限，至于丁宁师弟你……洞主没有交代，刚刚李道机师叔也没有明确交代，那么我想便应该是不限时间，你可以待到你自己想要出来休息为止。

"你的住所我会帮你安排好，一切不需担心……至于修行课程，你入门的时间和一般弟子不同，再加上洞主都说了特例特办，我到时还要去请教一下洞主的意见。"

张仪在前面带路，一边做着介绍，丁宁一边细细地啃着混杂了野菜和不知道什么兽肉的饭团，一边打量着这个修行之地的真容。

在大秦王朝，一等一的宗门自然是岷山剑宗和灵虚剑门，这两大宗门都是内门弟子上千，外院各等杂役弟子上万，且这数十年间累积所收的这上千名内门弟子，都是来自大秦王朝各地，甚至属国的最优秀人才。

这两大宗门自然高高在上，其余所有宗门根本无法与之相提并论。

除了这两大宗门之外，大秦王朝第一流的宗门有十余处，其中如横山剑院等数个宗门是因为当世出了杰出的王侯大将而获得鼎力支持而兴盛，其余如墨墟剑窟、正一书院等，则也是宗门底蕴深厚。

白羊洞每年所能招收有修行资质的学生不过数十名，走出的所有学生里，能够到达第四境上品的修行者都是寥寥无几。

且白羊洞原本连参加岷山剑会这样的，圣上赐予的一年一次的进入那些大宗门学习的比试机会都没有，这便说明白羊洞在没有并入青藤剑院之前，实则是属于三流的宗门，和岷山剑宗的一些外院修行地相比都不如。

只是有些年代的修行之地总是有些独特的气象。

真正地进入了这白羊洞的山门，丁宁才看清其实白羊洞所有的殿宇，都是以一些立柱支撑，建立在峡谷两侧的陡峭岩石上。

几乎所有的石阶，都是在悬崖峭壁上人工雕琢而出，还有一些殿宇之间，则是用索桥相连。

大多数殿宇都只是相当于一扇大门，内里都是一个个洞窟。

峡谷底部的树林河谷之间，却是不见任何人工雕琢的痕迹，没有任何的建筑，保持着原貌。

显然白羊洞最早的一批修行者，便是在这峡谷两边的悬崖峭壁上凿洞而居。

"我们的修行之地和住所都在两侧峭壁上的洞窟里，洞窟里冬暖夏凉，而且我们白羊峡的洞窟里有一种白灰石会自然吸收水汽，所以洞窟里也不会像别处一样湿气太重。只是平日里有时山风很大，师弟你身材单薄，路又不熟，单独行走的话，切记一定要小心，还有平日里石阶所至的地方，便是我们门内弟子都能到的地方，至于所有索桥所至的地方，都是需要一些特别的允许才能进入……"张仪细细地介绍着，也正提及白羊洞洞窟的事情。

听到此处，丁宁却是突然插嘴问了一句："师兄，既是特例特办，我想有些夜晚住回梧桐落可以吗？毕竟梧桐落酒铺里只有我小姨一个人，比较冷清，而且我回去也可以帮忙做些事情。"

张仪一怔，旋即答道："换了别人肯定不成，只是师弟……我还得让人问过了道机师叔或是洞主再说。"

第三十六章
选 经

白羊洞不大，那座地势最高，在白云之下好像一座孤岛一样的小道观，也不过百丈不到的高度。

张仪边走边停，细数了一些白羊洞建筑的用处，说了一些白羊洞的门规，左右也不过花了半炷香不到的时间，对于门内而言极其重要的经卷洞，便已出现在了丁宁的面前。

经卷洞的外面是一间就着山势雕琢而成的粗陋小石殿，进出唯有一条在风里有些摇晃的索桥。

索桥的木板都有些发黑，甚至给人不甚牢固之感。

白羊洞掌戒剑的师叔，先前在山道前令人心寒的李道机，此刻却已经站在这条索桥道口。

张仪拘谨上前，行礼轻声地问了几句。

李道机点了点头，然后他肃冷威严的目光落在了丁宁的身上。

"修行讲究出世，清净少干扰，心力都花在对自身和天地元气的感悟上，修行进境才会快。所以所有的修行宗门都自然和外界隔绝。然而修行同样有入世的说法，有些人在尘世中修行，多些感悟，多些际遇，修行进境反而更快，而且再强的修行者也是人，同样逃不了尔虞我诈，入世而行，反而不会是清水塘里养的金鱼，一朝进入浊浪滔天的大江大河，不太习惯。洞主说了你是特例特办，但归根结底，还是要看你的修行进境，看你有没有这样的资格。"他看着丁宁，缓缓说道。

丁宁看着他肃冷的眼睛，说道："师叔的意思是，我可以回梧桐落，但我首先要证明我的修行进境足够快？"

李道机眉头微蹙，他不知道这名酒铺少年从他刚刚的话里到底领悟了多少，但是他还是点了点头，清声道："经卷洞里的典籍，你可以自行挑选研习，接下来你的修行起居之所、今后的修行，洞主也会视你这些日的表现再做安排和调整。"

听着李道机的这些话语，丁宁没有什么特别的反应，然而他身前一侧的张仪和他身后的南宫采菽等数名弟子，心中却是再次弥漫了震惊和不解的情绪。

虽然修行者修行的都是用真元调用天地元气的手段，在真元的修炼上，道理也都是一样，但是因为每名修行者的体质不同，体内的五气不同，所以无数代的修行者遗留下来的各种修炼真元的功法实则都有着很大的差别，凝练出的真元，也会带着些不同的特性。

较为极端点的例子，例如大燕王朝的真火宫，真传弟子才有资格修习的魍火真诀，真元调集的天地元气，便只能化成恐怖的真火，而大秦王朝唯一的女司首夜策冷，她所修习的天一剑阁的离水神诀，表象便是各种各样的水流。

不同的功法和剑诀以及其他调用天地元气对敌的手段的配合，也有不同的威力和效果。

一般而言，在弟子入门之后，师门便会因材施教，针对这名弟子的潜质特点，提供一些建议，帮助他挑选合适的功法和剑诀修行。

这挑选修炼功法，是黑夜摸石过河的第一步，决定了修行者的一生。

然而现在，白羊洞竟然真的特例特办到不做任何建议，直接让丁宁自由挑选。

直到李道机再次翩然离开，身影消失在众人的视线之中，张仪依旧有些不敢相信这是真的。

然而他自然不会违背平日里尊敬到了极点的洞主的决定，所以在穿过索桥，带着丁宁和南宫采菽等人进了经卷洞外的石殿后，还忍不住苦着脸告诫丁宁："师弟，经卷洞里的真元诀法很多，许多诀法威力甚大，各有特色，但也要看到底有没有什么缺点，到底适合不适合自身，所以你千万要仔细斟酌。"

……

经卷洞的石门缓缓开启，露出一条缓缓往上的石阶。

"你一开始进行年轮流水盘测试的时候，五颗石珠里取错了一颗，是不是故意的？"

在从进山门到进入经卷洞的路上，南宫采薇一直刻意地和丁宁保持着一段距离，此刻和丁宁开始进洞，南宫采薇终于忍不住了，紧走了两步，到了丁宁的身侧，认真地问道。

丁宁没想到她还在想着这个问题，转过头看到她好奇而认真的眼神，忍不住微微地一笑。

"你是故意的，只是为了让所有人一下子有对比，一下子能分辨得出来，对吧？"他的笑容让南宫采薇看出了些什么，她的心中不由得一震。

"能很快拿出四颗，当然能够五颗全对。"丁宁看了她一眼，轻声道，"只是不想花太多的时间。"

"从一开始你就知道你肯定能通过那样的入门测试。"听到他的这句话，南宫采薇的眉头却反而深深地皱了起来，她怀疑地看着丁宁，"这件事太过怪异，因为就算你知道你是个天才，但是按理也不可能拥有那样绝对的信心，而且接下来白羊洞洞主竟然给你开这样的特例，而且让你进入这经史洞挑选修行典籍也不给任何的建议……能够用那样的速度通过年轮流水盘和玉兵俑的考验，除非是之前就已经拿年轮流水盘和玉兵俑练习过无数次，你……你该不会是白羊洞洞主的私生子吧？"

丁宁本来饶有兴致地听着，结果听到她这最后一句推断，顿时差点一个跟头跌倒在石阶上。

"南宫大小姐，你的联想太丰富了。"

他看着眼睛里全是怀疑光焰的南宫采薇，无可奈何地说道："像你这样拥有这么丰富联想能力的人，将来应该去监天司查案。"

"难道你真的只是靠绝对天赋？"南宫采薇的眼睛里依旧是不相信的神色，她边思索边接着说道，"可是既然你能够确定自己有这样的天赋，为什么不直接参加每个宗门的春试？每个长陵的人应该都很清楚，除了岷山剑宗和灵虚剑门这样的宗门之外，其余绝大多数宗门的入试都是没有什么前提限制，任何合龄的人都可以参加，而且以你今天的表现，如果没有作弊的成分，完全可以进入更好的宗门。"

丁宁的心中微微一沉。

这的确是个有可能引起怀疑的破绽，将来必定也有人会有这样的疑虑，他必须给出个合情合理的解释。

他微微蹙起了眉头，想了想，说道："修行……并不是每个人所能想的事情，我一开始并不知道我有能够成为修行者的潜质，直到方绣幕来看过我，直到我遇到王太虚。"

"方绣幕？方侯府的方绣幕？"南宫采菽大吃了一惊。

大秦十三侯之一的方启麟已经年迈衰老，然而这些年方侯府非但没有衰落的迹象，反而有种隐隐超出其余侯府的架势，便是因为方启麟有两个令人羡慕的儿子。

其中一子方饷，已经和南宫采菽的父亲一样，是镇守外藩城的神威大将，而另外一子方绣幕则是出了名的剑痴，对于修行之外的一切，都没有任何的爱好。

虽然外界现在不知道方绣幕真正的修为到达了何种境界，然而至少在十年之前，很多长陵的真正权贵就可以肯定，方绣幕是长陵所有差不多年纪的人里面，修行破境最快的。

甚至按照他的修行破境速度，就连两相和元武皇帝都下过论断，说他是长陵的年轻修行者中，将来最有希望能够突破七境上品的修行者。

七境之上，便是第八境，一个古往今来极少有修行者所能达到的境界。

能够得到两相和圣上这样评价的人物，对于南宫采菽而言，自然也是一个需要仰望的神话。

"王太虚又是谁？"

南宫采菽深深地呼吸着，竭力让自己平静下来，她看着丁宁接着问道。

"两层楼的主人，一个江湖市井帮派的主人。"

丁宁看着南宫采菽，平静地轻声说道："方绣幕来看过我，我知道了我有不错的修行潜质，但是方侯府依旧放弃了我，因为我的身体也有着很麻烦的问题……后来遇到正和别的江湖帮派斗得不可开交，想要赌一赌的王太虚，我才决定要赌一赌，这才决定要借助他的安排，进入白羊洞修行。"

"赌一赌？"南宫采菽难以理解地问道，"你的身体有什么很麻烦的问题？"

丁宁看着她："五气过旺的早衰之体。如果没有特别的际遇，在开始修行之后，便有可能死得更快。"

丁宁的话语十分平静，然而落在南宫采菽的耳朵里，却无异于惊雷。

她的呼吸都有些停顿了："死得更快……有多快？"

丁宁说道："可能能活到三十多。"

南宫采菽的脚步顿住了。

她的脸色都苍白了起来，她难以想象，丁宁这样一个朝阳般的少年，竟然有可能只剩下十几年的寿元，而且他还能够这么平静地谈论这件事情。

"所以我不是白羊洞洞主的私生子，他对我这么破例，有可能是觉得我无论修炼什么，到头来可能都没有什么用处。"丁宁却是看着她微微一笑，说道，"还有一个可能就是他想看看我的判断，毕竟修行还是要靠自身，他看看凭我的直觉，能不能挑选出更适合我自身的功法，好让我多活几年。"

看着他的微笑，南宫采菽竟久久不能言语，她莫名地想到了一句话：有些人修行，只是为了更多的荣华，而有些人修行，则是因为修行便是他们的命。

丁宁继续前行，斜斜往上的石阶已到尽头，一个好像始终沐浴在柔和天光中的洞窟，出现在他的面前。

这是一个顶上有许多通风孔的洞窟。

那些通风孔里，应该有许多折射的晶石布置，柔和的光束洒落在洞窟的各个角落，却隔绝了风雨，使得这个洞窟里的一切好像处于绝对的时间静止状态。

洞窟四壁的书架上，摆满了各种各样的典籍。

在他正前方的书架一侧，还有一条狭窄往上的楼梯，应该便是通往内洞。

丁宁正式踏入经卷洞，他从左手侧开始，认真地看起每一个书架上的典籍。

南宫采菽定了定神，跟了上去。

身为青藤剑院弟子，有幸能够进入别的宗门的藏经地，自然要抓紧每一分钟的时间，尽可能地多看一些东西，看看能不能发觉对自己的修为有很大帮助的东西，然而此刻，她脑海里的大部分念头却都聚集在丁宁的身上。

她很想第一时间知道，丁宁到底会选择什么样的功法。

第二部分

第四十五章

残　剑

丁宁走过在风里摇曳的索桥，走向那三间隐匿在山体裂缝里的草庐。

在杀死宋神书之前，他曾经对长孙浅雪说过一句"四境之下无区别"。

然而即便真的能够越境战胜对手，恐怕也要付出不小的代价。

今日晴好，往长陵的方向看，天空说不出地通透。

在来时的路上回望长陵，整座城也似乎平和而没有纷争，然而在这样的看似平静下，无数的钩心斗角、不见鲜血的厮杀，却是和这天地间的元气一样，是无比纷乱的线条纠缠在一起。

只要进入这样的局里面，哪怕是一个最小的卒子也不可能幸免，必定会卷入无数张网里，绝对不可能游离在外。

这便是一开始在他的计划里，必须要到第三境真元境才开始展露一些特质，才设法进入有资格参加岷山剑宗大试的宗门的原因。

即便修的是天下间最强的"九死蚕"，然而他和蚕篇里桑叶下的幼蚕一样，还太过弱小，甚至不能暴露在阳光下。

在他的计划里，他需要更多的耐心。

然而长孙浅雪说得没错，在杀死宋神书，从宋神书的口中得到那么多消息之后，他的心不安。

既然已经踏出了第一步，他便没有选择，便不能去想那些凶险和困难。

他便只能管眼前事。

他沉默地握紧拳头，然后松开，让自己的心情再度变得绝对平静，走过索桥，然后推开最左侧草庐的木门，坐上了那个特殊的蒲团。

他闭上双目，一丝丝久违的灵气通过他身下的蒲团，缓缓地沁入他的身体。

他以寻常修行者难以理解的速度直接进入了内观。

他体内的五气在他的念力驱动之下，缓缓地流入气海。

气海下方的深处，有一处晶莹剔透的空间，像是一座海底的玉做的宫殿。

这就是修行者所说的玉宫。

只要能将五气沉入玉宫，便已经到通玄中品的修为。

对于丁宁而言，只要他愿意，他甚至依旧可以做到半日便将五气沉入玉宫，突破到这第一境的中品境界。

因为他的玉宫已然存在，不需要重新感知，他所要做的，只是遵循《斩三尸无我本命元神经》的五气流动路线，让经过这种功法转化的五气，慢慢地渗入自己的气海和玉宫，让自己的气海和玉宫也随之进行一定程度的转化而已。

只是太快，便太过惊世骇俗，所以在和南宫采薇谈话的时候，他便已经决定，要用一月的时间从第一境突破到第二境。

他深深地吸了一口气。

原本特别平静的身体内部骤然发生了改变，他的身体里好像骤然出现了无数条细小的幼蚕，开始大口大口地吞食着沁入身体里的灵气。

只是一瞬间，他的身体就像是变成了无比干涸的土地。

他小心翼翼地控制着。

不让自己的身体里发出那种万蚕噬咬的声音，在他的控制之下，一小部分灵气没有被这些幼蚕吞噬，缓缓地融入他体内的五气之中。

……

李道机的身影出现在了这间草庐的门口。

他肃冷地伫立着，让自己的感知穿过薄薄的门板，落在丁宁的周围。

丁宁已经刻意地无限放缓了自己的修为进境速度，然而即便如此，他的五气在气海里沉降时，偶尔震荡出的一些气息，也已经让此刻的李道机的眉头微微地震颤起来。

再想到之前那根可笑的树枝展现出来的剑意，他的眼睛里浮现出更多异样的光焰。

他转身动步，朝着白羊洞的山门而行。

白羊洞的山门外，已经停了一辆马车，一辆可以跑得很快的马车。

李道机的剑很长，在进入马车之时，他将剑提在手中，然后横在身前。

剑柄在他的身前发出微微的红光，他坐在马车里的软垫上，闭着眼睛，似已睡着。

马车在道路上飞奔，却是驶向一个丁宁很熟悉的地方——城东鱼市。

马车最终停靠在鱼市的一个入口。

李道机沉默地下了马车，缓步走入鱼市。

虽然天气晴好，但在重重叠叠的棚顶的遮掩下，鱼市深处的大多数地方依旧阴暗而潮湿，星星点点的灯笼如鬼火般燃着。

李道机对鱼市的道路显得十分陌生，在阴暗潮湿的街巷里缓缓而行了半个时辰，甚至问询了数名店铺中人之后，他才最终进入了鱼市的最底部，走入了一间没有任何招牌，里面也是没有任何灯火的吊脚楼。

李道机的眼睛已经彻底适应这种黑暗，所以在走进这个吊脚楼，看到里面坐在榻上的那名披发男子，他就知道自己最终没有找错地方，而且这人还在鱼市好好地活着。

"我要买剑。"

李道机看着这名披发男子在黑暗里发光的双目，说道："我记得你这里有一柄残剑。"

披发男子沉冷地看了李道机一眼，冷漠地说道："你的运气很好，这柄剑还在。"

说完这句话，这名披发男子的身体缓缓往后移开。

这名披发男子的下半身覆盖着一条毯子，直到这种时候，进入这座吊脚楼的人才会看到他是没有脚的。

他的双腿齐膝而断。

只是李道机似乎早就知道，所以他的目光没有在这名披发男子的双脚上有任何停留，只是落在了那条移开的毯子下方。

毯子下方，是一个很大的黑铁剑匣。

披发男子打开剑匣，在里面翻动数下，取出了一柄墨绿色的断剑，直接丢向李道机。

李道机伸手，将这柄断剑稳稳地接住。

这是一柄两尺来长的真正残剑，剑身唯有两指的宽度，前面的剑尖被一种恐怖的力量彻底斩断了，而且就连剩余的这两尺来长的剑身上，都布满了数十条细长的裂纹。

只是这柄剑的材质有些特殊，墨绿色的剑身虽然也是某种金属，但却和某些晶石、木材一样，有着天然的丝缕，所以所有的裂纹没有横向的，都是沿着剑身，朝着剑柄延伸。

李道机点了点头，见到披发男子身前案上有些用于捆扎东西的布条，他随手扯了数根，将这柄残剑包裹起来，绑在背上，然后取出了一个钱袋，丢给了披发男子。

披发男子合上剑匣，看着转身走出去的李道机，脸上骤然浮现出诡异的冷笑："你的运气不错，这柄残剑一直没有人看得上，只是我倒是有些想不明白，是什么事让你居然还记起了这一柄对你没有用处的残剑。为了这样一柄残剑丢了性命的话，值得吗？"

李道机没有说任何的话，他只是沉默地走出这间吊脚楼，朝着他马车停驻的方位走去。

一名身穿深红色棉袍的男子不知何时出现在了他的身后。

这名男子和李道机看上去差不多年纪，左脸上有一条狭长的剑痕，他的身后，有着一柄分外宽厚的大剑，黑色的剑鞘是寻常长剑的三倍之宽，古朴的古铜色剑柄也比一般的剑柄至少大了两三倍。

这名男子一直跟着李道机，和李道机始终保持着数丈的距离，在这样的距离下不断地跟随，李道机不可能不发现。

然而无论是李道机还是这名男子，却都没有任何特别的表示，直到李道机走出鱼市，两人才几乎不约而同地停下了脚步。

"我早就和你说过，只要你敢出白羊洞，我就一定会杀死你。"身穿深红色棉袍的男子站立在鱼市的入口处，看着马车畔缓缓转身的李道机，无比冰冷地说道。

李道机看了这名男子一眼，依旧没有说话，只是右手落到了微微发出红光的剑柄上。

红袍男子唇角微微翘起，面上浮现戏谑的表情。

鱼市自有鱼市的规矩，即便是他也不敢不顾规矩，然而现在已经出了鱼市，便不需要再有什么顾忌。

所以就在他唇角微微翘起的这一瞬间，他便已出手。

他的身体根本没有任何明显的动作，他根本没有去拔背上的宽厚巨剑，然而他的半边身体，却是瞬间迸发出恐怖的气息，一股澎湃的真元汇聚着惊人的天地元气，像惊涛骇浪般涌入他的右臂衣袖之中。

平静的空气里骤然响起一道凄厉的啸鸣。

一柄薄薄的银白色小剑从他的衣袖里带着无比狰狞的杀意破空飞出，带出无数条白色的涡流。

原本此处周围已经有不少人发现了这名红袍男子和李道机的异常，有些人甚至兴奋地靠近了一些，然而此刻听到这样一声啸鸣，这些人却瞬间骇然地往后疾退。

因为这是飞剑！

唯有到了第五境神念境的修士才有可能修炼成功的飞剑。

大量聚集在飞剑上的念力、真元和天地元气，在给看似轻薄的小剑带来恐怖的速度的同时，也自然带上了恐怖的破坏力。

这样级别的修行者的战斗里，一柄失控的飞剑，便有可能瞬间刺破十余道院墙，不幸被斩到的人，即便不死，身上都至少被切下什么东西。

李道机的眼瞳剧烈收缩，瞳孔深处尽被这柄银白色小剑和其身后的气流充斥，然而他的脸色却依旧平静如常。

面对朝着自己额头疾飞而来的这柄飞剑，他的右手以惊人的速度挥出，铮的一声清脆振鸣，红色剑柄连着的是细长的纯黑色的剑身，看上去色彩冲击异常地强烈，剑身和剑鞘脱离的瞬间，便化成一道惊鸿，准确无误地斩向银白色的飞剑。

第四十六章
丹剑道

眼看李道机手中的长剑即将斩中银色飞剑，红袍男子眉宇间闪过一丝狠辣的神色，他的左手五指微弹，原本已经在急剧飞行之中不断震颤的银色飞剑的尾端，陡然更加剧烈地震动起来。

哧哧数响，数团空气被剧烈震动的剑身瞬间压成晶莹的水花状。

银色飞剑好像快要折断一样，以不可思议的速度，骤然往下飘折下去，切向李道机的脖颈。

李道机的身体里一声闷响，一股急剧迸发的力量在他的指掌之间和剑柄之间猛烈地撞击。

他手中的剑柄红光大放。

纯黑色的剑身在一刹那竖立得笔直。

然而在接下来的一瞬间，这柄几乎和他的人一样长的剑，在力量的冲击下陡然奇异地往一侧弯曲。

纯黑色的剑身带出一股迷离的光焰，直接弯成了一轮黑色的弯月。

弯曲的剑身的某一部分，竟然准确无误地挡住了以惊人的速度飘折而下的银色小剑，两剑狠狠相撞，没有发出尖锐的金属震响，反而是如同两股洪流相遇一般，轰的一声，爆开无数的气团。

红袍男子面容骤寒，他一声厉喝，左手五指蒲张，硬生生地控住已经往上飞溅出十余丈的银色飞剑，与此同时，他的背上猛地一震，那柄异常宽厚的古铜色大剑从剑鞘中震出，落向他的身前。

也就在此刻，他的右手往前方上侧伸出，抓向落下的古铜色大剑的剑柄，但在此之前，一颗猩红色的丹药，也已经从他的右手衣袖中飞出，落入他的口中。

轰的一声。

这一颗只不过黄豆大小的猩红色丹药入口，在他的喉间竟然也发出了一声可怖的轰鸣，瞬间化为一股猩红色的气流，涌入他的腹中。

时间仿佛在这一刻停止。

李道机手中的长剑还如一轮黑色弯月，剑身还没有弹回。

然而红袍男子的身体，已经往前疾进。

他脚下的地面，已经无声地往下凹陷。

之所以无声，那是因为连声音都还来不及扩散。

古铜色大剑被他身体前行卷出的狂风带着往前飞行，宽厚的剑身贴着他的右手掌心急剧地往前滑行。

在和他的右手掌心接触的每一个极其微小的时间里，都有大量的真元从红袍男子的手心涌入这柄古铜色大剑的剑身。

古铜色大剑的剑身亮了起来。

一条笔直的符线，就好像被他的手掌彻底擦亮一样，从剑尖一直亮到剑柄。

红袍男子的手心终于握住了剑柄。

轰的一声，这个时候，他脚下的爆震声才传入远远旁观的人的耳廓。

一股猛烈的火焰从他宽厚的大剑上燃起。

这种火焰是青色的，就像有些丹炉里面的丹火。

红袍男子的脸色在青色的火焰上，却是一片猩红，就像是有浓厚的红汞粉末要从他的肌肤里渗透出来。

他前方的空气，被他手中燃起青色火焰的巨剑和他的身体蛮横地撞开，形成两股往两侧扩张的狂风。

他一步便到了李道机的面前，手上巨剑完全不像是一柄剑，而像是一根巨大的钢棍一样当头砸下，青色火焰再度轰然暴涨，竟然隐隐形成一个青色的炉鼎！

李道机原本狭长的双目在青色火焰的耀眼光芒下眯成了一条狭长的线。

他知道自己不能退。

一退，迎面而来的巨剑将会再度往前碾压，燃起的青色火焰将会更烈。

他原本一直垂在身侧不动的左手也落在了他红色的剑柄上，黑色的剑身上奇异地涌出一团团白色的天地元气，就像是有一只巨大的白羊角在从他的长剑里钻出来。

没有任何的花哨，他手中的长剑和迎面而来的巨剑狠狠相撞。

红袍男子一声闷哼。

他的身体往后一挫，然而这一瞬间，已经彻底弥漫他体内的药力，却再度给了他强大的支持，他的身体牢牢在原地站定，手中的巨剑依旧前行。

场间再度卷起狂风。

李道机身侧的马车在狂风里往一侧倾覆，一个车轮悬空，而另外一侧的车轮车轴里，发出吱嘎难听的摩擦声。

咚！

李道机的身体就像是被数辆战车迎面撞中，顷刻倒飞十余丈，狠狠撞在后方一株槐树上。

他的脸色瞬间苍白如雪，嘴唇却是鲜艳如血。

他背部飞溅出一些鲜血，背撞到的槐树树干树皮全部炸裂开来，无数原本已经枯黄的叶子一瞬间脱离了枝头，簌簌落下。

无数飘舞的黄叶包裹着一名背部血肉模糊的剑师。

这凄美的场面唯有让人想到末路。

红袍男子的身体里浮起一丝难受的燥意，他知道这是那颗丹药的副作用，然而看到这样的画面，他还是感到了由衷的欢喜。

然而也就在此时，他的呼吸骤然一顿。

他感觉到一股死亡的气息从上方袭来。

上方只有飘舞的黄叶。

"不对！"

他的眼瞳剧烈地收缩，在这一刹那，他才看清楚一片飘舞的黄叶后，竟然紧贴着一柄通体发黄的小剑。

这柄小剑唯有两片黄叶的长度，它紧随着这片黄叶旋转，飘舞，就像毫无分量。

这名红袍男子的心中生出极大恐惧，他的左手一阵颤动，悬浮在他身侧的银色小剑随着他的念力所指急剧地飞向那道落叶般的黄色飞剑。

叮叮叮叮……

无数声密集的撞击声在他的头顶上方响起。

所有的黄叶全部被纵横的剑气绞碎，然而这名红袍男子的脸色更白，他发现自己跟不上这柄黄色小剑的速度。

李道机沉默地抬起了头。

他的背部和树干炸裂的槐树脱离，牵扯出无数丝血线。

血线在空中未断，他的人却已经到了红袍男子的身前。

他手中的长剑往红袍男子的身前斩出，黑色的剑身在空气里弯曲、抖动着，落在所有人的视线之中，却是化成了数十个大小不同的黑色光圈。

数十个黑色光圈在红袍男子的身前绽放。

红袍男子的脸色骤然变得无比雪白，手中刚往上扬起的巨剑在空中僵住。

已经根本没有意义。

他根本感觉不出此刻身前数十个光圈中真实的剑影会在何时落下，而且只是这一个分神，他的那柄银色小剑之前已经完全失去了那道枯叶般的小剑的踪迹。

噗……

似乎只是一声轻响，然而红袍男子的身上却是同时出现了无数道创口，喷出了无数道细细的血箭。

当的一声闷响。

红袍男子手中的古铜色巨剑狠狠坠地。

紧接着，他的身体也无力地凄然跌坐于地。

那柄银色的飞剑如在空中划出了一条银色的光线，落入了后方鱼市的一个院落中。

"怎么可能……"

红袍男子看上去异常凄凉，就连他的头发都被自己的鲜血湿透，他的脸上也溅满了无数的血珠，身体因为大量失血而感到异常地寒冷，不可遏制地颤抖起来。

他震惊而茫然地看着开始沉默地处理着背部伤口的李道机，苍白的嘴唇微微翕动："你怎么可能胜得了我？"

李道机有些艰难地拔出深深钉入自己背部的数根木刺，同时用脚挑起那柄跌落在槐树下的用布包裹的残剑。

他没有看红袍男子，也没有管自己唇角沁出的血线，只是缓慢地转身，走向一侧的马车。

"为什么？"

红袍男子情绪失控地叫了出来："明明你的飞剑和剑术都在我之上，为什么之前你一直不敢出白羊洞？你为什么不直接杀了我？"

听到这名男子的失神大叫，李道机缓慢地转过身子。

他用唯有两人能够听得到的声音，清冷地说道："我不出白羊洞，并不是因为我怕你，只是我没有必要证明什么。我不杀你，是因为我们韩人本身已经死得没有剩下几个，于道安，我曾经的师兄，你也算是我在这世上唯一的亲人了。"

李道机的身影消失在车厢里。

车轴已经有些异响的马车开始缓缓驶离。

红袍男子一时失神地呆坐在地，他甚至忘记了先替自己止血。

在战斗结束之后，周围一片死寂的街巷里，却是骤然响起无数声倒抽冷气的声音和惊骇的声音。

"那人到底是谁？"

"那人用的是什么剑法？"

……

这位名为于道安的男子和李道机的战斗实则非常短暂，在普通人的眼睛里，或许完全不像其余的第五境修行者打得那么凶险，打得那么惊心动魄。

因为在他们见过的一些有关飞剑的战斗里，那些飞剑凌厉而诡变到了极点，时而像雨线一样从天空急剧地坠落，时而贴着地面低掠，搅起大片的尘土，隐匿在尘雾之中，甚至无声无息地从地下飞出，或者绕到墙后，透墙而刺。

在那些战斗里，双方的飞剑会在空中不知道多少次缠斗，飞洒的火星在双方修行者的身侧会开出无数朵金色火花。

然而鱼市周围很多人都不是普通人，所以在他们的眼睛里，李道机和于道安这短短数息的战斗，更为凶险，更为让人窒息。

于道安一开始的飞剑折杀，那种让你明知变化都难以抵挡的简单决杀之意，往往出自经历过很多军队厮杀的修行者之手。

因为在那种乱战之中，他们必须更快更简单地解决掉身边有威胁的对手，否则一被纠缠，便很有可能被周围平时毫无威胁的剑师杀死。

而在接下来的一瞬，于道安更是直接吞服了刺激潜力的丹药，这种战阵中丹剑配合的丹剑道，是早已灭亡的大韩王朝的修行者常用的手段。

然而随着大韩王朝的灭亡，这样的丹药已经越来越稀少，能够如此熟练运用丹剑道手段的修行者，也越来越稀少。

少见，便意味着更难对付。

然而这样的一名强者，却都无法战胜那名乘着马车离开的剑师。

而且那名剑师，在长陵似乎是毫不出名，名不见经传的人物。

至少此刻鱼市很多见识不凡的人，都根本不认识李道机。

第三部分

第六十三章
淘汰的开始

谢长胜深吸了一口气，怒声道："你不要老是这副教训人的口气好不好？"

谢柔笑了起来，脸上散发着清冷的光辉，挑衅般看着谢长胜，说道："想要不被我教训，至少先在修行上超过了我，打得过我再说。"

谢长胜握紧了拳头，脸色微白，愤懑道："我一定会超过你。"

谢柔依旧微笑道："那是最好，否则将来若是连骊陵君的一个门客都打不过，那才是真正的丢人。"

谢长胜垂头不再说话，此时台上的端木炼，却是已经将祭剑试炼的规则全部说完。

绝大多数人的目光再次聚集在了何朝夕的身上。

所有参加祭剑试炼的学生里面，何朝夕和张仪、苏秦的修为最高，都是第三境中品之上的修为，可能张仪和苏秦会比他更接近第三境上品一些，但是这里面的差距不会太大，而且何朝夕所修的青藤枯荣诀或许会有想象不到的妙用。

论体力，却显然是花了大量时间在修身上的何朝夕要强。

在这样的规则之下，何朝夕自然是最有希望获胜的人。

然而在此刻这许多注视着何朝夕的人里面，墨尘却不是这么想的。

他知道他在这场祭剑试炼里，一定会让所有人都感到意外。

……

所有参加祭剑试炼的学生开始沿着山道朝着祭剑峡谷的入口行进。

没有人检查他们身上是否私藏食物，因为在接下来的三天里，所有身在祭剑峡谷里的学生会因为其中的阵法遮掩而看不到上方，甚至会在里面迷路，多走很多的冤枉路，但上面的观礼者却是可以在悬空的平台上，将他们的一举一动看得一清二楚。

丁宁跟随在队伍的中间，往下的山道越来越宽，但最终却没有直通到峡谷底部，出现在他们面前的，是落差有十丈左右的一片断崖。

断崖上有上百根青色的藤蔓直垂底部。

即便没有看过青藤剑院的祭剑试炼，丁宁也猜测了出来，等下所有参加试炼的学生便是要通过这样的藤蔓落入峡谷，只要略微有一点时间差，下方的法阵自然就会将他们区隔开来。

走至前方崖边的端木炼没有任何的废话，严肃而冷厉地说道："每人挑选一根藤蔓下去，前后隔二十息的时间。"

"你要小心。"南宫采菽看着丁宁，有些担忧地轻声说道，"不要心急。"

丁宁知道她这句话的真正含义是什么，于是他微微地一笑，说道："你也是，打不过就跑，这种长时间的试炼，谁也不知道最后发生什么。"

南宫采菽回味着丁宁这句话的意思，看着前方的学生已经开始依次滑下，她看了丁宁一眼："你先还是我先？"

丁宁说道："我先好了。"

南宫采菽看着他认真地说道："希望你能一直比我先。"

丁宁微微一笑："承你吉言。"

……

轮到丁宁，丁宁的动作很慢，很小心。

他蹲下身来，双手抓住藤蔓，将自己的身体垂下，然后双脚和爬竹竿一样夹住藤蔓，缓缓地滑落。

看他的身影缓缓地落入下方的山林之中，在他身后到达崖边等候的南宫采菽眼中充满了深深的担忧。

毕竟不管拥有何等的修行天赋和领悟能力，身体的一些动作和反应，也是需要时间来练习的。

丁宁此刻的动作，相比其他任何一名修行者，都显得太过笨拙。

然而对于此刻的丁宁而言，最困难的却是尽量显得笨拙一些，不要让那么多观礼者看出他太过敏捷。

毕竟今日的战斗不比当日在黑夜长巷里面对那么多江湖人物的战斗，这是正式出现在长陵修行者眼前的第一站，他无法肆无忌惮。

他的双脚平稳地落地，确认下方的草地可以承载自己的分量，他才开始打量起周围的景象。

从上方往下看，这个长满各种巨藤的峡谷里一片清晰，只是被众多的小树丛和巨藤分割出无数迷宫般的通道，然而此刻真正落入到这里面，脚踏上峡谷底部松软的土地，他却是看到周围到处弥漫着薄薄的雾气。

而且这雾气不是普通的白雾，而是一种诡异的淡淡青色。

这种雾气对于看远处的东西似乎没有多少的妨碍，然而却是有着奇异的折光效果，反而使得周围近处的一切都有些微微的扭曲和朦胧之感。

周围的藤蔓和在上方往下看时也截然不同。

从上方往下看时，似乎一些树木和藤蔓之间还有些空地，然而站在这里面，却是看到树木和藤蔓都是连得密不透风，只有一些拱门般的通道。

耳朵里一片静寂，那些和他差不多时候下来的学生应该和他相距也不遥远，但是却并没有听到任何的脚步声，看来这里面的法阵还有隔绝声音的作用，这样一来，便很难通过声音去躲避和追击一些敌人，陡然遭遇战的几率大增，同时捕猎兽类的难度也大增。

按照端木炼之前所讲的详细规则，进入这峡谷之后，如果不马上离开，在这里等着便算违规，所以丁宁开始动步，朝着前方一个拱门般的缺口走去，同时他微微地闭上了眼，开始静心地感知。

他感觉到了这里的天地元气果然很紊乱，在周围无数青藤的吸收和释放的一些独特元气的干扰下，这里面的天地元气，就像无数柄乱剑在里面飘浮。

这种布置，对于第六境之上的修行者可以说毫无用处，完全可以用体内蓄积的真元和天地元气直接打通一道沟通阵外天地的元气通道，然而对于他们这种境界的学生而言，却是已经足够。

从上方藤桥之间架着的悬空观礼台往下看，此刻祭剑峡谷入口处可谓是人头攒动。

因为一次便有近百名学生沿着藤蔓滑落到这数里的范围之内，所以对于上面观礼的人而言，这一片区域里现在到处都是人。

甚至数十丈的区域里，都有四五名学生在前行，只是在相隔这么近的距离下，却是互相都没有察觉，这使得整个画面有些显得可笑。

谢柔的目光始终追随在丁宁的身上。

此刻在距离丁宁不到十余丈的地方，便有一名青藤剑院的学生。

这名青藤剑院学生名为赵庆。

他是赵地平湖人士，元武八年通过考试入的青藤剑院，比起南宫采菽早两年入院，虽然也至今只是炼气上品的境界，和绝大多数青藤剑院的学生一样，还无法突破到第三境。

但长陵任何修行之地对于先前不属于大秦王朝疆域的赵地、韩地、魏地出身的考生考核更为严苛，赵庆能够进入青藤剑院，自然也是有比一般青藤剑院的学生更为出色的地方。

他双臂的力量，天生要比一般的同龄少年大出很多倍。

这是天生体质的关系，他的父亲，原先在赵地便是赫赫有名的力士。

双臂力量天生超出常人，便能用很多常人不能用的剑和剑法。

所以他平日里用的便是重量超过普通长剑数倍的阔剑，修的剑法也是大开大合的狂风剑经。

一柄分量极其沉重的剑，还有狂风般的速度，威力自然惊人。

所以在赵庆的内心深处，他也不认为自己全无希望胜出。

因为已经有过一次祭剑试炼的经历，所以他很清楚这并不是一场谁走得快就能胜出的比试，他走得甚至比丁宁还要小心和缓慢一些。

就在他刚刚缓步走过一个拱门般的缺口的瞬间，他身后的树丛之间，数条青藤突然无声无息地伸出，朝着他的后背飞速地接近。

在这些活物般的青藤距离他后背还有数尺的时候，极其警惕的赵庆终于反应了过来，一声厉喝，右手如电般拔出了背负着的阔剑，反手往后荡出。

噗噗噗，数声轻爆声响起。

这数条青藤竟被他这一剑全部震成无数青色的碎屑。

只是他还未来得及松一口气，他身侧的林间，又是一条青藤如剑般狠狠刺出。

这条青藤的表面闪烁着和方才数条青藤不一样的森冷光芒。

赵庆意识到了什么，脸色骤变。

他的口中再次爆发出一声急剧的厉喝，体内的真气不再吝啬地源源涌入手中的阔剑。

他手中阔剑的剑身上数条平直的符线亮了起来，通体闪耀出一蓬雪白色的剑气。

阔剑前端的剑气尤为浓烈，数尺见方的一团，给人的感觉他不像是在用剑，倒像是在用斧。

当的一声，剑藤相交，竟然发出了金铁撞击般的声音。

他的身体微微一晃，这条明显不同的青藤也被他一剑斩断。

然而也就在此时，他的心中骤然生出寒意。

他下意识地往脚下望去。

他脚下的落叶突然沸腾般往上跳跃了起来。

数条细小的藤蔓瞬间缠绕上他的脚踝，一瞬间的牵扯就让他的身体失去了平衡，往前倾倒下去。

他手中的阔剑再次闪光，往脚下削去。

噗噗数声，他脚下的藤蔓被他全部切断，但与此同时，他却是已经无法来得及阻挡前方再次射来的数根藤蔓。

他整个人被在地上拖行了数丈，接着撞在树墙上，被更多的藤蔓缠缚得越来越紧，不要说挥剑，就连呼吸都越来越困难，脸孔憋得通红。

赵庆一声悲鸣。

他极其地不甘，但他知道这个时候唯一能做的事情便是静止不动，不要再挣扎。

"为什么今年的祭剑试炼比往年难了这么多？"

在他的脑海里不可遏制地闪现出这样的疑问时，很多人的惊呼声也在祭剑山谷中响起，只是都被独特的阵法隔绝。

从半空中的观礼台往下看去，此时祭剑峡谷入口这一带的山林，已经变成了一片沸腾的绿海。

有很多人在惊慌失措地迎战，无数藤蔓的残破枝叶在飞散，也有很多已经像赵庆一样被缠住而无法动弹，只能接受一开始便失败的结果。

所有身处其中的青藤剑院学生此刻也是和他一样的想法。

今年的祭剑试炼怎么这么难？

往年在这种区域，根本不可能出现被他们习惯性称为藤蔓王的那种特别强大的藤蔓。

然而今年不仅是好像会遭受攻击的攻击点大大增多了，甚至于好像每个攻击点都会有这样的藤蔓王存在。

站在观礼台边缘的狄青眉此刻的嘴角却是浮现出一丝若有若无的笑意。

他自然理解此刻这些学生心中的震惊和不解，因为这种改变正是出自他的授意。

不管难度怎样，对于所有人而言是公平的，但这却能够更好地保证何朝夕这样的，他想要胜出的人胜出。

……

另外一侧的观礼台上，谢柔的眉头微微地蹙了起来。

相对于别处，丁宁行走的路线上似乎还算平静。

但也就在此时，她看到丁宁身侧的如墙的藤林中，也出现了一丝细微的异动。

原本软软地垂着的数根藤蔓，陡然涌入了某种力量，变得坚硬起来，就像数柄小剑，开始悄然地刺出。

第六十四章

修行者的剑

观礼台上另外一处，顾惜春的眼眸深处骤然闪过一丝喜色。

他的目光也一直停留在丁宁的身上。

青藤剑院山门外的赌约虽然因为谢柔而没有成行，然而他的许多话已然出口，丁宁一月炼气，再加上谢柔的当众削发立誓，这几日之间发生的故事一定会在长陵广为流传。

丁宁的表现越是出色，他在这个故事里的表现就会越加显得不堪。

不堪的名声，对于一名还未正式踏上王朝舞台的修行者而言，会带来无数不利的后果。

所以看到今年的祭剑试炼竟然有这样的难度，再看到此时丁宁行进的路线上也终于出现了陷阱，他的心中便充满了欣喜。

在他看来，丁宁绝对不可能通得过这关。

丁宁绝对会在这祭剑峡谷的入口处便被淘汰。

李道机此时的面色如常，看着丁宁身侧藤墙里的异动，他在心中轻声地说道："你自己那么有信心，总不可能在这第一关便让我看到你被吊起来的难看模样。"

……

丁宁比任何人都要更早地感知到身边藤墙里的异动。

他的念力能够覆盖的范围不过周身数丈，和第五境神念境之上的修行者的念力相比，更是弱小到可怜的地步，就像是飘散在风里的一些细微的丝缕，但相对于差不多境界的修行者而言，他的这些念力丝却更细密。

距离他不远处的赵庆在那些藤蔓距离背后数尺的时候，才有感应，而他在这些藤蔓刚刚开始异变时就已经醒觉，甚至他同时感知到，藤墙的深处，还有一股更强烈的元气在不停地注入一根截然不同的藤蔓。

以他真正的实力，他可以在此时便出剑先行切断那根还未完成蓄势的藤蔓，然而他十分清楚，若是这么做，便必定会引起那些观礼者的疑心，带来无数的麻烦。

所以在这一瞬间，他只是在脑海中再过了一遍野火剑经的诸多剑式，然后伸手握住了末花残剑的剑柄。

这时三根绿藤正好距离他身侧数尺。

这是很合理的距离。

所以他出剑。

扁尺般的断剑如闪电般斩出，因为他已至第二境，所以剑身上许多细小平直的裂缝里骤然充盈真气的同时，发出了许多细微的轻鸣声，剑身上平时隐没在墨绿色光华中肉眼难见的符文，也自然点亮。

洁白的光星在符文中流动，往上飘起。

墨绿色的剑身上，就像开起了许多洁白的茉莉花。

丁宁的眼眸深处骤然涌出些伤感的情绪。

他一步不退，出剑，就像是背后已经是他的末路。

一片剑影在他的身侧生成。

三根绿藤皆断。

……

谢长胜就像是看到了某种怪物一样，嘴巴骤然张大到了极致，露出了深邃的喉咙。

谢柔的眼睛里，迅速充满惊喜的光焰。

一片不可置信的吸气声在观礼台上响起。

顾惜春嘴角刚刚浮现的微笑僵在脸上，说不出地难看。

便在此时，丁宁身侧的那片藤墙猛烈地颤动。

数十片碎裂的藤叶首先喷撒出来，紧接着，一条甚至闪烁着类似金属光泽的粗藤，如利剑般刺向丁宁的胸口。

这条粗藤强大的力量甚至带出了一股股肉眼可见的风流。

然而丁宁不退反进。

他的后方的确是末路。

因为此时已经有数根细藤从他后方的落叶中窜出。

只是因为他这一瞬间的前进，所以拉开了和这数根细藤之间的距离。

他手中的末花残剑再次编织出一片绵密的剑影。

随着他的前行，一片片藤皮不断地飞起，如木匠刨出的刨花一样飞舞在他的身周。

而那条力量明显在他之上的粗藤，却始终无法将他缠住。

在又一片倒抽冷气的声音响起的同时，这根粗藤骤然裂开，裂成数缕白丝，软绵绵地在他身前散开。

丁宁平静地转身，挥剑。

地上窜起的数根细藤被他一剑便扫断。

没有藤蔓再出现在他的周围，他收起了剑，继续前行。

……

观礼台上不起眼的某处角落里，薛忘虚再次扯断了数根白须。

他听李道机说过丁宁对于野火剑经有着很深刻的理解，用剑已深得神韵，在这祭剑试炼之前，他也没有令丁宁在他面前用剑，毕竟到了他这样的年纪，很多时候都似乎是在自娱自乐，很多事情都保留一些期待感比较有意思。

然而他怎么都没有想到，丁宁对于野火剑经竟然掌握到了这种程度！

李道机的面容依旧没有什么改变，然而眼睛里却是充满了骄傲的神色，心想便是这几剑，在场所有这些修行之地的学生，有哪一个能在这么短的时间里，掌握到如此境界？

随着那根粗藤被丁宁切成数缕白丝裂开，顾惜春的脸色由苍白变成血红，真像是被人当面掌了两个耳光。

他比此刻观礼台上其余各院的学生都要强出许多，所以他更清楚那短短的数息时间发生了什么。

丁宁分别用斩、拖、反挑等数种剑势切断了那三根绿藤，接下来却又用缠削和引带、磕击等数种更为精妙的用剑手段刨掉了那根粗藤的坚硬表皮，并带得那根粗藤始终无法缠绕在他的身上。

最后从藤尖的割裂，更是毫无花哨的平斩与竖斩，完全在于精准。

在力量甚至不及那根粗藤的情况下，他给人如此轻松的感觉，破掉这些藤蔓的合击，完全就在于这繁杂的剑式的极佳运用。

但这怎么可能！

寻常的修行者哪怕用一年的时间专门苦练这一门剑经，都未必做得到这种程度。

只是一月的时间，怎么可能掌握得到这种程度！

"这不可能！"

很多声不可置信的呼声响起，仿佛替他喊出了此刻的心声。

谢长胜也是发出惊呼的人之一。

"是不可能。"

谢柔脸上那种瓷样的光辉越来越浓，她看了谢长胜一眼，认真地说道："除非他便真的是和岷山剑宗、灵虚剑门里的一些人一样的天才、怪物。"

……

丁宁已经往前走出了数十步。

在脱离最接近入口的这段距离之后，陷阱的数量似乎少了些，和他差不多纵深的那些学生也大多没有马上再遭到藤蔓的偷袭。

然而震惊的情绪还在观礼台上蔓延。

每年有资格成为岷山剑宗和灵虚剑门的真传弟子的数十人里面，有各种各样的天才，有些人即便从未摸过剑，但第一次摸剑的时候，那些剑在他们的手里就像他们天生的手臂和手指一样灵活。

只是那些人和他们这样的学院学生相距太过遥远。

因为那些天才都根本只是传说。

从整个大秦王朝以及许多属国、域外之地的无数年轻人里面甄选出来的那数十人，和他们隔着无数重的距离。

这些人能够利用岷山剑宗、灵虚剑门所能给予的一切资源修行，他们能够随意地进入岷山剑宗和灵虚剑门的许多处禁地。

而他们这些宗门的学生，首先必须在本宗门内的一些比试中胜出，才能代表宗门去参加岷山剑宗或是灵虚剑门的剑会。

　　即便能经过无数轮的淘汰，最终成为剑会胜出的数人之一，他们也只能依靠圣恩，获得短暂的进入岷山剑宗和灵虚剑门修行的机会。

　　要想更进一步，或者进入岷山剑宗和灵虚剑门的一些禁地，那还需要参加岷山剑宗和灵虚剑门宗门内的比试。

　　能够渡过这无数重的距离，也只不过和那些真正的真传弟子接近……所以说让这些观礼的学生如何相信，丁宁能够有和那些真传弟子一样的天赋？

　　顾惜春不能相信，所以他自然找出了自认可以承受的理由。

　　一定是李道机或者薛忘虚亲自花了大量的时间在他的身上，毕竟这野火剑经只是剑式繁杂，并不像一些特别玄奥的剑经，光是真气或者真元的配合之道就难以领悟。

　　丁宁还在平静前行。

　　观礼台上不少人的目光却反而落在了谢柔和顾惜春的身上。

　　他们尽管难以相信，但是心中却不由得想到，若是丁宁真的拥有那样可怕的天赋，谢柔这样的立誓，反而便是先将自己和丁宁之间建立了某种独特的联系。与此同时，在山门口完全不将丁宁放在眼中，甚至不觉得自己和丁宁在同一层面上的顾惜春，那该如何自处？

　　感受着身周众人这样的目光，顾惜春的情绪莫名地有些难以控制，他忍不住不冷不淡地说了一句："藤蔓再怎么灵活，都比不上修行者的剑。"

　　徐鹤山的眉头深深地皱了起来。

　　年轻人的火气自然都比较盛。

　　他觉得在顾惜春完全不了解丁宁、没亲眼见过丁宁之前，在山门口说出那些话也情有可原，毕竟顾惜春是影山剑窟数十年来最优秀的学生，修行一月通玄，接下来也只用三个月的时间便突破到了第二境炼气境。

　　在今日所有到场的学生里面，顾惜春也应该是最强，而且强出不止一点。

但是徐鹤山认为丁宁既然已经真的做到一月炼气，再加上方才已经展现出惊人的剑技，那不管怎么样，丁宁已经足够证明了他的能力。

"你这么说便很没意思。"

所以他忍不住出声。

他看着顾惜春，也不冷不淡地说道："至少从丁宁目前表现出的所有东西来看，他已经超过我们在场绝大多数人，你看不起他，便更是看不起我们所有人。而且，任何时候话都不要说得太满，因为若是接下来他面对修行者的剑也是同样出色，你便更容易下不来台。"

徐鹤山的话语已经很不客气，顾惜春的眉宇之间除了冷意之外，便已不由得露出了些煞气。

他嘴唇微启，但是却一时没有说话。

因为就在此时，他和所有观礼者看到，丁宁和一名赶路的学生越来越为接近，两人就将遇到。

丁宁马上就要遭遇修行者的剑。

第六十五章
好 剑

顾惜春和徐鹤山并不认识即将和丁宁遭遇的那名肤色黝黑的少年，只是从身上的院服判断出应属青藤剑院。

所有在场的青藤剑院的人却都知道，这名肤色黝黑的少年名为俞镰，是柳泉郡人士。

柳泉郡多的便是烧窑的窑口，这俞镰便是某个窑长之子。

虽然出身平凡，但他的修为进境在青藤剑院也已算中上，已是炼气上品的修为。

在所有人的注视中，俞镰和丁宁两人隔着一道藤墙缓步前行，道路的尽头是同一个出口，两人终将相遇。

……

几乎同一时间，丁宁看到了身侧这名肤色黝黑的青藤剑院学生，而俞镰也看到了丁宁。

两个人第一时间的反应一模一样，都是凝立原地，手握剑柄。

丁宁的神情平静，而俞镰的面容紧张，眼神有些犹豫。

这并非是一天之内就能完成的试炼，所以任何人都想尽可能地将力气留到最后，但是想到每日里必须战胜一名对手获得对方身上的令符，又想到对方是白羊洞风头最劲的天才，若是自己直接将之淘汰，观礼台上的师长必定会非常高兴……一想到这些，俞镰眼中的犹豫便迅速消失，化为幽火。

铮的一声轻鸣，他紧盯着丁宁，没有任何的言语，拔剑出鞘。

他的剑通体幽红，散发着玉质般的光泽。

"好剑！"然而丁宁却是看着他的剑，赞赏道，"这是什么剑？"

俞镰微怔，拘于礼数，他轻声应道："名为暗火，出自柳泉郡秘火剑坊。"

丁宁颔首，拔剑横于胸前。

和俞镰的暗火剑相比，他的残剑只有三分之一的长度，看上去小得有些可怜。

所有人以为他接下来准备应战，俞镰也以为他即将要出手，然而就在下一瞬间，丁宁的整个人却是朝着侧前方的一处藤墙缺口疾掠了过去。

观礼台上一片哗然。

徐鹤山等人尽皆愣住。

丁宁竟然直接就选择了逃。

虽然这种试炼的规则的确可以逃，然而按照大秦王朝的风气，这种一对一决斗之下直接逃离，是非常丢脸和懦弱的事情。

顾惜春怔了怔，随即脸上浮现出浓浓的嘲讽的表情。

"连面对修行者的剑都不敢，看来他并不像你们认为的那么出色。"他转头看着徐鹤山，讥讽地说道。

徐鹤山皱眉，看着拼命逃离的丁宁，他心中亦是不快。

俞镰也根本没有想到丁宁会转头就跑，但他也马上反应了过来，一声轻啸，追了上去。

丁宁是刚刚到了炼气境，他是已然炼气上品境界，两人之间隔着两个小境界，他的身影便明显比丁宁有力得多，快得多。

只是几个起落，他便已经追到了丁宁的身后，不足一丈。

逃也逃不掉，反而多让人看不起而已。

顾惜春脸上嘲讽的意味更浓。

然而就在此时，异变陡生，丁宁和俞镰身侧笼罩着青色雾气的藤墙突然一颤，闪电般刺出数根青藤。

丁宁脚下的步伐没有丝毫的停顿，手中残剑一切一挑，将首先近身的两根青藤切断，继续往前冲出。

俞镰大吃一惊，手中幽红色长剑的剑身上骤然浮现一层淡淡的幽红火焰。

他一剑横扫，攻向他的一根青藤也被斩断，切口一片焦黑，然而也就在此时，噗的一声轻响，一蓬碎叶如喷泉般涌出，一根粗大的藤蔓带着呼啸的风声，狠狠朝着他卷来。

俞镰很清楚此种藤蔓的威力，顿时脸色微变，体内再度一股真气涌入手中长剑。

嗤的一声轻响，先前他手中这柄幽红色长剑剑身上的幽红火焰反而全部消失，但整个剑身却温度急剧地升高，剑身像在火炉里放了许久一般，通体赤红。

他的剑在手中竖起，往上竖直，然后猛地往上刺出。

火红滚烫的剑尖，轻易地刺穿了这根已经接近他胸口的粗藤的如铁般的表皮，狠狠钉入内里。

观礼台上很多学生面容微寒。

他们认出这是焚天剑经中的"烈烛焚天"一式。

这是极其凌厉的近身剑式，直接在数尺的方圆内战斗，若是无法躲开这一剑，便是直接被一剑由下往上洞穿下颌，然后直接入脑，一剑绝对毙命。

此刻疾伸过来的粗藤前端被这一剑钉穿，眼见俞镰的剑身已经要顺势前行，就要一剑直接将这根粗藤从中劈开，破成两片。

然而也就在此时，在他前方逃遁的丁宁却是骤然停顿，转身！

一点墨绿色的剑光从他的手中飞起，直斩俞镰的手腕。

这绝对又是所有人没有想象到的变化。

俞镰的脸上充满惊怒的表情，他一声厉喝，身下飞起无数的尘土和碎屑，他的双脚如两根铁柱狠狠深入下方的土地。

因为就在此时，几根细藤也已经迅速地朝着他的脚踝游来。

虽面临三处夹击，他丝毫不乱，确保自己接下来一瞬能够站稳的同时，他的剑猛地一震，剑身抬起，磕向丁宁斩来的残剑。

虽然听不见声音，但观礼台上所有人也可以看到他这柄通红的长剑周围热空气猛地一炸。

剑身上的赤红迅速消隐，先前浮满的那种幽火却是猛烈地往外翻开。

被他这柄剑钉住的粗藤前端迅速变得焦黑，就将燃烧起来。

丁宁手中的残剑切入这种幽暗而温度惊人的火焰，他真气涌入墨绿色剑身上的符文之后，形成一朵朵洁白茉莉般的剑气在力量上显然和这些火焰有着极大的差距，嗤嗤嗤地一朵朵熄灭。

滚烫的热气甚至让他的手臂肌肤都感到了灼痛，然而他并没有收剑。

他的剑刃和这柄暗火长剑相交，却是几乎没有发出什么响声。

这一瞬间，他手里的这柄墨绿色残剑，就像是一条十分滑溜的鱼一样，贴着暗火长剑的剑身迅速地滑下，切向俞镰持剑的手指。

俞镰心中涌起强烈的不可置信的感觉，对方难道在修行之前，已经炼过许久的剑，在此刻竟然能够做出这样的反应？

他的脸色顿时变得苍白无比，手中的剑在这一瞬间硬生生地转动了半圈。

当的一声轻响。

丁宁手中的残剑被磕开数尺。

啪啪啪啪……

他的双脚下也响起无数鞭击般的响声，数条细藤缠上他的脚踝，一时无法拖动他，只是再次震起数片尘土。

丁宁的面容依旧平静如常，他的脚步轻移，墨绿色残剑再次盛开很多洁白的花朵，切向俞镰的手腕。

若是在平时，俞镰有很多种方法可以避开这一剑，甚至直接挥剑反击。

然而此刻他的长剑正和那根粗藤在僵持，他的身体也是牢牢地钉入泥土里，只要提起脚，恐怕下一瞬间就会被那几根细藤拖飞出去。

他没有其余的选择，唯有弃剑。

否则他的手腕便会被丁宁这精巧的一剑切断。

俞镰松开握剑的手，浑身轻轻地颤抖。

叮的一声轻响。

丁宁手中的剑光一转，挑住暗火剑的剑柄，瞬间将这柄剑挑得从粗藤中退出，挑飞出去。

同时他的身体毫无停留地往一侧闪开。

乘着前端焦黑的粗藤卷在俞镰身上的同时，他再度朝着藤墙前行，手里的残剑再度挑起大片绵密的剑光，只是数息的时间，便将这根粗藤切断。

被斩断的粗藤就像数圈粗麻绳一样从俞镰的身上掉落在他的脚下。

以俞镰的力量，他此刻能够做到挣断脚下的那数根细藤。

然而他手中已无剑。

仅凭血肉之躯，他根本不可能和丁宁手中的剑抗衡，哪怕那只是一柄残剑。

而且他十分清楚，若是在真正的战斗中，丁宁那一瞬间不会先割断那根粗藤，而会先将他杀死。

所以他无比难过地垂下了头，颤声道："我输了。"

丁宁点了点头，他没有说话，喘息着，等待俞镰交出身上的令符。

……

观礼台上一片寂静。

"好剑。"

徐鹤山的声音打破了寂静，他看着坠落在地上，还在发烫的暗火剑，鼓起了掌来："出自柳泉郡名匠之手的暗火剑果然是柄好剑，真气行走于符文和剑身之中，便能引燃起温度这么高的火焰，只是这一战，却自然是手持残剑的丁宁表现得更好。"

顾惜春的脸上已笼了一层寒霜，他当然清楚徐鹤山这些话是针对他。

"只是凑巧而已。"

他冷冷地看着徐鹤山，说道："若是那里正好没有那样一个陷阱，此刻认输的便应该是丁宁。"

徐鹤山停止了鼓掌，反唇相讥道："能够利用周围的一切，这也是一种能力。"

顾惜春面无表情地说道："只可惜绝大多数修行者之间的对战，是没有这种取巧的地方的。平常战场上的对决如是，街巷中的战斗如是，甚至岷山剑会里的比试也是没有任何取巧的地方。相比这些小手段，我更加相信绝对的实力。"

徐鹤山并不是个擅长辩论的人，顾惜春的话令他很生气，然而一时间他却是想不到用什么话语来辩驳。

所以他只是阴沉着脸陷入了沉默里。

一旁之前很是活跃的谢长胜此刻也陷入了沉默。

谢柔说的那句不要今后连骊陵君的一名门客都无法战胜给了他很大的刺激，而此刻丁宁的表现，更是让他没有了任何玩闹的心情。

"他的确非常出色，但是他手里的那柄是什么破剑？和对方那柄剑相差那么远。"他沉默了片刻，忍不住说道，"白羊洞难道连买柄好剑的钱都没有吗？"

听到他这句话，谢柔摇了摇头："白羊洞的师长既然给了他这样一柄剑，自然会有他们的用意。而且你不要每次开口都显得那么纨绔，都是钱钱钱。"

"会花钱不算是真正的纨绔，会花钱还修行修不出个名堂，才是真正的纨绔。"谢长胜脸上没有笑意，他又像是回答谢柔，又像是自言自语般轻声说道。

第六十六章
没有人想到的方法

一名排名中上的弟子被丁宁击败，对于端木炼而言，怎么都不是件愉快的事情，然而此时端木炼的脸色却反而柔和了一些。

丁宁的表现虽然已经太过优异，但毕竟修为有限，而且就连身体都明显比所有白羊洞和青藤剑院的弟子要差一些。

虽然他把握住了机会击败了俞镰，但俞镰这种级别的对手也应该便是他的极限。

青藤剑院此刻剩余的弟子里面，比俞镰强的至少还有十余名。

所以不管最终结果到底如何，至少这名酒铺少年肯定是无法最后胜出的了。

看着将夺取的木制令符挂在腰间继续前行的丁宁，他拔出了观礼台边缘的一面青旗，朝着峡谷中挥动了数下。

随着他手中青旗的挥动，祭剑峡谷里开始缓缓飘出四股狼烟，随后越来越浓，最终形成四条凝结不散的烟柱，直冲上天。

……

丁宁首先感觉到了风中的烟火气，然后他也马上看到了那四条狼烟。

他的眉头缓缓地皱了起来。

那四条狼烟所标定的区域大约是在这个峡谷总长的三分之一的方位，按照这个峡谷共三天赶完的日程而言，这个标定无可厚非。

然而按照这次祭剑试炼的规则，是每日正午时分都必须要进入那四条狼烟标定的区域之内，否则就以失败论处。

但是第二天和第三天是在后半夜就可以开始出发赶路，而今日里落到这峡谷底部都已经接近正午，所以这第一天必定要赶得很急。

　　赶得很急，便更耗体力，对于他而言更加不利。

　　他计算了一下时间，估计要一路小跑才有可能到达。

　　也就在此时，他的感知里，却是又感觉到了一丝异样的动静。

　　原本已经准备开始加速的他骤然停顿下来，迅速转身。

　　就在他转身的这一瞬间，就连观礼台上绝大多数人都没反应过来，一条如狼般大小的黑影从他后方藤墙中的底部骤然冲出，弹跳不已。

　　感觉到对方这一跃之间的力量，丁宁双脚用力扎地，身体往后微仰，体内的真气滚滚冲出，涌入他手中的残剑。

　　残剑上盛开无数洁白色的小花，往上挥洒，瞬间切中黑影的腹部，并顺势将这条黑影从他的头顶挑了过去。

　　没有任何的鲜血飞洒。

　　唯有一条明亮的火星顺着剑刃切中的地方，不断地亮起。

　　"什么东西？"

　　观礼台上的绝大多数学生也从别处看到了这个黑影，不由得面面相觑。

　　这个黑影是在四条狼烟涌出之后才刚刚出现，给他们的感觉，倒好像是随着狼烟的燃起，很多关着这种东西的笼子同时打开，将这些东西放了出来。

　　"啪"的一声。

　　黑影重重落地，溅起一蓬飞尘和无数的落叶。

　　观礼台的绝大多数人依旧没有看清这到底是什么东西，然而丁宁却是已经忍不住皱起了眉头，轻声自语道："原来是你……想到要吃你的肉，可是有些倒胃口。"

　　尘埃和落叶散开。

　　观礼台上的许多学生终于看清，齐齐发出了一声惊呼。

　　趴在砸出的凹坑里，瞪着血红的双目，对着丁宁虎视眈眈的，是一头浑身漆黑的巨蜥。

　　巨型的蜥蜴很多山中都有，然而却没有哪一种蜥蜴身上的鳞甲如此地坚硬。

丁宁眼前的这头巨蜥身上的鳞甲看上去完全就像玄铁，每一片都有两三个铜钱的厚度，看上去完全就像是披了一层特制的玄甲一般。

所以这便是巴山中特有的披甲蜥。

在巴山，这种披甲蜥还有一种称呼，叫作腐毒蜥。

因为这种蜥蜴是任何腐烂的食物都可以吃，它的唾液和胃液，本身便是富含各种剧烈的毒素。

丁宁有信心杀死这样的一头巨蜥。

只是想到要以这种东西为食物，又要浪费许多时间，又要很累，他就怎么都愉快不起来。

……

"何朝夕！"

看台上响起了数声惊呼。

无独有偶，在距离丁宁有数百丈之遥的地方，很多青藤剑院的人目光始终追随的何朝夕面前也已经出现了这样的一头巨蜥。

"这是披甲蜥。"观礼台上，徐鹤山转头看着身旁的谢长胜，凝重地说道。

"看上去除非是特别锋利的名剑，否则炼气境的修行者根本无法切开它身上的鳞甲。"谢长胜蹙紧了眉头，说道，"它的眼皮上都有鳞甲……似乎它张开的嘴是弱点？"

"如果你真的想要这么做，你就完了。"徐鹤山摇了摇头，说道，"它的牙齿比它的鳞甲还要坚硬得多，它的咬合速度也比身体其余所有部位的动作要快，而且它的咬合力比它四肢的力量还要惊人，即便你能刺伤它的喉咙，它也可以咬住你的剑。很多不了解它的剑师，便是以为它张开的嘴是弱点，结果被它杀死。"

谢长胜心中骤寒。

他可以想象，若是像他这样的修行者失去了手中的剑之后，再面对这样一头浑身铁甲般的披甲蜥，那下场会是何等地凄凉。

"希望姐夫不要和我一样，想用剑去刺它的咽喉。"他由衷地说道。

在他的声音响起的同时，何朝夕这名公认青藤剑院第一的学生，却是面无表情地继续向前，似乎他的面前是空气，根本不存在这样一头狰狞的猛兽。

他身前的披甲蜥似乎感受到了他的轻慢，从喉咙间发出了一声怪异的咆哮，也和那头突袭丁宁的披甲蜥一样跃了起来。

观礼台上很多人的瞳孔骤然收缩。

因为此时何朝夕的肌肤表面骤然闪现出一层青色的荧光。

他肌肤下的每一条肌肉，都好像活动了起来，凝结出一股可怕的力量。

他脚下的土地无声地凹陷了下去，他的人也跃了起来，身影瞬间出现在这条披甲蜥的头顶上方。

他拔出了背负着的长剑，一剑斩落。

他的长剑是奇特的枯黄色，完全就像是一柄枯黄的木剑。

然而一剑斩落在这头披甲蜥的头顶，却是如同一座巨山震落。

所有的人都可以看到一团环形的空气在披甲蜥的头顶炸开。

然后这条披甲蜥瞬间落地，入地数尺，再次爆开一股环形的气浪。

谢长胜的眉头不由得一跳，嘴角微微抽搐。

这完全是没有任何花巧的蛮力应对，他可以想象出这一剑的分量，恐怕只是这一剑，这头披甲蜥就算不死，脑袋里也已经被震成一团糨糊。

何朝夕实在太强！

……

与此同时，和丁宁对峙的披甲蜥也已然动作。

地上骤然卷起一条狂风。

落叶如浪往两边疾分。

这条披甲蜥腹部贴地，四肢却是频率惊人地划动着，整个身体就像是一柄贴地的黑刃在急剧地滑行。

地面三寸对于修行者而言一直都是危险之地。

因为要俯身对付来自地面的攻击，总是比站直了身体对敌要困难得多。

更何况丁宁手里的剑比其余人的剑要短得多。

谢柔的呼吸骤顿。

因为此时，丁宁已经出剑。

他弯下腰，手中的剑便是明显往披甲蜥的口中掠去。

她甚至有些不敢看接下来的画面。

然而就在下一瞬间，她的眼睛骤然瞪大，不由自主地发出了一声惊喜的轻呼。

丁宁的剑没有刺入披甲蜥的咽喉。

他的剑只是贴着披甲蜥的双吻掠过。

一截猩红的长舌掉落下来。

看似风波不惊，然而狰狞前行的披甲蜥却是好像被人用巨锤在鼻子上狠狠锤击了一下一样，身体骤然一僵，甚至不由得往后一缩。

鲜血混杂着腥臭的唾液从它的口中不断地漫出。

徐鹤山和谢长胜的目光才刚刚转到这边，他们的脑海里才刚刚闪现丁宁该如何应付的念头，这样的画面，却是让他们再度愣住。

这是他们根本想都没有想到过的事情。

丁宁竟然是一剑切断了披甲蜥来不及收回的长舌。

就连李道机都愣住。

他也根本没有想到丁宁会出这样的一剑。

……

在许多人惊讶的目光里，丁宁手中往上掠起的残剑却是在空气里陡然停顿，剧烈地一震。

这一个动作，很像是在用扁尺拍击一个停留在窗纸上的苍蝇。

这猛烈的一震，剑身上顿时飞洒出许多细小的血珠，许多洁白的花朵。

细小的血珠来源于披甲蜥被切断的长舌，洁白的花朵来自于他的真气和剑身上符文的反应。

这些细小的血珠和洁白的花朵，一齐溅向披甲蜥的双目。

披甲蜥下意识地闭目。

然而丁宁此刻的剑身距离它的双目实在太近，在它闭上眼睛之前，许多细小的血珠和洁白的花朵已经狠狠溅射在它脆弱的双瞳上。

它的眼瞳上顿时渗出许多更为细密的血珠。

它一声惨嚎，前肢以惊人的速度往前乱抓起来。

丁宁深吸了一口气。

他手中的墨绿色残剑上再次盛开无数细小而洁白的花朵。

他用自己目前最快的速度，往下挥剑，斩杀。

左一剑，右一剑，他的剑以极快的频率和节奏，不断地斩在这头披甲蜥的左颈部和右颈部的同一位置。

披甲蜥双目暂时无法看清，双爪不停地乱抓，然而却始终慢上一拍，等左颈被斩抓向左侧之时，剑光却已落在了它的右颈，抓向右侧时，剑光却已落在了它的左颈。

在丁宁不断的连续斩杀下，它颈部两侧的鳞甲终于出现了破裂，开始飞溅出鲜血。

一阵阵剧烈的吸气声在观礼台上响起。

原本目光被何朝夕牢牢吸引的人也因为这种异样的吸气声而转到了丁宁这边。

看到丁宁此时的画面，他们的身体都是不由得一震。

"此时的斩杀，真是毫无美感，没有多少技巧可言，简直就像是在砍木头……"徐鹤山脸色苍白，深吸着气缓缓地说道，"只是谁会想到这样的一头披甲蜥会像一截木头一样被人砍？"

另外一边的何朝夕只是又出了一剑，便直接斩杀了那头披甲蜥，现在已经开始在被杀死的披甲蜥身上取肉，和何朝夕相比，丁宁显得很弱小。

然而越是显得弱小，此时这样的画面，却反而更加震撼人心。

第六十七章
真正的大逆

在丁宁毫无美感的砍木头一样的砍杀下，披甲蜥的两侧颈部被全部切开，它身体和前肢的动作越来越慢，最终在整个头颅接近掉落时彻底不动。

丁宁剧烈地喘息着，毕竟限于修为，他的双臂已经开始酸软，真气的耗竭也让他开始感觉到疲惫。

只是他知道自己没有什么时间停留，看着血肉模糊的披甲蜥，他蹲下身来，将手里的末花残剑当作撬棒，撬掉了披甲蜥背上的数片鳞甲，然后小心翼翼地开始割肉。

对于他而言，杀死这种走兽取其血肉的事情已经十分久远，所以此时还是不免感觉到有些恶心，最为关键的是，披甲蜥的内脏，尤其是胃囊里面满是可以让修行者患病的毒素和脏东西，所以他要控制着自己的剑锋不要太过深入，不要在切肉的时候割破内里的内脏。

看着他小心割肉的样子，一名和谢长胜一样同样来自白云观的学生从震撼中回过神来，忍不住轻声感叹地说道："他懂得好像也很多。"

徐鹤山深吸了一口气，缓声道："陋巷之中读书多。"

顾惜春的双眉再次往上挑起，眼睛微微眯起。

他很清楚徐鹤山这句话是针对他的反击。

因为这是大秦王朝的一句老话，包含着两层意思。

一层意思是平常的市井陋巷之中出身的人都很少有成为修行者的机会，所以大多数都只能读书，在成为智士谋士方面谋求出路。

另外一层意思是，正是因为那些出身于市井陋巷的人成为修行者会比贵族子弟艰辛，所以想要成为修行者的那些人，对于修行知识会更加地渴求，他们会如饥似渴地去看任何一本能够寻找到的有关修行的书籍。

所以很多出身于陌巷的修行者，往往懂得更多，尤其在成为修行者之后，他们会更加珍惜一切修行的机会，更加努力，往往能够拥有很高的成就。

"他的起步还是太晚。"顾惜春想了想，觉得再为距离自己还十分遥远的丁宁争执有些自降身份，所以他最终还是平静了下来，只是轻声地说了这一句。

这句话很公允，所有周围观礼的学生心中都很认同，都沉默了下来。

因为哪怕只是出身在寻常贵族门户，以丁宁此刻表现出来的天赋，恐怕早个六七年，他就已经可以踏入修行之路，而且家里必定会尽可能地给予各种有助于修行的东西。

然而他到了这个年纪，才只修行了一个月的时间，所以哪怕他拥有惊人的修行天赋，此刻和何朝夕、和顾惜春，甚至和南宫采菽相比，都已落后了很长的距离。

或许正是这种天然落后六七年的差距，今后在各种比试里便会始终落后，永远难以追上。

徐鹤山知道这是事实，他无法辩驳，也陷入沉默，但是他更加觉得不公，所以心中越发觉得闷气，脸色越加难看。

"他起步的确太晚，但是我们寻常人用走的，他却是竭尽全力跑的。"然而就在此时，一声清澈而带着说不出的力量的女声再次响起，传入所有人的耳廓。

谢柔在此时出声。

她的目光始终没有从丁宁的身上抽离。

此刻的丁宁已经完成了从披甲蜥背上的割肉，披甲蜥背上的肉最厚实、最粗、最难吃，然而相对最为干净和安全。

略微处理了一下割取的两条肉，滴掉了一些血水，用布和藤条将这两条肉负在背上之后，因为时间对于丁宁显然已经十分紧张，所以他开始朝着狼烟四起的区域快速地奔跑起来。

这两条肉加起来不过十余斤的分量，但是因为他的身体相较其余的修行者更为弱小，再加上他方才连续经历了两次激烈的战斗，尤其在杀死这头披甲蜥和割肉之后，喘息还未匀，所以此刻他跑起来便显得分外地艰难。

即便是身处观礼台上的人，都可以清晰地看到丁宁的双手和双腿都有些异样地发颤，都可以看到他的胸脯好像快要破了般剧烈地起伏。

从他口腔中喷出的灼热呼吸，和他身上蒸腾的热气，在他的身前和周围始终涌起一层层的白雾。

此刻几乎所有在入口处这片区域里没有遭受淘汰的白羊洞和青藤剑院的弟子，都已经遥遥领先丁宁。

其中有些行进得最为顺利的人，甚至已经接近狼烟围起的区域的边缘，即将到达必须进入的区域。

丁宁一个人有些孤单地落在最后。

甚至观礼台上所有的人都可以轻易地判断出来，以他此刻的奔跑速度，在没有多少意外的情况下，他也只是能够在正午之前，勉强进入狼烟围起的区域。

只是他此刻艰难而顽强，平静地奔跑的姿态，却是足够让人感动，并感受到某种很多人都不具有的力量和意念。

谢柔脸上弥漫着瓷样的清辉，她的眼睛里却有接近正午的阳光般的感动。

丁宁感动了她，她眼中的光焰，也让观礼台上更多的人感动。

丁宁在艰难地奔跑。

他在和时间赛跑，也在追赶着那些已经接近必须到达的区域的白羊洞和青藤剑院的年轻才俊们。

他的身体接近极限，呼吸之间胸腹里好像有团火在烧，说不出地难过。

但是他的眼神始终平静而清冷，看得分外长远。

因为看台上的谢柔和其余所有人都不知道的是，他此刻的追赶还有更多的意义……因为他在追赶的，还有自己的生命，还有长陵那些位高权重的强大修行者，那些王侯、皇后和两相，还有那高高在上，大秦河山大地尽在脚下，修行已至第八境的皇帝陛下。

……

就在丁宁正在艰难地奔跑着时，一名身穿着黄色蟒纹官袍的男子正背负着双手，站在一片军营里的演武场上，冷漠地看着远处长陵的街巷。

因为长陵太大，看不到尽头，所以显得茫茫然。

这名男子肤色莹润，散发着黄玉般的光泽，额头宽阔，眼神里蕴含着极大的气势，似乎随时可以将整座军营握在手中。

他自然就是虎狼北军大将军梁联。

此刻他的身侧，站立着一位看上去四十余岁的黑衫师爷。

和那位感叹一将功成万古枯的修行者一样，这位黑衫师爷的头发也已经花白，脸上也全部是风霜留下的痕迹。

"你真的觉得我必须这么做？"

梁联看着茫茫然的远处，认真地问身旁这位沉静恭立着的师爷。

"将军您必须这么做。"黑衫师爷点了点头，轻声说道。

梁联转头看着他，说道："公器私用，动用些手段从长陵的市井人物手里抢些自足的资本，即便失败，最多也只是引起皇后和圣上的不喜，但放跑白山水这样的存在，得不到孤山剑藏，甚至企图和白山水勾结，这便是真正的大逆，圣上震怒，不知道会掉多少个头颅。"

黑衫师爷面容没有什么改变，依旧恭敬地轻声道："将军您比我更清楚您在长陵立足的根本是什么……您和夜司首一样，之所以能够好好地、显赫地活着，只是因为你们手里的剑有足够的分量，只是因为你们有利用的价值，只是因为你们的强大。"

梁联摇了摇头："我和夜策冷不一样。"

黑衫师爷也摇了摇头："您和那人有过关系，而且既然您背叛了那人，圣上便会觉得您也有可能背叛他。所以他始终没有像信任两相和那十三个王侯一样信任您。所以您不要觉得只要为皇后做事便可高枕无忧，若真是按照她和那些贵人的想法，让夜司首光荣战死，为皇后和圣上夺得孤山剑藏，那夜司首此刻的路，便就是您的路。"

梁联面容不改，只是一时沉默不语。

"夜司首和白山水这样的人越少，长陵越是安定，您便越是不安全，所以您不能轻易让这样的人消失。您的立足根本，永远来自于您自身的强大，只要您足够强大，哪怕不能封侯，至少也可以在关外镇守一方。"黑衫师爷缓缓抬起了头，缓慢而坚定地说道，"我们从关外的死人堆里爬出来……一个城死得只剩下我们两个的时候，我们都没有害怕。好不容易爬到现在这样的位置，已经死了那么多人，将军您难道反而怕了吗？以往我们所做的一切，都是为了能够将自己的路掌握在自己的脚下，这本身便是您一直教我的事情。"

梁联沉默了许久。

秋风卷起演武场上的黄沙，笼在他和黑衫师爷的身上。

他的面容却反而变得温和，他点了点头，对着黑衫师爷道："诺！"

第六十八章
分而食之

"他的运气可真是不错。"

观礼台上，顾惜春悠悠地出声。

已是正午。

在他们所有观礼的人的目光注视下，落在最后的丁宁终于进入了四条狼烟标示的区域。

在确定自己已经进入标示区域的瞬间，丁宁丝毫不顾及形象地坐在了地上，卸下了背着的肉条，然后靠在一株小树上，剧烈地喘息着。

从他肌肤上沁出的汗水，顷刻间便将他的衣衫浸湿。

这次顾惜春认为自己的话同样公允，因为哪怕只要沿途再多遭遇一两头这样的披甲蜥，丁宁便应该无法及时赶到而被淘汰。

然而就在他说出这句话的瞬间，他感觉到周围的目光都有些莫名地冰冷。

他微微地蹙了蹙眉头，很快想明白了周围的人为什么有这样的情绪，但是他却只是在心中冷笑了一声。

弱者的努力和不放弃的确可以换取很多人的欣赏和同情，只可惜往往最后的结果不会有什么改变。

白羊洞和青藤剑院在此时只有三分之一的人成功到达指定的区域，三分之二的人都在祭剑峡谷的入口处到这一段的路途里被淘汰了，这在他看来，白羊洞和青藤剑院的整体实力和他们的影山剑窟相比，也实在太弱了一些。

薛忘虚此刻坐在一侧观礼台边缘的一张垫着软垫的藤椅上，眼睛半睁半闭似乎快要睡着。

若是他此刻能够知道顾惜春脑海里的想法，他一定持反对意见。

因为一个宗门的强大与否，绝对不是由三境四境甚至五境的修行者数量的多少来决定的，而始终是由那个宗门最顶端的修行者所决定的。

有时候真正的强者，一名便足够。

秋风寒，汗湿重衫便容易更加耗费体力，尤其容易患病。

但丁宁的表现依旧让观礼台上的绝大多数人尊敬。

他在一阵剧烈的喘息过后，便开始设法生火。

他准备了足够干燥的枯叶和枯枝，并将一团干草揉成了絮状，直接用手中的剑在石上磕击出一蓬蓬的火星。

引燃了絮状的干草之后，他不停地吹着气，只是几个呼吸的时间，便将火燃烧得很旺。

火燃烧得旺，便足够温暖，而且几乎没有烟气升腾。

切断了数根青藤之后，他脱下了湿透的袍服，挑起来烤着，与此同时，他将那两块对于他而言显得有些沉重的肉条也叉在火上烤了起来。

青藤剑院的一些杂役此时也已经做好了饭食，一个个装着许多食盒的藤制提篮在靠近观礼台的山道上摆开，此时祭剑峡谷中的画面也开始显得平静，很多学生甚至开始藏匿起来，休憩补充体力。本来许多观礼的学生已经起了去用餐的念头，然而也就在此时，数声惊呼响起，所以原本正要通过藤桥走向山道的人全部停住了脚步。

在其中一道狼烟的附近，两条人影即将相遇。

而且这两人全部都是有可能最后胜出的人。

其中一人身材颀长，英姿俊朗，正是白羊洞的苏秦。

另外一人身材普通，然而浑身没有一丝的赘肉，行动之间充满说不出的力量感，正是之前两剑便砍杀披甲蜥的何朝夕。

两人都在对方的前行线路上，已经只隔着一片树林，而且两人似乎都没有停留下来休息的打算。

这样的两人遇到，将会鹿死谁手？

观礼台上所有人的呼吸，都不由得略微粗重起来。

......

当前方遮掩视线的树丛变得越来越稀疏，何朝夕和苏秦同时看见了对方，两人隔着十余丈的距离，同时停步。

苏秦剑眉微蹙，面容不改，右手缓缓落在腰侧的剑柄上，指节却有些微白。

何朝夕的双目微眯，他也缓缓拔出了自己背上枯黄色的长剑，然而在下一瞬间，让苏秦和观礼台上所有人双瞳微缩的是，他并没有准备出手，而是切下了一块披甲蜥的肉。

他也和丁宁一样，是从披甲蜥的背部取肉，只是他的体力比丁宁强出太多，所以他切下的肉的分量也足足比丁宁多出一倍。

在进入这片区域之后，他还没有生火，所以背在身后的这些肉还是生肉，此刻切下来的这一块，还在沁着血丝。

"我认识你，你是苏秦，你的修为也应该到了三境中品之上。"

看着苏秦冷峻地说出这一句之后，他直接将这块半个拳头大小，还在沁着血丝的生肉放入口中，开始用力地咀嚼、吞咽。

这样的举动让观礼台上的许多人倒抽了一口冷气。

"他这是做什么？"谢长胜脸色发白地转头看着徐鹤山和谢柔问道，想着刚刚那些披甲蜥的样子，他一阵阵地反胃。

谢柔和徐鹤山都摇了摇头。

以何朝夕的性情，想必不会是想用这种方法来恶心或者恫吓对手。

苏秦的眼神也变得更加锋利，他看着大口在吃着生肉的何朝夕，微讽道："我知道有种方法可以让修行者即便是吞食大量的生肉，也可以消化得很好，而且不会患病，那就是剧烈的运动，连续不断地剧烈运动，让自己体内的五气变得极为旺盛，让自己的五脏六腑的活动变得更为强盛，让自己的体温升高……只是即便你有这样的想法，觉得要和我大战一场，看到我之后再想到吃肉，难道你觉得我会有耐心等你将这些肉吃完？"

何朝夕继续一块块地切肉，一块块地吃肉，同时说道："和你现在直接决出胜负相比，我觉得可以有更好的选择。"

苏秦冷笑道："什么更好的选择？"

"我不想浪费时间，花在前五境的时间越少，就意味着将来有更多的时间可以在第五境之后用于破境，只是一个试炼，我不想耗费太多的时间在这里。"何朝夕平静地说道，"如果只是一天两天就能解决的事情，何需要等到第三天？"

　　苏秦微怔，他想到了某个可能。

　　何朝夕看着他，接着说道："两头狮子捕羊要比一头狮子捕羊快得多。"

　　苏秦剑眉依旧挑着，眼中寒意不减，然而脸上却是浮出了一丝笑容。

　　"所以你的提议是我们一起来捕猎？"他很有兴趣地看着何朝夕说道。

　　"不知道在天黑之前还能剩下多少……"何朝夕继续吃着生肉，"或者你我现在便决一胜负。"

　　苏秦嘴角微微翘起，往上方看了一眼："我会接受你的提议，因为我也没有多少耐心，而且我也很不喜欢让人像看猴戏一样看着。"

　　何朝夕看着身前的小树林，点了点头，道："以此为界？"

　　苏秦淡淡地说道："以此为界。"

　　何朝夕不再多说什么，他依旧大口地吃着肉，似乎要将那些生肉一次性吃完，同时他转身，开始奔跑。

　　苏秦也转身，开始不急不缓地前行。

　　"他们到底做什么？"谢长胜寒着脸，问道。

　　即便是隔着这么远，他也看得出何朝夕此时的奔跑不是因为害怕苏秦，而是因为两人在方才的对话中达成了什么协定。

　　"分而食之。"

　　徐鹤山深吸了一口气，看着谢长胜缓缓地说道。

　　谢长胜一呆，他也反应了过来。

　　的确，若是能够直接在这个圈子里就将其余的竞争对手全部捕获干净，这种试炼就直接可以结束，根本用不着三天。

　　"只是这同样很危险。"他脸色难看地说道，"连续的战斗，自己的状态也会不好，甚至有可能受伤，会败在原本不如自己的人手中。"

徐鹤山点了点头，看了他一眼，轻声说道："你说得不错，但苏秦骄傲，何朝夕自信。"

谢长胜深吸了一口气。

按理而言苏秦和何朝夕的这种选择和他没有任何关系，甚至接下来平淡无趣的时间会大大缩减，然而不知从何时开始，他却已经开始希望丁宁走得更长远一些，他的内心深处甚至有希望丁宁最终获胜的想法。

……

一名正在从一株野橘树上采摘金黄色野橘的白羊洞学生突然感觉到了什么，一个箭步往前冲出，闪到这株橘树的后方。

看到出现在视野之中的那人，他神情略松，下意识地一声轻呼："苏秦师兄。"

然而在接下来的一瞬，他看到苏秦握住剑柄的手，他的面容顿时僵住。

"既是公正的试炼，同门之间也必须公平比试。

"抱歉。"

苏秦说完这两句，便出剑。

哧的一声轻响。

他身前的薄雾全部被震开，出现了一条明亮的通道。

一条紫色的剑光，从他的左袖中跳跃而出。

他和寻常的修行者不同，他是左手剑。

他的剑很长，比一般的长剑要长出一尺，而且他这柄通体闪耀着紫色光焰的剑可以很柔软。

这道剑光直直地刺到这名白羊洞学生的面前时，这名白羊洞学生骇然地出剑，一剑横挡，架住了这道剑光。

然而这道剑光骤然弯曲，柔软的剑身绕出了一个半圆，啪的一声爆响，拍击在这名白羊洞学生的脖子上。

这名白羊洞的学生往后连退数步，瞬间昏倒在地。

苏秦颔首致歉，取下这名白羊洞学生腰间挂着的两片令符，然后继续前行。

同一时间。

在另外一处，一声闷雷般的爆响，一圈肉眼可见的环形空气波往外散开，就好像空间被砸出了一个通道。

一条身影往后凄惨地倒飞，狠狠撞入后方的藤墙之中，再也无法爬起。

而他的正对面，那处扩散的环形空气波之后，何朝夕反手收剑，然后继续狂奔。

他原先背负的生肉已经全部被他嚼碎吞下。

此刻他的腹部高高鼓起，在他的狂奔之下，肠胃之间甚至发出蛤蟆鸣叫般的声音。

第六十九章
枯 荣

"这种试炼其实的确有些幼稚，但因为我们都是幼稚的学生，所以这种试炼和比赛都很适合我们，只是何朝夕一点都不幼稚。"

谢长胜的腹中也发出了轻微雷鸣般的声音，只不过他是饿的。但他没有去山道边取食物，而是看着身旁的徐鹤山说了这一句。

他的这句话似乎有些可笑而无聊，然而徐鹤山却很能理解他此刻的心情。

无论是丁宁还是何朝夕的表现，想必都给了谢长胜很大的感触。

"看来我们的确需要更加努力一些，否则会被何朝夕和顾惜春他们这样的人甩得更远。"徐鹤山点了点头，接着轻声说道，"南宫采菽和丁宁有危险。"

谢长胜深吸了一口气，异常认真地说道："虽然明知没有多少可能，但我还是非常希望他们两个能够胜出。"

在他们此刻隐含忧虑的视线里，南宫采菽和丁宁，便正好在何朝夕的这一边。

……

南宫采菽正在薄雾里行走。

和这峡谷里绝大多数人相比，她在之前可以算很幸运。

除了遭遇了两次藤蔓陷阱之外，她既没有遭遇到其他白羊洞和青藤剑院的弟子，也没有遭遇到披甲蜥的袭击。

但这也意味着今日她还不能休息，她还必须要寻找到足够的食物，以及至少要有一次和其他弟子之间的战斗。

突然之间，她停下了脚步。

因为就在此时的风里，隐隐传来了低沉的振鸣声。

祭剑峡谷里的法阵能够让天地元气变得紊乱，连音波都会被最大程度地瓦解，空气里和地面上寻常的震动，根本不可能被感觉得到。

此时她能够清晰地听到那种低沉的声响，便说明那声音原本很大很惊人，而且距离她应该已经很近。

"何朝夕！"

她微微沉吟，几乎下意识地呼出了这个名字。

风骤然疾了些。

一股股淡淡的青色薄雾像被风吹起的轻纱。

一条显得有些狂野的身影，带着无数被他卷飞的落叶，从她侧前方的薄雾里冲出。

"果然是你。"

南宫采菽的脸庞微寒，右手缓缓地落到她背负的鱼纹铁剑的剑柄上。

狂野的身影双脚顿地，一圈风浪往外卷出，便直接站住。

此刻的何朝夕的胸膛已经全部敞开，有细密的汗珠从他微微发红的肌肤上沁出，便马上被他的体温炙干。

他的腹部依旧发出那种蛤蟆鸣叫般的鸣声。

他的眼睛里燃烧着无比炙热的战意，看着南宫采菽诚恳地说道："其实我不是很想遇到你。"

"只是因为觉得我有希望进入最后的前三，并非是觉得无法战胜我。"南宫采菽的眼睛里也燃起了战意，她缓缓地抽出了身后的鱼纹铁剑，横于身前，"我不喜欢你这种想法，哪怕只是想要让，而且现在既然遇到了，想必你也一定要战。而且其实我也早就想和你打一架，看看到底和你之间有着什么样的差距。只是以前未能破境，和你隔着一个大境界，我生怕输得太惨，没有什么感觉。"

何朝夕也将枯黄色长剑横于身前，说道："我的状态正佳，而且我修为高于你，所以我让你三剑。"

"随便你，那只是你的想法。"

南宫采菽开始动步。

狂风从她脚下生成，吹开地面的枯叶和浮土，露出下面坚硬的黄土。

她开始像和骊陵君座下陈墨离战斗的时候一样，以纯正的直线开始冲锋。

然而因为她此时已是真元境，所以和那时战斗的画面有很大不同。

一股股水流般的真元从她的指尖急剧地流淌出来，不停地涌入她手中的这柄鱼纹铁剑。

这柄黑沉的鱼纹铁剑剑身上所有的鱼鳞纹全部开始被耀眼而黏稠的银色光亮充满，看上去就好像这柄剑的内部已经充满了大量银色的水流，就要从这些符纹里面渗出来，然而却偏偏就是渗不出来。

鱼纹铁剑的剑体本身都似乎根本承受不住这种力量，之前因为战斗而微弯曲的剑身都开始绷直，然后开始急剧地震颤，抖出无数的银光。

这柄黑沉的铁剑在一息的时间里，就仿佛变成了一条在南宫采菽手中颤动的银色大鱼。

"噗"的一声。

银色的大鱼在南宫采菽的手中晃动得越来越厉害，终于挣脱出来，重新跃入水面一般发出了一声轻响。

所有的银光也在这一刻脱离了南宫采菽的手，往前飞出。

空气里，真的有一条鱼样的银色剑光在跳跃前进，冲向前方五六丈之外的何朝夕。

而那柄黑沉的铁剑，却已然在南宫采菽之手。

"秘鱼剑式？"

何朝夕一声轻咦，似是惊异于南宫采菽并未用家传的连城剑诀。

随着这一声轻咦，他往前挥剑，看似就像随意地往身前的空中挥出。

他枯黄色的长剑在空中飞出了一道弧线。

但长剑的剑尖上，却是亮起一条明亮而透明的剑气。

这一道剑气走着最纯正的直线，以更惊人的速度朝着南宫采菽破空而至。

这一瞬间，他不守反攻，而且他这一剑比南宫采菽更快，刹那间便破空，距离南宫采菽的双目只有两尺不到！

而此时，空中跳跃的银色大鱼距离他还有一丈！

在全力出剑的瞬间反遭对方的进攻，且南宫采菽的身体还在往前突进，这样的一剑最为难防。

南宫采菽的瞳孔剧烈地收缩。

幸亏她还有一柄剑。

在这道明亮而透明的剑光距离她的眉间只有一尺的距离时，她左手袖中一道青色剑光飞起，数股青藤般的剑光终于挡在了这道透明的剑光之前。

啪的一声爆响。

南宫采菽下意识地闭目，身体硬生生止住。

破碎的剑气和风流将她的秀发吹得全部往后扬起，甚至在她白皙的脸上割出数道血痕。

轰！

也就在这一瞬间，在她的感知里，那条银色的大鱼被一道黄色的浊浪拍飞。

一截枯黄色的剑身在浊浪里透出，以惊人的速度朝着她斩来。

一开始何朝夕说了让她三剑。

现在两人一开始战斗，何朝夕显然未让。

但南宫采菽知道这并非是何朝夕的欺诈，而是何朝夕明白了她的意思，选择了尊重。

在她眼睛还来不及避开的这一瞬间，她的双剑交叉于身前，滚滚的真元同时急剧地涌入剑身。

一个枯黄色的光团和一个银色、一个青色的光团瞬间在空中相交。

峡谷里再次响起一声闷雷。

一圈肉眼可见的环形冲击波往外扩散，将周围的藤蔓和树枝上的叶片全部吹光。

何朝夕突进的身影硬生生地止住，他脚下的鞋底发出了难听的炸裂声，一双布鞋直接裂成许多碎片。

而他的身前，南宫采薇的身体无比凄惨地往后倒撞出去，硬生生地在身后一片藤蔓和树丛中撞出了一个孔洞，狠狠坠地。

南宫采薇身前的地面上洒下了许多血迹，然而她的双剑却依旧紧握在掌心，没有脱手。

她的衣袍上也在往外渗出血珠，但是她却没有发出任何的声音，只是艰难地站了起来。

何朝夕脸色凝重，但他没有多说什么，只是再横剑于前，认真道："请！"

南宫采薇再次开始奔跑。

她的身体再次在薄雾中拖出一条笔直的通道，被鲜血浸润的剑柄上，再次发出耀眼的光亮。

她双剑齐出。

滚滚流入剑中符文的真元汇聚了一些天地元气激飞出去。

一片青色的藤蔓在她的身前密集地生出。

青色藤蔓的间隙中，有银光乍现，但不是银色大鱼从中冲出，而是飞出无数道银色鱼鳞般的剑光。

同时使用两种剑式当然比一种更难。

这也是青藤剑院里极少有人能够像南宫采薇这样用双剑的原因。

但面对南宫采薇的这一剑，何朝夕只是出了一剑。

他的剑身横转，平直地往前方拍出。

这似乎是以力破道的打法，然而这一剑的力量，似乎又不足以完全封住南宫采薇泼洒出来的所有剑光。

所以看台上很多在凝视着这一战的人都感到不解。

然而也就在此刻，何朝夕的身体发生了奇异的变化。

他的左边半边身体的肌肤刹那间变得枯黄，而右边半边身体，却是生机勃发。

就像是一棵大树瞬间半边枯萎，而另外半边却是汲取了另外一半的生命力，迅速变得高大。

轰！

一股强悍的力量骤然从他右臂中涌出，注入他手中的枯黄色长剑。

他手中枯黄色长剑剑身上绽放出无数条脉络般的光纹，瞬间力量大涨！

南宫采薇的呼吸再次停顿，她已来不及收剑。

一声更加沉闷的巨响在她的身前响起。

她的双脚再次脱离了地面，一股强烈的震颤随着她手中的剑柄传到了她的手臂上。

她的衣袖被全部震碎，碎裂的布片像无数蝴蝶从她的双手上发出。

强大的力量，让她瞬间就倒飞出去，朝着更远的地方坠落。

观礼台上的谢长胜等人震惊无比，很多人张着嘴，却没有人说话。

这便是青藤剑院最强的枯荣诀的力量？

……

丁宁正在吃烤好的肉。

当第一声沉闷的闷响传入他的耳朵时，他停了下来，更加凝神地听着。

当第二声更为沉闷的巨响传来时，他感觉到了地面都在微颤，他的眉头皱了起来，然后站起。

第七十章
我来捡便宜

他有着这些长陵的年轻才俊们根本无法想象的追赶目标，也有着他们根本无法理解的修行经验，所以只是凭着第一声沉闷的震响带来的力量感，他就已经可以肯定其中一方必定是身体力量最为出众的何朝夕。

至于另外一人，则必定是张仪、苏秦和南宫采菽这其中之一。

两虎相争，必有一伤，而且这对于他而言也是难得的机会。

所以他用最快的速度披好了已经烤干的衣衫，甚至没有管吃剩下的烤肉，便朝着响声传来的方向飞奔了过去。

此刻观礼台上所有人的目光都被何朝夕和南宫采菽的这一战所深深吸引，然而依旧有人注意到了此刻丁宁的异动。

比如谢柔。

她有些难以理解。

在她想来，这种时候，相比这些强者而言显得很弱小的丁宁，不是更应该好好地躲起来，远离战斗的地方么，他用这么快的速度赶过去干什么？

……

南宫采菽和何朝夕之间的战斗还未结束。

在一蓬散开的烟尘中，双臂不停地颤抖，手掌上布满撕裂伤口的南宫采菽再次艰难地站了起来。

她衣袍的每个袍角都变成了红色，开始滴下血滴。

她看着自己正前方薄雾里的何朝夕。

她知道自己在身体力量和所修的真元功法方面根本无法战胜何朝夕。

但是她还想再试一试。

因为即便是到了真元境的修行者，在祭剑峡谷里也无法变成那一个汇聚天地元气的小池塘，也无法补充真元。

若是双方的真元都耗尽，那决定胜负的便只有纯粹的身体力量和剑技，以及真正的战斗经验。

她想看看自己的剑技和真正的战斗经验到底有没有何朝夕强。

所以她轻吐出一口混杂了些泥屑的血水，看着何朝夕说道："你的真元应该也所剩无几了，下面这一剑，就让大家都把真元解决掉。"

何朝夕的眉头微跳。

南宫采菽的实力并没有出乎他的预料，但是她的意志和求胜的决心，却是彻底地出乎了他的预料。

然而他当然不会害怕这种挑战。

他深吸了一口气，沉默不语，再次横剑额首，只是和前两次不同的是，他开始主动动步，开始前冲。

他所修的枯荣诀不仅有一枯一荣间的力量转化奥妙，而且气海间所存储的真元也比寻常的修行功法要多一些，再加上他强悍的体力，哪怕不动用真元，他也可以击败绝大多数第二境的修行者，所以他才有信心在这第一日就进行收割。

只是因为还有张仪和苏秦那样的存在，所以他还想要留下一点真元，此刻便想尽可能地依靠身体力量应付南宫采菽的挑战。

他的爆发力很惊人，双脚落地的地方，尽是一个个凹坑，只是十余丈的距离的冲刺，他的身前已经带起了恐怖的狂风。

大片大片的落叶被他身体带起的狂风卷起，形成了一条移动的落叶墙。

他手中枯黄色的剑往前斩出。

看似风波不惊，但有一股燥热之意在剑锋上散开。

一条火线落在他前方无数飞舞的落叶形成的墙上。

轰的一声。

火借风势，无数飞舞的落叶猛烈地燃烧起来。

在他的剑气的压缩下，无数已然彻底燃烧起来的落叶被压缩在一个很小的空间，热气一时相撞，产生更大的压力，倏然迸发出更强的力量。

很多青藤剑院的弟子明白了这一剑出自何处。

"枯木生火"，这是青藤剑院枯木剑经中的一式。

枯木剑经，也是青藤剑院中最高深的剑经之一。

何朝夕不仅修行的真元功法是青藤剑院中最好的，他修的剑经原来也是青藤剑院中最高深的。

观礼台上顾惜春眉头微蹙，何朝夕此刻的表现，甚至让他都感觉到了隐隐的威胁。

看到前面骤然生成的火团，南宫采菽微微地犹豫了一下，但是在接下来的一瞬间，她的眼神便变得坚定无比。

她不顾掌心破碎血肉和剑柄摩擦的剧痛，用力地将剑柄握得更紧。

她将体内所有的真元，尽数贯入自己的两柄剑中。

鱼纹铁剑自她的右手异常平直地斩出，迎向夹带着一团即将爆炸的火团而来的枯黄色长剑。

一股股力量不断地在剑身上爆发。

只是一剑，却像无数的浪头在拍击，像是无数剑。

这便是她最擅长的，纯粹追求刚猛的连城剑诀。

轰的一声。

无数燃烧的枯叶变成无数细小的火烬，被压缩的火团也终于在此时爆开。

平直的鱼纹铁剑在无数火星里骤然停顿，随着枯黄色长剑带着炽烈的气流斩击在它的身上，这柄铁剑再次弯曲，再也无法停留在主人的手中，往斜上方绕旋飞出。

一剑劈飞南宫采菽的这一柄鱼纹铁剑，何朝夕的心中反而一沉。

一声厉啸从南宫采菽的唇齿之间迸发，他感觉到一股强横无比的力量，再次压在他的剑身上。

这是南宫采菽的另外一柄小剑。

然而此刻这柄剑，也同样是刚猛无比的连城剑式。

他无奈地摇了摇头，体内剩余的真元无法保留地朝着手中的剑贯入。

一股大力撞在左手的剑上。

已经有所准备的南宫采菽往后侧上方跃起，同时五指微松，往后扬起，再度握紧！

剑柄和她的手掌之间再度飞洒出许多血珠。

她依旧将这柄剑握在手中。

然而就在此时，她看到何朝夕抬起了头来。

他的整个身体也在震荡着，然而他的双膝微弯，身体却是连一步都没有退。

他手中的枯黄色长剑在空中只有那一刹那的微微停顿，便直接如电般朝着她斩来。

南宫采菽强行地挥剑下劈。

当的一声震响。

她的剑依旧没有脱手，然而枯黄色的剑光一沉一压之间，从她的腰侧切过。

她的腰侧血涌如注，半边衣袍尽湿。

南宫采菽一声悲鸣，往后翻落。

她此刻的悲鸣并非是因为疼痛，而是因为强烈的不甘和无奈。

她已然成功地逼何朝夕连最后想保存的真元都动用了，然而依旧差一线，最后那一丝的力量差距，还是让她的动作比何朝夕慢了一线，无法封住何朝夕的剑势。

此刻腰侧这道剑伤虽不严重，并不深入，然而若是要继续战斗，便根本无法处理伤口，大量地失血便会让她彻底失去战力，甚至很快陷入昏迷。

何朝夕准备再动。

正是因为尊敬南宫采菽，所以他已经不准备再让南宫采菽战斗。

然而就在此时，一声明显带着严重喘音的声音响起："在进来的时候，我都和你说过打不过就跑了，你偏要这么拼。"

观礼台上，谢长胜的目光一直紧跟着南宫采薇的身体，看着南宫采薇身上的鲜血越流越多，他的神色就越来越紧张，直到此刻，他才骤然发现距离南宫采薇和何朝夕不远处多了一个人，看清那个人的身影之后，他顿时脸色极其难看地一声尖叫："丁宁跑来这里凑什么热闹！"

也就在此时，南宫采薇也从声音判断出了来人是谁，她脸上初始有些惊喜，但马上变成惊怒，她的叫声也几乎和谢长胜的叫声同时响起："丁宁，你也到达了这个区域？你来做什么！"

"丁宁到这里做什么，难道他还想捡便宜不成？"

观礼台上许多人此时也刚刚看清丁宁的到来，脑海之中同时冒出这样的想法。

"我来捡便宜。"他们的脑海之中才浮现那样的念头，丁宁就已经将这句话说了出来。

他看着南宫采薇和何朝夕，一副理所当然的样子："现在一个真元耗尽，一个身受重创，不是最好的捡便宜的时候吗？"

南宫采薇惊怒地还想说什么，但是丁宁却平静地看了她一眼，说道："你若是还不止血，恐怕就连你们青藤剑院的师长都要来强行中断你的试炼，我想捡便宜都捡不成了。"

南宫采薇呆了呆，她依旧无法理解丁宁此刻的行为，但她咬了咬牙之后，还是开始飞快地止血。

因为不管接下来发生什么，如果她还不止血的话，青藤剑院的师长的确会马上赶来终止她的试炼。

"你想帮她？"自从丁宁出现之后一直沉默着的何朝夕却是看出了些什么，看着丁宁问道。

丁宁摇了摇头："这个规则可是不允许的。"

何朝夕没有理会他说的这句话，认真地看着他的眼睛和腰侧的残剑，轻声道："我很高兴她有你这样的朋友，但是你太弱。"

听闻两人的对话，南宫采薇愤怒地叫了起来："丁宁，我不用你管，你快逃！"

"闭嘴，省点力气吧，否则我第一个解决你。"

丁宁瞥了她一眼，然后转过身来，正视何朝夕。

"没有打过，怎么知道打不赢？"

他平静地出声。

南宫采菽的脸色原本难看至极，恨不得就要对丁宁出手，然而丁宁此刻的这句话和语调，却是让她骤然顿住。

"而且来都来了，以我的速度和体力，想要逃也逃不掉啊。"

但接下来丁宁又吐出的一句话，却是让她的眼前一黑，差点有骂粗话的冲动。

第七十一章
何来白捡的便宜

何朝夕不再多言。

不管对手的实力和境界到底如何，有些对手，本身便值得尊重。

他再次横剑于胸，庄重地对着丁宁道："请！"

丁宁也举起了末花残剑，微笑道："请！"

何朝夕看着不想先行出剑的丁宁，又看着丁宁短短的残剑，他的眉头忍不住皱起。

但在下一瞬间，他只是点了点头，说道："好。"

这一个字从他唇间响起，他便已动步。

他堂堂正正地朝着丁宁飞掠，身体就像投石机投出的重石一样，轰然碾压过前方的空间，同时再次带出恐怖的狂风。

枯黄的落叶再次在他的面前飞舞成墙。

他跟在这道朝着丁宁飞速移动的墙后，一剑斩出。

他的真元的确已然耗尽，他这一剑斩出，剑身上不再有火线燃起，然而随着他的发力，因为他可怕的挥剑速度，他的剑身上依旧迸发出了可怕的力量。

他手中平直的剑身被这种力量迅速地拗成弧形，在又重新抖直的一瞬间，啪的一声爆响，剑身上传递出的力量，全部拍击在前方的枯叶上。

无数紊乱飘舞的枯叶骤然变得沉重，在下一瞬间，便发出无数嗤嗤声，就像无数羽箭一般，射向丁宁。

何朝夕深吸了一口气，动作骤然变得轻柔，他的长剑由拍势变成刺势，将剑尖隐匿在许多飞射的枯叶之间。

看着枯叶成墙，又被一剑拍成无数往前飞行的箭矢，又看到何朝夕的长剑隐匿其中，观礼台上很多学生的情绪都极其复杂。

他们想着自己都未必能够接住何朝夕的这一剑。

丁宁不断地飞退，他手中的残剑齐眉，护住了双目，却是根本没有管飞击过来的无数落叶，任凭这些落叶噗噗地打在他的身上，甚至刮过他的脸庞，在他的脸上带出一道道的血痕。

只是在一截剑尖就将接近他左肩时，他手中的剑才狠狠地斩了下来。

当的一声爆响。

轻柔的枯黄色长剑被他这一剑封住，双剑相交的地方荡出无数火星。

看台上很多人眼瞳骤亮，他们没有想到丁宁竟然能够在这么多遮掩视线的飞叶中，如此精准地封住这一剑。

何朝夕的呼吸微顿。

感受到自己剑身上传回的冲击力，他眉头微蹙，没有任何犹豫，身体就像要往前扑倒一样，再度发力，将身体的分量全部压了上去。

此时他的枯黄色长剑和丁宁的残剑的剑锋之间唯有半寸的距离。

所以根本没有停歇，也不可能闪避。

两剑再次相交，再次发出一声爆响。

丁宁一声闷哼。

他显然无法承受住这种力量，整条右臂猛地往后一晃，整个人也就像是被一匹奔马撞中一样，不断地倒退，顷刻间连退了五六步。

何朝夕抬步。

只是一步，他就冲出了丁宁连退五六步的距离。

他的手依旧异常稳定，他手中的枯黄色长剑也再次往前挥出。

斩出时剑锋平直地割裂空气，让长剑在空气里行进的速度极快，但在接近丁宁的身体时，这柄剑却是横转过来，剑身再度随着他的发力而在空中被拗成弧形。

啪的一声，何朝夕一剑横拍，就像挥舞着一柄大锤一样，无比蛮横地拍向丁宁的身体。

丁宁手中墨绿色残剑上瞬间开满无数洁白的细花。

他皱着眉头，不断地保持着真气的输出，挡在自己的身前。

刺耳的金属振鸣声再度响起。

他的这一剑依旧准确地挡住了何朝夕的剑路，然而强大的力量还是压得他手中的残剑往后弹起，弹在了自己的胸口。

丁宁本来已经在飞退的身体，就像陡然被一枚大石击中，他整个人的双足都脱离了地面，在所有人眼中以一种凄凉的姿态倒掠出去。

在他的双足再次落地的瞬间，一缕鲜血从他的唇间沁出，沿着他苍白的肌肤滴落下来。

"这世上哪来什么白捡的便宜！"

眼见这样的一幕，观礼台上的谢长胜忍不住再次愤怒地叫了起来。

何朝夕不是一般的学生，他显然拥有更高明的技巧和更丰富的战斗经验，他在这样纯粹力量碾压型的战法之下，即便丁宁对野火剑经有多么好的理解都不可能起到作用。

何朝夕完全可以乘着丁宁的身体在震荡中还没有恢复过来的时候轻易地递出下一剑，丁宁根本没有时间来反应，来用出精巧的剑式。

谢长胜可以想象，每挡何朝夕一剑，丁宁的手腕必定像折断般疼痛，他的整条手臂估计也会麻痹酸疼不堪，一时都难以恢复。

……

"这世上哪来什么白捡的便宜。"

就在谢长胜这句话出口之时，就在长陵的街巷之中，一名坐在一家临街面铺的长凳上的中年男子也正一边喝着面汤，一边嘲讽地对着身旁的一名年轻人说道。

这名面容端正、肤色微红的中年男子身旁放着一根脚夫挑担用的粗黄竹，他身上的衣衫也是普通脚夫的装束，甚至连一双草鞋都满是污垢，十分破旧，然而他真正的身份却是神都监的缉凶使秦玄。在神都监他的身份虽然比莫青宫为代表的几条恶犬略低，但他的资历却和莫青宫等人相差不多，所以在神都监，他也可以让绝大多数人看他脸色，而不需要看绝大多数人的脸色。

此时他身旁的年轻人蒙天放是刚刚调入神都监不久的"鲜肉"，师出长陵某个还算不错的宗门，只是在进入神都监之后，还是要乖乖地尊称他为师父，听从他的调遣和教导。

能够进入神都监的年轻人除了有某些特殊靠山之外，其余也都是真正的勤奋好学，具有缜密的心思和极佳的观察力的年轻才俊，此时听到秦玄的这句话，蒙天放便深以为然。

此刻他们面前的这条街巷名为狮子巷，在整个长陵而言也算得上是一个异常热闹的繁华所在。

巷子的一头是九江郡会馆，另外一头则是上党郡会馆，中间夹着的全部都是卖一些古玩字画的铺子。

大秦王朝已立四十三郡，幅员前所未有之辽阔，长陵也是前所未有之大、前所未有之雄伟瑰丽，一些偏远外郡的人士到长陵办事，往往摸不到门路，人生地不熟又往往被地头的人欺，所以以一些商行为首，办起了不少老乡会馆。

这些会馆不仅是落脚处，也是外郡老乡在长陵寻人办事、寻找机会的最重要结朋唤友的场所，所以平日里都是车马不绝，热闹到了极点。

自元武皇帝登基之后，大秦王朝十余年无战事，人人得以丰衣足食，一些贵族人家对于日常饮食和用器也不免讲究起来，字画古玩、一些陈设件和把玩件，倒是也价格一路水涨船高。

此刻秦玄之所以有这么一句，便是因为有一名外郡商人便在他眼皮底下的一个摊贩手里花了一百两银子买了件号称大幽王朝的玉如意。

若真是大幽王朝遗留下来的玉如意，最少也是千两白银的起价，长陵这条街巷里的商贩做了这么多年的生意，再怎么都不可能贱卖，然而看那名外郡商人欢天喜地的模样，显然不是用于买个假货回去倒手，分明就是以为只有自己眼光高明，用极低廉的价格捡到了大漏。

然而就算秦玄对古玩根本没有什么研究，也可以肯定这种事情不可能发生，全是利欲熏心，被蒙蔽了眼睛。

秦玄一口气喝光了面汤，鄙夷地看着那名还在欢天喜地的外郡商人，突然之间，他的脸色变得有些不对。

他身边的年轻神都监官员察觉了他的不对，骤然紧张起来，轻声问道："师父，怎么了？"

"长陵卫。"

秦玄神情古怪地看着这条街巷的对头，又像是回答他的问题，又像是自言自语般轻声说道："长陵卫怎么会来这里？"

年轻神都监官员蒙天放一呆，顺着秦玄的目光看去，只看到数十名身穿锁甲的长陵卫正从另外一条街巷中穿出，朝着一列车队行去。

那列车队刚刚从九江郡会馆的门口驶离。

蒙天放脸上的神情也顿时变得古怪了起来。

那些长陵卫给他们的感觉，似是要盘查那列车队。然而长陵的查案缉凶都是靠监天司和神都监，有需要协助封锁和设卡盘查的，也都是依靠长陵的驻军虎狼军。

长陵卫虽然和虎狼军一样同属于兵马司，然而平日里职责范围都只限于一些固定场所的守卫和巡查，比如说一些司所的办公之处，一些侯府、大官府邸周围的安全护卫，皇宫外围、历代皇帝的陵墓，等等。

当然他们也可以随时抽查一些觉得可疑的人物，面对一些凶犯他们当然也会出手，但是在长陵这张棋盘上，长陵卫是比较死的棋子，就像狗自然也可以去抓家里的老鼠，但有猫会负责抓老鼠，看门的狗却跑到别的地方去抓老鼠，这自然会显得很奇怪。

最为关键的是，蒙天放和秦玄之所以会在这里盯着，是因为他们十分清楚这九江郡会馆里面，恐怕有一名可以用"大逆"来形容的修行者潜伏着。

第四部分

第二卷　争命

第七十四章
天命所归

七境之上皆为大宗师，哪一个不是真正的人杰？

伛偻老人手中的黑竹杖开始微微摇晃，即便他明知道白山水说的极有可能是事实，但他还是不想低头。

然而就在此时，他的手却是突然放松，深深地吸了一口气，强迫自己的怒火平息。

"清者自清，白先生既以无数魏人为重，即便有所疑惑，又何必急在一时？"

一个柔弱但分外平和的女子声音响起："你逼我出来，是想我给你什么交代？"

白山水缓缓地转头，看着从伛偻老人身后不远处走出的抱着黑琴的红衫女子，鄙夷冷笑道："还敢说清者自清，你敢说你们鱼市的人不想我身上的孤山剑藏，没有卖力地打探过我的行踪？"

红衫女子平和地凝视白山水，说道："白先生有孤山剑藏在身，自然明白'匹夫无罪，怀璧其罪'的道理，且先前你也说过，我等是秦人，你是魏人，乃天生之敌，只是杀了便是杀了，未杀便是未杀，杀死令师兄这件事，和我们鱼市根本没有任何关系。"

白山水眉梢挑起。

红衫女子柔声道："小女子所要说的都已说完，白先生哪怕不信，想必心中也明白，真在这里性命相搏，即便此处靠近渭河，想必先生也极难全身而退。"

白山水眉梢继续上挑，狭长的眉毛如两柄小剑般散发着难以用言语形容的傲意。

"信和不信，行或不行，都要试过才知。"

他摇了摇头，看着红衫女子说道："像我这样的人物，到这鱼市，难道会白走一趟？"

若是别人自称"像我这样的人物"，只会让人觉得狂妄无知，但这句话从白山水的口中说出，却是显得理所当然。

佝偻老人霍然警觉，但此时白山水右手已经弹了三弹。

三颗水滴朝着佝偻老人飘落，到了佝偻老人身前却是奇妙地化成三个透明的水泡，将佝偻老人的身体包裹其中。

红衫女子感觉到了什么，眉头微蹙，伸手抚琴。

琴弦颤动，没有发出声音，却是有无数黑竹在周遭破土而出，顷刻间无数黑竹密集如林，遮天蔽日，却是形成了一方小天地，将此处所有的天地元气波动全部遮掩住。

白山水缓步而行般意境潇洒地往前行走，空间和时间在他面前似乎没有了界限，他只是一步便到了红衫女子的身前，伸掌朝着红衫女子的额头击去。

红衫女子抬手，啪的一声，双掌相击。

白山水已然退回原地，红衫女子身前无数条黑气流散，她身体略微一晃，往后退出一步。

与此同时，佝偻老人怒发冲冠，头发根根竖起，无穷无尽般的黑气从他的脚下涌出，令他身体站立的地方不像是地面，却像是一个无尽魔域的通道。

他伸出手中黑竹杖往前敲去。

然而令他有些惊愕的是，包裹住他的三个透明水泡并没有像他想象中的那样强大，他的黑竹杖一敲之下，三个透明水泡便骤然崩散。他这一击就像用尽全力的一拳落在了空处，有些说不出地难过。

白山水负手而立，只是看着无数黑竹沉默不语。

红衫女子却是一步挡在了佝偻老人的身前，双手按住了琴弦，等着白山水说话。

然而就在此时，带着说不出的宁静之意的黑竹林间，却是传来一个金铁交鸣般的声音："有人在江面上等你。"

白山水眉头皱起，身体不见任何动静，一股锋锐的剑意却是破体而出。

一条透明的水光在空中飞洒而过，直接便将黑竹林切开了一个缺口。

缺口外出声的那人五十余岁，短发齐耳，生意人打扮，身上并没有任何强烈的气息，只是面容却是说不出地镇定自若，而且此刻面对白山水的凝视，也自然地露出一丝桀骜不驯之意。

"是谁在江面上等我？"

白山水微眯着眼睛，缓声道："以你这样微弱的修为，我随时可以杀了你，所以你最好老实回答。"

五十余岁短发男子不以为意地看了白山水一眼："我只是个传话人，若是白先生觉得有意思，杀便杀了。"

"倒是要看看谁敢在江面上会我。"

白山水也不多话，身影一动，便直接从五十余岁的短发男子身侧掠出。

顷刻之间，整个鱼市被白色水雾充斥，一股白色的雾浪如真正的巨龙一样，在鱼市的一侧涌出。

大河为江。

即便未曾明说，白山水也知道必然就是在这最近的渭河之上。

渭河浪大，冬日里也只有沿岸十余丈结冰，此时虽然积雪早已消融，连浮冰都已无踪迹，但水中依旧寒意刺骨，江面上连钓鱼的小舟都没有几艘。

白山水双脚踏入江面，便是真正的蛟龙，一条条波浪如自然涌起，托住他的身体。

也只在刹那间，他便看清江心中某块只露出数尺之高的礁石上，凝立着一道身影。

这身影虽然不高，比他似乎还略矮半个头，此时也只是凝立不动，但落在白山水的眼中，却是难以形容地骄傲。

他自身便已是天下间最不循规蹈矩，肆无忌惮，一等一狂傲的人，但天下任何一名修行者都清楚，魏云水宫的功法是遇水则强，一踏入这样的江面，白山水便是最强之时，但这人却偏偏在白山水最强的地方与他见面，这人简直是要比白山水还要骄傲一些。

白山水这时站立不动，但波浪相推，依旧比世间任何快舟行进的速度都要快，不多时相距礁石上凝立的那人只有数十丈。

只是略微感觉到空气里荡漾而至的如红炭般的滚烫气息，白山水便顿下身影，嘴唇微动道："赵四先生？"

在接下来一瞬间，他冷笑道："我说这世间还有什么人如此骄傲，现在想来也只有赵剑炉的那几柄剑了。"

站立在礁石上的清秀年轻人身材比一般的男子都要矮出许多，神容恬静，但目光却是令人难以想象地锋锐，正是赵剑炉最强大的赵四。

听闻白山水的两句话，赵四淡淡地说道："你倒是和传说中的横行无忌、一介莽夫有很大区别，你逼商家大小姐全力出手，想必只是想试出她是否刚刚经过剧烈战斗。"

"赵七陨落于长陵街巷之间，赵四和赵一联袂出现在长陵。"白山水微嘲地看着赵四，道，"你约我相见，想必不是为了夸奖我。"

赵四不加掩饰，平静地说道："自然为了孤山剑藏。"

白山水微笑起来，笑容说不出地迷人："天下所有人都想要孤山剑藏。"

赵四看了他一眼，说道："我和他们不一样，除了孤山剑藏之外，我还想看看你的剑。没有孤山剑藏，我也想看看你的剑。"

白山水收敛了笑容，一时没有说话。

赵四接着说道："我师尊昔日剑成，想要看尽天下剑，后来他中了奸计，临死之时，唯一的不甘和遗憾，便是没有和那人交手的机会，我是他最信任的弟子，自然要完成他的遗愿。魏云水宫的白山黑水剑，我心仪已久。"

白山水刻薄地讥讽道："看来传说的一点都没有错，赵剑炉的人都是疯子。"

"终究道不同。"

赵四看着白山水，不怒不急地缓声道："这些年你的所为，始终是想以魏为首，复国无望你也想一剑撑起一方山林，为那些魏王朝遗老遮风挡雨，但我赵剑炉始终和你们不一样。我们赵剑炉只是一处纯粹的修行之地，我们从来都没有存过为一朝、一王效命的想法，我们只是追求我们赵剑炉的剑道，心中有国而无王，现在既然国之不存，便只剩下了仇人和所求之剑道。"

在很多世人眼中，同为大逆便有许多联手的可能，然而真正的情形却是一山不容二虎，不同的追求让白山水和赵四这样的存在许多年都没有交集，今日自然没有相见恨晚的情形出现。

更何况没有任何一名即将触摸到巅峰的强者，会将已经在手的宝藏和素昧平生的人共享。

没有人愿意将原本属于自己高高在上的位置拱手让给他人，哪怕只是一个可能……尤其是面对赵四这种足以决定整个天下大势的存在。

"谁都想完成自己想做的事情。"白山水看着赵四，缓缓地说道，"谁都想要孤山剑藏，然而孤山剑藏却偏偏到了我的手中，所以我便是天命所归。"

然后，他深吸了一口气，更加缓慢地说道："赵剑炉最强的一柄剑，我倒是也想见识了很久。"

第七十五章
赵地多寡女

七境之上已是挟一方天地的宗师，真正的大逆又自有卓然不凡的气度，天下间绝大多数七境宗师都未曾见过白山水和传说中的赵四先生，然而大部分都知道自己并非白山水和赵四先生的对手。

并非是功法和所修剑经的问题。

从来没有最强的剑经，唯有更强的人。

大魏王朝和赵王朝无数的修行之地，之所以唯有云水宫的白山水和赵剑炉的赵四先生成为天下公认的超凡存在，便是因为他们本身就是最强的人，拥有凡夫俗子无法想象的气魄。

白山水和赵四先生一朝相逢，又岂是普通的七境对决？

听着白山水缓慢的话语，赵四只是依旧负手凝立，但江面上方的白云却是突然透红，变成了一条条的火烧云。

白山水面无表情地往前伸出手来。

在他身前波涛汹涌的江面，突然断流。

半江水断，不是被强大的力量分开，而是被一股如山般的天地元气牵引，在他身前形成了一个旋转的碧潭。

江底无数水草暴露在阳光下，无数鱼虾茫然而惊恐地在失去水分的泥沙中蹦跳着，不知道发生了什么样的事情。

看着半江水化为一个碧潭，江底如变成原野，赵四先生的眼眸里流露出欣赏的表情。

"我辈喜学剑，十年居寒潭。"

他先吟咏了一句白山水在长陵狂歌而战时的句子，然而看着那一个开始散发惊人剑意的碧潭，赞叹道："看来这便是你用了十年时间炼养而出的本命剑了。"

白山水没有回答，碧潭里却是有一点浓绿色的光焰升起。

一柄浓绿色的长剑自碧潭中抽出，落于他的手中。

在这柄剑从碧潭中抽离之后，在他身前旋转的碧潭便失去了神魂一样，瞬间化为凡水，散入周围失水的河床中。

鱼虾感觉周围的天地再次被自己赖以生存的水流充满，它们并没有因此而觉得欢喜，反而是更加恐惧地逃离这片水域。

长剑的浓绿比任何宝石都要深沉鲜艳，但是内里却偏偏有黑白两色，隐约有白山黑水的气象。

白山水手持着这柄剑，漠然注视着赵四，道："我的剑已在手，现在该让我看看你的剑。"

赵四点了点头，然后抬头望向无尽高空，道："那你便接我这一剑。"

白山水心有所感，也抬头望向上方无尽高空。

任何人目力都不能及的无尽高空之上，是越来越稀薄的天地元气，在天地元气稀薄到几乎完全消失的高度，有许多奇妙的光弧，许多紊乱的星辰元气、太阳真火，极寒极热充斥其间。

有一截发红的小剑，静静地飘浮在其中，接受着极寒极热的冲刷、淬炼，如一颗恒定的星辰般沿着既定的轨迹不变地前行，然而其中自有一股心念和赵四相连。

心念如此高远，连本命剑都如星辰时时飞于无尽高空，赵四先生所说的舍身求道自然没有几个人能够理解。

只在这刹那辰光，那截小剑如同苏醒，还未加速便冒出无数赤红色火焰，紧接着便开始以恐怖的速度坠落。

赤红色火焰和天地元气剧烈地摩擦，带起的火焰便更加汹涌。

只是数分之一息的时光，剑身之外的一层真火已经变得纯净而无色泽，在恐怖的速度冲击下，在周围天地元气的挤压下，变成了一层琉璃状的物质，紧紧地贴在了剑身之上。

而这剑身之外的火光，却是变成了深红色，且越来越浓烈，当真正穿过江面上的火烧云，出现在白山水的视线中时，已然变成了一个拖出十余里长长焰尾的巨大深红色火团。

这样的火团，长陵许多高处都看得到。

大秦皇宫里的一处观星台，一名史官看到白日里这样的流星，骇然变色："白昼星辰坠落，色泽深红，是为妖星！"

江面之上，狂风呼啸。

赵四先生的这一剑距离江面还有数十丈，白山水脚下的江水已然被一层层炙干，变成带着恐怖热量的水蒸气蒸发。

白山水的眼睛里出现了真正的震惊。

见到这样的一剑，他才确信昔日赵剑炉那位宗师，在秦赵之战中一剑焚湖的传说是真的。

这是真正蕴含着天地洪炉、星辰真火的一剑，然而他并不认为自己会败。

这是连着海域的大江大河，而不是一倾封闭的湖水。

他深深地吸了一口气，体内一股独特的天地元气急剧地释出，落于他脚下的江水之中。

他的整个人如同和这整条渭河连成了一体。

他朝着这妖星般的火团挥出一剑。

万顷碧波自江面涌起，恐怖的天地元气从远处召来，却不是在高空中行走，而是在深水中掠来，真正如蛟龙在水中潜行，最终汇入他手中的浓绿长剑。

白山黑水由剑身中透出，如衍化一个独特的天地。

两种色泽的剑气在他身前又迅速转变，先是形成一条巨大的白色盘蛇，张开巨口，食日般一口咬向坠落的火团，白色后方的黑色，却是凝聚成一个巨大的黑龟。

白蛇黑龟的元气和天空星辰遥相呼应，阴阳变幻，是为攻守兼备的玄武之意。

白色盘蛇张口的瞬间，一团冰冷的碧绿剑气寒光滚滚，顿时将深红色的火团扑灭大半。

赵四的眼睛里也开始散发出狂热的光彩。

深红色火团中心的小剑随着他的心意在空中骤然切出无数条线路，瞬间洒出千重万道琉璃晶光倾泻下来，两一碰撞，顿时将冰冷的碧绿剑光全部消除。

咔嚓一声裂响。

白蛇将他这小剑噙于口中，却是不能阻其分毫，反而从蛇头处寸寸爆开。

白山水一声轻吟。

一团团黑煞元气如云朵般蓬蓬升起，只是刹那时光，所有水光、火光尽皆消失，唯有薄薄的水雾环形在江面上散开，白山水持着浓绿长剑，已至赵四先生身前。

白山水一剑刺出。

他刺向赵四先生的这一剑没有任何的绚烂光影，然而这一剑刺出之时，整条河面的波涛都全部消隐，整条大河在这一瞬间彻底死寂。

这是他真正强大的一剑，不只是蕴含着他最强的精气神，还暗合着水流天道。

赵四先生轻咦了一声。

但他也只是这轻咦一声而已，那柄剑身上流淌着一层琉璃状火层的小剑在此时落在他身前，他极其简单地握住了这柄小剑，同样一剑朝着白山水刺出。

轰的一声巨响。

赵四先生手中的这柄小剑和白山水的浓绿长剑相交，绽放出无穷热流。

赵四先生面色冷凝，他如同置身于当年的那个打铁铺子里面。

面对着整个一条大河的水流，这个打铁铺子里所有的炉火似乎都将熄灭，然而他的脑海中却出现了昔日的一幕。

滂沱大雨中，一名沧桑而不羁的男子，手握着烧红的铁锤一锤挥下，溅出无数的火星。

接下来一瞬间，他将烧红的铁锤和刚刚敲击的剑条全部放在檐下的水中。

嗤的一声。

红通通的铁锤和剑条变得黑冷，而此时，赵四身前也响起了真实的声响，他手中小剑的热意全部消失，变成黑冷的沉铁，继续前行。

白山水手中浓绿长剑蓦然一震，他的整个身体往后飘飞而出。

他的双脚始终没有离开水面，随着他的身影飘起，江面上往后骤然卷起一道巨潮。

赵四先生身影不动，手中小剑恢复赤红，缓缓垂下。

他的衣衫被震乱，无数青丝在脑后飘洒，令人震惊的是，竟然露出女相。

更为令人震惊的却是白山水，他身上无数裂帛声响起，白狐毛大衣裂开，胸口露出雪白一片，竟有深壑。

随着他的身影再退数步，碎裂狐裘大衣散乱开来，体态曼妙，哪里还有平日的男子气度，分明是一位身材高挑的美妙女子。

赵四先生神容不改，看着白山水说道："原来这世间第一桀骜大逆白山水，竟然是女子之身。"

白山水一时气息散乱，显露真容，此时脸上顿时笼满寒霜，道："你还不是一样？"

赵四淡淡地看了她一眼，说道："赵地多寡女，赵地的男子在赵灭之前便已经死得差不多了，余下的多是女子，也是正常。"

白山水深吸了一口气，虽是没有再用真元控制自己的体态，恢复了女子的形容，然而却依旧英气勃发，带着一种难言的魅力。

她的面容也平静下来，冷漠地看着赵四，道："看来今后便只能称你赵四小姐。"

赵四反唇相讥道："入门之前，我便叫赵妙，只是不知道白小姐叫什么，相比白山水也只是取白山黑水之意，不是你的真名。"

白山水的眼睛里顿时多了几分羞恼，但她还是咬牙沉声说道："我叫白露。"

赵四平静说道："白露为霜，好名字。"

白山水冷笑道："虽然你胜了我半招，但想要将我留住，却是绝无可能，难道你觉得能在言语上羞辱我？"

赵四摇了摇头，平和道："我只是意外。"

说了这一句之后，她看向远处的长陵，缓缓说道："都说长陵乃孕育真龙之地，世上最强的修行者皆出长陵，难道这句话真有些道理……看来你在长陵这些时日得了些际遇，否则我想我不只是能胜你半招。"

白山水的嘴角微颤，她知道赵四说的是事实。

江水随着她的心情涌动不堪，此时的江面上，却是又已多了一条白色的婀娜身影。

第七十六章

指 杀

　　长陵之中能够如履平地踏波而来的女子不止一个，然而其中唯有一名女子喜穿白色。

　　有谣言称她此举是为了祭那人，以长陵的灰黑色调相冲，来暗示其不满，所以一直被放逐海外。

　　然而她却又自暴雨中回归，一剑杀了赵斩。

　　她自然便是监天司司首夜策冷。

　　只是数息，她便已经到了距离白山水和赵四不远的水面上。

　　"原是枭雄聚首，现在却是变成了三个女人一台戏。"夜策冷微嘲地看着白山水和赵四，说道，"天下最出名的两个巨枭，居然全部是女人，这消息若是传出去，那些自命不凡的男子便都该去找块豆腐撞死。"

　　白山水看了一眼夜策冷，此时她衣容不整，然而却已彻底恢复了平静，恢复了平日的孤傲姿态。

　　"你也在此，杀我师兄，引我入鱼市这件事，看来是你挑起的？"她眼睛微眯，冷笑说道。

　　夜策冷很随便地看了她一眼，说道："你我本是敌人，我又何必给你交代，你又何必纠结这样的问题？"

　　赵四却是淡淡地说道："同为局中人，又何必分彼此。若真皆是她设的局，此时在的便何止她一人，都是借剑杀人而已，只是可笑的是元武皇帝已过八境，长陵那么多七境修行者，那么多的王侯将相，敢到这里见我们、和我们生死搏杀的，却只有一位女子。"

白山水想了想，理了理衣衫，冷笑道："还不是为了应付鹿山会盟，不敢有丝毫损伤。"

夜策冷却是看着赵四笑了起来，露出两个浅浅的酒窝："赵四先生，你们两个都消耗甚大，任何一人此时应该都不是我的敌手，不若我们联手，杀了白山水？你拿走孤山剑藏，我拿她领赏，这样也公平。"

"逗留时间已长。"赵四转头看了白山水一眼，道，"你怎么想？"

白山水冷笑道："即便我们联手杀了她，我们也必有损伤，正巧中了别人算计。到时天下间最精彩的四位女子，一下子便死了三个，只剩下郑袖而已，那她到时可真是高兴得紧。"

任何人谈及自身，尤其是褒奖的时候，都会让人觉得古怪，然而她说起来，却总是让人觉得理所当然。

赵四淡然一笑，道："你说现在天下最精彩的是四位女子，这四位之数我可以赞同，然而你说其中有郑袖……她修为虽高，然而却是靠阴谋算计、靠男人权威才坐稳中宫，她算什么精彩。要说四位，公孙家的那位大小姐，商家的那位大小姐，在我眼中都比她强些。"

夜策冷蹙起了眉头，如纯真少女般嘟起了嘴，嘲笑道："修行者的世界，女子不如男这是事实，现在天下能入七境的女子修行者随便数数都数得完，不如男子十一，你们两个在这里自吹自擂，觉得有趣？"

"明明和我们一样，却硬要留在长陵，做人手中的剑。"赵四在三人中最矮，然而目光却是最为凌厉，只是一眼扫过，如看穿夜策冷一般，冷道，"以身犯险，你到底图谋的是什么？身为棋子，你难道能翻出落子者的掌心？更何况长陵在你之上，能落子者不止一人。"

白山水旁若无人地放肆笑了起来："或许她也想当皇后？"

夜策冷却是并不生气，脸颊上再次泛出两个微小酒窝："我倒是想，若真成了倒是要谢你吉言。"

白山水平日里狂剑傲啸山林，心中不顺便自一剑斩去，比绝大多数男子都要更加狂傲不羁，但是斗嘴这件事，却似乎并非夜策冷对手，听到夜策冷如此回答，她却反而生气起来，眼睛再度眯起。

赵四却是淡淡地看着夜策冷说道："我看你是心不死，我倒是听说九死蚕出现，所以你才从海外归来？"

夜策冷皱了皱眉头，道："你倒也不用言语试我，也不用摆出为我考虑的姿态，赵斩死在我手，想必平日相逢，你我必有一死。"

赵四神容依旧不改，淡漠道："料想今日设此局的人也觉得我必会杀你，毕竟赵剑炉的人修的皆是亡命剑，只是这人却并未想到，我的道不在于此。

"赵剑炉那么多人的亡命，那么多人的死去，只是为了完成老师的道，老师的道，便是今日我要走的道。"

顿了顿之后，赵四缓缓举起了手中的小剑，接着平淡说道："今日这出戏，既然你都来了，必定要演完全套，就让我先领教你的天一生水。"

夜策冷也不再言语，仰头望向天空。

天空中如有山轰然飞行，一滴晶莹的水珠出现在她的手中，然后化为一剑。

先前和白山水战，赵四始终是后动，即便是在白山水最强的时刻，都依旧胜了白山水一分，令白山水受了些损伤，然而此时，她却是先行。

她体内的力量轰然爆发，顷刻间涌入手中小剑，又全部汇聚在小剑的剑尖。

她的身体就像是一个巨大的洪炉，小剑的剑尖却像生出一颗赤红的恒星。

夜策冷一剑刺出。

她手中的剑在刺出时却又骤然消失。

她这柄剑从无自有，此刻却是又从有自无。

一股极柔的力量，却是缠住了赵四手中的赤色小剑，令这如同携带着一颗真正星辰前行的小剑竟然硬生生地无法寸进。

赵四眉头微皱。

"原来夜司首最强的并非是暴雨如注，而是细水长流、至柔克刚的手段。"

她摇了摇头，说了一句。

然后她松开手。

在和白山水一战，大损元气之后又杀意消隐，此时既已然不可能破掉夜策冷这一剑，无法进，她便退。

她松手，赤色小剑便通体一震，往后退出，往上空飞起。

只是瞬息之间，这柄小剑便已飞向无尽高空，飞向其来处。

而她的身影，也如一柄真正的飞剑一样，往后破空飞去。

赵四一退，白山水只是将手中浓绿色长剑往身下一掷。

也只是这简单一掷，白山水便咳出一口血来。

半江碧水又顷刻消失，只是和先前不同的是，鱼虾早已远遁而走，只有江底的水草有气无力地躺在微湿的泥沙之中。

浓绿色长剑消失无踪，一个旋转的巨大碧潭却是顷刻将夜策冷笼于其中。

夜策冷一声长啸，整个身体如沉重江石落于潭底，她体内无数股真元释出。

轰隆一声巨响，江面上开始暴雨如注。

只是这无数雨滴却不是从天空往下飘落，而是从江中深处朝着天空飞出。

自她身体周围生出的晶莹水滴切割在身周旋转的碧潭上，化为更多的水流，往上空飞洒。

只是刹那时光，无数晶莹水滴已然形成万千晶莹小剑，变成一个剑阵。

夜策冷深吸了一口气，再次厉啸了一声。

一口嫣红的鲜血顺着她紧紧抿着的嘴角滴落，万千晶莹小剑一齐往外刺出，深深刺入碧潭之中。

碧潭如蛟龙被万千小剑钉住，再也无法呼风唤雨。

在接下来一瞬间，便化为无数水流，沿着江底冲开。

噗的一声。

就像被巨龙吐珠吐出一般，夜策冷被一股强烈的元气从江底冲出。

在她自空中开始下落时，江水四合，波涛汹涌，已不见白山水的踪影。

她身前白衫上滴滴鲜血如红梅绽放，而混杂了无数泥水的江水里，有一条隐约的血流扩散，真如一头蛟龙负伤而遁，留下痕迹。

夜策冷轻轻地咳嗽着，微黯的眼神看不出是遗憾还是庆幸。

……

此时大秦皇宫深处，一座四方的铜殿里，只是身穿便服，须发也未整理，不修边幅然而却是大秦有史以来最强帝王的元武皇帝缓缓抬起了头。

八境之上自有七境无法想象得到的神妙之处。

他的眼瞳里，如有无数星辰在流动。

赵四那一剑如妖星坠落，太过强横，此时归鞘般飞回无尽高空，却是被他抓住了轨迹。

他深吸了一口气，双手微微抬起，忍不住要出手。

然而在旁人根本无法感觉到，对于他这种修为的修行者却已然是漫长的犹豫之后，他的双手垂下，只是手指微弹。

皇后的书房里，灵泉上方的天井突然射出无数条纯净的光线。

无数的光线交错着，无数的交汇点变得更加明亮，如无数细小星辰飘浮在灵泉里的数个莲蓬上方。

皇后完美无瑕的脸庞上流淌出一丝冷意。

她的左手抬起，五指的指尖上也射出了数条纯净的光线。

无尽高空中，那柄赤红小剑正要归入既定轨迹，静悬下来。

然而就在此时，上方的寂冷空间里，却是涌出无数道彗尾般的星光，旋即化为苍白色而没有丝毫温度的火柱，扫落在这柄赤红小剑之上。

赵四此时已然落在某处山巅，她的眼神里骤然充满无尽震惊和愤怒之意，噗的一声，她的口中一口鲜血冲出，竟然一时控制不住自己的身影，跌坐在地。

无尽高空里那柄赤红小剑符纹深处的光华尽灭，通体焦黑，变成了一截真正的锈铁般，飞坠不知何处。

第七十七章
各自争命

本命剑乃性命兼修之物，尤其像赵妙这种本命剑，剑胎便不是凡物，不知道花了多少年苦功才修至今日这种境地，今日一朝被毁，她的气海和念力都受重创，伤势是沉重到了极点，心中自然也惊怒到了极点。

"虽毁了我的本命剑，但今日你杀不了我，却始终被我窥到八境的一丝境界，今后想要杀我更难！"

然而这种愤怒，在她的眼中又马上化为了一种坚韧而锋锐之意。

似乎这种逆境，反而越加激起了她追求剑炉剑道之心。

"怎么会这样！"

就在此时，一名惊怒的浓眉年轻人也出现在这座山巅，正是赵一。

"巴山剑场星火彗尾剑，出手的是郑袖。"赵妙咳出一口诡异的粉红色血沫，冷笑起来，"只是借助了元武皇帝的一些力量……今日她让我受这一剑，将来我必定还她一剑！"

赵一深吸了一口气，点了点头。

这对于同样出身剑炉的他而言是理所当然的事情。

然而就在此时，赵妙目光剧烈地闪动了一下，寒声道："你去找白山水。"

赵一顿时怔住。

在他看来，白山水虽然接连大战，元气大伤，但他也未必是此时的白山水的对手，更何况白山水一入渭河，便是真正的蛟龙入了海口，他根本不可能找得到白山水。而且赵妙身受重伤，此处极为凶险，最紧要的事情自然是要马上护送她离开。

"白山水也走不远，我不是让你去追杀她。"

赵妙看了他一眼，面容更为冰寒："今日这是个大局，布了这样一个大局的人，不会让我们轻易离开。我本命剑已毁，对于长陵那些人而言自然没有携带孤山剑藏秘密的白山水重要。就算我不能夺得孤山剑藏，也决计不能令其落入今日设局者手中。"

赵一看了她一眼，神容还是有些犹豫。

赵妙垂下了眼睑，脸上尽是难以用言语形容的杀意："我虽重伤，长陵的这些人想要杀我，却是没有这么容易。"

赵一呆了呆，他感觉到赵妙此时的身上有种说不出的意味，而这种意味，在他的记忆里，在赵剑炉所有人极其尊敬的老师身上，似乎也出现过。

"你小心。"

他不再多说什么，深吸了一口气，点了点头。

……

当赵妙和白山水相继消失，夜策冷感到了疲惫，她在赵妙先生先前站立的那块礁石上直接坐了下来。

然后她感觉到了皇城方向微妙的气机变化，接着便感觉到了无尽高空中的剧烈波动。

她对元武皇帝和郑袖了解得比天下间几乎所有修行者都要多，在昔日秦灭三朝的征战中，她也不止一次见到过郑袖的星火彗尾剑如真正的彗尾从无尽高空扫落下来。

郑袖的这种剑星合一、命星折火的剑意，和赵妙星火淬炼、剑如星悬、化为流星的剑意有相像之处，虽然不像赵妙的剑意那样直接凌厉，郑袖的本命剑始终隐匿在星空不知何处，只是剑折星火，然而郑袖此时的修为要比赵妙略高一些，显然又是得了元武皇帝之助，那现在赵妙那柄本命剑的结局，她已经想象得出。

对于大秦王朝最大的大逆赵妙先生的本命剑被毁，就像是直接断了赵妙一臂，光是此点，今日设局的人手笔已经极大，然而会仅止于此么？

今日设这个局的，到底是元武皇帝、皇后，还是那两相，或者是另有其人？

身陷这大局中的三人，唯有她真正清楚杀死了樊卓的人到底是谁，也唯有她真正清楚，那日她虽然令韩三石消隐了九幽冥王剑的气息，但将白山水引向鱼市的那一股气息，却并非是她的手笔。

第五部分

第三卷　盛会

第三十六章

八 境

当燕帝的御驾登临鹿山，楚、燕两朝的修行者虽然都境界不显，然而只是心中自然的敌意流露，一些气息的自然对撞，就已经使得整个鹿山上空风云色变。

云气不断地扭曲着，变幻为各种诡异的形状，那些唯有在极地中才会生成的极光，也在空中不断地泛出，使得鹿山上方的天空中色彩分外地绚烂。

那种肃杀之意，却又使人丝毫感觉不到美感，只觉得那些云彩里随时会有什么惊世的凶兽钻出来一样。

然而也就在燕帝的御驾登临鹿山后不久，鹿山东首的广袤平原间，又出现了一列长长的伍列。

距离鹿山还是极远，或许会在入夜前到达，然而很快便有一阵阵蚀骨般的阴风不断吹拂而来，鹿山周遭的天空上，骤然出现了一条长长的黑云。

这条黑云在所有的色彩之中显得异常地阴森，晃动不息但却不为其他光焰所动。

只是这样的异象，丁宁就知道，这是有着"鬼帝"之称的大齐王朝的皇帝来了。

一股难言的意味浮现在丁宁的嘴角。

一次看尽这世间最顶尖的强者，这样的盛会，似乎对元武皇帝才是真正的好事。

齐帝的御驾车伍之中，皇家御制之物也是一片明黄，饰物也多为玉制，但在其中，却是有一顶异常漆黑、异常庞大的大轿。

抬着这顶大轿的是八名身穿锁甲的魁梧男子，锁甲的缝隙里，这些男子的肌肤散发着诡异的幽白色泽，浑身没有任何的热气，阴冷异常。

此时这顶大轿的内里宛如一个独特的世界，阴玉为砖，将内里铺得如厅堂一般，顶上则是镶嵌着明珠，散发着星星点点的冷光。

中央摆着两把紫黑色木椅，散发着一种奇异的油脂味道。

端坐其上的其中一人身穿龙袍，头戴帝冠，面白无须，四十余岁的模样，虽面容显得有些狭长，但身上散发着一股难以用言语形容的高贵味道，自然就是齐帝。

而另外一人，却是一身漆黑无光的黑袍，手上戴着一串白色骨链，一头漆黑如墨的长发也用白色骨环扎起，虽是男子，但面容却比世间绝大多数女子还要来得美艳。

"若师，这次大齐王朝万民的身家性命，就全操持在您一人手里了，您可是……"

对这名身穿黑袍的美男子，齐帝的神容却是恭敬到了极点，若是此刻有人看见，倒是会怀疑黑袍美男子是真正的齐帝。

"对别人也便罢了，在我面前何必还如此厚颜无耻。"

黑袍美男子似也完全不将他当成一名帝王，微微不悦地直接打断了他的话语："我既已经让你打造了这样的阴轿，来这鹿山，便自然不会惜命，未曾想活着回去，你还有什么可以担忧之处？"

被这名黑袍美男子直接道破心事，又直接称他厚颜无耻，齐帝讪笑数声，也不着恼，却是更加恭谨道："若师您不喜欢听这些话，我便不说，只是您还想要我做什么事情，便请开口。"

黑袍美男子摇了摇头，道："不需要，你只要记得答应我的事情，我死之后，将我的尸身送至我弟子面前。"

齐帝讪讪道："哪里一定会死。"

黑袍美男子皱眉道："先前怕我不肯死，现在又说这等话，你不觉得无趣和无耻？"

齐帝摇了摇头，叹息道："我不比元武等人可傲视天下，像我这样的庸才，若是连些暖人心的话都不会说，那就真的是一无是处了。"

黑袍美男子凝视他片刻，真挚道："你太过自谦了。"

黑夜将至，齐帝的御驾也终至鹿山脚下。

三位帝王齐至，只待秦帝。

……

轰隆！

乘风破浪行于巫山恶水之间的铁甲战船也终于靠岸。

巨大的振鸣声如雷声涌动，又似是天地在痛苦地呻吟。

船体和岸边岩石之间，溅起千堆如雪般的白浪。

元武皇帝一步跨出，第一个落于岸边。

数滴水珠溅落在他身上的龙袍，落在上面蟠龙的眼眸中，使得这蟠龙的眼眸瞬间明亮，就像活了过来。

元武皇帝抬头。

在他登基前三年的腥风血雨中，大秦王朝元气大伤，接下来对楚一战又是伤筋动骨，所以元武三年后开始，他和整个大秦王朝就一直在隐忍，养精蓄锐。

而此刻，他就如一柄藏鞘多年的宝剑再次出鞘！

元武皇帝动步。

他没有用任何的车驾，只是徒步而行，走在最前面。

在很多年前的征战里，他和诸多追随他的强大修行者都一直是身先力行，冲在战阵的最前面。

而现在，已经没有一人和他能够并肩。

气动四野。

四条巨大的云气在天空中席卷着，形成了四条顶天立地的巨大云柱。

这四条云柱的中央，无数星光闪烁，就像是整个星空都被他摘下了一块，如宝石般嵌在了这四条云柱的中央。

鹿山周遭的诸多山头一片静谧，蓦地，许多在山中的人都有所感，同时转头望向巫山的方向。

鹿山上空那幻彩琉璃般的流光，被一种难言的力量吸引，流向巫山的方向，在天空中形成了无数条蔓延不知道多少里的光线。

在所有人的视线里，那四条巨大的云柱和星光闪烁的星空缓缓出现。

所有的光线都落入那方星空之中，万流归一，然而四条巨大的云柱和星空却是巍然不动，平静地接纳了一切。

鹿山周遭的这些山头上都是世间最高的大宗师，然而几乎所有人看到这样的景象，心中都为之震动。

这对于他们而言，也依旧是一种难以言明、不能理解的宏大境界。

有数人身外的气息因为心神太过震荡而起了感应。

轰的一声，先前那座被一道剑痕封山的山头中，骤然涌出一股赤红的精气，直冲上天。

赤红的光焰，将整座山头都耀得如同一支巨大的火炬。

与此同时，一条磅礴得难以想象的水汽从郭东将占据的山头冲出，顷刻间形成一条湛蓝的巨大水龙，直冲上天，在云雾间穿行。

迟了半个呼吸的时光，一座山头遍现幽紫色光芒，如万朵幽兰同时开放。

这些气息都是玄奥和宏大到了极点，然而让任何人评断，都是不能与那四条云柱和一片星空相比。

丁宁深皱着眉头看着那四条云柱和星空的迫近，他的双目在黑夜里，也如同星辰般闪耀。

元武皇帝的境界，已经比他预想的还要高出一些。

鹿山之巅如细腰美人的行宫主殿里，无比苍老的楚帝握着身侧赵香妃的玉手无比感慨：“隔了这么久，整个秦王朝……整个天下，终于出现了第二个达到此种境界的宗师。”

同样苍老的墨守城看着那四条云柱和一片星空，眼神里也充满了感慨。

一将功成尚且万骨枯，成就这样的千古一帝要付出怎样的代价，唯有像他这样的人才真正地清楚。

“应该可以了。”

他转过头来，轻声对着潘若叶说道。

潘若叶点了点头。

她体内恢复不多的真元尽数涌出身体。

一道白光如剑，刺向这座山头的高空。

丁宁的眉头再次深深皱了数分。

这样的力量在此时起到的唯有标定或者让人知晓她在此山的作用。

她和墨守城，还在等待着什么？

第三十七章
伊 始

四条云柱距离鹿山山脚越来越近，丁宁的眉头也越皱越深。

在这四条云柱的遮掩下，在夜色里，整个大秦王朝的队伍都根本看不清楚。

元武皇帝走得并不算快，他的整个人都处于一种奇异的气机里，好像不是他的身体在运动，而是无形的天地元气在推着他行走。

他走的就是天地间一股无形的势的线路，行走本身就像是在牵引着一张无形的巨符，以至于他身后的整个大秦军队里每一个人都觉得自己的脚步轻盈了起来，甚至隐然有平时感觉不到的天地元气在丝丝地渗入身体，身上肌肤的表面，都是泛起一层层玄妙的淡金色荧光。

在昔日围杀白山水和赵一的大局里，他也只是动用了有限的力量，借助皇后之手出手，但那时也唯有长陵真正顶尖的修行者才感知到了他的境界，而自他登基之后的隐忍闭关尽是为此刻的鹿山盟会，此时他真正地展露自己的境界，后方大秦队伍里所有人自然更生敬畏。

只是让他们有些疑惑的是，始终亦步亦趋地跟在元武皇帝身后，和元武皇帝只是相差一个身位的宗法司司首黄真卫，却是没有任何的变化。

黄真卫的整个身体，都好像脱离在这张无形的大符之外，和平时相比没有任何的变化。

不只是大秦队伍里寻常的修行者，就连身重如山的许侯都是看不明白。

对于这列行伍而言，大秦王朝元武皇帝虽然走在最前面，然而一路自然有先行到来的先锋军和礼官沿途做好了和另外三朝之间的交接协调，划出了各自的防区和营地。

在前行的途中，一些军队和修行者便沿途驻扎下来，越是接近鹿山山脚，元武皇帝身后跟着的随行人员却是越来越精简。

一道青色身影突然出现在元武皇帝的行进路线上，即便此时跟随着元武皇帝的是大秦王朝最为精锐的力量，哪怕元武皇帝不出手，任何大宗师都不可能和一个王朝会聚至此的精锐力量相抗衡，但骤然见到这样的一条青色身影出现，元武皇帝身后随行人员中的大多数人还是不由得紧张起来。

"方将军辛苦了。"

元武皇帝并未停步，只是嘉许地说了这一句。

青色身影深深躬身行礼，道："参见圣上。"

所有心中紧张的人顿时放松下来，心中微微震撼，镇守关外的神威大将军方饷竟然也被调了过来。

"随寡人登山。"

元武皇帝走过方饷的身侧，温和地说道。

一袭青衫的方饷微微一怔，他有些不适应元武皇帝这"寡人"的自称，然而他还是马上点头应允，沉默地跟了上去。

"何为重？"

元武皇帝没有回首，目光始终平视前方，但在方饷动步之后，他却突然没头没尾般问了一句。

方饷微微蹙眉，抬起头看着这位至为强大的皇帝的背影，沉吟道："天下为重。"

元武皇帝的脸上出现了真正满意的神色。

"寡人很满意你的回答，你在关外多有受累，此次盟会之后，你便可回长陵歇着。"

他先是直接地说了这一句，微微一顿，又缓声道："只要有寡人在的一天，便可保你们方家平安富贵。"

帝王金口，这样的许诺对于任何一个门阀都是难以想象的赏赐，然而方饷的面容却是依旧沉静。

沉静是因为他很清楚要付出什么代价，他也很清楚这样的承诺之后，将会有什么更深远的用意。

"谢圣上隆恩。"

他微躬身，致谢。

"有意思。"

元武皇帝淡淡地出声。

他这一句不是对方馂所说，而是看着前方道侧的一株寻常松树所说。

在他出声的瞬间，空气发生了些微的扭曲。

一层轻柔的、比夜色更深的黑色就此在那株松树的一根枝丫上荡开。

黑色隐隐凝成一个蜷缩婴儿的形状，然而当元武皇帝的目光落在其身，这团黑色便迅速地消散。

黄真卫和方馂互相望了一眼，都看到了对方眼中的凝重。

也就在这时，鹿山的山巅，一顶新设的巍峨营帐里，停靠正北的黑色大轿中，那名黑袍美男子的指间也骤然涌出一缕黑色的火焰，在空中如烛火一般跳跃了一下，随后熄灭。

"有意思。"

齐帝一脸紧张地看着他，他却是也摇了摇头，沉思着吐出了这一句。

凝视着四道云气的丁宁深吸了一口气，皱结的眉头松开，然后他闭上了眼睛，斜靠在一株枯树的树干上开始休憩。

他距离元武皇帝和鹿山还是太远，他的修为也相差太远，所以在这样的时刻根本不可能看到发生在鹿山的一切交锋，现在的注视没有任何的意义。

唯有等到盛会真正开始，强者不余其力地出手时，才有可能看清这批将来有可能会和自己产生交集的人的一些手段。

元武皇帝的面前出现了一级石阶。

这是鹿山山道正对着他的第一级台阶，踏上这级台阶，才可以说是真正地开始登临鹿山。

四帝齐聚，明日的日间，才是鹿山会盟真正开始之时。

然而就在踏上这级台阶的瞬间，元武皇帝的嘴角泛出了一丝强大而自信的笑意。

对他而言，真正的盛会已然开始。

……

遥远的原野中，乌云翻滚，狂风呼啸，无数流光散落。

无数股恐怖的气息引起的剧烈天地元气波动在这片原野中散开，隔着极遥远的距离，即便是鹿山周遭山头上的各个宗师都无法感知，然而身为唯一的八境，元武皇帝却是能够隐隐感应到天地间的一丝异样。

漆黑的原野中，一头苍狼从远处的草甸前来。

它是所在狼群的头狼，分外地健壮，嗅觉也分外地灵敏。

它嗅到了无数新鲜血液的气息，其中还似乎凝结有一种难以用言语来形容的美妙的味道，让它觉得只要能够吞食到这样的血肉，一定会有莫大的好处。

然而当它钻出长草，真正地看清眼前的景象时，这头平时嗜血和暴戾的苍狼却是直接恐惧地蜷伏在地，不停地发抖起来。

十数万的人马、车辆，同时出现在一个地方，尤其是在无比混乱的战斗中，那会是异常可怕的事情。

更何况这里面充斥着不知道多少修行者。

天空里那些最为耀眼的闪光，不是暴风雨中的闪电，也不是天空坠落的流星雨，而是许多凝聚着天地元气的符器和一道道世上罕见的飞剑飞行的轨迹。

十数万人马形成的战场旋涡的中心地带，狂风、暴雪、火雨、浓雾……紊乱地出现，紊乱地交替混杂在一起，就连地面都是变成了诸多不同的小世界一样，发生着不同的变化。

三境、四境的剑师随处可见，剑击时产生的恐怖爆鸣和冲击波在此时变成微不足道的存在。

因为飞剑的速度极快，所以战场最中心地带的上方天空几乎全部被剑光交织成的密网覆盖，急速的飞剑收割生命的速度自然也是惊人的，令人难以呼吸的空气里每一息的时间里都不知道嗤嗤地涌出多少道血花。

然而即便是这些控制着飞剑的强大修行者在这样的战斗中有时和普通的军士也没有太大的区别，天地元气被无数道识念控制着，混乱到了极点。原本好好飞行着的飞剑，在下一刹那可能毫无征兆地只是因为遭遇到急剧扰动的乱流而失去控制。

　　即便是始终牢牢控制着飞剑的修行者，也随时有可能遭遇数名冲至身边的剑师，甚至是数十辆符文战车。

　　对于任何有经验的将领而言，一眼便可以知道这对于一场大战而言已经到了后期。

　　所有战阵开始的阵型、调度，已经完全不起作用。

　　在这样连双方的中军都已经陷入惨烈绞杀的战斗里，能够起到决定性作用的，除了一些先前还未投入使用的强大军械之外，还有的便是还保存着战力的强大修行者。

　　在数十架已经损毁的符文战车之间，有一名身穿淡青色铠甲的将领一直未曾出手。

　　他身上铠甲的色泽本身和周围的符文战车颜色非常接近，沉默凝立如同废弃的战车的一部分，本身并不引人注意，偶有冲杀过来的剑师也被停留在他周围的一些侍卫杀死。

　　此时他的目光正牢牢地盯着数十丈之外的一名修行者。

　　那名修行者只是身穿月白色的长衫，看上去身形极为羸弱，然而实力极为强悍，至少已经有十余名修行者被此人所杀，其中包括两名五境之上的强者。

第三十八章

星 火

　　身穿月白色长衫的修行者手持的长剑也是月白色，体内真元流淌入长剑的剑身之后，召聚的天地元气只是凝成一道薄薄的莹润光泽流淌于剑身表面。

　　这柄剑看似轻盈然而却坚韧锋利异常，那两名被他杀死的五境之上的强者都是被他连人带手中的兵刃一齐斩断。

　　沉默凝立如废弃战车一部分的将领极有耐心，一直等到月白色长剑上的莹润光泽黯淡下来，他才突然动步。

　　他的脚下骤然响起一声闷响，就像是一个巨锤急速敲击在了包着棉花的某件物事上。

　　这样的声音在此时令远处的苍狼都蜷缩发抖的战阵中根本不为人注意，然而在接下来的一刹那，这名青铠将领便成为这周围所有人眼中的焦点。

　　两排气浪随着他身体的突进往两侧翻开。

　　澎湃的力量使得他前进线路上的所有军士全部随着气浪往两侧翻出。

　　他身上的青铠原本在黑夜里看上去一点花纹都没有，然而此刻却是布满绵密至极的乌金色符纹。

　　滚烫的热气在这些符纹里冲击着，溅射出一片片金色的火星。

　　感应到这名将领体内迸发出来的气息，身穿月白色长衫的剑师脸色骤然苍白，此时正是他虚弱之时，然而从某种意义上而言，也是他这一生中最强的时刻。

因为对手的前所未有的强大，势必让他激发出所有的力量，包括最后保命的手段。

一颗洁白的晶石带着一种本命物独有的气息悬现在他的身前，洁白的光焰流水般落入他手中的长剑中，与此同时，天空中传来巨山移动轰鸣的声音。

这片天空中许多飞剑发出了恐惧的哀鸣，纷纷避开。

一声声抑制不住的骇然惊呼响起。

虽看到这名月白色长衫的剑师杀人如草芥，连五境强者都是随手斩杀，但之前此人一直有所隐匿，直至此时，周围人才赫然醒悟，此人是真正的七境宗师。

此时青铠将领已突进到他身前。

嗤的一声尖锐裂响。

青铠将领手中涌出一道耀眼的紫焰。

咚！

天地间响起沉闷鼓鸣声。

然而这一声沉闷的声响，在此时却是遮盖了战场上大多数的声音，震得所有人的心头都是一阵狂跳。

身穿月白色长衫的剑师身影顷刻消失。

等到周围人回过神来，才发觉这名七境剑师的身体已经在夜幕中变成一道白色流光，不知被往后震飞了多少丈。

青铠将领的身体站在原地不动。

他的身形显得无比地高大，因为他身上的青色铠甲开始裂解。

那些闪耀着金光的符纹似乎吸收了方才这一下硬拼的冲击力，但换来的结果是这件青铠本身的崩裂，被他身上翻滚的真元吹拂得往外片片飞散。

崩飞的青铠内里是一名身材瘦削的中年男子。

他的右手紧握着一截如短棍般的紫色物事，面容有些憔悴和忧郁，但是却说不出地坚毅。

"范将军！"

在这样长时间的混乱绞杀里，即便是七境的强者都已经后继无力，其余所有人自然更加地疲惫，然而在这名中年男子展露身影的瞬间，无数的欢呼声和呐喊声就此震响，许多人仿佛瞬间获得了力量和勇气，甚至获得了必胜的信心。

在这样的战阵里，在这整个世间，唯有一名范姓将领可以给己方的军士如此的信心。

大楚王朝，百胜大将范东流。

一方是楚军，另外一方大多玄衣玄甲，且修行者大多都是剑师，这自然便是大秦王朝的军队。

听此时的呐喊声和欢呼声充满惊喜之意，便可断定这里的楚军原有主将，绝大多数人根本不知道范东流会在这里。

眼见月白色长衫的宗师被一击震飞，近处数名身穿轻甲或是布衣的剑师面露悲恸之色，飞身朝着范东流飞扑过来。

范东流面色如常，右手那截如短棍般的紫色物事微微发出宝石般的光亮，一股独特的气机反向朝着他体内渗入，但他的右手却是垂着不动，左手以指为剑，射出紫色剑光，轻易地将这数名剑师刺杀。

他是大楚王朝屈指可数的强者之一，实力本来就远超同阶的七境宗师，先前的战斗中他隐忍不动，便是要在此时起到决定性的作用。

一杀死这数名剑师，他的身体便飞掠而起，朝北而行，以比绝大多数飞剑还要快的速度，落向一辆大且沉重的战车。

这辆战车状如方鼎，本身就和一般的战车不同，而且四周还矗立着防止符器冲击的奇异金属立网。

战车的中间，却是孤零零地坐着一名老者。

这老者不用剑，然而他身上每一次气息震荡，战场上某一处地面就会瞬间翻腾不息，置身其上的楚军修行者便立时失去踪迹。

在范东流的眼中，这名老者便是此时战场上最具威胁的人物。

不只是对方必定是七境的修为，而且这名老者的每一击都似乎在调度着整个战场的局势，他的每一击都在为秦军积累着胜势。

范东流想不出除了那些他熟悉的人之外，大秦王朝哪里还有这样的一名将领。

但他可以肯定，现在只要能够成功杀死这名老者，那这场大战就会以他们的胜利而告终。

身穿月白色长衫的宗师乃是洛神剑院出身的公羊宁意，也是他刺杀这名老者的线路上唯一有可能对他造成致命威胁的存在，此时他用十数名修行者和一件御金甲的代价成功解决了这个威胁，在他看来，便再也无人可以干扰到他和这名老者的交手。

然而就在此时，范东流骤然感觉到一股非同寻常的气息。

他不可置信地抬起头来，看向上方的无尽高空。

无尽的高空中，突然出现了几道幽白的流光。

这几道幽白的流光并非是飞剑的光华，而是几条真正的火焰。

在无尽的高空之上，落下的幽白星火。

这一刹那，范东流想到了很多的故事。

在昔日大秦王朝和韩、赵、魏三朝交战的战场上，也曾经许多次地出现过这样的星火。

有很多名将，就是陨落在这样的星火中。

这代表着巴山剑场最强大的传承之一，许多次施展出这样力量的那名很具传奇意味的女修行者已经彻底改变了身份。

"佩服。"

范东流的嘴角泛起难言的苦意，他随即猜测到了那名老者的身份，眼中不可置信之意却是迅速变为感慨，他自言自语地轻声道："想不到竟然连你都离开了长陵，来到了这里……那现在的长陵，不就是一座空城了吗？"

……

鹿山。

天空将明。

元武皇帝身前只剩下了最后数级石阶。

从铁甲战船在距离鹿山最近的浅滩靠岸，一路步行过来，到此刻登山，他恰好用去一夜的时光。

在他的感知里，也已经感觉不到那遥远的原野里传来的异样波动。

他知道那场大战已经尘埃落定，嘴角再次泛出些自信的笑容。

恰巧，此时将要翻鱼肚白的天空里，划过了一道细细的流星。

“将星坠落，大吉。”

这样的星相自有史官会判断、记载，然而他却已经下了论断，对着身后的黄真卫说了这一句。

因为在他看来，后世的史书，都会由他而定。

第三十九章

始发难

清晨的鹿山之巅山风微寒，四朝的礼官为了会盟的布置已经准备了数年，且经过多次的演练。

四大王朝并立，如四虎逐鹿，自然各有敌意，但这些礼官的配合看上去却是亲密无间，配合有度，竟似连略微大声的交谈都没有。

大齐王朝的御营中，黑袍美男子走出了那顶黑色大轿，远远地看着各色旗、旌，金钺、星、卧瓜、立瓜、吾仗、御仗等等物事流水般登场。

距离御座最近的更是拂尘、金炉、香盒、沐盆、唾盂、大小金瓶等物繁杂琐碎。

"这种盟会，明明最需要的只是一处演武台，却偏偏要弄得如此复杂，真是虚伪。"

一声冷淡的评判从他的口中传出，落入他身侧大齐皇帝的耳中。

齐帝有些近乎猥琐地一笑，道："非是虚伪，越是繁琐的礼节越是能增添庄严肃穆之感，至少可以提醒我们治国平天下不是什么儿戏的事情，让我们说任何话和做任何决定都可以更慎重一些。"

黑袍美男子眉头微皱，沉吟了片刻，道："有道理。"

齐帝看着黑袍美男子若有所悟的样子，有些高兴，然而却又马上忧虑起来，道："跟着元武来鹿山的秦人里面，还少了两个至关重要的人物。"

黑袍美男子看了他一眼，似乎兴趣并不大。

齐帝却是接着说道："李思和胡亥也随着元武皇帝离开了长陵，然而现在却不在鹿山。"

"你不需要再担心什么。"

黑袍美男子转头看着大燕王朝的营帐所在,淡漠道:"胜负已不在这里,且就算要出头也轮不到你。"

齐帝愕然。

他不能理解地看着黑袍美男子澄清的眉目,他看到了黑袍美男子的目光所向,眼睛不可置信地开始瞪大:"难道……"

"够了。"

黑袍美男子却是冷冷地一声低喝,打断了他的话。

……

鼓笛齐鸣,紫烟燃起。

大燕王朝的营帐里,一名男子从热气升腾的浴桶中走出。

无数水珠像草叶上滚动的露珠一样,从他光滑如丝的肌肤上滚落下来。

两名宫女都是人间绝色,眼含春水脸如凝脂,白色茉莉烟罗软纱,面容艳丽无比,此时看到这名男子浑身赤裸地从浴桶里走出,看着他浑身没有一丝赘肉的完美身材,两名宫女面上都是不由得飞起一丝羞红,然而眼眸里却是没有多少羞涩,都是异样地敬重。

这名男子也是没有丝毫的扭捏,在这两名宫女的侍奉下穿上洁净的纱衣,然后微微颔首致谢。

"谢师。"

一名身穿金甲的将领已在帐外等候,见到这男子走出,顿时行了一礼,然后在前方引路。

一顶明黄华盖在前,四帝开始入座。

这名男子便紧跟在燕帝的身后。

元武皇帝的目光和其余三帝相撞。

元武十二年春,鹿山会盟在鹿山之巅正式召开。

四位帝王都是人世间最至高的存在,相互之间并不施礼,早有各自礼官为代祭过天地鬼神,四位帝王的身侧各自有一位近侍,元武皇帝的身侧席上坐着的是黄真卫,楚帝身旁坐着的却并非是赵香妃,而是新立太子骊陵君。

燕帝的身侧坐着的是那名刚刚沐浴洁身的男子，而齐帝的身侧坐着的自然便是那名黑袍美男子。

一切礼毕。

场间一片安静。

除了这四名帝王和身侧的四名陪侍之外，场间所有人的脸色都极其凝重，都在等待着楚帝开口。

在元武三年的那场大战里，楚帝和他的大楚王朝赢得了对秦的胜利，令大秦王朝和楚、齐、燕三朝签订了盟约，不管他此时显得多么苍老，他依旧是这场盟会的主持者。

盟约里最主要的内容自然便是大楚王朝昔日战利品阳山郡的归属。

"我需要三年。"

在此之前，所有的人都在猜测楚帝会说什么开场白，会做什么打算，然而没有任何开场白，楚帝一开口便直接揭晓了谜底。

他平和地看着元武皇帝，道："撤离需要时间。"

齐帝微微蹙眉，但是想起前面黑袍美男子说的话，他抿了抿嘴唇，并未言语。

归还阳山郡自然是避免刀兵的最大保证，只是提出三年缓冲却没有任何附带的条件，这种让步却似乎太大了一些。

元武皇帝微微颔首。

在墨守城的评断之中最为谨慎的燕帝都微微皱眉，忍不住就要开口。

所有人都觉得元武皇帝会马上应允。

"不必三年了。"

然而元武皇帝开口，却是拒绝。

在第一个"不"字还未出口时，燕帝就已经感觉到了有些不对，猛然抬头。

"阳山郡已重归我大秦。"

元武皇帝平静地继续出声，声音如一道道雷鸣落入每个人的耳廓之中。

四帝会聚，任何大事都不需要别人去考虑，所以各朝的修行者都是气息安宁，而此时元武皇帝这句话一出口，整座鹿山上瞬间刀兵气息大震，无数道杀意攻伐。

所有草叶上未消的露珠被震落飞洒，又被紊乱的气息绞成细碎的雾气。

骊陵君的面色雪白，双手握紧，微微震颤。

阳山郡的归属问题本身是这鹿山会盟最主要的内容，然而谁会想到，元武皇帝竟然会在会盟之前便征伐阳山郡。

且此时唯有消息传至鹿山，只能说明这场大战就在昨日的夜间。

楚帝微微蹙眉，他的脸上本身已经全是老人斑和皱纹，这一蹙眉，便顿时显得苍老了数分。

然而他的面容依旧平静，缓声道："昔日盟约订立，互不征伐，你已违了盟约。"

楚帝此言一出，鹿山上空乱云飞舞，更是多了无数杀意。

元武皇帝摇了摇头，道："阳山郡是借，并非让。昔日盟约中便注明了这一点，且盟约只约定不侵入其余各朝疆界，这阳山郡本属大秦，驱兵进入，不越楚之疆界，何来违约？"

这自然是文字上的功夫，对于任何人而言都属于强辩。

然而所有人都知道阳山郡重归大秦王朝已经是既定的事实。

尤其最让所有在场大楚王朝的人心中震颤的是，大楚王朝在阳山郡屯集着重兵，秦军如何能够以这样迅疾的速度直接取下阳山郡？

"精彩。"

一个新的声音响起。

只是两个字，但是所有场间的人却都大吃了一惊。

唯有齐帝的眼睛里闪现出了亮光。

他知道黑袍美男子所说的话真的变成了事实。

出声的赫然是连坐姿都显得分外端正和谨慎的燕帝。

"乘着强者云集此处，一举出兵收回阳山郡，这样的计策实属精彩。

"然而就算你能抓住盟约上的一些文字漏洞，我等亲临此处，都是为了要先谈这阳山郡的归属，你先行这样做，是开了我等的玩笑。"

场间谁都知道燕帝最为谨慎，即便有反对的意见，恐怕也是最后一个出声，谁都未曾想到他此刻却是第一个发难，在他的连连出声之下，就连大燕王朝的许多人都感到异常地震惊。

元武皇帝面容不改，说道："并非玩笑，只是先解决一个麻烦。"

"麻烦？"

"只是一句麻烦，便令多少人身首异处？"

"吾虽匹夫，然也敢染血五步，请决。"

燕帝没有接着出声，坐于他身侧的那名洁净男子却是站了起来，刺啦一声，撕下了一片衣袖。

这样的举措，在大燕王朝而言，便是决斗的相邀。

整座鹿山上方的天空骤然一暗，空气和光线似乎彻底冻结。

绝大多数人的呼吸也彻底地停顿。

虽然所有人都知道必定会有这样相较的场景出现，然而谁都未曾想到会来得这么快，也未曾想到第一个出头的会是大燕王朝，而且表明的态度会是如此地鲜明。

在此种场合之下，这名洁净男子便代表着燕帝，元武皇帝自然不可能拒绝这样的决斗相邀，在凝滞的气氛中，所有人只是不知道元武皇帝会不会亲自应战。

元武皇帝并未有什么停顿，他只是平静道："方将军，替寡人应战。"

沉静坐于后方的方饷并未感到意外，只是俯身道："诺！"然后不疾不徐地站起。

一片细碎的声音响起。

四朝礼官对于这个盛会已经准备了多年，对于这种场面自然也已有所准备。

一片礼乐之器迅速撤开，在四帝前方一侧百步之外，立时出现了一片空地。

"竟然是燕。"

在丁宁所在的山头，潘若叶微转头看着墨守城，冷声道："燕狂人李裁天。"

墨守城陷入了沉思之中。

第一个发难的是大燕王朝，且采取这种最为直接的方式发难，这背后必定有着非同寻常的意义。

他开始猜想各种可能。

丁宁凝视着鹿山山巅，也同样开始猜测各种可能性。

扶苏却是忍不住震惊，道："大燕王朝第一符师，怎么可能！"

第四十章

折　符

　　燕狂人李裁天的名字便首先很狂。

　　自古至今，连帝王都以天地为大，许多人的姓名中也有个天字，但大多都是"敬天""天宁"等等，但凡是"开天""辟天"之类，便都有些背经离道的意味在里面。

　　李裁天本是纸符坊一无名裁纸小童，然而一朝开始修行便自取名"裁天"，实在是非常张狂。

　　只是某些人的张狂往往令人感到无奈。

　　李裁天不仅是大燕王朝五十年来修为进境最快的修行者，而且在突破第七境之后，出身于谢临符宗的他几乎将宗门内每一名长辈全部教训了一遍。

　　最为关键的是，所有被他教训过的长辈还都十分服气。

　　因为他几乎将这些长辈所会的符箓全部修改了一遍，而且经过他的修改之后，这些符箓的威力全部大增。

　　最终的结果是他被公认为大燕王朝第一符师，再加上他经常在谢临符宗公开授课，且从不回避和外宗的论符论道，无数的大燕修行者得到过他的教诲，所以在大燕王朝，大部分人都尊称他为"谢师"，意为谢临符宗最受人尊敬、最具代表性的师长。

　　像他这样的人不只是有强大的自身修为，背经离道的张狂和强大的领悟力让他拥有非凡的创造力，在任何人眼中都是大燕王朝的宝贵财富。

　　大燕王朝首先发难已经是莫大的意外，让他这样的人发难，更是不可思议。

齐帝眉头深锁。

事实上为了探得到底谁会追随元武皇帝到达鹿山，他也已经付出了不少代价，他对方饷也已经有所了解，此时大燕王朝率先发难，他本应该透露一些信息给燕帝或者李裁天，然而他还是听从了黑袍美男子让他看戏的话，沉默不语。

楚帝捋须沉思。

他觉得大燕王朝就算以此举向楚示好，似乎也不需要付出这样的代价。

既然如此，那就只是大燕王朝自身的问题。

大燕王朝到底在下一盘什么样的棋？

······

宗师相争，哪怕并未真正动手，只是蓄势，就足以让天地元气产生异变。

方饷这一侧的上方天空里，一条青气慢慢侵入了白云之间，让数朵白云扭曲如青鳞。

而李裁天的这侧天空中，却是缓缓地出现了一条白线，就好像碧蓝的天空真的被裁出了一条口子。

鹿山周遭各个山头一片死寂，空气都似乎被冻结，流动不开，山间没有一丝风声。

李裁天生性张狂，面对方饷的揖首行礼只是倨傲地仰头望天，轻声道："此等交战，实是人生快事，只是无法亲自向元武皇帝讨教，终是憾事。"

方饷平静地挺直身体，看着他，说道："对于我而言，你已是最好的对手，所以我没有遗憾，由此我已经胜了半筹。"

李裁天摇了摇头，道："我无牵无挂，沐浴净身，精气神已至巅峰，所以我等扯平。"

方饷点头。

轰的一声震响。

两人之间的空气里随着他这一点头出现了一道明亮的波纹，往两侧泛开，虽发出震耳的响声，但是那波纹却只是亮光，只是无形之物。

"念剑之术！"

场间不知有多少宗师阶的人物，各具神秘莫测之手段，然而只是看到这明亮而无形的波纹，其中有大半就已面色大变，确认自己不是在场两人的敌手。

以念力凝剑，求的本是一味的迅疾，但方饷的这念剑一击，凝聚的力量却是近乎真正的飞剑，这样的手段在记载中也很少出现，然而李裁天却以念凝符，同样令人震撼。

"请。"

方饷出声，往前伸手。

一道平直乌沉的剑光浮现于他的手中，直刺李裁天。

听他此时出声，似在他看来，方才那念剑一击只是试探，并不算真正出手。

剑路寻常，但带着难以用言语形容的开山劈石之意，太过平直锋锐的剑气斩断了空气里许多天地元气的流动线路，令在场的许多大燕王朝的符师脸色更是惨白。

在这样看似平淡的一剑之前，他们甚至连一道完整的符都不可能施出。

李裁天也从未遇过如此的一剑，他眉头微蹙，左手指尖悄然浮现出一张青玉般的方符。

噗的一声轻响，一股极为纯净的元气从这张青符中喷涌出来。

他的身体骤然从原地消失，在方饷的后方显现出来。

一片不可遏制的惊呼声响起。

李裁天这样的动作看似十分简单，然而在这样的剑气压迫下，这样简单的画面也蕴含着绝大多数七境都不可能想明白的天地元气运行之理。

剑势平直往前，李裁天却已经在剑势之后，这一剑落空，方饷便是必败无疑。

然而这片惊呼声却并非因李裁天而响起，而是因为方饷这一剑。

方饷往前的身形没有任何的变化。

他的剑尖前方出现了一个光点。

他的剑穿过了这个光点，剑身沐浴在一层奇妙的辉光里。

剑身前方的所有剑气消失无踪。

他的身后却是出现了无数条白色的湍流。

每一道白色的湍流都是一道精纯的剑气。

无数条这样的白色湍流将李裁天的身影全部笼罩住。

李裁天神容平静，一道黄色符纸从他手中飞出，砸落于地。

整座鹿山微微一震，他脚下地上骤然涌出万千颗黄色的尘埃。

白色湍流和往上浮起的黄色尘埃相遇，时间好像骤然变缓，空气里多出无数沉重之意，好像许多座大山突然充斥其中。也还不见白色湍流和这些黄色尘埃有什么变化，方饷的身体突然微微地一震，面色微白，鼻孔中已经涌出些淡淡的血沫。

这一瞬间交锋竟以他的负伤而结束，然而他的左手也在此刻往后扬起。

一道青色剑气如一片龙鳞从他的食指和中指间飞出。

一闪便消失在所有人的识念里。

噗的一声轻响。

李裁天的左肩出现了一个剑孔，一蓬鲜血飞散，许多黄色尘埃悄然变成血红。

"好剑！"

李裁天神色凝然，看着方饷的背影出声。

方饷转过身来，看着他，肃然道："好符。"

两人各自负伤，各自赞赏对方的手段，然而两个人之间的交锋却并未有半分的停歇。

在李裁天"好剑"二字出口的瞬间，一道巨影已经从空中落下。

方饷手中的乌光色长剑已经不在手中。

他的双手都是空的。

从空中落下的那道巨影，却是一柄巨大的、如山般的长剑。

这是一幅难以想象的画面。

别说是鹿山山巅的所有在场者，就连鹿山周遭其余山头上，都清晰地看到了这样一柄巨剑。

或者说，都清晰地看到了一条巨龙。

在周围天地间不断涌至的元气的灌注下，龙鳞剑庞大了不知道多少倍，剑身上每一块鳞纹都变成了一块乌黑无光的巨大岩石——光是如此，所有人都会觉得这柄剑好像变成了无数巨大的岩石拼砌而成，然而此时剑尖处，却燃着两点明黄色的光焰。

两点明黄色的光焰里，闪烁着冷漠而暴戾的情绪。

一股完全不同于方饷本身的强大气息，一股藐视众生的目光，在那两点光焰里不断地洒落。

这是某种至为强大的妖兽才有可能拥有的气息。

而妖兽强大到了某种程度，便不能用妖来形容。

甚至在人类很长的一段历史里，唯有畏惧，唯有膜拜，唯有以它为王。

现在世上的许多蛟龙，还拥有类似的气息。

所以这只有可能是真正的龙息。

传说中的故事是真的，方侯府的这柄龙鳞剑，真的是以龙血淬炼，真正融合了某种龙的真元力量。

齐帝抬头凝视着这柄巨剑，他的眼睛也瞪大到了极致，心中全是真正的震惊和感慨。

他就算早知道传说中的故事是真的，也绝对想不到这柄剑还可以产生这样的变化，也绝对想不到方饷可以施展得出这样的一剑。

"原来这才是你真正的力量。

"怪不得元武皇帝会让你应战。"

李裁天看着这一道巨剑，彻底醒觉般轻叹。

他的手中散发出一股本命物的气息。

出现在他手中的，只是一张微黄的符纸。

所有的人陷入更大的震惊之中。

因为他手中的这张符纸没有任何的符文，是一张最为普通的黄符纸。

大燕王朝第一符师的本命物，竟然是一张可以裁成任何形状，而且不带本身威力的最普通的符纸。

现在李裁天动用这件本命物，是要将这张符纸裁出什么样的形状？

然而让所有人都没有想到的是，李裁天并没有将这张连成品都不算的符纸裁出任何的形状。

他只是异常简单地，折纸。

将这张符纸对折。

第四十一章
废与死

符纸对折，在他的手中消失。

当符纸在他的手中消失时，他上方的天空中突然出现了一条透明而晶莹的线。

这条透明而晶莹的线出现时没有任何声音，然而在出现之后，他头顶上方的天空里，却是发出了一声巨响，接着是无数声巨响。

这无数声巨响源自龙鳞剑此时每一块如巨大黑岩的鳞片之间。

这每一块如巨大黑岩的鳞片之间原本都有一定的间隙，这每一条间隙都是符文，都是元气流通的通道。

然而此刻，每一片鳞片却都是被一种难以想象的巨大力量挤压在了一起。

这种感觉，就像是一个静寂的港口里有无数的黑色岩石，之间都停留着铁甲巨舰，然而这一瞬间，黑色岩石和铁甲巨舰都被一种难以用言语形容的庞大力量硬生生地挤压在了一起，剧烈地撞击着，摩擦着。

龙鳞剑剑尖处那两点明黄色的光焰闪烁出更为冷漠而暴戾的情绪，然而龙鳞剑本身的力量大多来源于符文里流动的力量，此刻这种冷漠而暴戾的情绪失去了力量的支持，便如同垂死的双眸。

在场的无数修行者抬头看着这样的景象，脸色变得越来越苍白，眼神里充满越来越多的敬畏。

那一条透明的晶纹不是符线，也不是裂纹，而是令人难以理解的折痕。

他头顶上方的空间里，所有的天地元气的弯曲折叠，给人的感觉，就像是两片空间都在这一瞬间折了起来。

没有任何猛烈的对冲或者锋锐斩杀之意，然而只是元气的厮磨挤压，便如同抹平了龙鳞剑上所有的符文，令龙鳞剑的力量消失了大半。

方饷深吸了一口气。

每一块黑色岩石般的巨大龙鳞突然不再和外来的挤压之力相抗，反而是剧烈地内压、摩擦。

每一块黑色岩石般的龙鳞在剧烈的摩擦之下，顿时边缘皆红，喷出无数铁汁般的红焰。

红焰连成了一片。

连成了许多道更大的红色符文。

天空里响起了一阵龙吟。

那两点明黄色的光焰也如同燃烧起来，一股更为惊人的剑气，从剑身上散发出来。

许多仰首相望的修行者呼吸全部停顿，这一剑的剑气比起方才更盛。

李裁天的眼眸却依旧干净而平静。

他伸出两根手指，好像捏住了一张无形的纸，缓缓撕开。

嗤嗤嗤嗤……

随着他的这个动作，天空里无数细微的线路骤然断裂，原本空无一物，连空气都似乎早已被剑气逼走的空间里，却是突然响起强烈的气流声，无数股气流凭空在空中喷涌出来。

天空里，出现了一道裂纹。

这道两侧喷射出无数股气流的裂纹，就像一柄巨大的道剑迎上了斩落的龙鳞剑。

方才他的一击只是折，而他此时的一击，才是他真正强大的裁天之意。

两股当世没有几人能够阻挡的力量，就此冲撞在一起。

轰！

一圈气浪和冲击波落地，李裁天脚畔所有碎石顷刻化灰，整个地面往下凹陷了数尺，然后往上涌起无数浮尘，又消失数尺。

李裁天的身体一震，艰难地吞了口口水。

他的衣袍彻底变成了红色。

身体肌肤的表面，被震出无数的血沫。

只是他的面色依旧平静。

方饷的眉头深皱，皱得好像眉头之间出现了数条裂纹。

悬浮于空中的龙鳞剑往上一跳，出现了一瞬间的停滞。

在接下来的一瞬间，无数黑色岩石般的龙鳞脱离了剑身，开始往外飞撒。

红色的火星和金色的剑光在空中飞散着，就像真正的龙血溅射。

噗噗噗噗……

在这些龙鳞往外飞散的同时，方饷的身体表面也突然出现了一道道裂口，鲜血从中涌出。

他全身皆是伤口，浑身披血。

许多人震撼无言，连两人之间胜负都看不出。

"你败了。"

李裁天静静地看着方饷。

天空中那柄龙鳞剑已经龙威全消，变成了一截锈铁般往后飞坠。

"我会胜。"

方饷摇了摇头，抬步，朝着李裁天前行。

他身前狂风渐起，然后朝着两侧分散。

李裁天面容渐凝。

他明白了方饷此时的意思。

方饷的龙鳞剑毁。

然而方饷本身，也是一柄剑。

一缕缕鲜血从李裁天的指尖飞洒出来，在他面前凝成一道血符。

修行者的鲜血，尤其是李裁天这种级别的修行者的鲜血，本身便是天地元气最好的容纳物。

随着这道血符的形成，轰的一声，方饷的身前空气里，好像出现了无数条街巷。

这些街巷里，好像有许多无形的刀锋，朝着方饷的身体斩落。

方饷体内流淌出的真元和天地元气平直往前，紧聚在他的身体表面，他的身体本身便成了一柄最锋利的剑，这些无形的刀锋根本无法在他的身上切开任何的伤口，但无法切开，一柄柄刀砸落在他的身上，便就像是变成了一柄柄小锤。

他的身体里响起细密的碎裂声。

这些声音，是经脉、骨骼，甚至髓河断裂的声音。

方饷顿住。

在下一刻，他往后坠倒。

所有一直处在深深震撼之中的大燕王朝修行者心中涌出狂喜。

他们所尊敬的谢师也已经到了极限，若是挡不住方饷的这一剑则必败无疑。

而此刻，方饷经脉骨骼寸断。

修行者的身体乃天地元气的容器，力量运行之本。

此刻身溃，胜利便已站在他们一方。

然而李裁天的眼眸里却是没有任何的欣喜。

并非是因为对方饷的敬重，而是因为他感觉到了一股新生的剑意。

一股剑意迎面而来，虽然没有真实的冰冷气息，然而在他的识念之中却是如一片冰海，顷刻坠落于他的整个世界。

他垂头。

在他垂头之时，他的胸口出现了一道血线。

所有大燕王朝的修行者眼中刚刚浮现的惊喜消失，化为无限的震惊和悲恸。

一道血线之后是无数道。

这些血线之间产生了微微的交错。

交错便意味着被斩断。

"怎么回事？"

一名大燕王朝的修行者悲恸至极地叫出了声来。

他完全不能理解。

明明方饷的身体已经溃败，就像一个水瓢已经破裂，又如何能舀得起水来？

"意念不能真正地超越生死，然而可以摆脱生死之间的恐惧。"

一个声音响起。

回答他的人是李裁天。

李裁天的身上众多血线交错，即将裂成许多块，然而举止神态却是一如平常。

悲恸欲绝的大燕王朝修行者开始明白。

由念剑起，由念剑终。

方饷自始至终最强的都是念剑。

任何人对敌，想的自然都是杀死对方，然而方饷的那最后一剑，却是先让李裁天"杀死"他，然后才发出了这一剑。

这说起来是很简单的道理。

然而要施展出这样的一剑，却是需要无比坚定的意志。

单从境界而言，谁都可以看出李裁天更强一些。

然而修行者之间的战斗，胜负却从不由单纯的境界而定。

方饷此刻浑身筋脉骨骼寸断，即便现在治好，能够勉强活下来，也必定是个毫无修为的废人，但李裁天浑身已经被兵解，却也注定很快死去。

"平手吧。"

在无数悲恸的目光里，元武皇帝看着燕帝，出声说道。

没有任何人反对。

因为这本来是一场两败俱伤的战局，燕帝也不可能反对，因为没有任何一个在场的大燕王朝的人希望见到李裁天的身体四分五裂的画面。

燕帝微垂下头，没有出声。

一股缓和的气息从他的身上释出，飘向李裁天的身体，然后如层层布匹一般将李裁天包住。

李裁天的身体开始冰冷，意识开始模糊，鲜活的生命力开始从他的身体里消散，然而他的嘴角却依旧浮现出一丝难言的笑意。

元武皇帝看了方饷一眼。

方饷的体内再次发出了一阵轻响，所有强大的修行者都感觉到方饷体内许多致命的堵塞处被贯通。

数名医师从大秦王朝的陪侍人员中掠出，迅速地将方饷送往后方的营帐。

见到这样的画面，除了秦人之外，其余三朝的修行者全部心中微冷，沉默不语。

虽是平手之局，然而李裁天却恐怕已是大燕王朝最强的修行者。

方饷虽强，然而却肯定不是大秦王朝最强的修行者，甚至不是大秦王朝除了元武皇帝之外最强的修行者。

所以实际上，还是大秦王朝胜了一场。

……

"方将军废，李裁天死。"

潘若叶冰冷而轻声地说道。

丁宁凝望着鹿山山巅，尽可能平静地呼吸着。

那数个起落的剧烈元气变化，已经让他感知清楚了李裁天和方饷这一战的走势。

只是经历了十数年，然而现在的这些顶尖宗师的手段，和元武皇帝登基前的那些修行者相比，已经有了许多的变化。

变化就意味着更多的未知和危险。

第四十二章

天　谴

燕帝的施展只能令李裁天的身体不在这山巅崩解，然而却不能阻止李裁天的死亡。

两名先前侍奉李裁天沐浴更衣的绝色宫女虽早已猜出这名在大燕王朝受人尊敬的谢师为何要这么庄重地沐浴净身，然而真正看到送入帐内的李裁天的身体渐渐冰冷，这两名宫女却依旧悲痛不已，止不住泪线。

眼见李裁天生机已逝，闭紧的双目将永远不再睁开，他的脸上却有一层奇异的辉光悄然滑过，睫毛微颤间，他的双目便睁了开来。

这许是传说中的回光返照，两名绝色宫女悲声顿止，没有感到惊吓，而是紧张地伏低身体，生怕错过李裁天最后的一些交代。

然而令她们没有想到的是，李裁天却是对着她们露出了一丝真挚感谢和致歉的笑容，轻声道："我有些事情，需要一个人安静地停留片刻。"

两名绝色宫女跪伏行礼，退出这顶营帐，只是走出十余步，便梨花带雨，哭得越发厉害。

在她们的心中，李裁天或许是不想让她们见到他临死前万分痛苦的模样。

寂静的营帐里，李裁天的呼吸似已消失，然而眼眸里的黑色却反而越来越浓。

一团淡淡的黑气也在他的面前涌出，悄然地形成一个蜷缩的婴儿模样。

"我想知道为什么。"

蜷缩的黑气婴儿自然不是活物，连面目都是虚影，也没有任何的表情变化，然而空气里，却是响起了极低微的声音。这声音孤冷而没有多少感情色彩，和齐帝身侧的那名黑袍美男子一模一样。

"只有山阴宗有这样高明的手段，看来你便是山阴宗那名大宗师晏婴。"李裁天微微一笑，道，"只是我为什么要告诉你？"

蜷缩的黑气婴儿没有任何的变化，但那名黑袍美男子的声音却是轻淡地响起："因为我知道胜负不在这里，因为你告不告诉我，可以影响我的决定。"

李裁天的笑意缓缓消失。

他依旧没有回答黑袍美男子的问题，而是接着问道："你会做什么决定？"

黑袍美男子也没有回答他的问题，只是说道："我不喜欢元武。"

李裁天又笑了起来。

若是将人的情绪简单地分为两种，一种自然就是喜欢，一种自然就是不喜欢。

对于他和黑袍美男子这样的人而言，这种答案已经足够。

"巴山剑场还有人。"

他看了蜷缩的黑气婴儿一眼，异常简单地说了这一句。

蜷缩的黑气婴儿凝滞了一下，这一下就像是这个黑气婴儿也陷入了沉思之中。

然后没有任何的声音再响起，蜷缩的黑气婴儿消散得无影无踪。

李裁天眼中的辉光迅速地消失，真正的死亡即将来临，只是他没有死亡的恐惧，只是轻声自语道："若是这次还杀不了你，元武皇帝，那你便真的不会死了。"

……

李裁天代表的是燕帝，他率先发难，以死告终，这便代表着燕帝挥出的一拳被轻易地挡了回来，看着沉默不语的燕帝，所有在场的人都开始等待楚帝或者齐帝的出声。

楚帝在沉思着。

就在这时，齐帝身侧的黑袍美男子抬头看了他一眼。

楚帝微微一怔。

黑袍美男子的神情没有任何的变化，目光里也似乎没有任何明显的情绪。

但是楚帝却心有所感。

他收回了目光，看向元武皇帝。

只是这一望，所有人便知道他要开口说话。

"天子一怒，流血百万，所以天子轻易施怒，则易招天谴。"楚帝看着元武皇帝，缓声说道，"我朝匠师于去年初制了一件符器，就名为天谴，想必诸位已经知晓。"

随着他的声音响起，鹿山山间楚军驻扎的营地里骤然也响起了一片奇异的声音，似是远远呼应。

元武皇帝面容不变，只是静静等候。

这声音却是越来越近，越来越清晰，在所有山巅的修行者感知里，就好像有什么巨大的昆虫在震动着翅膀。

各朝一些在朝堂中居于高位者，眼睛里却是都泛起紧张的神色。

"天谴"是大楚王朝军方的某种制式符器，据说其威力远超大楚王朝目前所有制式符器。之前通过一些隐秘渠道得知的信息便已令人怀疑"天谴"和正常意义上的制式符器有很大的区别，此时楚帝开口发难，第一时间就语带双关地提及这件东西，更是让人觉得这件东西非同小可。

奇异的振鸣声穿梭在云雾里，越来越接近鹿山山巅。

此时在鹿山之外某个山头的丁宁还根本听不到这样的声音，然而他却已经感觉到了异样。

他感觉到天空里的阳光似乎黯淡了些。

那些天空里落下的阳光，似乎被某个东西吸引而去。

他深吸了一口气，知道又有新的事物出现。

……

一片吸气声在鹿山山巅响起。

许多人的视线彻底地凝固。

一片片金属独有的反光穿出了云雾，和山巅齐平，然后继续往上升起。

那是一片片长宽约为数丈的薄片，略带弧度，如同一片片花瓣，虽表面散发着金属的光芒，然而薄得近乎透明。

但在阳光的照耀下，这些往上飘起的薄片上亮起一条条的金线。

这些金线自然都是符纹。

只是这些金线却是繁杂到令人觉得有些不可思议的地步，重重叠叠，就像是无数张透明的金色蝉翼堆叠在一起。

阳光有些黯淡，然而鹿山山巅上的温度却有些升高。

许多人可以清晰地感知到，丝丝缕缕的太阳真火吸附进那些薄片里，不断在那些符纹里凝聚。

金属薄片还在往上飘起，越飘越高。

许多修行者，尤其是军方的修行者的眼睛里震惊的神色慢慢变成了震骇。

金属薄片那些符纹里的金色满溢，开始洒落下来。

落下的便是比雨丝还要密集的、凝聚的太阳真火。

丝丝的太阳真火缠结在一起，变成了一道道如箭矢般的金色火焰。

更多的剧烈吸气声响起。

这些金属薄片无疑结成了一个法阵。

这个法阵凝聚出来的金色火焰已经比一般的箭矢威力强大了许多倍，但最为关键的是……距离和持续的时间！

这些金属薄片还在不断地升高。

巨大的金属薄片已经在高空中变成了一只只苍鹰般的影迹，在这样的高度，几乎所有正常的符器，乃至绝大多数飞剑都不可能触及。

若只是坠落一轮真火之后便消失也就罢了，然而此时绝大多数人都看得出来，似乎只要阳光炽烈，这些巨大金属薄片凝聚太阳真火就永远不会停歇。

"嗤嗤嗤嗤……"

无数声刺耳的洞穿声在鹿山侧的一片崖间响起。

那里是一片空地。

随着金色火焰的降落，山石间布满无数焦黑的孔洞，每个人耳鼻中都充满烧焦的气味。

一团团金色的火光如花朵般不断绽放。

齐帝的面容都微白。

这些金色火焰准确地洒落那片崖间空地，而不是落在山巅别处，便能说明大楚王朝不只是制作出了这样的符器，而且还能够精准地控制这样的符器！

这还不是普通的符器，是制式符器！

唯有使用的材料并非特别稀缺、不可复制的符器，才能称为制式符器，才能在军队大量装备。

那便只是如眼前这些无线风筝般飘于高空的金属薄片，数量只需增加数十倍，那会如何？

恐怕凝聚坠落的真火，就足以覆盖整个鹿山山头。

对于一支军队、一个王朝而言，这样的制式符器的意义，远超一两名李裁天这样的修行者。

鹿山会盟最大针对的便是元武皇帝，此时齐帝本该幸灾乐祸。

只是这样的制式符器太过惊人，他却是怎么都幸灾乐祸不起来。

丁宁的目光从高空中收回，落在身前的墨守城和潘若叶身上。

楚帝数十年的等待落空，没有得到神女峰下那处隐地中的肉菩提，但也不是一无所获。

这些东西显然是来自于对那处法阵的研究和改变。

大楚王朝无可争议地是制器天下第一。

只是丁宁现在看得出来，墨守城和潘若叶并不震惊。

哪怕事先知晓这"天谴"是何等的制式符器，亲眼见到其威力时，也必定会震惊。

不震惊，只有另外一个理由。

他的心中微苦。

第四十三章
阴陨月

一朵朵金色的火焰在山崖间不断地泛开，焦黑的岩石开始变得通红，又开始慢慢融化。

这一切都在昭示着大楚王朝这件制式符器的强大威力。

齐帝脸色有些难看地轻咳了数声。

就算是各朝最为精锐、全部都由修行者组成的军队，其中大部分自然也都是三境四境的修行者为主，五境之上的修行者都是少数。

整个战场的地面都化为滚烫熔岩，其中大多数修行者都无法生存。

更何况太阳真火这种至阳的天地元气本身就对阴气修行功法有着最大的杀伤力。

换句话而言，这种制式符器对于大齐王朝军队的威胁更大。

这看戏……可也是看得有些艰难。

"这可值得三年？"

楚帝的白发被天空落下的金色火光照耀得一片金黄，他沐浴在这样的金色里，看着元武皇帝问道。

所有在场的人都明白了他这句话的意思。

元武皇帝虽然在鹿山会盟正式开始的前夜便用军出其不意地收复了阳山郡，但秦军可以进，自然也可以退出来。

楚帝要让元武皇帝再割让阳山郡三年。

几乎所有在场凝视着空中那些布满金色符线的金属薄片的人，都不觉得这是个太过分的要求。

甚至在其中许多人看来，楚帝可能已经太老，太老的人往往锐气不足，太过保守。

然而让他们根本未曾想到的是，听到楚帝的这句问话，元武皇帝却是异常干脆地摇了摇头，道："不值。"

"星火剑无法破之！"

一声不服气的声音自楚帝身后不远处响起。

此时出声的是大楚王朝一名身穿紫色官袍的老臣。

在这种境况下，他的出声显得极为不敬，越君臣之权，但不怕遭受责罚、不怕死的臣子自古有之，而且他此时出声，几乎所有人都可以肯定这种符器应该是他负责督造，所以他此时才会有这样的不忿。

星火剑三字提醒这鹿山之巅所有人大秦王朝还有郑袖这样一位皇后的存在。

连星火都无法破，就说明这些符器恐怕能够吸纳星火元气。

然而元武皇帝却是不以为意地淡淡看了这名大楚王朝的老臣一眼，道："何须星火剑。"

随着他的声音响起，鹿山上无数青草微摇。

一股异样的元气波动从鹿山山脚下秦军的驻地中扩散开来。

许多束黑色的光束从山脚下涌起，往上方汇聚。

所有的光束都凝成了一股。

寻常的光线必然有耀眼的光明散射出来，然后这一股黑色光线却太过凝聚，以至于落在所有人的眼睛里，就像是一条往上方的天空无限蔓延的黑色冰柱。

这一股黑色光柱朝着高空中那些飘浮的金属薄片扫去。

"果然如此。"

扶苏看着这样的景象，喜悦地笑了起来。

"这是什么？"

丁宁微眯着眼睛问道。

他隐约觉得这和谢家运送的一些东西有关，只是这种符器，他也根本没有见到过。

"射天狼。"

扶苏转过头来看向丁宁，既然这件重器已经在鹿山会盟露面，就注定天下皆知，没有再隐瞒的必要。

"射天狼。"

他有些骄傲地重复了一遍这个名字，然后对着丁宁继续解释道："这是元武初年便开始试制的符器，到现在却是真正地成了。"

"射天狼？"

丁宁自己也重复了一遍这个名字，身体里骤然涌起些寒意。

和他一样身体里涌出寒意的还有许多人。

鹿山山巅，很多人的呼吸都已彻底停顿，身体比被浸入冰水中还冰冷。

金色的火焰越来越稀少。

只是在黑色光束触及到那些在高空中飘浮的金属薄片之时，那些金属薄片就开始掉落。

黑色光束扫过所有飘浮在空中的金属薄片，所有的金属薄片坠落。

金色火焰全部消失。

"噗"的一声。

方才那名不忿出声的大楚王朝老臣一口鲜血从唇齿间激射而出，往后一倒，就此昏了过去。

楚帝看着那条黑色冰柱般的光束，他的脸上悄然地再多数条皱纹。

骊陵君呆呆地看着那无数飞散坠落的金属薄片，他的发根处，再多一片秋霜。

鹿山山巅的气氛压抑到了极点。

有人搀扶起了那名昏死过去的大楚王朝老臣，开始紧急救治，突然间，又有人放声痛哭了起来。

放声痛哭的都是大楚王朝的匠师。

所有人都能理解他们此刻的心情。

这"天谴"不知道花费了他们多少的心血，原本这是一件足以让他们名传千古，甚至可以改变整个大楚王朝未来的制式符器，然而现在，却是被这样一束黑光打破。

这束黑光此刻还继续停留在空中，看着那凝结之意，似乎还可以长时间地存在下去。

只是一束黑光，就足以让再多的"天谴"破灭，更何况看元武皇帝的意思，大秦王朝并不是只能制造出一件激发出这样黑色光束的东西。

"是谁！"

在数声痛哭声中，有人带着疯意厉喝出声："谁是遭受万年唾骂的罪人，谁是大秦的奸细，站出来！"

"天谴"这样的东西，在大楚王朝也属于绝密，但在鹿山会盟第一次真正露面，却已经被大秦王朝针对性地压制，最大的可能就是有人将这个秘密早就透露给了大秦王朝。

而且这人的身份地位必然不低，否则不可能接触得到这件东西的真正隐秘。

"够了。"

就在此时，楚帝一声低喝。

空气一凝，他身后的所有声音一时消失。

"没有意义。"

他脸上的杀意一闪而没，又恢复了平和，缓声说了这一句。

他身后原本痛哭、愤怒的匠师、臣子，知道这句话是他们的帝王出言特意宽慰，但是他们心中的难过之意却难消隐，一个个虽不再出声，却都是垂下了头，整个身体不住地颤抖。

"早在长陵一开始变法，长陵城也开始大刀阔斧地改建之时，长陵的那些角楼，就不只是单纯地作为观测和调度军队所用。"楚帝接着出声，他好像什么都没有发生一样，看着元武皇帝，只是缓缓地述说道，"早在那时巴山剑场那些修行者的预想中，便想在角楼上布置一些力量可以布及长陵每个角落的符器。

"如果我记得不错，当时那个设想叫作阴陨月。

"足够强大的阴物元气经过一些符晶的汇聚产生的光束，能够如强大的飞剑般射落到长陵任何一个角落。

"所有在长陵行走的人的头上，其实都悬挂着一柄随时出现的剑。

"这是长陵一开始便没有设立外城墙的真正原因。

"只是这种符器本身太过阴毒，需要用无数的尸骨，且其中大部分都是修行者、女子的尸骨，用符水炮制成材，最终才能用于符器的炼制……再加上后来提出这设想的那些巴山剑场的修行者都在你登基之前死去，所以这种符器的炼制便搁置了。

"未承想，你和郑袖居然又找出了炼制这种符器的方法。"

在他一句句地缓缓述说中，外面山头，扶苏身侧的丁宁也终于记起了这是一件什么样的符器。

"阴陨月。"

他也在心中无比冰冷地说出了这三个字。

齐帝和燕帝的脸色又难看数分。

不论这是何种性质的符器，但他们可以感觉出这种光束的力量绝对超过一般六境的大齐修行者用阴气滋养多年的本命剑。

"你说得不错。"

元武皇帝很直接地点了点头，看着楚帝道："所以不需要再谈阳山郡的事情。"

楚帝摇了摇头，道："不是这么简单。"

这句听似云淡风轻的话一出口，鹿山山巅所有人的身体又是微微地一震。

阳山郡至少有十余万大楚王朝的精锐军队，其中更有不少大楚王朝的名将，此时这十余万大军恐怕已经烟消云散，再加上连最为倚重的制式武器都毫无作用，大楚王朝在此次鹿山和大秦王朝的对话之中已经连连溃败，若是再付出惨重的代价，恐怕就不只是被迫交还阳山郡这么简单。

元武皇帝眉头微皱。

他缓缓抬头，却是没有看楚帝，目光落向楚帝的身后。

齐帝身侧的黑袍美男子的漆黑眼眸里也第一次出现震动的神色。

一名赤足的乱发男子，缓缓从那座纤秀的楚行宫里走出。

这是一名从容颜无法判断出真实年龄的男子。

他身穿着用没有鞣制的羊皮制成的长袍，上面用最简单的彩石粉制成的颜料绘制着各种杂乱的图腾。

他完全不像是大楚王朝的人，而像是一名来自荒漠边缘地带的部落里的巫师。

第四十四章

气 魄

横山许侯看着这名边民巫师装束的乱发男子，浓厚如墨的眉头也不自觉地皱了起来。

他感到这人有些眼熟，然而一时想不起这人到底是谁。

"既然好不容易逃出韩都，便好生做个巫医，为何还要回来？"

便在此时，元武皇帝出声，看着这名赤足乱发男子的眼睛里充满了淡淡的嘲讽。

赤足乱发男子感叹道："逃便是为了今日。"

横山许侯凛然，他反应了过来这人是谁。

山巅一片哗然，只是这两句对话，所有人也都明白了这名赤足乱发男子的身份。

这名赤足乱发男子是已然被记入史书的人物。

他是韩辰帝。

从严格意义上而言，他也是一名帝王。

他是韩哀帝的亲皇弟，拥有最纯正的大韩王朝的王室血统。

在昔日韩哀帝中计迁都，最后王朝衰亡，韩哀帝郁郁将死之时，便发旨立其弟为帝，也就是眼下这赤足乱发男子。

然而韩辰帝却是一日都未曾真正坐上帝位。

韩哀帝弥留之际，秦军已兵临城下。

韩新都洛邑内乱四起，未等秦军真正攻城便已经四分五裂，不成样子。

传说，在秦军的围困和内乱中，韩辰帝是借运送粪水的车子逃离出城，最终逃得了一条性命。

一名真正的帝王一日未在其位，已属十分悲惨的事情，更何况借运送粪水的车子逃离出城。

以至于在许多韩人的眼中，韩辰帝还不如在城破时死了的好，至少这种事情不会被记录到后世蒙羞。

对于一名出身和即位毫无疑问的正统帝王而言，在自己子民的眼睛里还不如死去的好，这才是最大的痛苦。

同为帝王，一名是被万民鄙夷，一名是受万民的爱戴，所以元武皇帝此时看着韩辰帝的眼睛里，便自然带着淡淡的嘲讽。

"苟延残喘到今日，又能做什么？"元武皇帝看着韩辰帝，微嘲地说道。

韩辰帝的眼睛里悄然闪过一丝痛苦的神色。

这丝痛苦并不是来自于他的名声，来自于外人对他的评断，而在于那些为了能够让他活下去而死去的人。

只有他才最为清楚，为了能够让他逃离韩地，为了让他摆脱秦王朝修行者的追杀，到底有多少人为他而死去。

这丝痛苦的神色在他的眼睛里闪过之后，他的眼瞳便化为绝对的平静，反而荡漾出一丝解脱般的祥和之意。

"请赐教。"

他看着元武皇帝，缓声说道。

元武皇帝眼瞳微缩。

鹿山山巅再次一片死寂，唯有紊乱不堪的天地元气造就的狂风在四处呼啸。

元武皇帝缓缓地站立起来。

韩辰帝必定是一名强大的修行者，但他首先是一位真正的帝王。

无论是自古礼数，还是大秦王朝推崇的悍勇，都使得元武皇帝不会拒绝这种邀战。

"你凭什么和我战？"

元武皇帝平视着韩辰帝，缓声说道。

起身便代表着应战，他先应战，然后再问对手有没有资格挑战他。

因为他恐是此时世间唯一的八境。

韩辰帝没有出声。

他的身体发肤却是悄然变成红色。

一丝丝的红色元气，开始从他身体每一处地方沁出。

他身体周围的气息，开始不断地膨胀。

在他的身体沁出第一缕元气之时，所散发出来的已经是七境的气息。

随着气息的节节攀升，他身外散发的气息便突破了七境所能至的极限。

一片惊呼声不可遏制地响起。

元武皇帝眼眸里的淡淡嘲讽之色也完全消失。

他的眉头微微地蹙起，声音微凝道："原来是盗天丹。"

"原来是盗天丹。"

在元武皇帝出声时，在场的许多人的心中也同样地响起这样的声音。

这些人也终于明白韩辰帝为什么昔日一定要活下来。

大韩王朝昔日最强的宗门是南阳丹宗。

南阳丹宗中品的丹药，在其余各朝已经是可遇不可求的极品丹药。

而盗天丹，则是南阳丹宗真正最极品的丹药。

"盗天"的真正含义，是盗取启天之境。

在众多典籍的记载中，这是一种吞服炼化之后，可以让七境的修行者直入八境的逆天大丹。

这样的一颗逆天大丹，自然要耗费无数想象不到的惊人灵药。

南阳丹宗穷极数代，据说到了韩哀帝将死之时，也只是堪堪凑够了这颗丹药的主药，炼了一颗药胎。

以至于大韩王朝灭亡之后，在各朝的修行者看来，这样的丹药有可能根本不存在，只是南阳丹宗凭空杜撰出来唬人的而已。

然而现在，韩辰帝身上如红莲怒放般不断绽开的惊人威压，却提醒着在场任何人，南阳丹宗的"盗天丹"是真的。

"丹宗和其余修行者最大的区别便是有形无意。"元武皇帝看着体内药气将身下土地都染成红色的韩辰帝，摇了摇头，说道，"你依旧不是我的对手。"

韩辰帝看着元武皇帝，忽然笑了起来，道："只是一场战斗，何以论胜负？"

元武皇帝也突然笑了起来，道："战斗可以让寡人的敌人越来越少，所以寡人不怕战斗。"

当他说出这一句，所有人都以为接下来战斗就会马上开始，然而令所有人没有想到的是，元武皇帝的目光却是落在了齐帝身旁的那名黑袍美男子身上。

"先前在登山时便已见过你的一丝元气，唯有山阴宗才有这样的手段。先生这样的气度，想必便是山阴宗晏婴晏先生。"

元武皇帝的声音很平静，但是他口称先生，自从会盟正式开始，所有人还未见到他对某一个人如此尊敬过。

山阴宗晏婴这个名字在世间没有什么名气，即便此时在场的很多人都是世间顶尖的人物，却依旧有许多人没有听说过。

"他到底是谁？"

一名大燕将领忍不住低声问身前一名神容震动的中年官员。

神容震动的中年官员便是大燕王朝的名相秋玉真。

而问他这句话的也是大燕王朝的名将厉寒山。

"昔日我朝白永大将军和齐军交战，眼见大获全胜，但最终撤军，便是有人送来了一个黑罐。"秋玉真转过头去，看着厉寒山轻声说道。

厉寒山的身体猛地一震，眼睛里涌出震骇的目光："难道当日那送罐人便是这晏婴？"

秋玉真微苦地一笑，不是眼前这晏婴，还能是谁？

在未有正式盟约之时，各朝相互冲突，互侵城池是常有的事情。

昔日大燕王朝因数名逃兵和齐军起了冲突，引发大战，当时大燕王朝最强的将领白永三战三捷，连破齐三座城池，更是将齐军主力逼至齐鬼马河畔，在粮草运送不及之下，眼看齐军就要大败，或者被逼割让城池，然而就在此时，有一名齐宗师送了一个黑罐到白永的面前。

白永开罐，内里空无一物，只觉得内里有极大的玄奥，苦思半日之后，才终于发现罐内没有玄机，真正的玄机在于这个黑罐本身。

这个看似寻常的黑罐，却是由精纯至极的真元凝成。

真元凝聚成物不散已然是惊世骇俗的手段，而瞒过白永这样的七境强者的感知，让他苦研了半日才看出玄机，这种境界，便已非一般的七境宗师所能想象。

当时白永被迫退军的真正理由，是因为他计算之下，发现和齐军主力最后真正交战之下，燕军这方没有任何方法可以阻止这样的一名宗师进入中军，杀死中军数名统帅。

当时白永军中有至少四名七境强者。

四名七境强者都不能阻……那一次大燕王朝的军队退却之后，秋玉真便记住了那一个黑罐，记住了晏婴这个名字。

"如何？"

听到元武皇帝言语中带着些敬意，黑袍美男子却只是颔首为礼，脸色冷淡地吐出二字，言语简单到了极点。

"早就觉察了你的敌意和战意。"元武皇帝看了他一眼，傲然地缓缓道，"在眼下这鹿山，你也可算堪与寡人一战者。"

"既然要战，便不需那么麻烦。"他转头看了楚帝、燕帝和齐帝一眼，用一种十分自信、更加骄傲的语气说道，"你们两个一起吧……寡人给你们一个机会，只要你们两个人能够战胜我，也不需说三年，寡人再让阳山郡九年，九年后再会鹿山。"

"什么！"

这鹿山山巅都是何等样的权贵，昔日早就磨出了比玄铁还沉冷的心肺，然而此时听到元武皇帝这样的话语，却是一片惊呼声四起，很多人甚至忍不住霍然站起。

就连一直近乎猥琐地坐着看戏的齐帝都在此列。

一路上他说了许多无耻的话，满足晏婴的一切条件，姿态放低到了极点，这是因为他比任何人都清楚晏婴的强大，以元武皇帝的境界，和晏婴已经有过一次小小的交手，自然不可能感觉不出晏婴的境界。

现在的韩辰帝依靠"盗天丹"已经拥有八境之力，再加上晏婴这样的存在……元武皇帝简直胆大到了极点！

楚帝的脸上也是一片愕然。

他也根本未曾想到元武皇帝在遭遇韩辰帝这样一名对手之后，竟然还会再行挑战晏婴这样的大宗师。

"好气魄。"

他深吸了一口气，出声说道。

不管元武皇帝是疯狂，是过分骄傲，还是真正的成竹在胸，此时他敢于这样以一敌二，便是这世间其余人所根本无法拥有的气魄。

第四十五章
启 天

"自始至终，从直接用大军强行收复阳山郡，到此时挑战我，他便是想时刻地占据主动。

"他不只是要战我和韩辰帝，而是要战整个天下。

"所以既是要结盟，你和燕、楚之间，便是要真正地结盟。"

晏婴站了起来，不见他的嘴唇有任何的动作，旁人也未听到有任何的声响，然而这样的三句话，却是清晰地传入了齐帝的耳中。

齐帝此时的脸上全是郑重肃穆，闪耀着一层奇特的辉光。

他知道这不同于平时的告诫，而是晏婴最后的遗言。

晏婴站起，自然也意味着应战。

韩辰帝对着他颔首致敬。

晏婴颔首回礼。

元武皇帝笑了起来。

在他笑起来的同时，鹿山山巅突然沐浴在一种奇特的明亮之中。

吹拂的山风、飘荡的云雾没有任何的异样，然而却似乎有许多原本不会出现的光线，从极高的高空中落下，落在这鹿山。

所有人的目光都很沉重。

这是真正的第八境，启天。

天空好像被开启了另外一个世界，无数旁人感知不到的元气滚滚而落，整座鹿山沐浴在奇特的明亮之中，整座山好像要变成明亮而透明的宝石。

丁宁闭上了眼睛。

不是因为耀眼，而是因为此时感觉到的痛苦。

元武皇帝的修为进境比他想象的高出许多，这本是不可能发生的事情，然而却偏偏发生在他的眼前。

在任何修行宗门的教义里，修行最为关键的是摸清体内和周围天地间天地元气流通的轨迹，此时元武皇帝开始启天，所有鹿山山巅的修行者自然都开始全心感悟，以期自己能够领悟到一些至关重要的道理。

然而让他们没有想到的是，当他们的识念和那些好像从另外一个天地落下的天地元气相拥时，他们只能感觉到一种巨大的威压，一种似乎要碾压一切的威压。

即便是在场的七境强者，也无一例外。

在这样的威压之下，他们的识念都变得缓慢起来。

修行者的识念是调动一切的本源，识念变得缓慢，便一切都变得缓慢。

所有的修行者都不能从元武皇帝此时的出手感悟到任何和修行有关的东西，只是觉得这整个鹿山在元武皇帝识念调动的元气流动下，变成了一个独有的小天地。

一个属于元武皇帝的小天地。

想到要在属于对手的小天地里战斗，鹿山山巅绝大多数的修行者的面容不由得变得越来越苍白，内心生出极大的惧意。

未战便足以令七境惧意大生，这便是八境和七境之间的巨大差别。

……

八境启天不只是和天地沟通，开辟出新的天地元气流动的通道，获得更磅礴的天地元气，同时还是开辟出一个属于自己的小天地。

此时处于这样威压中心的韩辰帝和晏婴自然比任何人都要感觉得清楚。

只是连荣辱和生死皆忘的韩辰帝自然不会感觉到任何的恐惧。

他反而笑了笑，盘膝坐了下来，右手并指为剑，一剑朝着元武皇帝刺出。

在坐下之时，他的身上就涌出无数的红色丹气。

这些红色丹气来源于盗天丹，炼制盗天丹的无数灵药原本也是惊人的天地元气的凝聚之物，这种倾尽一个王朝之力炼制而出的丹药，丹气分外地凝重强大，足以和此时启天的元气抗衡，将他和身外的这一方小天地隔绝开来。

所以他这一坐，就像是在一片池塘中砸下了一块红色的磐石，不管是否能够和外面的小天地抗衡，但首先自己先行巍然不动。

他的右手食指和中指之间同样迸射出红色丹气，然而伴随着红色丹气喷涌出来的，还有一股炽烈到了极点的火热元气。

这是他在阴山之外苦修十年，吸纳于体内的地火。

这便是他的本命物。

丹气本身便是烈火千锤百炼之物，此刻以他的身体为引，红色丹气和这束地火奇异地融合在一起，形成了一柄赤红色的长剑。

轰！

天地间有洪炉生成。

一股恐怖的热浪在他的身前爆发，驱散了鹿山山巅周围所有的水汽。

一剑出而天地洪炉生，在所有修行者的意识里，这是赵剑炉的独特标记，然而此时，韩辰帝的这一剑的杀意和炙热火气，却是比起当时和夜策冷一战的赵斩不知道强出了多少倍。

韩辰帝盘坐于地，两指夹着这柄丹火长剑，平静欢喜地刺向元武皇帝的胸口。

位于他身侧不远处的晏婴一动未动，身上的黑袍往外微微地鼓胀起来，吹拂出一阵阵的阴风。

他明明就那样一动不动地站在那里，但是在周围所有人的感知里，他却好像变成了透明的空气，消隐在笼罩整个鹿山山头的明亮光线里。

和韩辰帝的身化磐石不同，这名大齐王朝最强大的宗师却是好像将自己化为一丝飘忽不定的阴风，将自己藏匿在了元武皇帝的小天地里。

……

韩辰帝的丹火长剑在空气里穿行。

剑尖和剑身两侧有肉眼可见、如流水般的线条不断掠过，这些便是元武皇帝的识念调动元气形成的原本无形的符线。

无数股看似微小但蕴含着强大力量的元气在这些符线里生灭，化成一波波足以直接震死四境之下修行者的冲击波，往四周扩散开来。

这恐怕是元武皇帝自登基后遭遇的最强一剑，且一旁还有晏婴这样的存在未出手，然而此刻，元武皇帝却是依旧背负着双手，只是微微仰首望天。

轰隆！

天空中似有巨大的雷鸣。

声音在修行者的世界里其实是很慢的东西，然而当巨大的声音响起、落下之时，韩辰帝这一剑却还未至元武皇帝的胸口。

震荡的音波穿过明亮的光丝，形成了一柄柄奇异的透明道剑，落向韩辰帝的身体。

"大道雷鸣音符剑。"

丁宁闭着眼睛，在心中说出了元武皇帝这一剑的名称。

韩辰帝没有丝毫的犹豫，手中的丹火长剑往上抬起，斩出。

并非他的动作慢了，而是元武皇帝太快。

若是他不有所改变，在他的丹火长剑刺到元武皇帝之前，他的身体就会被这些音符剑斩成无数的碎片。

丹火剑变成一个真正朝天喷吐火焰的巨大丹炉。

一道道透明道剑冲入这个丹炉，迸发出一声巨响。

响声悠扬洪亮。

整座鹿山震动。

鹿山之外的各个山头震动。

天地间多出很多难以言明的声音。

鹿山上所有树叶脱离了枝干，往外飘舞。

所有的透明道剑全部碎裂。

然而韩辰帝的身上一瞬间如同被无数碎裂的玻璃划过，他身上的皮袍出现了无数裂口，出现了一条条的血迹。

晏婴静静地看着韩辰帝和元武皇帝。

直至此时，他的右手五指才微微弹动。

五条黑气如蜡烛的火焰般在他的指尖上燃起，迅速地凝聚为五颗滚圆的黑珠。

这五颗黑珠之间有黑丝相连，就像一条奇特的手串。

五颗黑珠旋转着飞了起来，和那些明亮的光线摩擦着，发出了异常暴戾和尖锐的声音，然而连接着这五颗黑珠的黑线，却似乎绝对地静止，这五颗黑珠的剧烈旋转似乎和它没有任何的关系。

咔的一声裂响，然后骤然安静。

五颗黑珠消失在晏婴的手指下方，元武皇帝的身外，却是突然出现了五团剧烈旋转的黑光。

因为旋转的速度超出了寻常人感知的极限，所以在绝大多数人的眼里，这五团黑光也是绝对滚圆的球体。

然而有些人却可以感知得出来，这五团黑光的内里，是五个姿势各不相同的黑色婴童。

这五个婴童身上都喷涌出令人难以想象的阴风，自身剧烈地旋转着的同时，还围绕着元武皇帝飞旋。

"磨石剑诀！"

楚帝感知出了其中的意思，有些不能相信地出声。

元武皇帝身后不远处的黄真卫也不可置信地睁大了眼睛。

他可以肯定，这是真真正正的磨石剑意。

磨石剑诀是那人的独创之一，不可能外传，此时这晏婴明明用的是磨石剑意，只是却又略有不同，应该只是从昔日那人遗留下来的一些战斗痕迹，甚至是从被那人杀死的尸身上参悟出了这样的剑意。

能够参悟出这样的剑意，靠的是天赋。

参悟别朝的绝学为己用，需要的却是虚心和心胸。

除了圣上之外，大秦还有谁能单独战胜这名宗师么？

黄真卫看着晏婴的身影，眼眸深处泛出一丝敬畏。

元武皇帝眉头微皱，似有些不喜。

他的头颅抬得更高了一些，就像是在黑夜里仰望天空中的星辰。

天空里出现了数条白色的流焰，比那些音符剑更快地坠落。

第四十六章
剑 出

白色的流焰带着一种幽冷的气息降临鹿山山巅，被韩辰帝的丹火剑炙烤得快要燃烧起来的鹿山骤然变得清冷下来。

每个人都感觉很舒服。

然而同时每个人又觉得极不舒服。

舒服来自于身体表面的感知，不舒服却来自于内心深处。

谁都知道这是巴山剑场的星火彗尾剑，在大秦王朝和韩、赵、魏三朝的征战中，有许多强大的修行者便是死在如今的大秦皇后郑袖的星火彗尾剑之下。

这星火彗尾剑除了极为迅疾，本身星辰元气和寻常天地元气不同，修行者凭借寻常的天地元气之理难以阻挡之外，最为关键的因素还在于郑袖施展这星火彗尾剑可以隔着极远的距离，让战场上诸人根本难以发现她的存在，发现她施展此剑时的气息。

她随时可以在一名强大的修行者最为虚弱时发动这样的一击。

所以她永远是战场上最为致命的阴险毒刺。

然而现在，修为已至八境的元武皇帝，却也领悟了这之前唯有郑袖才参悟出的巴山剑场绝学！

今后任何一朝和大秦王朝对决，两军交战的战场上，便会出现一根更为致命的阴险毒刺！

丁宁原本闭着双目，但在星火坠落，还未出现在鹿山山巅所有人视线之中时，他就睁开了眼睛。

他的眼瞳里映上了幽白色的光焰，就像是结出了一层寒霜。

此时这鹿山和周围诸山之上，唯有他一个人真正清楚元武皇帝此时的心念。

星火彗尾剑虽然强大，然而用于破解磨石剑诀却并非是最好的手段。

九死蚕现，长陵所有权贵都在猜测那人遗留下了传人。

长陵，甚至其余各朝的许多修行者，其实都知道郑袖曾是那人的恋人，是大秦最为强大的一对伴侣。

在此时元武皇帝的心目中，他必定是在怀疑那人的传人也在鹿山周遭，也在看着这一战，他甚至会怀疑这磨石剑诀是那人的传人传给晏婴的。

所以他用星火彗尾剑来对。

丁宁的眼瞳里倒映着幽白色光焰，就像结出寒霜，他的嘴角也是泛出一丝旁人无法看出的冷笑。

"你还真是无聊……用星火彗尾剑来对磨石剑，是想说明你和郑袖亲密无间，十分恩爱么？只可惜晏婴的磨石剑根本就是自悟，和别人又有什么关系？"

他在心中冷笑着缓缓说道。

……

数道幽白色星火准确割刺在围绕着元武皇帝飞旋的黑色光团之上。

元武皇帝身上的龙袍莫名地多了数道裂口。

在下一瞬间，他的身上散发出一股无比庞大的气息。

他的身体好像突然变大，变得无比地庞大。

这五颗飞旋的黑色光团在星火彗尾剑的一击之下，原本已经无法阻止他身体里的真元析出，此时元武皇帝的身体变得无比庞大，这五颗黑色光团越加无法抗衡。

在所有人的感知里，这五颗黑色光团不再像是五团磨盘，而是变成了五颗小得可怜的细小佩珠。

晏婴并非一个人在战斗。

当元武皇帝彻底破去晏婴的磨石剑意之时，韩辰帝终于一步跨出。

随着他这一步跨出，他身前的地面和空气便彻底地燃烧了起来，变成了一片赤红色的火焰世界。

他的丹火剑缠绕着许多平时看不见的浮现和奇异跳跃的小火花，透过火幕，出现在元武皇帝的面门之前。

元武皇帝很清楚，这一剑恐怕是整个天下除了他之外最强的力量。

他的眉头挑起，伸出左掌，挡向这一剑。

同时，他的右手并指为剑，往前方火幕刺出一道明黄色玉质般的剑光。

他以手挡剑，脸上平静冷酷得没有丝毫其余的情绪，以至于充满了一种妖异的味道。

喀的一声震响。

一股本命物独有的气息从元武皇帝的掌心涌出。

他的掌心被刺出了一道小小的裂口，有数滴鲜血飞洒出来。

赤红色的丹火剑气顺着这一个伤口汹涌地涌入他的体内。

许多可以第一时间感知到这个画面的人眼睛亮了起来，然而让这些人的呼吸顷刻停顿的是，元武皇帝此刻的身体，完全就是一个无法想象的巨大容器。

滚滚的丹火剑气冲入元武皇帝的经络，元武皇帝只是面容微红，但这些丹火剑气却没入他的身体深处，不知去向了何处。

他的身体稳定到极点，真元输出也稳定到极点。

他身前的火幕被他右手刺出的一道剑光逼得完全倒卷而出，明黄色玉质般的剑光就在此时，准确无误地刺入韩辰帝的胸口，从韩辰帝的后背刺出。

韩辰帝一声闷哼，往后倒掠退出。

许多人的面容瞬间灰白，尤其是许多大楚王朝的修行者。

谁能经受得住元武皇帝的一剑透身？

在他们看来，韩辰帝会在下一个呼吸间死去。

啪的一声，韩辰帝的双脚落地，坚硬的山巅石地上出现了无数道裂痕，就像是一张新结的蛛网。

然而令所有人震惊的是，韩辰帝却并未死去，而且他身上的气息没有多少减弱。

他胸口和背后的剑伤中没有鲜血涌出，唯有滚滚的红色丹气如喷泉般冲出。

剑伤并没有因为丹气的喷涌而扩大，反而在收缩。

元武皇帝看向了自己的手掌。

他手掌心那一道伤口也在缩小，然而不如韩辰帝伤口恢复得快。

他的眉头微微蹙起，威严深重如海的眼睛里出现了更多的冷意。

"盗天丹果然是天下至强的灵丹。"

他再度抬起头来，看着韩辰帝说道。

所有鹿山山巅的修行者此刻都已反应过来韩辰帝未死是因为盗天丹的药力太过惊人，药力修补韩辰帝身体的速度超过了他生机消逝的速度。

此时的韩辰帝，恐怕是有史以来身体恢复能力最为恐怖的存在。

然而元武皇帝掌心那一道伤口的缩小，却让他们更为震惊。

八境的身体……八境的身体本身，原来也拥有如此可怕的恢复能力！

在元武皇帝说话之时，他的身体却不是一成不变地停留原地不动，而是在奇异地晃动。

每一个晃动之间，他的身体周围就有一片黑光和一片明亮的光焰闪动。

就像是一条黑色的影子和一条明亮的身影在追逐，但是双方却都无法真正地触碰到对方。

当元武皇帝说完这句话，他似乎已经赢得足够的时间。

便在他一抬头之时，一道来自天穹的磅礴力量，骤然落在了鹿山之巅。

一片光明，黑暗无所遁形。

晏婴的身影在光明里清晰地显现出来。

一道对于场上任何人而言无敌的气息，从天穹之上震落，落到他的身上。

晏婴的身体不停地作响，身体发肤中似被无法抗衡的恐怖力量挤压得沁出无数缕黑色的烟气，好像整个人就要彻底燃烧起来。

齐帝握紧了双拳，忍不住站了起来。

但在此时，晏婴朝着他摇了摇头。

齐帝的呼吸停顿，他想起了晏婴一开始对他说的话。

晏婴让他好好地看戏，让他安静地、什么都不要做地看戏。

他垂下眼睑，坐下。

元武皇帝的眼睛微微眯起。

晏婴身上沁出的黑色烟气越来越多，然而却并未崩散，在极短的时间里，却是围绕着他形成了一个黑罐，将他遮掩其中。

一个看上去就像寻常的黑土罐一样的罐子。

元武皇帝左手微张。

无数股庞大的气息在空中交错而过，变成了一张巨符。

又一股来自天穹之上的无敌气息落在黑罐之上。

黑罐的表面越来越亮，出现了明亮的火焰，这次是真正地燃烧了起来。

然而黑罐却并未烧毁或者融化。

在这样的火焰煅烧下，黑土般没有光泽的罐体表面却是散发出陶质般的光泽，甚至还出现了骨质般的光泽。

燕帝和数名大燕王朝的重臣心中也泛出难言的滋味。

便是这样的一个黑罐，昔日便逼退了大燕王朝的重军。

元武皇帝的眼睛里出现了真正惊异的神色。

这是连他都未曾见过，也有些无法理解的手段。

"阴极阳生，阴阳转化之道，生死轮回之意。"

然而他毕竟是此时世上最强的修行者，只是刹那时光，他便有所感应。

"接我一剑。"

他出声，然后伸出右手。

这是从战斗至今，他第一次真正出剑。

出自己的剑。

"你果然已经修成了。"

也就在此时，丁宁深吸了一口气，在心中无比冰冷地轻声说道。

第四十七章

悲 声

元武皇帝早些年修的是破凰剑经。

"凰"是传说中的王者瑞兽，同时在传说里也拥有近乎永远不死的生命力。

破凰剑经名字里的"破凰"二字，意思便是连"凰"都可以一剑杀死，由此可以想象这样的剑经拥有什么样的破坏力和杀意。

这种剑经的剑势也是分外地堂堂正正，现在大秦王朝很多剑师都是走纯正光明之道，很大程度也是对于大秦这位有史以来最强的帝王的崇拜。

只是元武皇帝在登基之后不久便闭关修行，这十余年间没有人真正地见过他出剑，所以在他突破八境之后，主修的是否还是破凰剑经，已经没有人知晓。

……

一柄明黄色的如玉长剑出现在元武皇帝的手里。

然后他异常简单地平直一剑朝着将晏婴笼罩于内的黑罐刺去。

这一剑看似十分地普通，鹿山山巅大多数修行者甚至都没有感觉到任何强烈的天地元气波动，然而场间修为最高的数人，身体却都齐齐地一震，心中震动不堪。

韩辰帝知道晏婴也到了最危险的关头，一声轻咳之中，他的双脚离开地面，整个人连着手中的丹火剑飞起，朝着元武皇帝刺去。

他的身前莫名地传出一些轻响。

就像是有人在极高的台阶上投出了一颗石子，在台阶上连续不断地滚落。

他手中挟带着难以想象的力量的丹火剑，在他自己身前数尺处便骤然静止。

他的前方，出现了一道光亮的屏障，阻止了他的前行。

一道丹火出现在空气里。

然后是第二道、第三道……无数道丹火出现在他前方的空气里，就像是一道墙上，开出了无数朵红色的花朵。

鹿山山巅上的很多人感觉到了空气里密集的湍动，他们知道，在眼睛无法分辨的这一刹那，韩辰帝不是刺出了一剑，而是刺出了无数剑。

也唯有盗天丹支撑的身体，才可以让他的经络在这样短的时间里承受得住如此高速的爆发。

然而韩辰帝依旧没有能够阻止得住元武皇帝的这一剑。

出现在他前方的这一道光亮的屏障，便是元武皇帝刺出的这一剑的剑光。

"这到底是什么剑诀？"

一片片惊呼声在此时才响起。

直到此时，很多人才彻底看清，元武皇帝明黄色的长剑里有无数缕不同的元气在流动。

那道他剑光形成的光亮屏障里也有无数缕明暗不同的光亮在闪动。

这些强弱不一的元气和光亮，给人的感觉就像是来自于完全不同的修行者，甚至不是修行者。

然而这些元气和光亮，却是全部交融在一起，变成了这一剑最终的剑势。

元武皇帝手中的明黄色长剑都甚至没有丝毫减缓，笔直的剑尖刺在笼罩晏婴的黑罐上。

"丹火剑并不是真正的剑。"在手中剑刺中黑罐的同时，元武皇帝有些同情般看着韩辰帝，出声说道，"剑本身便是锋锐物，其他物品虽然强大，但却没有剑本身的穿刺力。剑在古时便为万千兵器之首，岂是其他所能及？"

在说出这句话的同时，黑罐发出了碎裂声。

他手中的明黄色长剑刺破了黑罐。

黑罐碎裂，显现出了晏婴的身影。

明黄色长剑继续前行，刺入了晏婴的身体。

除了齐帝之外，几乎所有大齐王朝的修行者也是第一次见到晏婴，然而所有人都很清楚晏婴对于大齐王朝意味着什么。

这一剑刺入晏婴身体的瞬间，所有在场的齐人心中都是一片悲声。

世上不可能有第二颗盗天丹。

所以世上不可能有第二个能够承受元武皇帝一剑的人。

更何况元武皇帝此时的一剑比起之前刺韩辰帝的一剑还要强大得多。

晏婴的身体往后飞出。

明黄色长剑和他的身体脱离，发出无数嘈杂难听的声音。

不知这声音是明黄色长剑内无数股强弱不一的元气发出，还是剑身和晏婴的身体摩擦而发出。

这一剑笔直地穿过了晏婴的心脉，在晏婴的心脉处留下了一个碗口大小的前后通透的孔洞。

这样的伤势无人能活。

所有齐人心中悲声更浓。

然而晏婴的面容却依旧平静，他依旧未死。

……

所有人的呼吸骤然停顿，并非因为不可置信和紧张，而是整座鹿山山巅的空气变得分外阴寒。

因为太过阴寒，所以给人的感觉甚至都像是古墓最深处棺木中阴沉的尸水，让人根本不敢接触，更不用说呼吸进身体。

元武皇帝的眼睛里再次出现震惊之意。

盗天丹现世，按理今日里带给他震惊的应该是韩辰帝，但事实上，从出手到现在，真正让他的心境产生波动的，都是这位大齐的宗师的手段。

浓重到了极点的阴寒气息来源于晏婴的身体。

他心脉处那个碗口大小的剑孔里没有任何的鲜血流出，血肉骨骼也不再像是血肉骨骼，反射着幽冷的光芒。

心脉都在一剑之下完全消失，他的身体里自然不可能再有心跳，也不可能有气血流动。

同时，晏婴也没有呼吸。

他的身体散发着令人毛骨悚然的阴寒气息，他就像是变成了传说中的……不死僵尸。

身为八境修行者的元武皇帝自然很清楚那种人真正死去，意念消散之后变成所谓的僵尸是荒谬的无稽之谈。

在收剑于身前的同时，他的眉头缓缓地皱起，声音微冷道："想不到山阴宗有如此的手段，想不到从一开始，你就没有想过要活。"

晏婴的声音响起，山巅有更浓厚的阴风刮过："我现在还活着。"

楚帝肃容，缓缓微躬身朝着晏婴行了一礼。

对于一名帝王而言，这样的行礼已是极重，更何况他还不是大齐王朝的帝王，而是别朝的帝王。

元武皇帝和晏婴的对话也是玄奥难懂，鹿山山巅大多数人都难解其意，但有些人却还是读懂了这里面的意思。

晏婴此时严格意义而言自然不是活物，体内阴气代替气血流转，整个身体变成了纯粹的容器，而能够令阴气代替气血流转，能够催动真元，靠的自然是异常坚定、超越了生死恐惧的识念。

但神魂失去身体的滋养，这意念就像是修行者存于飞剑中的一抹念力一样，唯有消耗，得不到补充，再强大的意念也终究会慢慢消散。

晏婴自然知道自己并非是元武皇帝的对手，但他依旧对元武皇帝展露了敌意。

从他对元武皇帝展露敌意的那一瞬开始，他便已然决定动用这样的手段。

无论这一战是胜是败，他都注定会死去。

然而他的意志，却足以支撑到他和元武皇帝的这一战分出胜负。

韩辰帝因为盗天丹的关系难以被杀死。

再加上他，此时元武皇帝的两个对手，全部都像是被赋予了许多生命的不死之物。

越来越多的人反应了过来。

所有反应过来的大齐王朝修行者的心中依旧响起悲声，但此时的悲声，却皆是悲壮之声。

从大秦王朝和韩、赵、魏三朝的征战开始，元武皇帝就一直极难被杀死。

因为他的身侧，始终都有世上最强的一批修行者。

然而那些出身于巴山剑场的逆天强者已经纷纷逝去。

韩辰帝再加上晏婴此变，这是前所未有的，最有可能杀死元武皇帝的机会。

……

晏婴的手臂抬起，挥掌朝着元武皇帝拍击。

他体内积蓄的阴气，尽数从他的指掌间迸发开来。

这样的阴气爆发，在平时足以让他直接死去，但他现在却已经不需要考虑自己身体的事情。

元武皇帝挥剑。

明黄色长剑和晏婴的手掌相交。

无数道气息从剑身和指掌间爆散而出，朝着四周射去，空气被一束束冻结，变成了灰黑色的冰柱，坠落在地，又变成了一条条的黑烟往上燃起，随即化为阵阵恐怖的阴风。

难以想象的剑气刺入晏婴的掌心。

他的手指瞬间断落两根，浑身发出裂响，身体里到处都在炸裂。

然而他的眼神却更为冷凝。

在他的一眼之间，他的两根断指并未坠地，反而如飞剑般骤然加速，刺向元武皇帝的双目。

这一次，说不出地玉石俱焚，说不出地悲壮。

第四十八章
诅 咒

韩辰帝于此时一声轻叱，丹火剑变成一道极为柔软的红练，落在元武皇帝手持的明黄色长剑上。

明黄色长剑微沉。

晏婴的断指距离元武皇帝的双目唯有十余尺的距离，此时元武皇帝无论如何来不及挥剑斩去这两根断指，然而他只是脸色微凝，他的眼瞳明亮起来，变成了和他手中长剑一样的明黄色。

"噗！""噗！"

两截如飞剑般的断指刺中他的双目，响起两声沉闷的异响。

所有人震撼无言。

元武皇帝明黄色的双眸泛起一层微小的涟漪，两截断指上蕴含的元气和力量透入了他的双眸，然而却瞬间不知去向。

两截失去所有力量的断指却是在他威严的双眸之前瞬间化为飞灰，接着被两人之间存在着的狂风卷拂得无影无踪。

这种感觉，就像是这两截断指上的所有力量被元武皇帝的双眸瞬间吞噬。

"宇天金身。"

楚帝吐出四字，他终于确定了元武皇帝主修的是什么样的真元诀法。此时元武皇帝的身上并没有什么刺眼的光华，然而落在楚帝的眼睛里，却好像分外地刺眼，使得他有些痛苦般地眼睛微闭。

同样有些痛苦闭目的还有齐帝。

元武皇帝登基之后便开始闭关，对于他修为的一切隐秘，甚至是否真正地突破了八境，世间的修行者都在做着各种猜测，都想尽可能地知道元武皇帝的一些有关修为方面的秘密，然而现在随着越来越多的秘密揭晓，在场的诸朝修行者却是越来越不能承受。

昔日长陵一批最强的修行者的绝学大多来自巴山剑场，但"宇天金身"却并非出自巴山剑场，而是长陵实力最强的旧门阀之一的宇化门阀的最强秘典。

传说中"宇天金身"在修炼到七境之后不仅可以让自身容纳惊人的真元，更是可以容纳来自敌人的强大元气和力量，只是宇化门阀自创出这门修炼功法的那名先祖之后，却也再无一人能够成功地将"宇天金身"修炼到七境之上。

未承想宇化门阀在经历变法、被灭许多年之后，这门秘法却是反而让灭了宇化门阀的元武皇帝修炼成了。

宇化门阀的人或许知晓这门秘法的奥秘，然而宇化门阀早已被灭，当年一个人都没有能够逃出，现在世间的修行者，只有通过元武皇帝在这战中的表现，再来揣测这门功法到底会让一名修行这门功法的八境修行者变成什么样的逆天之物。

"轰"的一声爆响。

微沉的明黄色长剑上如有一个惊天大浪涌起。

缠绕其身的丹火火练如被撑散了骨架的巨蟒一样，无力地往外散开。

韩辰帝的腹部嗤嗤地射出数十条片状的气浪。

他的腹部血肉上裂开数十条伤口，整个气海都似乎要彻底炸裂，只是因为盗天丹的惊人功效，他才没有立时死去。

迸射的丹火中所蕴的力量都比寻常七境的一剑要强，有一条甚至落到了晏婴的身上，在他的背上也扫出了一道深痕。

然而看着随着修为和所修功法的展露而显得越来越无敌、越来越强大的元武皇帝，他的心境却依旧平冷和坚定到了极点。

胜负不在此处。

他和韩辰帝不需要直接杀死元武皇帝，只需要尽可能地消耗掉元武皇帝的力量，给元武皇帝带来足够多的伤害。

他的脸上涌出浓密的黑烟，就好像有一张黑色婴儿的面具要在他的脸上生成。

"你是个很有意思的修行者。"

就在这时，震开了韩辰帝丹火剑的元武皇帝却并未马上出剑反击，而是往前方划了一剑。

明黄色的剑光在他身前的石地上只留下了一道浅浅的剑痕，但是这道剑痕却变成了带着某种神秘力量的标记，天穹之上无数道明亮的光线皆落于这道剑痕之中，形成了一道明亮的光幕，将他和韩辰帝、晏婴暂时阻隔开来。

然后他双眉微挑，有些不解地看着晏婴接着出声说道："明明七境却能和八境战，像你这样的修行者，在过去找不出几个，在将来也绝对没有多少。只是寡人不明白，寡人和大齐的修行者之间应该没有多少恩怨，你为什么会对寡人如此不喜？"

能令人舍弃生死的不喜自然是分外强烈的情绪，元武皇帝不认为像晏婴这样的人会为了大齐王朝在鹿山会盟中取得一点利益而决意战死。

"像你这样的人就算要死，也只会因为你自己的爱憎去死，绝对不会因为一时间的一座城池、几百里平川而死。"元武皇帝看着晏婴又补充说了一句，"你总该告诉寡人到底为什么。"

站在最高处的修行者已是非人的存在，从某些方面而言，他们都有着极大的怪癖，这种事情对于很多人而言是没有意义的，但是对于他们而言却很有意义。

听到元武皇帝这样的问话，晏婴的眼瞳深处露出些嘲讽的意味。

"你问我这样的问题？我听闻你很不喜欢姓王的人，在长陵几乎所有姓王的人都不会得到重用，你告诉我这是为什么？"

此言一出，元武皇帝的眼睛微微眯起，一时间整座鹿山上的空气都往外排去，似要形成真空。

"还不是因为王惊梦？还不是因为你惧怕那人？"晏婴看着沉默不语的元武皇帝，却是毫不留情、毫不迟疑地说了下去，"可笑你因为惧怕他，将所有有关他的史书全部抹去，可笑长陵的人被你杀得怕了，不敢提起这个名字，但还不是用'那个人'在称呼他？甚至'那个人'都仿佛成了他独有的代名词。"

晏婴的声音在山巅回响，高空里也开始响起无数雷鸣，好像有数量惊人的巨物在天穹中穿行，随时就将暴怒地冲落。

"其实在这里的大多数人都很清楚，大秦王朝之所以有此时之风光，大多都是因为他和跟随着他的那些巴山剑场的人。你和郑袖，只不过是窃取了他功劳的可耻盗贼而已。"

晏婴眼中的冷嘲意味越来越浓，他无比厌憎地接着说道："你自己也应该明白，他始终是长陵最强的修行者，那时候你不如他，若是他能够活到现在，你现在也依旧不可能是他的对手。所以对于我这样的外朝修行者而言，当然他才是头号敌人。

"在你登基前三年的世间，外朝的宗师，哪个不将他看成头号的敌人？

"他便是我这一生追赶的目标，战胜这样的敌人，可以说是我在过往很多年里修行的唯一目标。

"然而他却死于无耻的背叛和阴谋，最为可恨的是，我发觉我不怎么看得起你和郑袖。

"突然之间没有了对手，很多年的修行突然没有了意义，最为关键的是在我前面的你不怎么让我看得起，这样顶替着他出现在我面前的敌人连让我产生敬意的感觉都没有……这便是无聊和可怕的事情。"

晏婴看着元武皇帝不断述说着。

他的理由对于许多人而言不能接受，甚至显得有些荒谬，但是谁都可以听得出他的语气严肃而郑重，谁都可以听出这的确是他的心声。

"在他死之前我对他唯有敌意，但在他死之后我却发现他的身上有越来越多值得敬重的地方。喜欢一个人可能需要很多的理由，我对他自然谈不上很喜欢，但是讨厌一个人却真的不需要很多理由。"晏婴看着元武皇帝越来越没有感情的双目，认真地说道，"所以在你登基时开始，我就决定要杀死你。"

因为是元武皇帝自己问的问题，所以他一直等待着，听着晏婴讲完了这些话。

然后他才面无表情地说道："唯有偏执者才可在一条道路上走至最远，可不管你给寡人带来多少惊讶，你终究还是个蠢物，像你这样极有希望突破八境的人却为了一时的喜恶而轻易选择生死，连审时度势都不懂，蠢不可耐。"

　　"世间有谁不是蠢物？任何的挣扎，到最后还不是尽归黄土？"晏婴笑了起来，"你根本不懂得什么叫作此时快意，连快意都不懂的人，得了天下都不愉快。"

　　元武皇帝深吸了一口气，缓慢而带着一种难以用言语形容的强大气势说道："得到了天下，寡人便愉快。"

　　晏婴看了他一眼，说道："恐怕等得到天下的时候，人都快要死了，到死都不快意。"

　　他的眼神很恶毒，语气也很恶毒。

　　所以这句话在此时听起来就像是一句诅咒。

第四十九章
一剑平山

元武皇帝不再说话，他的双唇抿紧，就像两片薄薄的剑锋。

然而晏婴却并未就此停止，他看着元武皇帝接着说道："但你终究是人而不是神，'宇天金身'虽然绝妙，但是也必须遵循天地元气的规则，看似若无其事地承受，终究也只是在体内开辟出一个窍位，容纳对手的杀意和力量。这杀意和力量存于你体内窍位之中，又不会无端地消失，终究有一天会爆发出来。"

鹿山山巅变得更加寂静，所有人的目光都极为复杂。

这些话有关元武皇帝的修为隐秘，而且是晏婴这样的宗师亲口所述，语气如此确定，便绝对不会有偏差。

元武皇帝的眼睛也微微眯起，也如同两片薄薄的剑锋。

韩辰帝和晏婴在他的眼里自然不可能是他的对手，然而他却无法无休止地和这两人纠缠下去。

"该结束了。"

他在心中缓缓地说了这一句，然后再次抬起手中明黄色的长剑。

对于强大的剑师而言，剑意便是心声最好的表露。

在他抬剑的同时，所有在场的人便都明白彻底分出胜负的时刻已然到来。

无数束明亮的光线从视线所不能及的天穹中坠落，以超出所有修行者识念极限的速度源源不断地涌入他的身体，元武皇帝的身体彻底消隐在明亮的光束里，然而所有人却又都可以感知出来，好像元武皇帝的身体在不断地膨胀，不断地变大。

元武皇帝的身体，在所有人的感知里，就好像高大到了天穹之上，和天并高。

韩辰帝明白最后的时刻来临，他没有丝毫畏惧，脸上反而有种解脱的欢愉。

他深吸了一口气，借助着元武皇帝此时流散出来的元气的压力，将所有的丹气朝着体内深处汇聚。

他的身体反而好像干瘪一般缩小起来，身体表面的红光也不断地消散。

气息内敛，他的身体反而往前飘了起来，朝着前方的元武皇帝飘了过去。

此时元武皇帝身周的光华里都散发着一股鬼神辟易的霸道气息，一道平直刺出明亮光幕的剑尖上所带的威力已经隐隐超出了此时所有修行者所能理解的范畴，在他们的感知里已经向着虚无缥缈的某种天道靠近。

这一剑完全就像是天道之势，不是人力所能阻挡，光是面对都已经十分困难，然而韩辰帝却是眼睛里闪现出妖异的光芒，整个身体直接朝着这截剑尖撞了上去。

隔着光幕，元武皇帝望了韩辰帝一眼。

他如剑的双眉皱了起来。

他感觉出了韩辰帝想要做什么，但此时是他最强大的时刻，这样如虚无缥缈、众生推动的一剑之势，却是连他自己都不可能有力量使之改变。

他手中带着不像是人间力量的明黄色长剑尽情地往前挥洒而去。

距离剑尖数丈，韩辰帝的身体表面就已经出现了数百条的裂口。

明黄色长剑前方的空气里，都好像充满了无数透明的剑片，无声地飞舞着。

韩辰帝身上的这些伤口中，却是没有任何的丹气涌出。

在这一刹那，他只是转头，对着身后的晏婴颔首微笑致礼。

他的身体就在这一刹那被切割成无数片飞散，一个王朝的最后帝王，只是在这数分之一息的时间里，便彻底消失在这世上。

然而有一团分外炙烈的赤红丹光，却是就此撞上明黄色的剑尖，然后猛烈爆炸起来。

轰的一声爆响。

天地一震。

所有人都觉得好像有一座山压了过来。

距离这战处最近的数名修行者直接一口鲜血喷涌了出来。

赤红色的丹火往外汹涌地翻滚着，完全就像是一颗陨星爆炸开来，刺目的火光让很多人都双目不住地泪流，但是所有人都强行睁着双目，不想错过此时任何一个画面。

元武皇帝也只觉得有一座巨峰朝着自己压了过来，手中明黄色长剑的光明微黯。

然而在韩辰帝迎剑而来之时，他就感觉到了对方要将盗天丹的所有力量在这一击中彻底地迸发开来，所以他的心境依旧绝对地平静，他体内气息微震，手中长剑反而以更霸道的气势往前斩了出去。

分外霸烈的丹火被平滑地切开，就像两个固体半球一样，从他两侧分开，然后变成无数条溅射的火龙。

也就在此时，晏婴左手拇指微屈，在空中一挑。

狂暴的空气里，骤然出现了一条无比阴冷的黑色剑光。

这道黑色剑光就像一条不知从何处飞至的断裂琴弦，剑意无迹可寻，且不知从何处飞绕而至，准确无误地切向元武皇帝的双目。

在先前面对他的断指一刺时，元武皇帝根本未曾闪避，然而此时元武皇帝却是骤然闭目，微微垂首。

哧的一声轻响自他的左眉角响起。

黑色剑光和他的左眉角接触的瞬间，他的身体依旧像是变成了一个无比空旷的天地，要将这一道黑色剑光的力量尽数接纳进去，然而所有人都可以清晰地看到，一缕鲜血洒出，他的左眉多了一道伤口。

他的左眉断。

"心有灵犀，无迹可寻……"

楚帝和在场的一些老人看出了晏婴这一道剑意依旧来自那人，昔日晏婴这位宗师以那人为修行的唯一目标，在那人的手段参悟上，也不知道下了多少的苦功。

在此时，根本不知晏婴是想故意激怒还是觉得这本身便是最佳的对敌手段才用这样的剑势，极短的时间根本不容在场的任何人思考。

一朵黑兰在晏婴的手中绽放。

这朵黑兰如有生命一般，对着元武皇帝眉上洒出的鲜血散发出无比贪婪的气息，但是在下一瞬间，这朵黑兰却是自己消失，变成了数道黑气，沁入那些鲜血，沁入元武皇帝周身的明亮光华。

所有人都感知不出来晏婴此时施展了什么样的手段。

许多人都用无比期待的目光看着元武皇帝，希望看到元武皇帝倒地，或者退却。

然而元武皇帝只是身形微震。

他手中的明黄色长剑，还是斩了出来。

剑势彻底淋漓洒尽。

他和晏婴之间的空气剧烈地扭曲着，终于咔嚓一声裂响，一切的一切被全部切了开来。

晏婴的身体动作彻底地停顿。

他微微皱眉，平静地垂首。

元武皇帝已然收剑。

天穹里坠落的无数明亮的光线开始消隐。

他在所有人感知里无比高大，高大得和天并高般的身躯在急剧地缩小。

晏婴的身体前方没有任何的异常。

但在他垂首之时，他的背后出现了一条明亮的光线。

噗噗噗噗……

无数黑沉的阴气沿着这条明亮的光线飞射出来。

就像是一片黑水在透明光滑的水晶镜面上流淌。

黑沉的阴气里蕴含着如山般的力量。

然而所有人感觉到天地间还有一股更为强大和恐怖的力量在飞行。

那是一道剑光。

有人将目光投向了元武皇帝正对着的，鹿山对面的那座山峰。

终于有人明白，一道剑光斩过晏婴的身体，将晏婴身体里的所有力量全部逼出。

而现在，这道平直的剑光正在落向对面的那座山头。

对面那山陡然一震。

一圈尘浪在接近山巅的位置迸射出来。

在接下来的一刹那，喀喀喀喀无数碎裂的声音在那座山体上响起。

无数碎裂的声音汇聚成了恐怖的轰鸣。

所有人震撼难言。

沿着一圈尘浪，那山体分开两截，上方不知重达多少万斤的山头，朝着后方滑落，和下方的山体冲撞，发出所有人一生都未曾听到过的洪大声响。

被切开的山体平滑如镜。

那山原本比鹿山还高出一截，然而现在高出鹿山的部分被这一剑尽数切去，山巅比任何的地面都要平滑。

巨大的尘浪涌起。

缺少了山体的阻挡，有狂风从那山后方涌来。

透过被吹拂得越来越稀薄的烟尘，视线再无阻拦。

那山的后方是一片平坦的河谷。

通过那片河谷，可以攻向楚地，或者行向燕地、行向齐地。

元武皇帝手中的明黄色长剑消失。

他看着垂首的晏婴，看着震撼难言的所有人，看着那座被他一剑削平的山，说道："寡人要那座山。"

第五十章

刺 帝

"寡人要那座山……寡人要那座山……"

元武皇帝的声音此时很平和，然而随着卷拂过鹿山的狂风在众山之间回荡，却是好像在每个人的神魂之间震响。

那山相对于秦地而言在鹿山之后。

他要那山，便自然是将鹿山这诸峰也收入囊中。

鹿山在巫山之侧，和巫山平行，为诸朝交界之地，若是此处归了大秦王朝，便相当于将大秦王朝的这一侧边境往外拓了百里，就连巫山一带都会落入大秦王朝的掌控之中。

尤其此处本身就是要冲之地，诸山若是驻军经营，进可攻，退可守，就如随时可以刺入诸朝疆域的匕首。

然而此时鹿山山巅在场的所有人还都未来得及去思索元武皇帝的野心和若是此处归了秦地之后的深远意义，所有人此刻还在看着那座被削平的山，细思着他展现出来的境界。

有时一个人的修为和力量并不能决定太多的事情，然而若是一个人的修为和力量强大到某种程度，如当年的幽帝一般，那所有的谋略就会变得没有意义。

元武皇帝和当年的幽帝还有多远的距离？

需要多少名七境才能杀死他？

这是鹿山周遭许多人都首先在思考的问题。

此时的丁宁也在思索着这样的问题，他面色有些苍白地看着那座被一剑削平的山。

他的修为和鹿山周遭绝大多数修行者相距太远，一些元气波动并不剧烈的交锋他难以感知得到，但元武皇帝最后的这一剑却是迸发到了极致，让他感知得一清二楚。

元武皇帝的修为境界，此时在他的眼睛里已经没有秘密。

元武皇帝的修为，比他预想的足足强了一个小境。

原来他已经不只是刚入八境，而是已至八境中阶！

八境中阶，已经是举世无敌的修为。

"你的修为和那一剑的力量，并非完全来源于你的自身，既然你选择了这样的道路，修成了这样的剑，将来我便并非没有击败你的可能。"然而看着那一座被一剑削平的山，丁宁的心中此时却是响起这样的声音。

天穹里再也没有明亮的光线洒落，元武皇帝龙袍上的蟠龙眼眸也显得黯淡下来。

天色也随即黯淡，被恐怖的天地元气尽情揉捏的云层变成了灰黑色，然后落下许多滴雨水。

一片悲声响了起来。

这些悲伤的声音来自于大齐王朝的席位之间。

韩辰帝虽然已经彻底烟消云散，但他原本不属于大楚王朝，所有大楚王朝的人在此之前和他没有多少的感情，晏婴却不同，他平时不出世，但事实便是大齐王朝的第一宗师，深受知晓他事迹的大齐修行者的敬仰。

尤其此时体内所有的力量被元武皇帝一剑带走，他的身体实则也已经被切成两段，身体连一动都不可能动，然而意识却还未消散……这种境地，便让大齐王朝的所有人更悲。

齐帝面色雪白。

他看着晏婴的身影，想到晏婴在来时路上的交代，他便深吸了一口气，准备出声令人将晏婴的身体好生保存，以便接下来运送回大齐。

然而就在此时，一缕淡淡的黑烟从晏婴的身上飘出。

鹿山之巅所有人的呼吸骤顿。

虽然都不明晏婴的秘术，但是所有人都可以感觉得出来，这缕黑烟从晏婴的身上飘出之后，晏婴的身体便连最后一丝人间的气息都没有，如同彻底变成了两截冷硬的死木。

这是晏婴的最后一抹识念凝聚的阴气吗？

是这位大齐宗师留在世间的最后一笔，他到底要做什么？

所有人都紧紧地盯着这一缕淡淡的黑烟，生怕错过任何的细节。

而这一缕黑烟却是凝聚不散，迎着狂风，飘向远处那被一剑削平的山头。

在未至那座山头时，这缕黑烟凝聚成了一个小小黑色婴童的模样。

一缕更为细小的烟流从这小小黑色婴童的下体流出。

远远看去，就是一个黑色婴童在对着被一剑削平的山头撒尿。

所有人愣住。

数息的时光，大齐王朝所有人的悲声止住，而几乎所有大秦王朝的人都是面带怒容。

因为所有人都明白了晏婴的意思。

你再强又有何用？

我依旧无惧，依旧不屑。

元武皇帝的眼中也浮现出一丝怒意，但在下一瞬间，他的眼眸便又变得绝对冷静和不带任何的情绪。

那个黑色婴童，已然在风中消散。

李裁天亡。

韩辰帝亡。

晏婴亡。

世间连殒三大宗师。

这三名在境界上对他有威胁的人，全部死了。

"若想再有九年平静，便答应寡人的要求。"

元武皇帝冷漠地转头，首先看着楚帝，说道。

此时大秦有十数万精锐军队在阳山郡，随时可以攻入楚地，夺取大楚的都城，所以他第一个问楚帝。

楚帝面上的皱纹再多数道，然而让所有人没有想到的是，他根本没有多少怒意地抬眼看着元武皇帝，道："以此地换九年无犯，这要求并不过分。"

骊陵君不可置信地转头看向楚帝，他觉得楚帝至少会再看看大燕和大齐的意思，根本没有想到楚帝竟然会直接应允下来。

他在长陵日久，十分清楚悍勇的秦人在阳山郡被割之后是何等地自觉羞辱，对于土地是何等地看重。对于秦人而言，这种地方是割给他们容易，想要再从他们手中拿回来，就根本没有那么简单了。

燕帝眼睛微眯，望向一侧的齐帝。

齐帝沉默片刻，却道："我没有什么意见，你们决定便是。"

燕帝略一低眉，道："既然如此，那便再九年为期，那山再会。"

这便算定了？

除了这四位帝王之外，鹿山上所有人的身体几乎都是齐齐一震。

他们都明白燕帝的意思，再结九年互不相犯的盟约，九年之后再开盟会，但再开盟会的地点已经不是这座鹿山，而是那座被一剑削平的山头。只是他们谁都没有想到，这三位帝王都会应允得这么干脆，意见出奇地一致。

这盟会会结束得如此简单？

这样的盟约一定，大秦不仅重收阳山郡，还将巫山一带全部收入囊中，开辟出了一个随时可以对三朝施兵的要塞，凭空将边境向三朝境内压了百里。

而巫山这一带之险，又相当于给大秦王朝凭空筑出了一道险峻的巨大城墙。

大秦王朝在这次史无前例的盟会上取得的好处，恐怕是百万秦人剑师的生命都未必能够换得。

然而此时听到对手一一应允，元武皇帝的脸上却是没有任何的喜悦之情，他的嘴角反而泛出了一丝若有若无的嘲讽神色，在心中缓声道："终究只是一堆俗物。"

盟约自古以来的力量就来自于名声和信义，而并非是武力。

缔结盟约的各方即便有一方的武力超群，轻易撕毁盟约的话，也往往会导致许多不可预测的后果。名声和信义这种东西在平时看起来虚无缥缈，但有时候对于一场大战而言却是能够起到决定性的作用。

仅以一些小部落中的征战为例，同仇敌忾的部落便往往能够赢得胜利。

而在修行者的世界里，不顾名声和信义的结果，便有可能会给自己招至许多想象不到的对手。

元武皇帝自然十分清楚这点，他在心中说那句话自然不是觉得自己可以完全无视盟约，而是在嘲讽此时面前这三位帝王的虚伪行径。

以一种奇怪韵律飘落的雨丝下，盟约已订的三位帝王开始离席，自有一应礼官负责下面繁杂而带给人庄严感的程序。

元武皇帝凝立不动，他微讽的目光扫过鹿山各处，燕、楚、齐三朝的军队和修行者此时却是依旧未动。

以雄谋大略和一人之绝世修为便逼三朝订立这样的盟约，此时的元武皇帝是一生中最为强大的时刻，然而他体内的真元消耗一空，同样也是他最为虚弱的时刻。

微讽的意味在他的目光里无限扩大，终究化为一种难言的傲然笑意。

就在这笑意泛开时，他看向鹿山周遭诸山，鄙夷地大喝了一声："既然乘着此时来杀我，何必还藏头露尾！巴山剑场的人，何时这么怯懦过！"

随着他这声大喝，鹿山山巅许多人身体为之一震，都感应到了什么似的，转身过去看向一座山头。

空中飘落的雨丝骤然密集，天色更为暗沉，元武皇帝龙袍上的金色蟠龙显得更为黯淡。

唰！

一股分外锐利的庞大气息陡然从众人所望的那座山头冲天而起。

天空里亮起了一道闪电。

这闪电不是从上至下，而是从下至上，等发觉出这样的异常，鹿山山巅的许多人才反应过来，这是一道剑光。

巴山剑场！

这四个从元武皇帝口中喝出的字和此时的剑光一样，令山巅许多人的血液都似乎凝结起来，许多人的耳膜都甚至莫名地嗡嗡作响。

轰！

但给他们的震惊并未停止，便在此时，一股分外暴戾的气息在另外一座山头炸开，一条身影从那山凌空而起，若陨石般带着恐怖杀意朝着元武皇帝而来，天空里的所有雨珠尽为那人吸引，仿佛那人便是传说中施云布雨的仙人！

两名占据山头的宗师同时展露杀意，目标皆是此时虚弱的元武皇帝。

有些人的心脏震动如鼓，开始明白为何三帝方才都那么干脆地达成一致，也开始明白韩辰帝和晏婴只是这惊天一刺的序曲。

但这并非是终结！

在那条身影凌空而起的瞬间，又一股刺天戮地的可怕气息在另一座山头上升起。

一股疯狂的，似乎带着浓厚海腥气的杀意，也同时朝着元武皇帝席卷而来！

第五十一章
饲　丹

在那道比闪电还要惊人的剑光出现时，楚帝苍老的面容上就已经布满了异样的红晕，这种异样的红晕使得他脸上的老人斑都透着嫣红，就像一朵朵梅花盛开。

在大燕首先发难，李裁天身殒时，他就也已经明白背后必定还有一个大局。

只是他也没有想到这个大局会如此地惊人，连带着大齐王朝的第一宗师晏婴也不惜身死来铺平道路。

齐帝此时的眼眸里也充满了深深的震撼，真正的震撼。

他一直听着晏婴的话，安静地看戏，没想到最后竟然会看到这样的大戏。

他感知得清楚，是一柄桃木剑带起了比闪电还要惊人的剑光。

巴山之中有一株老桃树，经历数次雷击而不死，最后一截桃木芯自行结出极适合吸纳雷霆气息的符文般的纹理，被巴山剑场的剑师制成了一柄桃木剑。

……

丁宁看着接连在周遭山头上涌起的三股杀意，瞳孔微缩。

这柄桃木剑的主人自然是巴山剑场叶新荷。

那凌空行于空中，吸引万千雨珠，如传说中施云布雨仙人的，自然就是宋潮生。

那散发着浓厚海腥气，杀意中都甚至带着一丝疯意的，自然是海外碧琼岛的疯癫宗师郭东将。

这三个人，对于他而言都并不陌生。

巴山剑场千年剑藏，一朝爆发，在数十年前人才辈出，且都是那一时代最顶尖的人杰，当时天下各朝都惊呼不知有何等气运汇聚于巴山剑场。

叶新荷能在巴山剑场最鼎盛之时持巴山重器之一的桃神剑，当然也是当时巴山那批最顶尖的人杰之一。

昔日在和韩、赵、魏三朝的征战中，他担任的角色便是深入各朝腹地的刺客。

当前方大军在征战之时，他却往往是在敌朝的某个城池中，乘机刺杀某位至关重要的权贵或者修行者。

就像赵一、白山水这样的大逆都不愿意轻易入长陵一样，许多城池对于修行者而言都是一个巨大的瓮，进去容易出来难，深入敌朝腹地比在战场上厮杀更要危险。

叶新荷辗转行于各朝，潜隐及躲避追杀的能力远非其余宗师所能企及，巴山剑场被灭之后，早有传说他死在了那一战里，之后十余年天下也未有他的行踪，丁宁也以为他死了，却没有想到还会出现在这里。

观此时剑光，他所修的九天游电剑已经到了巅峰，抛开修为的关系，即便是巴山剑场昔日的那些名宿，施展起来都不可能这样地完美。

魏王朝宋氏门阀的宋潮生，本来就是当时魏王朝最强的宗师之一，也是当时反对魏王修建灵渠和反对云水宫一家独大的领头人之一，但就和大秦王朝变法中的那些旧权贵门阀一样，宋氏门阀的结果也是被魏王和云水宫剿灭。

最后大魏王朝都城被秦军攻破，大魏王朝覆灭时，曾有人见他一曲悲歌落下千行泪，每一滴泪都化为潮水，令大魏王朝那条未修建完成的灵渠之中都涨了三尺水，之后他也销声匿迹，不再出现。

至于郭东将，却极少有人知道，这名疯癫的海外修行者，却是和丁宁身上这柄末花剑的主人是朋友。

大秦王朝海外的航线，不是铁甲巨舰到了就能开辟出来的，同样也是靠许多人的剑砍出来的。

在大秦王朝变法，大刀阔斧地布局时，很多人和巴山剑场的剑师成了一生的敌人，而有些人，却是不打不相识，成了朋友。

此时这样三人联手刺杀元武皇帝，丁宁理应感到欣喜。

若是跟随着周家老祖到了这里，丁宁应该会感到欣喜。

然而他却是跟着潘若叶和墨守城而来，亲眼所见的一切，都在提醒着他，元武皇帝似乎早已预料到会有这样的事情发生。

所以他此刻最想做的一件事情，是放声大喊，让这三人改变主意。

只是即便他真这么喊了，此时这三人即便听到，又会听他的吗？

若是此时这三人知道他的真正身份，三人之中，有谁会听，有谁会不听？

之前韩辰帝、晏婴和元武皇帝的对决，虽然韩辰帝和晏婴也让他十分地敬重，而且也让他彻底清晰地了解了元武皇帝的所有秘密，从而赢得他更多的敬重，甚至感激，但那两名宗师并不像此时出手的一些人和他有直接的联系。

所以此时他的身体里那种凉沁沁的意味更加浓烈。

即便他不停地告诉自己要绝对平静，唯有绝对平静才能更清楚地看清一些事情，但是他的双手依旧不自觉地微微颤抖起来。

……

"长风！"

"放！"

一声声凄厉的军令声在鹿山上响起。

楚、燕、齐三朝帝王都干脆地应承了元武皇帝的要求，便是为了抽身一边，昭示自己和接下来发生的一切没有任何关系，不会被人诟病是三朝修行者借盟会之约而乘机诱杀大秦皇帝。

在这样的默契之下，这三朝军队自然不可能有任何动作，甚至比平时休憩时还要安静死寂，但大秦王朝的精锐百战之师自然不可能任凭刺客前来杀死自己由衷爱戴的圣上。

一些独特的军令是调度修行者激发符器的手段，当鹿山之上万千雨滴全部朝着凌空而来的宋潮生汇聚之时，鹿山一侧爆发出恐怖的元气潮汐。

一股股惊人的风柱冲天而起，内里无数的青光闪耀，全部都是流星般的青色箭矢。

长风送行，无数青色箭矢拖出一道道青痕，如画出长符，彻底摆脱天地间重力的束缚一样，反而越飞越快，终于箭尖前方的空气都一团团燃烧了起来。

风裹着无数流焰，整个天空都像在燃烧。

军队的力量，尤其是布好阵型的军队力量往往不是单独的修行者所能抗衡。

和蚂蚁相比如山般庞大的甲虫往往被蚂蚁活活咬死。

元武皇帝登基前三年，长陵的腥风血雨里，有许多巴山剑场的逆天强者便是被军队或者大量低于他们的修行者活活堆死。

看着这样焚天的气势，许多燕、楚、齐的将领眼眸深处甚至充满了浓厚的无助和悲哀。

他们深切地明白，大秦王朝现今如此地强横，实际上还是因为昔日的变法，国力太过强横，修行地年年都有许多学生入伍，最终军队太过强大。

然而凌空强渡的宋潮生却似乎对这样的焚天之势毫不在意。

他的身体都不见有任何特别的动作。

或者说他早就预计到会有这样的画面出现。

朝着他汇聚的万千雨滴开始坠落。

每一滴雨滴在坠落时都似乎很弱小，软弱无力，然而每一滴雨滴却都是同一时间坠落，和天地元气摩擦，震动的频率完全一致。

天地自然里，不可能同时出现两颗一模一样的雨滴。

然而现在的天空里，却是出现了无数一模一样的雨滴。

这些雨滴，便形成了一道恐怖的潮汐。

轰的一声巨响，箭火尽灭。

所有的雨滴化为粉雾，然而那股恐怖潮汐的力量，却是依旧从空震落，落入秦军的阵营之中。

一声更为沉闷的巨响在鹿山山腰处响起。

接着是无数金属坠地和血肉飞洒的声音。

许多身体，甚至是残缺不全的身体和一些军械重物一齐从地面上跳起，毫无道理地往外抛飞出去。

这样暴烈的一击只是为那道比闪电还凌厉的剑光开路。

宋潮生只是飞掠过半，身处两座山头的中段，巴山剑场的桃神剑已至鹿山山巅。

元武皇帝此时真元几乎耗尽，然而面对这样的一剑，他却是反而傲然地对着一侧的横山许侯摇了摇头。

然后他伸出了手，朝着身旁的黄真卫伸出了手。

黄真卫此时竟已和他并肩而立。

在元武皇帝伸手之时，黄真卫突然变得无比虚弱。

他也朝着元武皇帝伸出了手。

他的手心里首先显露出来一颗洁白的莲子。

然后在下一瞬间，他体内所有的真元，甚至五气全部从他的掌心涌出，汇入了这颗洁白的莲子里。

这颗洁白的莲子表面瞬间堆叠出无数层明黄色的纹理，瞬间变成一颗明黄色的丹药。

这颗明黄色丹药上散发的气息，和元武皇帝身上散发的气息竟然极其相近。

这颗明黄色丹药落入元武皇帝的手中。

然后元武皇帝更为傲然地一笑，吞下了这颗丹药，再次挥剑。

第五十二章
尽 亡

此时鹿山周遭所有的修行者之中，除了黄真卫之外，唯有丁宁和墨守城知道元武皇帝的这个秘密，所以当看到黄真卫凝丹，当感觉到元武皇帝体内无数巨大而空虚的沟壑瞬间充斥大量的真元，就连墨守城身边的潘若叶都感到了难以用言语来形容的震撼。

楚帝脸上异样的红艳迅速地化为苍白。

他的双唇之间却更为红艳，似乎脸上的红意都凝聚到了他的双唇之间。

随着一声痛苦的轻咳，他咳出了一口血。

齐帝和燕帝发亮的眼眸也瞬间黯淡。

元武皇帝重新强大起来，身体在他们的感知里不断地变大，再次与天同高。

他山上发出了一声惊怒的厉啸，发现自己中计的叶新荷根本不顾凌空行于两山之间的宋潮生，决然地收剑。

有些人进，有些人退，然而进退都只是为了最好的结果。

轰隆一声巨响，无数人的耳膜震出血来，一时听不到声音。

天空里坠落一道难以想象，至少要数十人才能合围的闪电巨柱，那柄桃木剑在这惊人的闪电巨柱中逆流而上，仿佛要顺着闪电在上方天穹刺出一个孔洞逃走。

"想来就来，想走就走，有这么容易么？"

元武皇帝脸上皆是强大而自信的神情，他有些同情地看着那一道剑光，摇了摇头，说道。

他的语气，就像是在对着一个孩子说话。

巴山剑场昔日的枭雄之一，此时在他的面前，却像是一个惊慌的孩子。

他的剑已挥出。

凌空行至两山之间的宋潮生脸色也变得苍白至极，他感知到元武皇帝这一剑朝他而来，一声低声厉叱从他的口中喷薄而出，他身前的虚空里，骤然出现了无数条弯曲的符线。

他体内真元尽情地冲出，涌入这些符线之中，试图交织出他这一生里所能施展出的最强大潮来阻挡元武皇帝这一剑。

然而在这一瞬里，他的面容却变得更为苍白。

明黄色长剑朝他凌空而斩，剑意也是朝他而来，然而真正的剑气却是毫无痕迹地拔地而起，切入那道巨大的闪电柱中。

一片透明晶片似的剑光断树一样，切断了恐怖的闪电巨柱，准确无误地斩杀在往上飞逃的那道剑光上。

喀喀喀喀……

闪电巨柱好像实质的晶体一样发出了连续的碎裂声。

这条惊人的闪电巨柱就像是冰块一样，瞬间碎裂，在空中变成万千条飞舞的电蛇。

透明晶片般的剑光依旧无比凝聚地黏结在那道剑光上，这一瞬间的画面让人产生的错觉是时间都停止了流淌。

随着剑光上闪电的消失，一柄黄褐色的木剑显现出来。

接着这柄木剑好像有感情般痛苦地抖动着，然后开始片片裂解。

轰！轰！轰！……

天空中响起连续不断的雷鸣。

每一片木屑里都蕴含着惊人的威压，都在空中不知道崩飞出多少里，然后猛烈地爆炸。

桃神剑毫无疑问是巴山剑场最好的剑之一。

叶新荷毫无疑问是此时世间最强的几名大剑师之一。

然而元武皇帝只是一剑，便斩碎了桃神剑。

桃神剑碎，那座飞出桃神剑的山顶也是猛地一震，无数草木被锐器切割一样，齐齐断裂。

一名身穿寻常布衣、原本身影飘飘欲仙的长发男子的浑身肌肤上骤然飞洒出一层血雾。

杀韩辰帝，斩晏婴，此时再斩桃神剑，鹿山之巅在场所有修行者已经难用言语形容此时感受到的元武皇帝的气势。

但是天空中却是响起了一声充满疯意的怒吼："元武！你真以为自己天下无敌不成？"

一条浑身散发着猩红色光焰的庞大身影从那充满海腥味的山头冲出，踏空而行。

随着这样的怒吼，宋潮生的身后高空里，突然出现了一柄深蓝色的长刀。

天空里有巨山般的元气坠落，砸在这柄长刀上。

刀气四溢，皆化为巨浪。

天空里，出现了一道深蓝色的巨浪。

宋潮生没有回首，感知到这道巨浪的出现，他眼眉之中原本出现的犹豫之色全部化为肃穆和庄严。

他身前交织的符线往上扬起，在下一瞬间，全力拍击在后发而先至的深蓝色巨浪之后！

又一声无比沉闷的恐怖撞击声在空中响起。

在宋潮生这一道浪潮的拍击下，前方深蓝色巨浪没有加速，反而是奇异地一滞，在下一瞬间，嗤的一声裂响，内里那柄深蓝色的长刀却是被拍了出来，破浪而出！

被拍出的长刀却似完美凝聚了两人的力量，刀身的前方出现一条平直的光痕，也完全不像是人间的气息。

与此同时，那座草木皆被斩断的山头上，浑身肌肤飞洒出血雾的叶新荷也再次发出一声决然的厉啸，他的整个身体也冲天而起，散发出耀眼的剑光，散发出玉石俱焚的气息。

"你真以为自己天下无敌不成？"

郭东将带着疯意的吼声还在山谷间回响，刀光未至而铺天盖地的威压已经让鹿山山巅许多修行者的真元都无法顺畅流转。

虽然一剑斩碎桃神剑，然而所有人可以肯定元武皇帝损耗甚巨，再也不可能斩得出方才那样一剑。

此时飞临而来的这三大宗师显然都已经彻底将生死置之度外，且不论他们将生死置之度外之后，能够迸发出多少比平时更强的力量，至少从方才叶新荷的退和此时的进来看，这三大宗师必定已经觉得牺牲三人性命，已有很大把握可以杀死元武皇帝。

然而元武皇帝的脸上没有丝毫惧意。

他横剑于身前，微眯着眼睛正视着那一道刀光，说道："王惊梦死了，鄢心兰死了，莫别离死了……所以我自然天下无敌。"

这三个名字都是昔日巴山剑场的最强者，都是曾经在修行上走在他前方的修行者。

同样这三个名字也是他要彻底抹灭，平日里都绝对不会提起的。

只是先前晏婴说他恐惧那人的名字，所以他此时说出来，便是告诉所有人他的强大，他的无所畏惧。

刀光在前，叶新荷所化的剑光在后。

一刀一剑燃着这十余年间修行者世界里最耀眼的光芒和杀意，袭向元武。

便在此同时，鹿山之外几乎所有山上所有的野桃树全部盛开，怒放，一山的深红。

充满杀意的天空里，却是又多了一道宁静的白色流云。

山花怒放，自然是大齐那名真正的轻王侯的大宗师厉轻侯。

道卷流云，自然是曾自行退山的那名道卷宗无名道人。

这两人此时彻底展露修为而凝势不发，不阻那刀剑，为的便是显示自己的存在，震慑和牵制他山上想要出手帮助元武皇帝的人。

这些都是远超天下其余七境的大宗师，现在这些大宗师，都要元武皇帝死。

丁宁所在的山头上，墨守城也在此时出手。

墨守城体内的真元瞬间涌出身体，却是一点都不暴烈，全数化为淡薄而分外高远的气息，如水汽蒸发在天地间。

这一瞬间，丁宁看着墨守城的背部，有一种想要出手的冲动。

他想要改变这里的结果。

或许此时杀死墨守城，便有可能改变这里的结果。

但是墨守城的身旁还有潘若叶。

如果他此时的修为已经到了第五境，此时体内几乎没有真元存在的潘若叶肯定无法阻止他杀死墨守城。

但他此时的修为不够……潘若叶可以很轻易地杀死他。

最好的时机出现，但他的修为却偏偏差了两个等阶……这就是命运。

他浑身冰冷地看着眼前的所有画面，无法呼吸，也来不及呼吸。

叶新荷的剑光掠过郭东将和宋潮生上方的天空，在此时突然发生了改变。

剑光凝聚，骤然如一段折断的流星光芒，坠落下来。

所有人的心脏随之一坠。

郭东将愤怒地颤抖了起来，凄厉地狂叫着，他的双掌呈托天之势，不顾剑光朝着叶新荷的身体拍去。

"咔嚓"一声，剑光斩过他的身体，令他的身体发出了枯枝截断的声音。

他的双掌根本不可能触及到叶新荷的身体，但是叶新荷的胸口和一侧的脸上也是分别出现了一个掌印，一声闷喝之中，叶新荷的身体往后如陨石飞坠。

宋潮生也愤怒地厉吼了起来。

这一个杀局本身便是因叶新荷而起，是巴山剑场叶新荷暗中布局形成这样的杀局，不是叶新荷的相邀，他和郭东将说不定根本不会在此出现。

没有这样的杀局，李裁天、韩辰帝、晏婴又怎么会相继赴死？

此时反而是发动这样杀局的叶新荷背叛了他们所有人，他如何能不愤怒？

在他无比愤怒的厉吼声中，元武皇帝只是极为平静地送出手中的剑，迎上那一道刀光。

他只管这一道刀光，不顾其他。

天上那一道白色流云欲落。

但就在此时，一道无形的墙横亘在白色流云之下。

有人发出了一声幽幽的叹息。

一道连绵不尽的剑气此时也在另外一座山中涌起。

这一道剑气根本就不强烈，似乎也对此时的战局没有任何影响，但是这一剑，却好像能够将整个鹿山周围的山头全部圈进去。

这样的剑气在此时发出，鹿山之巅终于有人猜出，当日那围住一座山的浅浅剑痕原来就来自于长陵那名随了元武皇帝过来，但却一直没有露面的宰相。

鹿山周遭所有桃花在一息间黯淡，凋零。

天地间一空。

所有人都可以感觉到两股气息的离开。

当的一声轻响在元武皇帝的身前响起。

他身前的空气里出现了无数条晶片般的裂纹。

他的虎口处有淡淡的血痕。

然后他收剑。

那柄深蓝色的长刀在他的身前坠落，斜插在他身前的地上。

"长风！"

"放！"

一阵阵凄厉的军令声再度响起。

无数股青色风柱冲上天空，然后燃烧起来。

宋潮生收住了愤怒的狂吼，远远地看了元武皇帝一眼，叹息了一声。

他不再拥有阻挡这些符器的能力，身影消失在了燃烧的天火中。

郭东将亡。

宋潮生亡。

除了那离开的厉轻侯和无名道人，世间的大宗师，几乎尽亡。

第五十三章
元武十二年春

紊乱的天地元气在鹿山之巅四撞飞散，发出如巨钟敲响般的振鸣声，似要响彻整个天下。

元武皇帝面容有些苍白地负手而立，双手不住地颤抖，有鲜血从他的指尖滴落。

不停地竭尽全力与世间这些大宗师相抗，此时他已经疲惫到了极点。

然而他感觉到自己的每一个呼吸都是异常地甜美，一种从未有过的强大感觉，随着呼吸不断充盈在他的体内。

"江山大地皆在脚下，今后还有谁能和寡人并高？"

他傲然地抬起头，看着远处的江山，在心中缓缓地说道。

鹿山上草木几乎尽折，山壁上被雨水和天地元气冲出了许多沟壑，流淌的水流里有丝丝缕缕的血迹。

山间驻扎的所有大秦王朝的军队看着紊乱的天地元气消失，看着明媚的天光散落，再看到那条负手而立的明黄色身影，即便他们的身周落满了残破的军械和血肉的残肢，这一时刻，他们还是忍不住齐声呼喝了起来。

"吾皇万岁！"

"吾皇万岁万万岁！"

……

在这样的呼声里，燕帝的脸色难看至极，他不发一言，转身离开。

齐帝呆了许久，然后他长叹了一声。

他心中很悲戚，但是他同时发现，自己也很佩服元武。

韩辰帝粪车出逃，在关外躲避大秦王朝的修行者十余年……

晏婴半步八境，不惜身死也要引动最后杀局……

宋潮生早在魏王朝覆灭之前便因秦人之计而家破人亡，目睹国破而无可奈何，泪洒如潮……

郭东将一心想要为友复仇，虽疯癫却隐忍十余年……

这些大宗师恐怕时刻都想杀死元武皇帝，苦苦等待、谋划了十余年，终于风云汇聚，得到了一个极有可能杀死元武皇帝的机会，然而却依旧败于元武皇帝手下。

再加上先前的李裁天和方饷，鹿山一役之后，天下间能和元武皇帝抗手，有可能追赶上他修为的大宗师都快消失得干净。

元武皇帝强的，又岂是修为？

"原来叶新荷……也是圣上的一颗棋子。"

黄真卫和不断席卷身体的强烈睡意对抗，他努力地睁着眼睛，震撼和真正敬仰地看着身前天光沐浴里的元武皇帝。

让这一个杀局，实则是诱杀之局最终形成的所有人里面，叶新荷自然是一颗最重要的棋子，但是这颗棋子在元武皇帝登基之前就埋下，一直埋了这么多年……就连黄真卫都根本不知道叶新荷的剑原来能够为元武皇帝所用。

骊陵君的身体止不住地颤抖。

楚帝的身体已经差到了极点，以楚帝的修为，方才心情激荡之下便咳出一口血，便足以让任何人明白楚帝的时日已然无多，他很快就会成为大楚王朝的新君。

只是元武皇帝这样的手段，鹿山会盟不仅收复阳山郡，将边境推进百里，而且还设下如此大局，令诸多对他有威胁的大宗师都尽数殒落。即便大楚王朝今后所有人都不质疑他和赵香妃，对他也无比地拥戴，他也是感到恐惧，没有丝毫信心。

他身旁的楚帝凝视着元武皇帝的身影，不知为何，面容却是反而变得越来越平静，最终变得若有所思。

他的这份平静甚至引起了元武皇帝的注意，令元武皇帝将目光再次投到这位即将落幕的老人身上。

看着元武皇帝眼眸深处的那抹强大与满足的神色，这位老人突然微微一笑。

元武皇帝更加不解，在他想来，大楚王朝应是这场盛会中吃亏最大的，所以他无法理解楚帝此时的情绪。

……

"恭喜皇子。"

墨守城听着前方鹿山响起的山呼万岁的声音，感慨地转过头来，看着扶苏真挚地说道。

扶苏此时还处在巨大的震撼而带来的些微眩晕之中，一时都未能马上明白墨守城这句话的意思。

但是心中冰冷的丁宁很清楚。

鹿山会盟之后，大秦王朝将一跃成为这世间最强的王朝。

扶苏自然会成为这世间最强王朝的太子。

一切都似乎在郑袖和元武皇帝的掌控下行走。

丁宁仿佛不敢正面鹿山上的无上威严一样，缓缓侧转过身体，他的目光首先落在了那一道分外绵长，好像可以将整个鹿山都圈进去的剑光发出的山头上。

那是相思剑。

世上没有哪一种情绪有相思来得缠绵悱恻而又难以理解，又是千山万水难阻，千丝万缕，难舍难断。

巴山剑场另外一门绝世剑经，也被元武皇帝御座之下两名宰相之一的李相参悟了出来。

厉轻侯和那道卷宗的无名道人虽强，但比起这李相，终于还是弱了一线，方才再不走，可能便也永远走不脱了。

丁宁的目光再落在叶新荷坠落的山谷。

此时那山谷里浓烟弥漫，这些大宗师召来的天地元气的对撞，令山谷里的地面都下陷了数尺，但是丁宁也可以肯定，以方才叶新荷的伤势，叶新荷坠落之后并不会死。

"叶新荷！"

丁宁再次闭上了眼睛，在心里用尽全身的力气喝出这个名字。

他的脑海里浮现出了梧桐落酒铺里的那面墙。

那墙上的空处，有一朵硕大的花朵在妖异地绽放。

……

当他在鹿山之外闭着眼睛想起梧桐落酒铺的那面画墙时，很多人在长陵城里安静等待。

小小庭院里，长孙浅雪在蒸着糯米。

她的手指似乎比糯米还要晶莹洁白。

春风如剪刀，裁出了长陵满树的绿叶，也温柔地卷入庭院，不时轻轻掀起门帘。

看着偶尔在门帘后显露一丝的那面画墙，想到这面墙里蕴含的一些意思，长孙浅雪清冷的眼眉间突然有了些躁意。

她有些恼火地不再去看火，任凭灶膛里的火焰熄灭。

她确信就算丁宁在鹿山或者巫山出了意外，她也依旧要留在长陵，等着能够杀死郑袖和元武的那一天。

但是她也可以肯定，没有了丁宁，她会一切都不习惯。

"你为什么要死。"

"你为什么会死！"

她没来由地又想到了那人，眼眸里升腾起恨怒交加的情绪，睫毛不住地轻颤。

距离她不远的另外一个小院里，张仪也在烧水。

他看着灶膛里的干柴，神情却是非常地专注。

每塞数根干柴入灶，有数缕天地元气便从他之间飞出，落入干柴下方红炭之中。

干柴瞬间便燃得异常猛烈，只是片刻时间，水锅里便汩汩作响，白汽翻腾。

他并指为剑，双指一掠，锅里微沸的水便像一条晶莹长蛇飞卷出来，落入一侧的大木澡桶里。

他加了些冷水，试了试水温，又在水锅里加了些水备着，这才对着院里喊了一声："小师弟，可以带洞主来洗了。"

沈奕扶着薛忘虚徐徐地出现在他的视线里。

看着沈奕将薛忘虚扶入澡桶，并用一块老丝瓜茎开始帮薛忘虚擦背，张仪放下心来，用热水泡着薛忘虚换洗下来的衣物，开始揉搓洗涤。

做这些事情时，张仪便像个在梧桐落生活了许久的寻常市井少年，他已经完全忘记自己一开始在这里是何等地拘束，连呼喊都不敢大声。

但是当喊"小师弟"的时候，他又不由得想起了丁宁。

在沈奕未入门之前，丁宁才是白羊洞的小师弟。

薛忘虚生活在这梧桐落中，似乎每一天都很平静和享受，但他知道，薛忘虚的身体越来越不容乐观。

"也不知道丁宁师弟现在在哪里，不知道是否平安。"

他看着氤氲的热气，手背擦了擦额头上的汗珠，明明知道，但还是忍不住探询般地看着沈奕和薛忘虚，道："今天鹿山会盟便应该结束了吧？"

"鹿山会盟的正日就是今日。"沈奕透过蒙蒙的白色水雾看着张仪，认真说道，"丁宁师兄比谁都看得清时务，只是远远地看着，当然不会有什么危险，过了今天，就应该返程回来，准备参加岷山剑会了。"

话是这么说，但是沈奕自己心里也没有底气，万一鹿山会盟上出现了些什么变故呢？万一圣上和三朝谈判，没有占到丝毫便宜，反而有了些什么意外呢？

张仪轻嗯了一声，似是赞同沈奕的说法，但是他的心里也没有底。

薛忘虚自然比这些年轻人更加明白什么叫作世事无常，他淡然地微微一笑，道："两个痴儿，担不担心有何用，我都等得及，难道你们等不得？"

张仪和沈奕便不再说话。

元武十二年的这个春天里，大秦军队收复阳山郡的消息和元武皇帝在鹿山一剑平山的消息还都未来得及传到长陵。

整个长陵在等待中，便都显得格外地沉重，有些烦躁，有些不安。

《网络文学名家名作导读丛书》已出版书目

第一辑：

辰东与《遮天》/ 肖惊鸿 著

骷髅精灵与《星战风暴》/ 乌兰其木格 著

猫腻与《将夜》/ 庄庸 著

我吃西红柿与《吞噬星空》/ 夏烈 著

血红与《巫神纪》/ 西篱 著

第二辑：

子与2与《唐砖》/ 马文运 著

林海听涛与《冠军教父》/ 杪椤 著

忘语与《凡人修仙传》/ 庄庸 安迪斯晨风 著

希行与《诛砂》/ 肖惊鸿 薛静 著

zhttty与《无限恐怖》/ 周志雄 王婉波 著

第三辑：

天蚕土豆与《斗破苍穹》/ 夏烈 著

萧鼎与《诛仙》/ 欧阳友权 著

耳根与《一念永恒》/ 陈定家 著

蝴蝶蓝与《全职高手》/ 张慧伦 张丽军 著

蒋胜男与《芈月传》/ 肖惊鸿 主编

第四辑：

更俗与《楚臣》/ 西篱 著

烽火戏诸侯与《剑来》/ 庄庸 著

梦入神机与《点道为止》/ 周志强 李昕 著

无罪与《剑王朝》/ 许苗苗 著

乱世狂刀与《圣武星辰》/ 房伟 著

图书在版编目（CIP）数据

无罪与《剑王朝》/ 许苗苗著；肖惊鸿主编 . -- 北京：
作家出版社，2022.5

（网络文学名家名作导读丛书）

ISBN 978 - 7 - 5212 - 1645 - 5

Ⅰ . ①无… Ⅱ . ①许… ②肖… Ⅲ . ①网络文学 - 长
篇小说 - 小说研究 - 中国 - 当代 Ⅳ . ①I207.425

中国版本图书馆 CIP 数据核字（2021）第 244067 号

无罪与《剑王朝》

作　　者：许苗苗
责任编辑：王　烨　袁艺方
装帧设计：天行云翼·宋晓亮
出版发行：作家出版社有限公司
社　　址：北京农展馆南里 10 号　　　邮　　编：100125
电话传真：86 - 10 - 65067186（发行中心及邮购部）
　　　　　86 - 10 - 65004079（总编室）
E - mail: zuojia@zuojia.net.cn
http:// www.ZUOJIACHUBANSHE.com
印　　刷：唐山嘉德印刷有限公司
成品尺寸：152×230
字　　数：403 千
印　　张：28
版　　次：2022 年 5 月第 1 版
印　　次：2022 年 5 月第 1 次印刷
ISBN 978 - 7 - 5212 - 1645 - 5
定　　价：48.00 元